더 로스트 키친

FINDING FREEDOM

어떤 마음은 부서지지 않는다

더 로스트 키친

에린 프렌치 지음 | 임슬애 옮김

월북

『더 로스트 키친』에 대한 찬사

책에 등장하는 '더 로스트 키친'은 뜨겁고 생생하며 용기 있는 생의 투쟁이 펼쳐지는 장소다. 구태와 악습 속에 반복되어온 폭력과 결별하기 위해, 할머니의 재봉틀을 돌려 냅킨을 만들고 낡은 프라이팬으로 넙치를 튀겨내며 아침 일찍 길을 나서 야생 라즈베리를 수확하는 여자들이 웃고 울고 사랑하는 곳. 나는 가장 최악의 상황에서도 "모든 낯선 이들이 친구가 되는" 테이블을 만들어내는 저자에게 응원을 보냈고, 그가 세세히 기록하는 이 우아하고 다채로운 미국식 식탁에 완전히 매료되었다. 우리가 감당할 수 없는 실패감에 빠져 있을 때, 이제 아무도 나를 사랑하지 않는다는 마음의 허기를 겪고 있을 때 이 로스트 키친의 이야기가 우리를 구해내 가장 든든하고 '맛있는' 도약을 꿈꾸게 할 것이다.

— **김금희** | 소설가, 『우리는 페퍼로니에서 왔어』 저자

이 책의 저자 에린 프렌치의 식당 이름이 '로스트 키친'인 것이 아주 절묘하다. '길 잃은 사람들을 위한' 식당. 식당 이름에서 이미 자신 외에 무엇인가를 사랑하고 있다는 느낌이 물씬 풍긴다. 두려움이 없는 새로운 공간의 이름답다. 사

랑을 나누고 슬픔과 기쁨을 공유하는 것, 우리 여성들이 아주 잘하는 일이다. 이 책은 여성으로 살아간다는 것이 어떤 것인지 계속 묻게 만드는데, 책을 읽는 사람들은 누구라도 우리를 죽도록 힘들게 하는 것이 무엇인가만큼이나 우리를 살아남게 하는 것이 무엇인지 발견할 수 있을 것이다. '우리를 살아남게 하는 것'. 지금 우리에게 꼭 필요한 이야기임을, 나는 확신한다. 책의 말미에 특별히 소중한 단어가 하나 나온다. '두 번째 기회'라는 단어. 나는 우리 모두에게 두 번째 기회가 있기를 바라고 세상이 두 번째 기회에 대한 이야기로 가득 차길 바란다. 두 번째 기회는 첫 번째 삶과는 다르며 '첫 번째 삶의 무엇'에 대한 거절이다. 의지이고 자부심이다. 무엇보다 책의 원제인 'Finding Freedom'처럼, 자유 그 자체다. 나는 이 책을 지금 길을 잃고 있다고 느끼는 여성들이, 위기라고 느끼고 모든 가능성을 박탈당했다고 느끼는 여성들이 꼭 읽었으면 좋겠다.

— **정혜윤** | 작가, 『슬픈 세상의 기쁜 말』 저자

평생 단 한 번만 쓸 수 있는 책이 있는데, 자신의 삶을 걸고 쓰는 책들이 그렇다. 이런 글을 만날 때면 나는 납작 엎드려 항복하듯 맹세한다. 절대로 말장난 하지 않겠다고, 삶보다 글이 앞서게 하지 않겠다고. 『더 로스트 키친』은 아버지에게서 받은 상처를 떠올리는 것으로 시작해 더 이상 사과와 인정을 기다리지 않는다고 말하며 끝이 난다. 인생의 가장 절망적인 순간에도 우리가 먹을 음식 위에 꽃을 올려 나와 남을 대접해온 여자들을 떠올리며 나는 챕터마다 울었다. 오랫동안 이 책을 처음 읽던 순간을 그리워할 것이다. 으스대지 않는 그의 음식처럼 그의 글 역시 읽는 이를 주눅 들게 하지 않는다. 소박하고 부드럽게 빛나는 삶의 아름다움이 길 잃은 주방, 로스트 키친의 화구에서 활활 타오른다.

— **하미나** | 작가, 『미쳐있고 괴상하며 오만하고 똑똑한 여자들』 저자

이 책의 저자 에린은 자기 삶에 들이치는 어려움을 극복하고 위험을 무릅쓴다. 그는 문제에 직면하면 자신을 더욱 밀어붙이고, 그 고난에서 아름다운 것을 만들어내는 사람이다. 에린의 이야기에는 열정과 용기가 가득하다. 이 책의 독자는 그의 이야기를 통해 영감과 응원을 얻어갈 수 있을 것이다.

— **조안나 게인스**Joanna Gaines, 매그놀리아Magnolia 공동 창업자

에린 프렌치는 유능한 셰프이자 성공적인 기업가로서, '선한 삶'의 가치를 열정적으로 설파한다. 이 책은 그가 삶과 사업체를 건설해내기까지 겪었던 눈부신 성공, 그리고 실패를 담고 있다. 에린에게 축하를 보낸다. 그는 결국 해냈다.

— **마사 스튜어트**Martha Stewart, 마사 스튜어트 리빙 옴니미디어Martha Stewart Living Omnimedia 창업자

『더 로스트 키친』은 진실한 열정으로 불가능을 극복해낸 성공담이다. 세계 곳곳의 여성 독자 모두가 이 책에 공감할 수 있을 것이다. 에린 프렌치는 이 용감하고 진솔하고 아름다운 글을 통해 자신이 거쳐 온 여정으로 독자를 초대한다. 아버지의 다이너에서 일하던 유년, 약물 중독, 자신을 구렁텅이로 몰고 갔던 한 사람과의 관계, 홀로 아들을 양육한 시절, 마침내 실패를 딛고 일어나 이름난 셰프이자 경영자로 거듭난 대반전까지. 이 책의 여정은 격렬하다. 쉬이 잊을 수 없을 것이다.

— **스테퍼니 대늘러**Stephanie Danler, 베스트셀러『달콤 쌉싸름한 방황Sweetbitter and Stray』의 저자

에린과 내가 각자의 성장기를 보낸 식당은 아주 다르지만(그는 미국식 다이너에서, 나는 '셰 파니스Chez Panisse'에서 자랐다), 에린의 경험담에는 내가 공감할 것

이 정말 많았다. 음식점이라는 공간이 얼마나 잽싸게 마음으로 파고들어 집 같은 곳으로 거듭나는지, 요리하는 소리와 냄새가 얼마나 감미로운지, 음식을 통해 사람들에게 기쁨을 선사하는 일이 얼마나 즐거운지. 나는 그런 이야기에 충분히 고개를 끄덕일 수 있었다. 이 책은 좋은 음식과 요리로 자신의 길을 찾은 여정에 관한 용감하고, 감각적이고, 진실한 이야기를 담고 있다.

— **패니 싱어**Fanny Singer, 『언제나 집에Always Home』의 저자

이 책을 읽는 모든 독자가 에린 프렌치를 응원하게 될 것이다. 생존하고, 자기 자신을 구원해나가는 그의 노력에 흠뻑 매료될 것이다. 이 책은 성공한 요리사의 자만심 가득한 회고록이 결코 아니다. 실패에서 다시 일어나고 싶은 사람, 자신만의 부엌을 꿈꾸는 사람이라면 이 책을 통해 많은 것을 얻게 될 것이다.

— 《**퍼블리셔스위클리**Publishers Weekly》

에린 프렌치는 이 책을 통해 자기 자신에 대한 이야기를 용기 있게 들려준다. 무엇보다 가장 인상 깊었던 것은 음식에 대한 그의 탁월한 묘사다. 마치 맛을 느낄 수 있을 정도다.

— 《**월스트리트저널**Wall Street Journal》

일러두기

1. 외국의 인명, 지명, 음식명, 조리 용어 등은 국립국어원 어문 규정의 외래어 표기법을 따랐다. 다만 관용적으로 굳어진 일부 용어는 예외를 두었다.
2. 각 부의 제목은 전부 저자의 고향인 메인주에 있는 마을 이름들로, 보통명사로도 의미가 있는 지명이기에 영어를 병기해주었다.
3. 하단의 주석은 모두 옮긴이 주로서 본문에서 * 기호로 표기했다.

로스트 키친의 여자들…
나의 길 잃은 자매들을 위해.
여러분의 우아함과 강인함,
무한한 사랑이 나를 안아 일으킨다.

차례

Finding Freedom in the Lost Kitchen

(1부) **HOPE**
희망

1 — 베이컨과 아이스크림 — 15

2 — 타피오카와 새끼 고양이들 — 25

3 — 속도위반과 불량식품 — 37

4 — 다이너에서 보낸 낮과 밤과 시절 — 46

5 — 미트로프의 기억 — 59

6 — 시끄러운 할리 데이비드슨 — 70

7 — 전액 장학금 — 78

(2부) **UNITY**
결합

8 — 남자아이여야 할 거다 — 89

9 — 엄마 되기 — 99

10 — 자기 몫의 돈벌이 — 109

11 — 톱밥과 반짝이는 바닥 — 119

12 — 아마란스와 프라이드치킨 — 137

13 — 바이닐헤이븐 — 154

14 — 겹겹의 불안 — 165

3부 PROSPECT
가망

15 — 삼각형 벽돌 건물 — 175

16 — 부딪치는 잔, 흔들리는 촛불 — 189

17 — 신체적인, 정신적인, 정서적인 — 197

18 — 발차기, 움켜잡기, 추락하기 — 208

19 — 열아홉 계단 — 223

20 — 72시간 — 241

21 — 떠날 시간이야 — 250

4부 LIBERTY
해방

22 — 메인에서의 어두운 하루 — 265

23 — 누가 누구를 살렸을까? — 273

24 — 배트케이브를 향해 — 280

25 — 달콤 쌉싸름한 이별의 브라우니 — 292

26 — 구덩이와 도로 — 304

5부 FREEDOM
자유

27 — 잎이 세 개씩 난 풀 — 327

28 — 나를 다시 받아줘 — 337

29 — 처음부터 다시 시작 — 344

30 — 월도의 여자들 — 352

31 — 각성한 여자 — 364

32 — 딸기 빛깔 우리 집 — 372

33 — 집보다 더 나은 곳은 없음을 — 380

감사의 말 — 391

1부

HOPE

희망

1
베이컨과 아이스크림

오후 3시 10분. 내가 하루 중 가장 좋아하는 시간이었다. 매일 오후 3시쯤 되면 아버지가 운영하는 다이너* 주방에는 평화로운 분위기가 감돌기 시작했다. 기다렸던 휴식 시간도 이때 주어졌다. 눈 깜빡하면 지나갈 터였지만. 나는 지난 네 시간 동안 햄버거 패티를 20개가 넘게 구웠고, 조개 튀김도 20그릇쯤 만들었으며, 특제 미트로프**는 열 접시가 넘게 차려냈고, 사이사이 BLT와 이탈리아 햄 샌드위치, 그리고 달걀 샐러드 샌드위치까지 만들어낸 참이었다.

정신없는 점심시간이 마무리되어 마침내 그릴이 텅 비고 튀김기 속 뜨거운 기름도 잔잔해졌다. 더는 손님이 없어 주문표도 들어오지 않았다. 비로소 자리에 앉아 한숨 돌리며 요기를 할 수 있었다. 화장실은 장

---

*   늦은 시간까지 영업하는 서민적인 식당. 주로 샌드위치, 버거, 팬케이크 같은 친숙한 메뉴를 판다.

** 다진 고기에 채소, 달걀, 빵가루를 넣어 덩어리로 빚은 후 토마토소스를 발라 구워 먹는 요리.

15

장 다섯 시간 만에 다녀오는 것이었다. 하지만 내일 아침에 몰려들 손님들을 대비해 홈 프라이*와 베이컨을 준비해두어야 하는 시간이기도 했다. 그렇게 한산한 시간은 하루 중 그때가 유일했기 때문이다. 조리대 위, 5킬로그램에 육박하는 돼지고기가 더는 못 기다리겠다는 듯 나를 노려보고 있었다. 나는 불룩한 비닐봉지 안에서 기름진 고기 조각들을 한 움큼 가득 집어낸 후, 손때 묻은 조리대 한가운데 커다란 불판 위에 차례차례 네 줄로 길게 늘어놓았다. 얼마 뒤 고기가 노릇노릇해지기 시작하자 갈색 키친타월 위에 쌓아 기름을 흡수시켰고, 또 한 번 불판 위에 고기 조각들을 네 줄로 늘어놓았다. 그것을 다시, 또다시, 끝없이 반복했다. 이렇게 베이컨을 굽고 있으면 이 일이 영원히 끝나지 않을 것처럼 느껴졌다. 기름이 튀며 팔목에 작은 화상을 남기고 있었다. 이미 익숙해진 감각이었는데도 얼굴이 찌푸려졌다. 정제 돼지기름은 냄새도 강렬했다. 머리카락마다, 옷 섬유마다, 피부 모공마다 그 냄새가 깊이 배어든 기분이었다. 간단히 말하면 나는 베이컨 기름에 절어 있었다. 세상에, 뜨거운 물을 틀어놓고 오랫동안 샤워하고 싶은 마음이 어찌나 절절하던지. 하지만 족히 일곱 시간은 지나야 씻을 수 있었다. 고기를 더 굽고 감자도 썰어야 하는 데다가 지랄 같은 저녁 장사는 아직 시작도 안 했으니까.

베이컨을 다 구워 키친타월 사이에 쌓아놓은 후 불판의 불 조절기를 오른쪽으로 돌려 불을 작게 줄였다. 그릴 긁개로 기름을 모아 고여 있는 뜨거운 기름을 그릴 바깥쪽으로 밀어내자, 연기가 피어오르는 기름이 왼쪽 모서리에 달린 스테인리스 통으로 흘러내렸다. 드디어 그릴이

---

* 감자를 깍둑썰기해 삶은 후 기름에 튀긴 요리.

깨끗해졌고 아직 주문표는 한 개도 들어오지 않은 상태였으니, 이제는 정말로 쉴 수 있었다. 만세! 주방 앞에 있는 소프트아이스크림 기계로 가서 손잡이를 내리자 뽀얗고 부드러운 바닐라 아이스크림이 설탕 입힌 콘 위에 빙글빙글 돌아 안착했다. 콘 아이스크림을 예쁘게 만들어 내려면 많은 연습이 필요한 법이지만, 나는 오랫동안 단련해 그야말로 전문가였다. 또 스몰, 미디엄, 라지 사이즈가 어떻게 다른지도 알고 있어야 했다. 아주 중요한, 내 목숨이 달린 문제였다. 진짜다. 아버지가 내가 만든 아이스크림을 보고 너무 크다며 신경질 냈던 적이 한두 번이 아니었다.

"씨발, 살림 거덜 내려고 그러는 거야?!" 아버지는 소리치고는 했다. "몇 번이나 말해?! 스몰은 세 번, 미디엄은 네 번, 라지는 다섯 번 돌리라고. 나보고 장사 접으라는 거야?! 공짜로 퍼주라고?! 한 번, 두 번, 세 번! 스몰은 세 번이야! 미디엄은 네 번, 라지는 다섯 번이고! 알아들어?!" 아버지의 분노는 불필요할 정도로 과격하게 느껴졌지만, 아버지는 원래 그런 사람이었다. 그가 폭발하는 모습도 이제 더는 새롭지 않았다.

하지만 여동생 니나에게는 화내는 법이 없었다. 그 애는 학교가 끝나면 식당에 와서 디저트 코너의 창구 너머로 파르페와 바나나 보트*를 마리화나에 취한 친구들에게 나눠주었고, 크림을 먹으려다가 휘핑크림 기계를 몇 개씩 망가트리며 식당의 수익률을 떨어뜨렸다. 어쩌면 아버지는 니나가 막내니까 너그럽게 봐줬던 것인지도 모르겠다. 아니

---

* 바나나를 길게 잘라 마시멜로와 초콜릿, 캐러멜소스 등을 뿌려 구워 먹는 디저트. 주로 캠핑할 때 먹는다.

17

면 거듭 실망만 안겨주는 큰딸 때문에 지쳐버렸던 것인지도.

어쨌든 나는 식당 뒤쪽에 앉아 기다리던 오후의 휴식을 즐겼다. 뒤집은 우유 상자 위에 걸터앉은 채로 텅 빈 플라스틱 빵 진열대 위에 발을 올려놓고, 차갑고 달콤한 것을 먹었다. 아이스크림을 한 번, 두 번, 세 번 돌린 완벽한 스몰 사이즈 콘을 먹고 있는 그곳은, 한숨 돌릴 수 있을 만큼 주방에서 멀리 떨어진 동시에 홀에서 주문이 들어와 조리대 위의 호출 종소리가 나면 바로 알아챌 수 있을 만큼 가까운 거리였다.

처음으로 아버지의 다이너에 발을 들였던 날을 기억한다. 그때 나는 다섯 살짜리 꼬마였다. 어느 날 아침 유치원 가는 길, 어머니의 낡은 볼보는 항상 달리던 등굣길을 벗어났다. 도착한 곳은 흙먼지가 날리는 넓은 주차장이었고, 자동차는 군데군데 구덩이가 움푹 팬 땅을 지나며 몇 번이나 들썩인 끝에 작은 다이너 앞에서 멈춰 섰다. 전에도 지나친 적 있는, '녹스 리지'라는 높은 산등성이에 있는 식당이었다. 박공지붕 앞면에 붙은 간판에는 '리지톱 레스토랑'이라고 적혀 있었고, 흐릿한 갈색과 노란색 페인트로 쓴 '이 동네 최고의 맛집'이라는 말이 덧붙여져 있었다.

"여기는 뭐하러 왔어?" 뒷좌석에 앉아 있던 내가 물어보았다. 예상하지 못했던 목적지라 의아했다.

"유치원 가기 전에 아빠 보고 갈 거야. 아빠는 이제부터 여기서 일해. 이 식당, 우리 거야. 우리가 샀어!" 어머니가 말했다. 정말이지 짜릿한 소식이었다. 동생과 나는 잠시 말문이 막혔다가, 곧 휘둥그레진 눈으로 기쁨에 겨워 꽥꽥거렸다. "진짜? 우리한테 식당이 있다고?!" 아마 우리 둘 다 공짜 햄버거와 감자튀김, 밀크셰이크, 아이스크림을 배 터지도록 먹는 상상을 했던 것 같다. 우리는 자동차에서 뛰어내려 식당 현관문을 향해 달려갔다. 잔뜩 신이 나서 힘껏 문을 열어젖히려고 했지만 커다란 유리문은 생각보다 무거웠고, 자매의 쿵쾅거리는 심장박동보다 훨씬 느리게 열렸다. 힘껏 밀어낸 끝에 문이 열리자 손잡이에 달린 종이 부드럽게 딸랑거리며 모든 사람에게 두 아이의 도착을 알렸다. 안에 들어선 우리는 꼼짝도 안 하고 서서 처음 보는 장소를, 우리의 식당을 관찰했다. 앞에는 합성목재로 만든 부스 좌석이 길게 늘어서 있었다. 테이블 위에는 종이로 된 테이블 매트와 간단한 식기, 빨간 케첩 통, 분홍색 설탕 봉지, 다양한 맛의 소포장 과일잼이 있었다. 튀긴 양파와 베이컨 냄새가 코로 밀려들었다. 오른편에는 아침 식사 손님을 위한 높은 바 좌석과 나무 스툴이 늘어서 있었고, 유리 용기 안에 빵과 과자가 가득했다. 바에 앉은 손님 몇몇이 반짝이는 갈색 머그잔에 담긴 커피를 조용히 홀짝이며 담배를 피우고 있었다. 잠시 우리를 바라보는가 싶더니 다시 고개를 돌려 각자 앞에 놓인 해시브라운과 달걀을 먹기 시작했다. 그들의 입술과 재떨이에서 길게 뿜어져 나오던 연기를 넋 놓고 바라보던 것이 기억난다. 연기는 석면 달반자 천장까지 날아가 누런 니코틴 얼룩을 남겨 놓았는데, 얼룩의 모양이 밑에 있는 바 좌석과 똑같아 몇 년째 드나드는 단골손님의 존재를 암시하고 있었다.

친절한 종업원이 우리를 맞이주었다. 스톤 워시 진에 연보라색 티셔츠, 흰색 가죽 하이탑 스니커즈, 프릴이 달린 검은색 앞치마 차림이었고, 갈색 웨이브 머리는 풍성하게 부풀려 고정되어 있었으며(분명 아쿠아넷 스프레이를 뿌렸을 것이다), 속눈썹에는 파란색 마스카라를 진하게 덧바른 모습이었다. 스프레이를 잔뜩 뿌려 단단한 머리카락이 귀 뒤에 꽂은 펜을 지탱해주고 있었다.

"안녕. 나는 바이올라라고 해. 제프가 너희 아빠 맞지?" 그가 우리 쪽으로 총총 달려오며 쾌활한 목소리로 말했다. 하지만 우리가 고개를 끄덕이기도 전에 바 좌석 뒤에서 할머니의 친근한 목소리가 들렸고, 우리는 그쪽으로 시선을 옮겼다. 자욱한 연기 사이로 할머니의 온화하고 다감한 얼굴이 보였다.

"얘들아!" 할머니가 웃으며 외쳤다. 바 뒤로 오라고 손짓하고 있었다. 우리는 여전히 휘둥그레한 눈으로 등 뒤에 맨 가방을 달랑거리며 할머니에게 달려갔다. 할머니는 차례대로 우리를 안아주고 머리에 다정하게 뽀뽀해주었다.

"우리 아가들, 도넛이랑 우유 한 잔씩 먹자." 할머니가 우리를 식당 뒤편의 주방으로 데려가며 말했다. 우리는 나무 여닫이문을 밀고 안으로 들어갔고, 그곳에 그가, 우리 아버지가 있었다. 아버지는 허리에 흰색 앞치마를 두르고 손에 넓찍한 뒤집개를 든 채, 거대한 스테인리스 불판 앞에 서서 노릇노릇하고 큼지막한 팬케이크를 능숙하게 허공 높이 던져 뒤집고 있었다. 입으로는 쾌활하게 휘파람을 불었다. 팬케이크의 안 익은 면이 뜨거운 불판에 닿을 때마다 치익! 쉬익! 하는 소리가 났다. 나는 그 소리가 마음에 들었다. 아버지가 동생과 나를 흘긋 바라보았고, 아버지의 실력에 깜짝 놀란 우리는 입을 살짝 벌린 채 그쪽에 시선을 고정했다. 우리는 아버지를 넋 놓고 바라보았다. 전에는 한 번도 본 적 없는 새로운 모습이었다. 미소가 눈부셨고, 파란 눈을 가늘게 뜨고 있어 눈동자 색이 어렴풋했다. 턱선을 따라 길게 이어진 짙은 금발 구레나룻이 돋보였으며, 줄곧 휘파람을 불다가 흰 치아를 드러내고 함박웃음을 지을 때면 콧수염이 찡긋거렸다. 바로 그 순간, 나는 아버지에게서 느껴지는 분명하고 막대한 즐거움에 압도되었다. 이런 모습의 아버지, 행복하고 완전해 보이는 아버지는 자주 볼 수 있는 것이 아니라 낯설었다. "나를 봐! 삶을 사랑하는 나를!" 아버지는 이렇게 말하는 듯했다. 언어가 아니라 행동으로. 나는 마음이 따뜻해졌다. "아빠가 요리할 줄 아는지 몰랐어." 니나가 말했다. 새끼 사슴처럼 커다란 동생의 눈은 아버지에게 고정되어 움직이지도 깜빡이지도 않았다.

기다란 조리대 끝에서는 할아버지가 무언가를 만지작거리다가 커다란 튀김기에 넣었다. 검은 테 돋보기안경은 기름이 튀어 얼룩덜룩해져서 코끝까지 내려왔는데, 더 미끄러지지 않고 거기서 멈추어 있는 것이 신기했다. 할아버지 역시 즐거움에 큰 소리로 휘파람을 불었다. 때로는 할아버지와 아버지의 휘파람 소리가 섞여들었다. 그릴에서 시작해 튀김기로, 튀김기에서 시작해 그릴로 음악이 이어졌다. 할아버지가 뜨거운 기름에서 뜨끈뜨끈한 도넛을 둘, 넷, 여섯 개 꺼내서, 옆에서 진득하게 기다리던, 할머니의 손에 들린 기름종이 깔린 접시 위에 내려놓았다. 할아버지는 달걀과 밀가루 반죽이 튄 흰 앞치마 차림으로 몸을 돌려 우리 쪽을 바라보더니 안경을 치켜올리고 니나와 나에게 뽀뽀를 불어준 후, 다시 뜨거운 기름에 도넛 반죽을 넣고 발랄한 휘파람을 불었다.

우리 앞에는 할머니가 갓 튀긴 도넛을 들고 서 있었다. 우리는 각자 도넛을 한 개씩 집어 들고 베어 물었다. 입에서 뜨거운 김이 나왔다. 그 온기, 겉은 바삭하고 안은 부드러운 식감, 어렴풋이 느껴지는 너트메그와 바닐라 향, 설탕의 은은한 달콤함. 내가 지금까지 먹어본 음식 중 가장 맛있었다. 사이사이 들이켜는 시원하고 신선한 우유가 입 안을 식혀주었다. 그때 그 순간, 우리는 모두 행복했다. 낭만적이고 시적인 순간이었다. 이 마법 같은 곳은 대체 어디야?! 나는 또 한 입을 베어 물기 전 생각했다.

"이제 이 식당은 우리 거야." 아버지가 환한 얼굴로 말했다. 그리고 나는 사랑에 빠졌다.

아버지가 처음으로 다이너 일을 시켰을 때 나는 열두 살이었다. 그 일요일 오전을 나는 선명하게 기억한다. 첫 출근이라는 생각에 흥분하고 긴장해서 두근거리는 마음으로 아침 일찍 일어났다. 안달복달하며 어머니의 자동차 조수석에 올라타 경적을 울렸다.

"얼른 가요, 엄마!" 내가 창문을 내리고 소리쳤다.

"알았어, 알았다고!" 어머니가 현관을 나서며 외쳤다. 그러고는 운전석에 올라타 시동을 걸었다. "네가 면허를 빨리 따야 할 텐데 말이야." 어머니는 피곤한 듯 조금은 짜증 섞인 목소리로 말했다.

"엄마, 난 열두 살이에요. 용돈 모아서 자전거나 살 나이라고요." 나는 눈을 굴렸다.

까마득한 어린 시절 다이너에서 일하기 시작한 이유는 방금 이야기한 것처럼 자전거 살 돈을 모으기 위해서였고, 조금 더 컸을 때는 내 폭스바겐 래빗의 기름값을 대고 재닛 잭슨의 카세트테이프를 사기 위해서였다. 나는 다이너 주방의 말단에서부터 차례차례 승진 계단을 밟아 오르며 요리사라면 알아야 할 기본적인 요리 기술을 익혔다. 버거 패티를 분홍색이 감도는 완벽한 미디엄 레어로 굽는 방법, 달걀노른자를 터뜨리지 않고 한 면만 굽는 법, 완숙 프라이, 반숙 프라이, 스크램블, 수란, 삶은 달걀을 만드는 법, 닭고기를 구워 살을 깔끔하게 발라내는 법(닭 뼈는 잘 말려두었다가 니나와 위시본 놀이*를 하곤 했다). 조개와 가리비와 생선에 빵가루를 묻혀 맛있게 튀겨내는 법, 마요네즈와 식초와

22

소금과 버터의 비율을 맞추는 법, 무엇보다 시간에 맞춰 여러 일을 동시에 하는 법을 익혔다. 대여섯 개의 버거 패티를 (쭉 줄 세워놓고 각기 다른 온도에서) 굽는 법, 전자레인지에 스튜를 넣고 데우는 동시에 닭고기 샌드위치와 달걀 샐러드 샌드위치를 만들며 튀김기를 확인하는 기술도 연마했다. 이런 것들은 내가 동시에 해치워야 했던 하고많은 일 중 몇 가지 예시일 뿐이지만. 나는 궁금한 것이 참 많았으나 아버지는 그런 나를 주방에 혼자 두고 사라지고는 했다. 결국 나는 내 직감을 활용하는 법을 익히기 시작했다. 맛보고 시험해서 딱 적당한 상태를 찾아내는 방법도. 이런 길고 긴 실험 기간을 거치며 나는 서서히 요리사의 면모를 갖춰갔다.

그렇게 9년이 흐르자 나는 다이너 주방에서 한 사람 몫을 톡톡히 해낼 수 있게 되었다. 물론 대가가 없지는 않았다. 고작 아이스크림을 먹으며 찰나의 휴식을 즐긴 후에 또 열두 시간을 연달아 일해야 하는 고된 현실이 그 증거였다. 아이스크림은 여름의 열기에 빠르게 녹아내렸다. 바닐라 아이스크림이 걷잡을 수 없이 내 손으로, 불룩한 배 위로 흘러내렸다. 그때 나는 스물한 살에 결혼하지 않은 상태였고, 임신 9개월의 몸으로 하루에 16시간씩 일하고 있었다. 피곤했고, 불편했고, 특히 아버지 때문에 화가 났다. 아버지는 자기 식당을 나에게 맡겨둔 채 옆 동네에서 열린 노동절 주말 축제에 블루밍 어니언**을 튀기러 간 참

---

*   오리나 닭의 V자형 목뼈 양쪽을 두 사람이 하나씩 잡고 소원을 빈 다음 뼈를 끌어당긴다. 그 힘 때문에 뼈가 부서졌을 때, 더 큰 뼛조각을 쥐고 있는 사람의 소원이 이뤄진다고 한다.
** 양파를 세로로 잘라 연꽃처럼 펼쳐 튀긴 요리.

이었다. 가지 않기에는 수익이 짭짤한 것도 사실이었다. 아버지는 매년 축제에 가서 끝도 없이 양파를 튀긴 대가로 비닐봉지에 현금을 가득 담아 오고는 했으니까. 그래도 나는 이해하기 힘들었다. "진통이 시작되면 어떡해요?" 내가 물었다. "내 알 바 아니지." 그날 아침 전화 너머에서 들려오는 아버지의 목소리는 정말 일말의 관심도 없는 듯 들렸다. "정말 진통이 오면 가게 문을 닫든가, 씨발." 아버지는 내가 아기를 낳으면 식당 일을 하지 못할 것이라며 나의 임신을 큰 골칫거리로 취급했고, 또 몹시 수치스러워했다. "저기 보이지? 내 인생에 어마어마한 골칫덩이가 있다니까"라고 식품회사 시스코의 영업사원에게 불만스럽게 말한 적도 있었다. 손가락으로는 구석에 있는 샐러드 조리대에서 일하는 나와 내 배를 똑바로 가리키고 있었다. 아버지의 나를 향한 경멸은 어린 시절 농장에 살던 암고양이들에게 보여주었던 것과 다르지 않았다. 아버지에게 암고양이란 쓸모없는 존재였다. 잠시만 눈을 돌리면 새끼를 배서는 잡으라는 쥐는 안 잡고 군식구만 늘렸으니까.

나는 식당 문을 닫고 집에 가서 뜨거운 물에 몸을 담갔다가 늘어지게 낮잠이나 자고 싶었다. 하지만 그럴 수 없었다. 아이스크림을 마저 먹고 손을 씻은 다음 주방으로 돌아갔다. 다음 날 장사를 위해 준비해 놓을 것이 많은 데다가, 아기가 언제 나올지 모르니 어서 할 일을 해치우는 쪽이 좋았다. 튀겨야 할 감자가 있었다. 구워야 할 베이컨도.

2

타피오카와 새끼 고양이들

메인주의 작은 마을, 인구 719명이 전부인 나의 고향 프리덤*은 머무는 곳이 아니라 더 큰 도시로 가기 위해 거쳐 가는 곳이었다. 별 볼일 없는 작은 동네, 농지와 빽빽한 숲이 어우러진 촌 동네였다. 누릴 것이 많지는 않아서 교회 하나, 주유기가 두어 개 있는 작은 잡화점 하나, 하루에 몇 시간만 운영하는 한가한 우체국이 전부였다. 마을 한가운데에는 텅 빈 널지붕 물레방아가 샌디천의 물줄기 옆에서 무너져가고 있었다. 오래전에는 마을의 중추 역할을 담당했던 물레방아로, 물의 힘으로 밀과 옥수수를 찧고는 했다. 나중에는 톱질하고 나무를 가는 곳으로 바뀌었고, 목재, 지붕널, 삽과 스크루 드라이버의 손잡이 같은 것을 제작했다. 그러나 60년대가 되자 이런 쓰임조차 멈추었다. 그 후로는 같은 자리에 멀거니 서 있을 뿐이었다. 그 앞을 지나 폭포로 흐르는

---

*   저자가 어린 시절을 보낸 메인주의 마을 이름인 '프리덤Freedom'은 보통명사로 쓰면 '자유'라는 뜻이다.

물줄기조차 물레방아의 존재를 잊어버렸다. 아스라이 무너져간 끝에 내가 어린 시절에 목격했던 모습대로, 허물어진 목재와 화강암 더미로 전락하고 말았다.

동생과 나는 매년 7월 4일 독립기념일이 되면 그 전해 댄스 공연에서 입었던 해묵은 무대 의상을 입고 낡은 물레방아 앞으로 퍼레이드를 했다. 매주 그 앞을 지나 언덕 위에 있는 회중파 교회의 교회학교에 다니기도 했다. 겨울이 오면 투명하게 얼어 얼음낚시를 하거나 스케이트를 타고는 했던 프리덤호는 샌디천과 이어졌고, 하천의 물줄기는 물레방아 앞으로 흐르며 낡은 건물의 잔해를 싣고 사라졌다. 오랜 세월이 흐르며 물레방아가 사람들의 기억에서 휘발되는 동안 지붕은 녹슬어 뒤틀리고 본체도 위태롭게 한쪽으로 기울어져 서글픈 모습이었다. 바람 한 줄기만 불어도 와르르 무너질 것 같았다. 그 썩어가는 내부에 발을 들일 정도로 어리석은 영혼이란, 그라피티나 오줌으로 영역 표시를 하거나 한때는 창문이 있었던 시커먼 구멍에 붙은 몇 안 되는 유리 조각에 돌을 던지려는 동네 10대 남자아이들뿐이었다. 나에게 그 물레방아는 프리덤을 단적으로 보여주는 상징물이었다. 나는 고향에 남으면 썩어가리라고 생각했다. 프리덤은 밝은 미래를 약속하는 곳이 아니었다. 우리는 성장기 동안 반복해서 '무언의 알림'을 받았다. 대단한 사람이 되고 싶다면, 인생을 보람차게 살고 싶다면 다른 곳으로 가야 한다고. 프리덤은 꿈을 실현하는 곳이 아니라고. 월도 카운티에서는 성공할 수 없다고. 프리덤에서는 멋지게 살 수 없다고. 물레방아는 내가 이곳에 남으면 어떻게 될지 으스스하게 속삭여주었다. "여기 있으면 너는 나처럼 누구의 관심도 받지 못한 채 무너져가는 쓰레기 같은 것이 되고 말 거야." 프리덤에서 태어나면 프리덤에서 죽을 확률이 높았고,

그사이에 무슨 일을 하든 딱히 의미 있는 일은 아닐 것이었다.

우리 가족이 사는 지붕널 얹은 낡은 농가는 구덩이가 군데군데 움푹 팬 흙길 끝자락에 있었는데, 마을 중심부의 물레방아에서 겨우 5킬로미터 떨어진 곳이었다. 주변에 3만 평에 달하는 농지와 숲이 있었기에 니나와 나는 그곳에서 보낸 수많은 여름날 동안 아침부터 저녁까지 끝이 보이지 않는 초원과 황무지를 달리곤 했다. 우리는 세 개씩 묶어 파는, 가슴 밑에 끈과 리본이 달린 흰 탱크톱에 엄마가 이웃 동네 워터빌에 있는 JC페니 백화점에서 사 온 바랜 듯한 청 반바지 차림을 하고 맨발로 돌아다녔다. 해가 쨍쨍한 7월 오후면 아빠의 텃밭에서 오이 서리를 해다가 바로 그 자리에서 시원하고 까끌까끌하고 아삭아삭한 맛을 즐기며 먹고는 했다. 그러면서 그날 부모님이 시킨 대로 감자벌레를 잡아다가 유리병 속 찰랑찰랑하게 채운 기름에 빠트려 죽였다. 또, 옆집 농가에 사는 남자아이들과 우리 집 주변 개천에 진흙 댐을 쌓고 옻나무 덤불에 나뭇가지로 정교한 요새를 만들었다. 나무에 올라타서는 버려진 새 둥지를 채집하기도 했다. 연못에서 개구리와 올챙이를 잡아 투명한 유리병에 넣고 자라나는 모습을 구경하다가 조심조심 다시 연못에 풀어주어 그것들이 자기 운명대로 자랄 수 있게 해주었다. 온 지구에 우리밖에 없는 것처럼 들판 한복판에서 목이 터져라 〈인어공주〉 주제가를 불렀고, 자동차라고 해봤자 하루에 기껏해야 여섯 대쯤 지나갈까 싶은 길가에 서서 신선한 달걀과 허브를 팔았다. 비 오는 날이면 건초를 쌓아둔 헛간 다락에 올라가서 건초로 요새를 만들거나, 고양이들을 귀엽게 분장시키며 못살게 굴거나, 엄마가 시킨 토끼장 청소도 했다. 간단하고 정직하고 지저분하고 현실적인 삶이었다. 찬란한 시절이었다.

자라는 동안 우리는 온갖 동물을 키웠다. 조랑말, 말, 거위, 닭, 라마, 토끼, 개, 그리고 고양이. 헛간에 고양이를 정말 많이도 길렀다. 시작은 쥐잡기 임무를 받은 단 한 마리의 고양이였다. '쥐 말고 고양이'가 우리 집의 신조였다. 하지만 그 고양이가 새끼를 뱄고, 그걸로 끝이었다. 고양이가, 말하자면 토끼처럼 불어났던 것이다. 헛간 다락 뒤쪽의 따뜻한 건초더미 위에 한 무리 새끼 고양이들이 웅크리고 있는 것을 발견하고 깜짝 놀랐던 때가 한두 번이 아니었다. 조그맣게 야옹거리는 울음 소리를 때로는 몇 시간이나 쫓아다닌 끝에 보송보송한 새끼 고양이들, 아직 뜨지도 못한 눈이 가느다란 고양이들을 찾아내면 뛸 듯이 기뻤다. 꼭 부활절 달걀 찾기 같았으나 훨씬 더 재미있었다. 까만 고양이, 노란 고양이, 잿빛 삼색 털 고양이까지. 교묘하게 숨을 줄 아는, 귀엽고 앙증맞은 보송보송한 털북숭이들. 다정하고 공정한 어머니는 새끼 고양이들이 눈을 뜨고 사료를 먹을 정도로 자랄 때까지 헛간에서 키우게 해주었다. 그러나 그때쯤이면 우리 자매는 이미 고양이들에게 깊이 정이 들어 순순히 다른 집에 보낼 수 없었다. 우리는 널빤지에 매직으로 '입양비 없는 고양이 데려가세요'라고 써서, 고양이들이 새로 태어날 때마다 마지못해 우편함에 걸어놓고는 했다. 호박이, 판다, 리즈 같은 이름을 지어주고, 형제 중 가장 예쁜 한 마리만이라도 집에 두고 기를 수 있기를 바랐다. 부모님에게 애원하고 간청했고, 요란스럽게 고양이의 귀여움을 호소하며 야단을 떨었다.

"엄마! 얘 좀 보세요. 이 암고양이 너무 귀엽잖아! 이보다 더 귀여운 새끼 고양이 본 적 있어요?"

"아빠, 그런데요! 이 수컷은 똑똑해요. 보세요! 자기 이름을 알아들어서 내가 부르면 오잖아요. 집에 두면 분명 밥값을 할 거예요."

고양이를 기르게 될 확률은 낮았지만, 우리는 그나마 수컷 고양이를 기르겠다고 해야 가망이 있다는 것을 알았다. 농장에서 기르는 고양이들은 중성화 수술을 받지 못했다. 수술비는 비쌌고, 원칙상 농장 고양이는 반려동물이 아니었다. 쥐잡기라는 할 일이 있는 '노동묘'였다. 수컷 고양이는 새끼를 배지 않기 때문에 귀염을 받았다. 암컷 고양이는 짐이자 골칫거리였다. 아빠는 이게 농장 생활의 현실이라고 여러 차례 고통스러울 정도로 명확하게 밝혔는데, 딸에 대해서도 비슷하게 생각했던 것 같다.

나는 딸로, 짐이자 큰 골칫거리로 태어남으로써 아버지의 계획을 망쳤다. 첫째가 딸일 것으로 기대하지 않았던 아버지는 내가 태어났을 때 깜짝 놀랐다. 생각해둔 이름도 없었다. 급한 대로 드라마 〈월턴가 사람들The Waltons〉에 나오는 등장인물들의 이름을 붙여주었다. 아버지는 누나와 여동생이 있었으나 형제가 없어서 대를 이어야 한다는 책임감에 시달렸다. 아버지의 아버지는 대가 끊기면 안 된다며 아들을 채근했다. 하지만 아버지는 새끼 고양이들과 노는 것을 좋아하는 연약한 금발 머리 여자아이 둘을 두었다. 어머니가 언젠가 말하기를, 간호사가 건강한 공주님을 낳았다고 말하자 아버지와 할아버지의 얼굴이 볼 만했단다. 부자는 낙담하고 실망한 표정을 하고 있었고, 어머니가 혼자 병원 침대에 누워 피를 흘리는 사이 축하가 아닌 슬픔의 술잔치를 벌였다. 아버지는 오랫동안 그 무거운 실망을 품고 살며 동생이나 내가 속을 썩일 때마다 그 실망을 표출했다. 아버지는 우리에게 여자로 태어나서 다행인 줄 알라고 말하고는 했다. "너희들이 남자애들이었다면 지금 당장 맨손으로 두들겨 패줬을 테니까." 두들겨 맞는 일은 없었지만, 그런 말을 듣는 것만으로도 충분히 아팠다.

그렇다, 우리는 새끼 고양이들과 노는 것을 좋아하는 연약한 금발 머리 여자애들이었다. 그리고 새끼 고양이들은 그 귀엽고 보드라운 찬란함으로 우리 자매에게 많은 것을 알려주었다. 연약한 것에 대해, 작고 힘없는 것을 돌보는 법을 알려주었다. 사랑하고 웃는 법을 가르쳐주었다. 또 눈물을 흘리고 상실을 애도하는 법을 알려주었다. 고양이들을 입양 보낼 때마다, 설상가상으로 고양이들이 죽을 때마다.

내가 열 살이었을 때, 내가 제일 아끼던 고양이 리츠가 우리 집 앞 한적한 흙길에서 차에 치였다. 나는 아버지가 리츠를 베갯잇에 싸 헛간에 데려간 다음 물이 가득 담긴 20리터짜리 피클 통에 빠트려 죽이는 것을 보았다. 고양이는 죽을 운명이었고, 살리려고 해봤자 소용없었다. 그러나 그 가여운 동물을 신속하게 죽이는 일이 자비라는 것은 마지막까지도 이해할 수 없었다. 아버지는 삶이란, 아니 죽음이란 이런 것임을 이웃집 낙농업자에게 배웠다. 코너 씨는 헛간에 사는 하고많은 고양이를 어떻게 할 수가 없어서 종종 '농장의 균형을 유지'하기 위한 조치를 취했다. 마대에 암컷 새끼 고양이만 가득 넣은 다음 물 채운 여물통에 통째로 담가 죽였다. 어미 고양이는 자루 안에 새끼들이 있다는 것을 알고 참담한 울음소리를 내며 주변을 빙빙 돌고는 했다. 아버지는 코너 씨에게 배운 기술을 나의 고양이에게 썼다. 나는 차마 볼 수도, 옆에 서 있을 수도, 그 사고방식을 이해할 수도 없었다. 그렇다고 막을 수도 없었다. 나는 애걸복걸하다가 그래도 소용없다는 것을 깨달은 후에는, 도망쳤다.

엉엉 울면서 뒤뜰로 달려가 키 큰 미역취 줄기들 사이로 숨어들었고, 훌쩍 도망치는 일이 쉬웠던 것처럼 온갖 슬픈 일이 순식간에 사라지기를 바랐다. 키가 훌쩍한 풀밭 위에 누워 눈의 천사*를 만드는 것처럼 팔다리를 허우적거렸다. 몸을 움직임으로써 태어나서 처음으로 느껴보는 이 걷잡을 수 없는 감정을 흘어내고 싶었다. 허공의 공기가 바뀌어 있었다. 여름이고 태양이 쨍쨍한데도 세상은 우울한 잿빛으로 느껴졌다. 나는 들판에 누운 채 하늘을 올려다보며 나를 감싸는 건초 향을 맡았다. 헛간 다락의 건초 속에서 리츠가 털북숭이 형제들 한가운데에 웅크리고 있는 것을 발견한 날에도 건초 향이 났다. 가여운 리츠는 몸을 심하게 다쳐 끔찍이도 고통스러워하고 있었으니 아버지가 왜 그런 짓을 했는지도 이해해보려 할 수도 있었지만, 이 모든 것이 공정하지 않다고 생각했다. 애초에 왜 리츠는 차에 치여야만 했을까? 정녕 하나님이 존재한다면, 대체 왜 작고 무력한 고양이에게 화풀이했던 것일까? 신이란 대체 어떻게 생겨먹었기에 그런 짓을 하지? 다 거지 같았다. 신은 살묘자였다. 재수 없어!

다음 날 프리덤 교회학교에 앉아 있는데 자꾸 신이 고양이를 죽였다는 생각이 들었다. 찬송가를 부르는 내내 원래 가사 대신 하나님을 욕하는 단어들을 섞어 내 멋대로 노래를 불렀다. 하나님이 듣고 있는지조차 확신할 수 없었지만, 그래도 상관없었다. 나는 사람들이 기다란 의자에 나란히 앉아 나에게는 거짓말임이 명확한 그 노래 가사를 따라 부르는 모습을 둘러보았다. "주에게, 주가 행하신 위대한 것들에 영광을"이라니? "찬란하게 일어나 하나님께 영광을 드린다"라니. 나는 절대 그럴 수 없었다. 화가 나서 더는 견딜 수 없었다. 이성을 잃고 말았다. "하나님은 착하지 않아!"라고 외치기 시작했다. 하나님은 귀엽고

---

* 깨끗한 눈밭 위에 대자로 누워 팔다리를 흔들며, 땅에 날개 달린 천사의 모양을 만드는 것.

보드랍고 착하고 앙증맞은 생명을 앗아가는 냉혈한이었다. 내 항의의 클라이맥스는 교회에 갈 때 입는 예쁜 원피스를 들어 올려 신도들에게 엷은 분홍색 타이츠와 속옷을 공개한 것이었다. 물론 나는 겨우 열 살이라 미리 명확한 계획을 세우고 항의에 나선 것은 아니었기에, 사람들의 반응을 기다리는 대신 잽싸게 교회를 빠져나왔다.

예배가 끝나자 어머니가 동생과 나를 데리러 왔다. 교회학교 선생님은 내가 소란을 피웠다고 전했고, 그동안 나는 주차장 가장자리의 풀밭에 숨어 물망초를 꺾었다. 니나도 혼날 일이 있었다. 바람에 치마가 펄럭이는데도 환풍기 위에 멀거니 서서 모든 신도에게 속옷을 공개했던 것이다. 우리 둘 다 지난주에 여러 번 말싸움을 벌여서 이미 태도 평가 점수가 나쁘던 상황이었다. 우리 자매는 하나님이 지켜보는 와중에도 다툼을 멈출 수가 없었다. 꾸지람을 피할 수 없는 상황이라, 나는 조금이라도 덜 혼나려고 푸른 꽃을 한 다발 모아서 어머니에게 건넸다. 어머니의 볼이 붉게 달아올라 있었다. 원래도 가느다란 입술을 앙다물고는 아주 못마땅하다는 시선으로 나를 노려보았다. 어머니가 화를 내는 일은 드물었기 때문에 정신이 번쩍 들었다. 나는 어머니가 화났다는 것은 물론 부끄러워하고 있다는 것을 알았다. 어머니는 눈빛으로 말했다. "빨리 차에 타지 못해!" 그날 니나와 나는 하나님에게 항의한 죄, 계속 아옹다옹한 죄, 사람들에게 속옷을 공개한 죄로 교회학교에서 쫓겨났다. 교회에서는 우리에게 정신을 차리기 전에는 돌아오지 말라고 했다. 자동차로 5킬로미터를 달려 귀가하는 동안 우리는 전부 입을 꾹 다물었다. 어머니가 우리를 못마땅하게 여기고 있다는 것이 명백했다. 어머니는 그 뒤로 한 번도 다시 교회학교에 가라고 등 떠밀지 않았다. 우리가 너무나 바보짓을 해서 부끄러워서 그랬을 수도 있다.

아니면 어머니 역시 하나님이니 뭐니 하는 것들이 전부 사기라고 생각해서 그랬을 수도 있고. 어머니는 단 한 번도 기도하거나 설교를 듣거나 하늘에 계신다는 신을 언급한 적이 없었는데, 왜인지 딸들은 교회에 보냈다. 배울 것이 있는지 직접 가서 알아보기를 바란 것이다. 솔직히 내가 보기에 어머니는 그저 크리스마스를 즐기기 위해, 멋진 식사를 차리고 추억을 만들기 위해 교회와 예수님을 이용하고 있는 것 같았다.

 그 후로도 나는 우리의 작은 농장에 살던 동물들이 죽으면 줄곧 신을 저주했다. 그렇지만 동물의 죽음은 예상치 못한 위안을 가져다주기도 했다. 아버지의 마음을 엿볼 드문 기회이자 아버지에게도 마음이 있기는 하다는 방증이 되어주었기 때문이다. 처음으로 아버지의 눈에서 눈물이 흐르는 모습을 본 것도 리츠를 피클 통에 넣었던 그날이었다. 집에서 기르던 늙은 도베르만이 우리 자매와 근처의 물웅덩이에서 공 던지기 놀이를 하다가 죽었을 때, 그래서 집 뒤편 숲속에 얕은 무덤을 팠을 때 아버지는 눈물을 흘렸다. 개가 죽자 아버지는 상실감에 겨워 이틀 동안 소파에서 일어나지 못했다. 아버지가 동생이나 나보다 그 개를 더 사랑할지도 모른다고 생각했던 기억이 난다. 어느 9월의 늦은 오후, 동네 수의사가 와서 늙은 조랑말에게 안락사 주사를 놔주었을 때도 아버지는 몹시 울었다. 슬퍼하는 모습을 보이기 싫었던 아버지가 집 뒤편의 초원으로 멀어지는 동안, 그의 울음소리는 먼 거리를 건너오며 메아리쳤다. 나는 헛간 한끝에 숨어 낡은 벽 너머로 저 멀리서 있는 아버지를 훔쳐보았다. 아픔에 겨워 고함치는 아버지를, 분노에 겨워 하늘, 어쩌면 하나님에 대고 주먹을 휘두르는 그를 지켜보았다. 나는 아버지의 상실감 때문에 가슴이 아팠는데, 그와 동시에 너무나도 취약하고 감정적이고 여려 보이는 모습에 두려워졌다. 그 곰 같은 남자가 연약하고 감정적이고 여리다는 생각은 한 번도 해본 적 없었으니까. 그날은 아버지가 감정에 겨워 도망쳐야 했던 몇 안 되는 순간이었다. 아버지는 남자란 감정을 내보여서는 안 된다고, 감정은 나약함의 상징이라고 배우며 자랐다. 그래서 언제나 감정을 다스리지 못하고 도망칠 수밖에 없었다.

내가 아버지에 대해 알아갈 수 있었던 때는 그가 식당으로 출근하기 전과 퇴근한 후에 나의 주변에 머무는 짧은 시간 동안이었다. 아버지는 몇 년 전에 인수한 다이너를 운영하느라 기력이 바닥난 상태였다. 일주일에 6일 동안 새벽 5시에, 우리보다 훨씬 일찍 일어나서 언덕 위에 있는 식당으로 출근했고, 그릴에 불을 켠 후 커피를 끓여 6시에 첫 손님을 맞았다. 그러고는 저녁 장사의 뒷정리까지 마치고 밤 10시가 조금 안 되어 퇴근했다. 우리는 한참 전에 잠든 시간이었다. 그렇게 잠깐 쉬고 나면 일과가 또 반복되었다. 약간의 짜릿함과 막대한 즐거움을 가져다주었던 조붓한 식당은 이제 전 같지 않았다. 아버지는 스트레스로 소진되었고, 마음과 영혼이 닳아갔다. 일할 때 보여주던 미소와 휘파람은 욕설과 캔맥주로 바뀌었다. 다이너에서 몹시도 행복해하던 아버지의 모습을 내 두 눈으로 똑똑히 보았건만, 똑같은 다이너가 이제는 그의 기쁨을 다 집어삼키고 있었다. 어떻게 그럴 수 있을까?

어쨌거나 아버지는 내가 마음속으로 수없이 빌었던 것처럼 상냥한 아버지가 되어주지 않을 것이었다. 이는 점점 더 명확해졌다. 아버지는 딸을 안아서 하늘 높이 들어 올려주거나, 뺨에 뽀뽀해주고 꼭 안아주고 온 마음을 바쳐 사랑한다고 말해주는 '딸 바보'가 아니었다. 그는 예측할 수 없고 성질이 불같았다. 언제 폭발할지 알 수 없는 사람이었다. 화가 나면 눈이 커지고 얼굴이 붉어졌으며, 금발 머리가 삐죽삐죽 헝클어졌고, 목에 혈관이 불거진 채로 입에 거품을 물고 쌍소리를 내뱉었다. 가끔 버드와이저 맥주 여섯 캔, 라임과 토닉을 넣은 앱솔루트 보드카 서너 잔 정도 마시고 나면 행복해 보일 때도 있었지만, 더 심하게 분통을 터뜨릴 때도 있었다. 다정한 말이나 애정 표현을 해주지도, 안아주지도 않았다. 단순하게나마 다정 혹은 애정 비스름한 것이라도 보여줄 때는 한 해에 두 번, 내 생일과 크리스마스에 빳빳한 50달러짜리 지폐가 담긴 흰 봉투를 건넬 때뿐이었다.

내가 교회학교에서 말썽을 부리고 난 저녁, 우리 가족은 말없이 부엌 테이블에 앉아서 아버지가 만든 미트로프를 먹었다. 사랑하는 고양이를 잃은 지 얼마 되지 않아 여전히 마음이 복잡했던 나와 동생은 슬픔으로 침묵하고 있었다. 어머니는 그날 오후 우리 자매가 저지른 짓 때문에, 아니면 아버지가 저녁을 준비하는 동안 맥주를 여섯 캔이나 마신 것이 못마땅해서 굳이 가족의 침묵을 깨지 않았다. 나는 고양이를 죽이는 일이 쉽지는 않았으리라는 것을, 아버지가 맥주를 그렇게 마신 이유는 아마도 슬픔을 삼켜내기 위해서라는 것을 알았다. 한 입 먹을 때마다, 윤기 나는 소스로 덮인 부드럽고 익숙한 미트로프와 간이 완벽하게 된 부드러운 매시트포테이토를 입에 넣을 때마다 분위기는 조금씩 누그러졌다. 식사가 끝났을 때쯤에는 집밥의 온기 덕에 차가운 침묵이 포근한 만족감으로 바뀌어 있었다. 디저트로는 어머니가 타피오카를 만들어둔 참이었다. 크림처럼 부드러운 바닐라 맛 타피오카는 모두가 각자 앓고 있던 그 순간의 아픔을 치료해주었고, 우리는 기꺼이 그 한 그릇의 위로를 먹었다. 고양이가 죽었다는 사실, 신은 무신경한 놈팡이라는 사실을 바꿀 수는 없었지만, 그런 건 열 살배기의 작은 불평불만일 뿐이었다. 그 열 살짜리 꼬마는 자신에게 어떤 미래가 기다리고 있는지 아무것도 몰랐다. 고양이의 죽음보다 더 비통한 부정의를 맞닥뜨리게 되리라는 것도, 내가 우리 가족에게 품었던 신뢰가 조금씩 더 깎여나가리라는 것도 몰랐다. 하지만 그때만큼은 미트로프와 타피오카로 아픔을 누그러뜨릴 수 있었다.

3
속도위반과 불량식품

메인에서 나고 자란 할머니와 할아버지는 내가 만나본 사람 중 가장 성실했다. 어린 시절에 아버지의 다이너에서 할머니와 할아버지를 관찰하고 있으면 정말이지 굉장했다. 할아버지는 아버지와 함께 손 빠르게 아침 메뉴를 만들었고, 할머니는 가게 문 닫을 시간이 다 되어 누군가가 끌고 나오지 않는 한 언제까지고 더러운 접시 더미에 파묻힌 채로 설거지를 하고 또 했다. 할머니는 맹렬하고 끈질겼다. 당신 역시 그런 방식으로 성장했으며, 같은 방식으로 자식과 손주들에게 직업윤리를 가르쳤다. 그들은 열심히 일하는 삶은 존경받아 마땅하고, 명예롭다고 생각했다. 무언가를 손에 넣고 싶다면 당연히 노력해야 한다는 것이 그들의 생각이었다. 두 분은 북부 사람답게 검소했지만, 가끔은 피땀 흘려 번 돈으로 사치를 부릴 줄도 알았다. 항상 승차감이 끝내주게 부드러운 링컨 자동차만 타고 다녔다. 뒷좌석이 널찍했기에 나와 동생은 아무리 팔을 뻗어도 서로에게 닿을 수 없었고, 여유로운 공간 덕에 다툼은 거의 일어나지 않았다. 우리 자매는 컨트리 음악을 들으며 매끈한 가죽 좌석 위로 미끄럼을 탔고, 할아버지는 속도계를 마일에서 킬로미터로 바꾸고는 액셀을 밟으며 백미러로 우리를 지켜보았다. 우리는 시속 100킬로미터가 아니라 100마일*로 달리는 것으로 착각하고는 흥분해 깍깍거렸다. "얘들아, 엄마 아빠한테는 말하면 안 된다." 할아버지는 장난스럽게 말하며 입으로 붕붕거리는 스포츠카 소음을 냈다. 우리는 반항아가 된 듯 우쭐해지고는 했다. 손녀들을 향한 할아버지의 사랑은 깊고 진실해서, 우리가 대를 잇지 못한다고 우리에게 화를 내는 일은 없었다. 그런 분노는 아버지에게 쏟아붓기 위해 아껴두었다.

할아버지는 어머니가 금지했던 간식거리를 사주며 비밀을 지키라고 맹세하게 했다. 물론 어머니는 무슨 일이 있었는지 다 알고 있었지만. 때로는 럭키 참스**를 한 그릇 말아주었고, 흑설탕을 입힌 팝 타르트를 주기도 했다. 냉동실에는 언제나 젤로 푸딩 팝스***가 있었는데, 얇은 얼음으로 덮여 있어 나는 이로 세심하게 얼음 부분만 긁어낸 다음 차갑고 부드러운 아이스크림을 해치우는 방식으로 그 달콤한 간식 시간을 조금이나마 연장하고는 했다. 초콜릿 맛을 가장 먼저, 그다음에는 초콜릿과 바닐라가 섞인 맛을 먹었고, 바닐라 맛은 별로라서 동생 먹으라고 남겨두었다. 할아버지와 할머니는 가끔 우리를 시내에 있는 샵앤세이브 마트의 냉동 코너에 데리고 가서는, TV 앞에서 간편하게 먹을 저녁을 직접 고르게 해주었다. 집밥을 선호하는 어머니, 비프 스튜에 넣을 완두콩이 필요할 때만 냉동 코너에 가는 어머니는 절대

---

* 160킬로미터.
** 형형색색 마시멜로가 들어간 당도 높은 시리얼.
*** 푸딩을 얼린 형태의 아이스크림.

허락하지 않을 일이었다. 유리문 냉동고와 형광 조명이 늘어선 냉동 코너를 달리다 보면 항상 미약하게 죄책감이 들고는 했으나, 그것보다는 신나는 마음이 더 컸다. 나는 코너 한끝에 있는 프라이드치킨과 매시트포테이토, 반대편에 있는 옥수수, 중앙에 있는 덜 익은 끈적한 브라우니 혹은 체리 크리스프*를 골랐다. 할아버지와 할머니는 치킨너깃과 새콤달콤한 소스가 포함된 해피밀, 김이 폴폴 나는 튀긴 애플파이를 사주기도 했고, 병원 옆에 있는 데어리컵 매장에서 체리 코팅이 단단하게 올려진 아이스크림도 사주었다. 그리고 중국 음식이 빠질 수 없었다. 우리는 중국 음식을 너무나 좋아해서 먹고 또 먹고 또 먹었다. 할아버지는 달걀탕, 할머니는 콩 꼬투리를 넣은 소고기 요리, 니나와 나는 푸푸 플래터** 2인분을 주문했다. 그러면 테이블에 화로가 있어서 재미있었고, 같은 음식을 먹게 되니 내 것은 어떻고 네 것은 어떻다며 싸울 필요가 없었다. 할아버지는 매콤한 겨자를 한 숟갈 듬뿍 떠서 삼킨 다음, 너무 매워서 입에 불이라도 붙은 만화 캐릭터처럼 눈을 커다랗게 부릅뜨고 연기를 내뿜는 척했다. 몇 번이나 봐도 매번 우리는 깔깔 웃었다. 식사가 끝나면 할아버지는 포춘쿠키의 운세를 읽어주었고, 우리에게 동전을 몇 개 쥐여주며 분수에 던지고 소원을 빌라고 했다. 나가는 길에는 입구 쪽 테이블 위에 있는 접시에 담긴 분필 같은 박하사탕을 한 움큼 집어 주머니에 넣어주었다. 할머니와 할아버지는 우리에게 기꺼이 이런 추억을 만들어주었고, 나와 동생은 우리가 진하게

---

* 과일에 설탕과 향신료를 넣고 끓인 다음, 그 위에 귀리와 계피, 견과류 등을 섞어 올리고 구운 디저트.
** 여러 종류의 고기와 해산물 애피타이저가 한 접시에 담겨 나오는 메뉴. 가운데에 작은 화로가 있어 직접 구워 먹을 수 있다.

사랑받고 있다는 것을 느낄 수 있었다.

할아버지는 통통한 몸에 친절한 성격이었다. 항상 휘파람을 불었고, 당신이 어렸을 때 배웠던 짤막한 노래를 흥얼거렸다. 아니면 즉석에서 만들어낸 노래를 콧노래로 부르기도 했다. 방금 만들어낸 것임에도 마치 수없이 연습한 듯 부드러운 멜로디였다. 가끔 할아버지는 나와 동생은 1, 2년 정도 더 자라야 이해할 수 있을 것 같은 실없는 가사가 들어간 노래를 부르곤 했는데, 그러면 우리는 까르르 웃었고 할머니는 할아버지를 꾸짖었다. "잭!" 하고 나무라며 안경 뒤로 못마땅하다는 기색을 보였지만, 입가에는 미소가 떠올라 있었다. 누가 뭐래도 할아버지는 재미있는 사람이었고 할머니도 그것을 알았던 것이다. 게다가 요리 실력도 대단했다. 커다란 고깃덩어리에 마늘 가루와 후추를 묻혀 완벽한 레어 스테이크를 구워냈다. 할아버지가 만드는 최고급 소갈비 스테이크, 로스트비프, 천천히 익힌 돼지고기 요리 역시 훌륭했다. 엄지로 밀가루 반죽을 커다랗게 떼어내 펄펄 끓는 닭고기 스튜에 넣으면 아주 부드럽고 폭신폭신한 새알심이 되었다. 주물 프라이팬에 버터 한 덩이와 달콤한 양파 한 움큼을 넣고 볶아 핫도그와 곁들이기도 했는데, 세상에서 가장 맛있었다. 핫도그 번을 겉은 바삭하지만 속은 촉촉하고 부드럽게 구운 다음 소시지 위에 갈색으로 볶은 양파와 고모할머니가 담근, 한 해 묵은 피클을 올렸다. 그러나 내가 가장 좋아했던 메뉴는 할아버지가 만든 콘비프였다. 천천히 익혀 소금에 절인, 육즙이 풍부하고 고소한 지방층이 겹겹이 섞인 양지고기를 한 덩이 실하게 잘라 삶은 당근, 양배추, 감자와 한 접시에 담아내면 그보다 맛있는 것이 없었다. 우리는 당근과 감자를 함께 으깬 후, 식탁 한가운데에 놓아두었던 버터를 섞고 소금과 후추를 뿌렸다. 할아버지는 달걀도 우리가 주문하는 대로 만들어줬다. 삶은 달걀, 수란, 스크램블, 프라이까지. 반숙 달걀을 포크로 으깨 선명한 주황색 노른자와 흰자 조각을 섞은 후, 버터를 한 큰술 넣고 소금과 후추를 뿌려주기도 했다. 우리는 무엇이든 버터와 소금과 후추가 들어가면 맛이 좋아진다는 사실을 알게 되었고, 일요일 아침마다 잼처럼 맛깔난 달걀 요리를 마구 먹었다.

슬쩍 봐도 둘 중에는 할머니가 입김이 더 셌다. 줄곧 할아버지를 단속했고, 이상한 언행을 한다 싶으면(자주 있는 일이었다) 부드럽게 나무랐다. 할아버지는 부모님의 농장에 있는 곡물 저장고에 크라운 로열 위스키를 숨겨놓고 한 모금씩 홀짝거리거나 몰래 담배를 피우는 나쁜 버릇이 있었다(왜 할아버지가 말에게 먹이 주는 일을 그렇게 즐겼는지는 나중에서야 깨달았다). 할머니는 진지한 편이기는 해도 재치가 있고 재바른 면이 있었다. 할머니가 한마디만 던져도 우리 자매는 배를 잡고 웃었다. 할머니는 힘도 좋아서, 자신보다 몸집이 두 배는 큰 남자들이나 들 만한 것을 번쩍 들어 올렸다. 할머니와 할아버지는 둘 다 가족에게 애정이 많아 근처에 사는 친척들을 자주 보러 다녔는데, 우리 자매를 데리고 베시 고모네 집에 가서 피카릴리*를 병에 담는 작업을 시키거나 가족들 사이에서 맛있기로 이름났던, 고모의 특별한 피클 제작을 거들게 했다. 아무 이유 없이 함께 드라이브를 나가 도로를 달리며 주변을 구경하고, 새로운 장소를 발견하거나 익숙한 곳을 다시 가보기도 했다. 종종 오래된 묘지에 들러 친척들의 무덤 주변에 자란 잔디를 손가위로 다듬고는 한 계절 동안 무덤을 지켜줄 제라늄을 심기도 했다. 할머니가 태어나기 한 달 전에 돌아가신 할머니의 아버지의 무덤, 그

---

* 겨자를 주재료로 한 양념에 초록 토마토, 양파, 피망을 넣고 담근 피클.

41

리고 할아버지와 할머니가 첫 아이를 묻었던 터에도 갔다. 첫딸은 이분 척추증으로 태어난 지 8개월 되었을 때 죽었다고 했다. 동생과 나는 만난 적도 없는 친척들의 무덤 앞에서 우리 가족의 과거에 대해 조금씩 배워갔다. 좀처럼 우는 법이 없던 할머니는 언젠가 바로 그 묘지에서 눈물을 흘렸고, 나는 내가 우러러보던 여자, 천하무적이라고 생각했던 그 여자가 사실은 상처받을 수 있는 한 명의 인간일 뿐이라는 것을 깨달았다. 할머니의 심정이 어땠을지 가늠하기에 나는 너무 어렸지만, 자식을 잃는다는 것은 고양이를 잃는 것보다 수천 배는 더 아픈 일일지도 모르겠다고 생각했다. 그리고 내가 태어난 날 할아버지가 낙담했던 이유는 자신의 맏이, 나의 발밑에 묻혀 있는 맏딸이 떠올랐기 때문일지도 모르겠다고 생각했다. 무덤에 방문한 꼬마 자매의 머릿속에 수많은 궁금증이 떠올랐다.

"죽은 사람은 어떻게 생겼어요, 할머니?" 나는 긴장해서 물었다. "길고 깊은 잠이 든 것 같은 모습이지. 평화로운 얼굴이야." 할머니는 얼굴에 다정한 미소를 머금고 부드러운 목소리로 말했다. 아주 다정하고 부드러운 목소리라 나는 편안해졌고, 음울한 질문이 한두 개쯤 떠올라도 용기를 낼 수 있었다. 할머니는 우리가 건네는 삶과 죽음에 관한 질문에 전부 대답해주고 무덤도 다 다듬은 후에는, 아이스크림이나 튀김 간식을 사주었다. 아마도 계속해서 질문을 퍼붓는 대신 간식이나 먹으라고 그러신 것이리라.

드라이브하다가 들르는 장소 중에는 할머니와 할아버지가 어렸을 때 먹거리를 채집하던 곳도 있었다. 메인에서 풍족하지 않게 자란 사람들은 종종 식량을 채집했고, 그런 삶의 방식을 가족의 전통으로 삼아 다음 세대에게 물려줌으로써 영원히 이어가고자 했다. 봄이 오면 숲속 이끼 낀 땅에서 자라나는 청나래고사리를, 여름이 오면 이로 꽉 깨물었을 때 신선한 민트 맛이 나는 체커베리잎을 딸 수 있었다. 물봉선화는 어느 계절이든 조금씩은 피어 있었는데, 할머니는 유리병에 그 꽃을 담고 위치하젤로 덮어 부엌 찬장에 두었다. 옻나무 독이 오르면 약으로 쓰려는 것이었다.

언젠가는 할머니가 정신이 이상해진 것 아닐까 의아했던 적이 있었다. 나를 마당으로 데려가 우엉처럼 생긴 나무줄기를 마구잡이로 잘라냈던 것이다. 나에게 우엉은 절대 잊을 수 없는 식물이었다. 농장에 있던 늙은 조랑말에 올라탔다가(애초에 일곱 살배기가 등이 훤히 드러난 수영복 차림으로 조랑말을 끌고 풀밭으로 가서는 안 됐다) 우엉밭에 태질쳐진 적이 있기 때문이었다. 그때, 작고 동그랗고 엉겅퀴처럼 생긴 꽃이 찍찍이처럼 나의 수영복에 달라붙고, 나의 얇은 금발 머리카락에도 잔뜩 뭉쳐졌었다. 다만 할머니가 모으던 것은 우엉이 아니었고, 훨씬 대단한 것이었다. 할머니는 줄기 하나를 골라 반으로 자르더니 나에게 한 조각 건네며 먹어보라고 했다. 나는 붉은 줄기를 한 입 베어 씹기 시작했는데, 엄청나게 신맛이 나서 얼굴을 찡그리고 뱉어낼 수밖에 없었다. 할머니는 배를 잡고 웃기 시작했다. 내가 그렇게 반응할 줄 알고 일부러 먹으라고 권했던 것이다. 그러고는 다른 줄기 조각을 작은 설탕 접시와 함께 건네며, 알갱이가 서걱서걱한 설탕에 줄기를 담갔다가 빨아먹는 법을 보여주었다. 이번에는 완전히 다른 맛이었다! 신맛과 단맛이 어우러진, 한 번도 경험한 적 없는 새로운 맛이었다. 그날 밤 우리는 쇼트닝을 넣은 옛날 방식의 크러스트와 마당에서 수확한 루바브로 파이를 만들었다. 그때부터 나는 눈을 커다랗게 뜬 채 우리 사유지 풀밭을 돌아다니며 루바브를 발견할 수 있기를, 그동안 우엉이라고 생각했던 것이 루바브이기를 바랐다. 아니나 다를까 풀밭 가장자리에서 루바브가 자라는 작은 땅을 발견했는데, 그 주변을 둘러싸고 있던 것이 옻나무라는 사실은 나중에서야 알게 되었다. 그래도 부엌 찬장에 약이 있으니 끄떡없었다.

할머니와 할아버지는 우리에게 굳건한 사랑을 주었다. 그것은 어머니와 아버지가 주는 사랑과는 달랐고, 할머니와 할아버지 역시 우리 자매에게서 자식들에게 받은 것과는 다른 사랑을 받았다. 아버지는 우리 사이에 존재하는 특별한 유대감에 종종 분개하는 듯했다. 아버지와 할아버지의 관계, 그리고 나와 할아버지의 관계는 결이 달랐다. 할아버지는 아버지에게는 장난을 치지도, 노래를 불러주지도, 불량식품을 사주지도 않았다. 많은 것을 바라고 거세게 밀어붙였으며, 아버지가 필요로 할 때 옆에 있어주지 않았다. 아버지에게 할아버지는 원망의 대상이었고, 나에게 할아버지는 진한 사랑의 대상이었다. 그 둘은 너무나도 달랐다. 나는 아버지와 함께 할아버지에 관해 이야기할 때면 우리가 같은 사람을 두고 대화하는 것이 맞는지 의아해졌다.

할아버지와 할머니는 달걀 농장을 운영했는데(그래서 우리가 어린 시절에 그렇게 많은 달걀을 먹은 것이었다), 한때는 잠시나마 벨파스트의 번화가에 작은 편의점 겸 샌드위치 가게를 운영했었다. 두 사람은 은퇴한 후에도 아버지의 식당에서 팬케이크와 달걀을 구우며 아침 장사를 돕는 방식으로, 필요할 때마다 우리를 돌봐주는 방식으로 일을 했다. 한편 아버지는 어렸을 때부터 그들의 가게 일을 도우며 자기 몫을 했었다. 할머니와 할아버지의 편의점에서 일한 덕에 지금처럼 요리와 샌드위치 제작의 전문가가 될 수 있었다. 바닷가에 있는 닭고기 가공 공장의 노동자들에게 팔려고 매일 샌드위치를 수백 개씩 만들어낸 결과였다. 오후마다 공장 노동자들은 닭 피가 튄 흰 작업복을 그대로 입고 편의점에 줄 서서 이탈리안 샌드위치와 담배, 탄산음료, 감자칩 한 봉지를 사 갔다. 자영업은 손이 많이 가는 힘든 일이었다. 할아버지와 할머니는 평생 가게를 해서 먹고살았고, 그것을 자랑스러워했다. 그래서 자식들에게도 같은 일을 가르치고자 했다. 아이들이 자란 곳도 60년대 말에 인수한 바로 그 가게였다. 아버지는 주방에서 피자 반죽을 돌렸고, 로다 고모는 주문을 받고 계산대를 관리하며 장부 정리를 도왔다. 물론 고모가 '제일 센' 말보로를 한 팩씩 훔칠 때도 있었으나, 가게를 접은 결정적인 이유는 자꾸 맥주 냉장고에 손을 대는 아버지였다. 아버지의 미심쩍은 친구들이 자꾸 가게에 들르고는 했고, 할머니는 그것이 마음에 들지 않았다. 무언가 수상한 냄새가 났다. 그리고 할머니의 추측은 맞았다. 알고 보니 그 좁은 벨파스트 동네에서 작은 마약 팔이 무리가 생긴 참이었다. 할아버지와 할머니는 기꺼이 아버지를 데리고 그곳을 떴다. 그때가 80년대 초였고, 그들은 할머니가 적발해낸 골칫거리가 더는 가족을 괴롭히지 않기를 바라며 가세를 팔았다. 아버지는 더 건강한 삶을 향해 나아가야 했다. 외딴곳의 낡은 농장으로 이사하면 할 일이 많아 마냥 바쁠 테고, 어쩌면 자기 가게를 열어 딴생각할 겨를도, 사고 칠 겨를도 없이 순탄한 삶을 살 것이다. 프리덤으로 오는 내내 할아버지는 아버지가 제멋대로 사는 것도 끝이고, 이제부터는 할 일이 넘쳐날 것이라면서 휘파람을 불었다. 하지만 휘파람을 부는 마음속으로는 아무도 모르게 작은 원망을 품고 있었을지도 모르겠다. 아버지가 못된 일에 휘말리지 않도록 막기 위해 가족 모두가 희생해야 했으니까.

4

다이너에서 보낸 낮과 밤과 시절

다이너에서 보낸 어린 시절은 가히 최악은 아니었다. 앞에서 말했듯이 튀김기에서 갓 꺼낸 너트메그가 들어간 도넛이 있었고, 통학 버스를 기다리는 동안 즐겼던 스위스미스 핫초코(캔에 담긴 휘핑크림을 한 번 푹 짜서 위에 올리면 화룡점정이었다) 같은 달콤한 것이 잔뜩 있었다. 내 마음대로 토핑을 얹어 먹었던 방과 후 간식, 핫 퍼지 아이스크림선디도 있었다.

주말 아침이면 할아버지가 아침으로 뭘 먹고 싶냐고 물어보곤 했다. "뭘 만들어줄까? 맛있는 달걀 샌드위치? 스크램블드에그랑 텍사스 토스트*? 반숙 달걀 프라이랑 감자 넣은 콘비프 볶음 먹을래? 빵은 흰빵, 통밀빵, 호밀빵 중에 뭐로 줄까?" 할아버지의 메뉴판은 1킬로미터도 넘을 것처럼 길었고, 시스코에 발주 넣은 식료품이 아직 도착하지 않아 재료가 모자라지 않는 이상 말만 하면 뭐든 먹을 수 있었다. 음식

---

* 식빵을 두껍게 자른 뒤 마늘 섞은 버터를 발라 구운 토스트. 치즈를 추가하기도 한다.

에 관해서라면 나와 동생은 지켜야 할 규칙이 많지 않았다. 대부분 딱 한 가지만 지키면 됐다. "콜라는 조금만 뽑아 마셔라, 제발."

하지만 맛있는 음식의 향연이 오롯이 공짜인 것은 아니었다. 다이너는 맛있는 것을 주고 아버지를 인질로 잡아갔다. 아버지가 식당 일을 총괄하며 오랫동안 힘들게 일한다는 것은 우리와는 양질의 시간을 보내지 못한다는 뜻이었다. 우리는 식당 때문에 아버지와 가까워질 수 없었고, 어쩌면 아버지는 식당 덕분에 우리와의 유대감을 피할 수 있었다. 일은 부녀 사이를 소원하게 했다. 아버지는 긴 시간 일하느라 에너지가 완전히 소진되었고, 쉬는 시간에조차 짜증과 피곤함에 시달렸다. 한 주가 끝나고 휴일이 되어도 재미있는 아빠가 되어줄 기력은 없었다. 우리는 살얼음 위를 걷듯 아버지의 불같은 성질을 건드리지 않으려고 조심했다. 아버지가 술독에 빠지리라는 것은 충분히 예측 가능한 일이었다. 아버지는 맥주를 끝도 없이 들이붓거나 보드카 토닉을 퍼마셨다. 반면 술 마신 아버지의 기분은 예측할 수 없었다. 긴장을 풀고 유쾌한 모습을 보여줄 때가 있는가 하면, 정반대로 분통을 터뜨리고 욕설 가득한 불평불만으로 집을 가득 채울 때도 있었다. 아버지가 맨정신일 때 우리는 조심했다. 아버지가 취했을 때도 우리는 조심했다. 언제 폭발할지 도무지 알 수 없었고, 폭발할 때 그 주변에 있고 싶은 마음은 추호도 없었다.

아버지는 평생 메인주 구석에 콕 박혀 살게 될 자신의 운명에 진즉부터 체념했다. 힘든 학창 시절을 보냈고, 대학은 중퇴했다. 그 뒤로는 자신이 할 수 있는 유일한 것을 계속했다. 바로 일이었다. 부모님이 운영하는 편의점 주방에서 페퍼로니 피자와 이탈리안 샌드위치를 수백

47

개씩 만들며 하루하루를 보냈다. 기본적인 요리 기술을 차곡차곡 익혔고, 나중에는 주방에서 꽤 유능해졌다. 특히 피자 반죽을 잘 만들었다. 반죽을 돌리다가 하늘 높이 던진 다음 주먹으로 받아내 넓게 펴면 가장자리가 탱글탱글했다. 그는 부모를 지켜보면서 작은 가게를 운영하는 법을, 그러니까 계산대를 관리하고 발주를 넣고 재고를 확인하는 법을 배웠다. 부모에게서 훈련을 잘 받았기에 몇 년 동안 고생한 끝에는 홀로 설 수 있었고, 자기만의 가게를 개업한 후 자부심을 느꼈다. 드디어 오롯한 성인이 되었고, 자기 아버지의 경멸 담긴 시선을 느끼며 살지 않아도 됐다. 자랑스러운 아들로 거듭날 기회이기도 했다. 그동안 자랑스러운 아들이 되기 위해 노력하고 또 노력했다는 것을, 신만은 알았다. 하지만 노력이 결실을 맺은 적은 없었다. 그는 고등학생 시절에 스타 풋볼 선수이자 야구 선수였으나, 그의 아버지는 가게를 봐야 했기에 경기를 보러온 적이 거의 없었다. 항상 아버지와 잘 지내고 싶었지만, 왜인지 그의 아버지는 아들에게 말도 안 될 정도로 높은 기대를 걸었다. 누나와 여동생에게 거는 것보다 훨씬 높은 기대였다. 남자라면 무엇이든 탁월하게 해내고 성공을 거둬야 한다고, 무슨 일이 있어도 약점을 내보여서는 안 된다고 말하곤 했다. 그는 다이너에서 하루에 16시간씩 일하는 것을 당연하게 받아들였다.

아버지와 어머니는 식당을 운영하면서 두 아이를 키운다는, 불가능에 가까운 일을 최대한 균형 있게 해냈다. 아침이면 어머니가 우리 자매를 다이너에 데려다주었고, 우리는 거기서 통학 버스를 기다렸다. 어머니는 이웃 동네에 있는 공립학교에서 특수반 아이들을 담당하는 상근직 교사 일을 포기하지 않았다. 우리를 식당에 맡길 수 있었기에 그나마 일상이 수월했다. 다이너는 근무 시간 앞뒤로 아이들을 돌봐주고 밥도 먹여주는 시설이었던 셈이니까. 학교 부설 기관 같은 그럴듯한 보육 시설이 아니라 기름 냄새가 나는 동네 식당이기는 했지만. 다이너에 있으면 낮 동안에도 아버지와 소통할 수 있었는데, 다만 아버지는 우리가 주변에 있든 없든 개의치 않는 듯했다. 눈치가 생긴 동생과 나는 가게가 바쁠 때면 걸리적거리지 않도록 조심함으로써 호된 꾸중을 피할 수 있었다.

우리는 동네 사람들과 바 좌석에 앉아서 아버지가 차려준 잉글리시 머핀과 베이컨을 아침으로 먹으며 점심 도시락으로 가져갈 샌드위치가 완성되기를 기다렸다. 아버지는 자기 일을 할 수 있도록 내버려 두기만 하면 우리를 귀찮아하지 않았다. 곧 동생과 나는 직접 접시를 치워 우리가 그곳에 있었다는 흔적을 최소화해야 한다는 것을 깨달았다. 아버지는 아침에는 술을 마시지 않았으나, 그렇다고 평소보다 화를 덜 낸다거나 인내심을 더 발휘한다는 뜻은 아니었다. 그는 오전, 정오, 밤 내내 격무에 시달렸고 아침, 점심, 저녁 가릴 것 없이 스트레스에 허덕였다. 나와 동생은 항상 튀김과 담배 냄새를 풍기며 통학 버스에 탈 수밖에 없었으나, 진즉에 익숙해져 개의치 않았다.

나는 학교에서 인기 있는 편이 아니었는데, 점심 식사 시간에 가방에서 전문가의 손길이 느껴지는 이탈리아식 샌드위치를 꺼낼 때만큼은 질투의 대상이 되고는 했다. 반짝반짝한 랩으로 단단히 고정한 부드럽고 하얗고 둥그런 빵 사이에는 햄 몇 장, 아메리칸 치즈, 토마토, 양파, 피망, 피클, 블랙 올리브가 차곡차곡 쌓여 있었고 그 위로 소금과 후추와 오일이 뿌려져 있었다. 나는 아버지가 아주 공들여서 이 샌드위치를 만들었다는 것을 느낄 수 있었다. 항상 완벽하게 균형 잡힌 맛이었다. 올리브가 너무 많지도 않았고, 소금과 후추의 양도 정확했고,

토마토가 잘린 모양도 말끔했고, 오일의 양도 적당해서 촉촉하지만 축축하지 않은 샌드위치였다. 매일같이 다이너 메뉴만 만드는 아버지였으나 미각은 탁월했고, 나 역시 그 미각에서 배운 것이 많았다. 아버지는 소박하지만 맛 좋은 음식이 어떤 것인지 알았다. 그런 타고난 미각은 요란스럽지 않고 우아한 재능이었다. 어쩌면 아버지는 실제 그가 받았던 것보다 훨씬 더 많은 인정을 받았어야 했을지도 모른다.

아버지의 음식을 먹으면 마음속에서부터 따뜻한 기운이 퍼졌는데, 그 당시의 나는 너무 어려서 그것의 정체를 완전히 이해할 수 없었다. 그것은 일종의 감정이었다. 이를테면 사랑 같은 것. 때로는 아버지에게서 포옹 한 번 못 받았어도 이 샌드위치를 받았으니 이 정도면 괜찮은 거래라고 생각하며 고개를 끄덕이고는 했다.

학교가 끝나면 통학 버스는 다시 니나와 나를 다이너 주차장에 내려주었다. 오후 3시쯤 되면 점심 손님이 빠지고 저녁 손님은 아직 없을 시간이라 한산했다. 오후도 중반을 지나 새로 들어온 주문표도 없고 다음 날 아침에 팔 베이컨과 홈 프라이까지 다 만들고 나면, 아버지는 가게 뒤쪽 사무실에 가서 식재료를 발주하고 현금을 세며 조용한 시간을 보냈다. 포일을 붙이는 꼼수로 신호를 수신하는 작은 TV에서 바지직거리며 드라마가 나왔다. 성장기 여자아이들이었던 니나와 나는 늘 배가 고팠기에 뜨거운 불판이 텅 비어 있는 것을 확인한 후에는 아무도 없는 조용한 조리대로 가서 간식을 만들며 놀았다. 간단한 그릴드 치즈 샌드위치는 훌륭한 간식이었다. 휴식 중이던 튀김기에 감자튀김을 한 움큼 튀기기도 했다. 가끔은 소프트아이스크림에 무지개색 과자를 묻혔고, 내킬 때는 새빨간 체리 코팅을 입히기도 했다. 아이스크림 기계, 그리고 각종 토핑이 가득한 통까지 전부 마음껏 쓸 수 있었다. 우리는 보는 사람이 없을 때면 금전 등록기에서 동전을 한 움큼 집었다. '비판매'라고 적힌 버튼을 누르면 등록기가 열리면서 현금이 잔뜩 나왔다. 우리는 테이블 위에 있는 팩맨 게임 기계에 슬쩍한 동전을 넣고 또 넣었다. 게임 실력을 갈고닦아 가장 높은 레벨까지 가보려고 애쓰며 텅 빈 식당에서 몇 시간을 보냈다. 동전이 동나면 식당 구석의 부스 좌석에 콕 박혀 숙제를 하며 퇴근한 어머니가 우리를 데리러 오기를 기다렸다. 어머니가 힘든 하루를 보낸 날이라(이런 날은 자주 있었다) 요리를 할 기력이 없으면 저녁 시간까지 식당에 남아 메뉴에서 먹고 싶은 것을 골라 먹기도 했다. 어떤 날에는 매운 닭고기 샌드위치를 먹었다. 도톰하고 부드러운 흰 빵에 풍미 좋은 닭고기 그레이비를 바르고 갓 구운 고기를 끼워, 통조림 크랜베리소스 한 숟갈과 매시트포테이토와 완두콩까지 곁들이면 그야말로 최고였다. 혹여 미트로프가 나오는 날이면 한 조각 먹지 않고는 못 참았다. 미트로프는 아버지의 특기였다. 겉면에 달콤한 흑설탕과 케첩을 발라 구운 고기, 버터 한 조각을 곁들인 큼지막한 구운 감자, 사워크림 한 숟가락, 마지막으로 브로콜리 몇 줄기까지. 우리는 한 식탁에 앉지는 않아도 나름의 방식으로 저녁을 함께하고 있었다.

저녁을 식당에서 먹을 때는 주로 가게 뒤편의 테라스에서, 오후 쉬는 시간을 위해 마련해놓은 야외 테이블에 앉아 먹고는 했다. 거기 있으면 저 멀리 옥수수밭과 산이 보였다. 손님이 바글바글한 혼란스러운 식당과 거리를 두고 평온을 즐길 수 있었다. 튀김기의 기름 끓는 소리와 조리대의 종이 울리는 소리는 희미하게 메아리쳤다. 하지만 밖에 나와 있던 가장 큰 이유는 바쁜 식당 안에 있으면 어머니가 너무 스트레스를 받았기 때문이었다. 나이 어린 웨이트리스들은 빠릿빠릿하게 식탁을 치우지 않거나 제시간에 음료를 내오지 않았고, 식사 전에 디너롤*과 작은 버터를 제공하는 것을 잊어버리기도 했다. 어머니는 이런 실수를 견디지 못했고, 어머니 성미에 자리에서 일어나 도와주지 않고 가만히 앉아 있기란 참 힘들었다. 참지 못하고 도와줄 때도 한두 번이 아니었다. 어머니는 137번 도로가 가까워지고 다이너 주차장이 시야에 들어오면 그날 저녁이 어떻게 흘러갈지 직감했다. 주차장이 꽉 차 있다면 어머니의 일이 더 남아 있다는 뜻이었다. 탈탈거리는 선풍기 바람에 주문표들이 파닥거리는 선반 너머의, 밀려드는 주문에 허덕이고 있는 아버지를 그냥 내버려 둘 수는 없었다. 어머니는 출근할 때 입는 말끔한 옷 위에 빳빳한 흰색 앞치마를 두르고, 좋아하는 타이츠와 카키색 치마에 기름이 튀지 않도록 조심하며 아버지 옆에서 튀김 조리대나 그릴을 담당했다. 바쁜 식당 일은 스트레스가 심했다. 수없이 냉장고와 조리대를 왕복하면서 뜨거운 음식이 담긴 접시를 내놓아야만 했다. 주문한 메뉴가 나올 때마다 종을 울리는 어머니와 아버지의 얼굴은 피가 몰려 새빨갰고 눈썹에 땀방울이 송골송골 맺혀 있다. 그 모습만 봐도 그들의 스트레스를 알 수 있었다.

동생과 나는 바쁜 부모님을 훼방 놓지 않으며 우리끼리 노는 법을 깨우쳤다. 매일 다이너에서 몇 시간씩 보내며 생겨나는 초조함과 지루함을 극복하는 방법이었다. 식당 뒤쪽과 맞닿은 들판을 뛰어다니며 키가 훌쩍한 옥수수 줄기 사이에서 숨바꼭질했고, 가끔은 덜 자라서 달콤하고 부드러운 옥수수를 몇 개 훔쳐다가 날것 그대로 먹었다. 커다란 쓰레기통을 뒤져 폐상자를 찾아내 요새를 쌓거나 농장의 새끼 고

---

* 식사에 곁들이는 담백한 흰 빵. 모닝빵과 비슷하지만, 보통 유지의 비율이 더 높다.

양이들을 위해 집을 만들기도 했다. 뒷마당에 있는 나이 많은 체리 나무를 타고 올라가 위쪽 나뭇가지에 플라스틱 우유 상자를 끼워 튼튼한 지지대를 만든 다음, 그 위에 앉아서 잘 익어 먹음직한 체리를 따다가 베어 물었다. 가끔은 테라스 밑으로 기어들어 한 개에 5센트씩 받고 팔 수 있는 맥주캔을 모았다. 신기하게도 테라스 밑에는 항상 맥주캔이 쌓여 있었다. 또, 길 건너편에서 트랙터 판매점을 하는 잉그러햄 씨네 집에 가서 그 집 딸과 놀기도 했다. 우리는 자주 그 집에서 식당 일이 끝날 때까지 놀았는데, 그러면 아버지는 우리를 맡아줘서 고맙다는 뜻으로 뜨거운 피자를 들려 보냈다. 하지만 때로는 안절부절못하는 채로 늦게까지 시간만 죽여야 했고, 그런 날에는 빨리 침대에 눕고 싶은 마음에 다이너와 주변 동네의 매력도 잘 느낄 수 없었다.

하지만 일주일에 한 번씩 평소와 다른 날이 찾아왔다. 화요일은 일주일에 딱 하루 식당이 문을 닫는 날이었다. 일주일에 딱 하루 아버지가 일하느라 쌓인 스트레스를 떨쳐내고 쉴 수 있는 날이었다. 화요일인데 식당에 발을 들이는 일이 있다면, 우리에게 저녁으로 진수성찬을 만들어주려고 냉장고를 털러 가는 것이었다. 가끔은 야외에서 두툼한 등심 스테이크를 구워주었다. 큼지막하게 썬 감자와 당근, 양파, 버터를 알루미늄 포일에 넣어 뜨거운 석탄 위에서 익힌 후, 싱싱한 차이브를 뿌려 마무리했다. 친구에게서 갓 잡은 바닷가재를 싼값에 얻어 요리해주는 날도 있었다. 끓는 물에 소금을 넣고 가재를 삶은 후 텃밭에서 막 수확한 옥수수와 얇게 썬 완숙 토마토, 그리고 마요네즈 몇 숟가락을 곁들였고, 위에 후추를 몇 번 갈아 넣었다. 화요일은 맛있는 음식, 그리고 아버지가 함께하는 특별한 날이었다. 화요일만큼은 드물게나마 행복해하는 아버지를 만날 수 있었다.

하지만 가장 좋을 때는 겨울, 그중에서도 춥고 바람 불고 폭설이 내려 식당 문을 열 수 없는 혹한기였다. 주방과 홀 모두 견딜 수 없이 추웠고, 그릴 위의 후드가 따뜻한 공기를 다 빨아들여 난방비가 너무 많이 나오는 탓에 수지를 맞추기가 힘들었다. 한겨울 동안 아버지는 집에 머물며 가족 전속 셰프가 되었다. 메인의 폭설과 가혹한 겨울 날씨 때문에 집에 발이 묶이면 우리 집 부엌에서, 우락부락한 주물 화구가 네 개 달린 업소용 가스레인지와 빌트인 불판 앞에서 가족을 위한 식사를 준비하며 하루하루를 보냈다. 학교에서 집으로 돌아오면 따뜻한 부엌에서 맛있는 냄새와 즐거운 휘파람 소리가 흘러나왔다. 겨울이면 아버지는 평소와 달라졌다. 인간적이었고, 원래 자기 모습을 되찾은 것 같았다. 아버지는 그때만큼은 요리가 좋아서 요리했다. 때로는 간단하게 로스트 치킨을 구워주었는데, 그때마다 니나와 나는 바삭바삭한 껍질을 서로 먹겠다고 싸우곤 했다. 닭고기 옆에는 너트메그를 뿌리고 버터를 발라 구운 주키니 호박, 매시트포테이토, 완두콩이 있었다. 때로는 해덕에 속을 채워 익힌 뒤 레몬, 딜, 해산물을 넣은 빵을 구워 같이 먹었다. 어떤 날에는 피망과 다진 고기를 넣은 중국식 볶음 요리와 버터 향이 풍기는 녹진하고 기다란 마늘빵을 만들어주었다. 또 냄비 여러 개에다가 부드러운 양지머리 콘비프와 감자, 당근, 양배추, 순무를 넣고 온종일 삶은 후, 특별히 곁들이는 것 없이 머스터드와 식초만 병째 놓고 먹는 뉴잉글랜드 보일드 디너를 만들어주기도 했다. 아버지가 자신의 어린 시절을 이야기할 때 빠지지 않고 등장하는 저녁 메뉴였다.

새우 철에 집에 와보면 부엌 조리대에 얇은 새우 껍질이 산더미처럼 쌓여 있고 집 안에 비린내가 진동했다. 그 비린내는 아버지가 분홍색 새우 살을 오색으로 반짝거리는 껍질에서 분리하며 몇 시간을 보낸 결과였다. 아버지가 새우 살을 끓는 기름에 몇 초간 튀겨 바삭하게 만들어주면 우리는 그것을 수제 칵테일소스에 찍어 먹었다. 남은 새우 살은 1리터들이 지퍼 백에 담아 냉동실에 보관해두고 겨울용 스튜를 만들 때 썼다.

특별한 날을 위한 저녁 메뉴도 있었다. 명절이면 오전 내내 부엌이 분주했다. 화구마다 냄비가 보글보글 끓었고, 오븐에서는 질 좋은 고기 한 덩이가 천천히 익고 있었다. 추수감사절에는 전통적인 칠면조 요리를 먹었고, 크리스마스에는 소고기에 시판 파테*를 바르고 페이스트리로 싸서 구운 비프웰링턴을, 부활절에는 정향을 통째로 넣고 뼈째로 구운 햄과 할아버지의 특제 건포도소스를 먹었다. 그 후에는 어김없이 햄에 붙어 있던 뼈를 넣고 완두 짜개 수프를 만들어 며칠 내내 먹고는 했다. 아버지는 유달리 기분이 좋을 때면 명절이 아니더라도 아주 귀한 음식을 해주었다. 아버지에게 우리 집 부엌은 장난과 실험이 가능한 공간이었고, 이곳에서는 다이너 손님들에게는 팔지 못하는 세련된 음식을 만들 수 있었다. 어떤 밤에는 최고급 소고기를 먹었다. 꽃등심 부위를 커다랗게 잘라서, 할아버지가 가르쳐준 것처럼 마늘 가루와 특제 양념을 발라 오븐에 넣고 온종일 천천히 구운 후, 그릇에 고인 육즙과 육즙을 적셔 먹을 수 있는 팝오버**를 갓 구운 채로 곁들였다. 또, 시장에서 양갈비를 발견하면 거금을 주고 사 와서 살짝만 익혀 그릇에 담은 다음 옆에 민트 젤리를 한 큰술씩 덜어주었다. 우리는 그

---

* 고기, 내장, 생선, 채소 등의 주재료에 허브, 향신료, 술 등을 첨가해 곱게 간 음식.

** 속이 텅 비고 겉이 바삭한 담백한 식사용 빵.

민트 젤리에 고기를 찍어 먹고는 했다. 심지어는 세심하게 코스까지 짜서 대접하는 날도 있었다. 이런 밤에는 부엌에 있는 식탁이 아니라 부엌 옆 다이닝 룸에서 먹었다. 명절이나 특별한 일이 있는 날, 겨울에 로스트 포크 정찬을 먹는 일요일에만 사용하는 공간이었다.

유난히 야단스러웠던 저녁이 기억난다. 아버지는 텔레비전을 보고 영감을 받아 부엌에서 평소보다 더 창의력을 발휘하고 싶어 했다. 유명 셰프 에머릴 라가세가 텔레비전에서 이리저리 움직이는 모습을 보며 괘지에 메모를 휘갈겼다. 재료 목록을 만들어 장을 보러 다녀오더니 사 온 것을 가지런히 늘어놨는데, 평소답지 않은 행동이었다(아버지는 요리를 잘했지만, 그보다도 부엌 초토화하기에 더 능한 사람이었다). 아버지는 우리에게 작은 전채 요리를 몇 개 만들어주었고, 동생과 나는 의아한 눈빛으로 정체 모를 음식을 집어 들었다. 이게 뭐지? 우리는 낯선 맛이 나는 수프와 조합이 이상한 샐러드를 깨작거리다가 마음에 안 드는 것은 옆으로 치워버렸다. 그리고 주요리가 등장했다. 바싹 구운 커다란 분홍색 생선 위에 레몬 한 조각과 작게 자른 싱싱한 딜이 올려져 있었다. 아버지는 어머니와 함께 마시려고 따라둔 적포도주를 홀짝이며 우리의 반응을 기다렸다. 저녁 식사에 적포도주가 함께한다면 그것이 명절 정찬처럼 특별한 식사라는 뜻이었다. 우리의 반응 역시 특별해야 한다는 압박감이 느껴졌다.

"이게 뭐예요?" 동생과 나는 조금 긴장해서 물어보았다. 그것은 물에 백포도주, 싱싱한 허브, 리크, 월계수, 통후추 등을 넣고 연어를 삶은 요리였다. 아버지는 생선을 완벽하게 미디엄 굽기로 익혀, 신선한 감귤류와 케이퍼로 만든 타르타르소스를 곁들였다. 일단 나는 생선의 기름기 때문에 거부감이 들었다. 그동안 먹어왔던 가볍고 담백한 흰살생선 같지 않았다. 이 생선에서는 내 입에 맞지 않는, 낯설고 거슬리는 맛이 났다. 테이블 건너편에 있는 동생의 얼굴을 보니, 이런 생각을 하는 사람이 나 혼자가 아니라는 것을 알 수 있었다. 입 안에서 작은 가시들이 씹히기 시작하자 결국에는 나도 모르게 헛구역질하며 생선을 뱉고 말았다. 동생도 나와 마찬가지로 반쯤 씹은 분홍색 생선 살을 뱉어냈고, 어머니는 예의 바르게 입에서 가시를 빼냈다.

우리의 반응을 본 아버지의 얼굴이 빨갛게 달아오르기 시작했다. 화가 난 아버지는 우리에게 분통을 터뜨렸다. 아버지가 직접 장을 봐서 준비하고 요리해준 저녁을 뱉다니, 어떻게 감히! 이 식사에 너무나도 많은 시간과 에너지와 정성을 쏟았던 아버지는 우리가 접시에 분홍빛 생선을 뱉어놓은 모습을 보면서 자신의 노고가 무시당하고 있다고 생각했다. 진심을 담아 요리했는데 우리가 그것을 접시에 뱉어냈던 것이다.

아버지가 마음 아파하고 화내는 모습을 보는 것은 속상했지만, 아무리 애써도 생선은 삼킬 수가 없었다. 아버지의 폭발하는 분노를 마주한 우리 자매의 당혹감이 식탁 위로 뭉글거렸다. 아버지는 다 해치우라고, 싹싹 긁어 먹기 전에는 자리를 뜰 수 없다고 소리를 질렀다. 동생과 나는 먹다 뱉은 생선이 담긴 접시 위로 눈물을 뚝뚝 떨어뜨렸다. 화난 아버지가 벌떡 일어나 자기 접시를 싱크대에 넣었고, 어머니도 뒷정리하려고 조심스럽게 아버지 뒤를 따라갔다. 우리 자매는 둘이서 덩그러니 앉아 있었다. 눈에 눈물이 그렁그렁한 채로, 부끄러워서 손에 얼굴을 묻고 그렇게 앉아 있었다. 동생은 포크를 들어 생선을 여기저기 찔러보다가 한 입 떠서 입에 넣더니 다시 뱉었다. 나 역시 도저히 삼킬 수가 없었다.

아버지가 코르크를 빼놓은 적포도주를 마저 마시며 정체 모를 TV 프로그램을 집중해 보는 사이 그의 분노는 사그라들었고, 어머니는 조용히 우리를 방으로 데려갔다. 바로 그때, 아버지는 식사를 마치지 않은 것은 우리 손해라고 소리쳤다. "이게 바로 미식이라는 거야!" 아버지가 외쳤다. "너희들이 어려서 뭘 모르는 거지. 아까워 죽겠군."

5
미트로프의 기억

열두 살쯤 되자 아버지의 다이너는 나에게 두 번째 집 같은 곳이 되었다. 집이나 학교에서 보낸 것만큼 오랜 시간을 보냈기에 마치 내 손등만큼 익숙해졌다. 접시 각각의 자리가 어디이고 재료 각각 자리는 어디인지, 주방 설비는 어떻게 작동하는지, 종이 테이블 매트는 어떤 모양인지, 금전 등록기의 현금은 어떻게 빼는지 다 알고 있었다. 아버지는 매일 현금 보관함에 72달러 50센트를(10달러 지폐 두 장, 5달러 지폐 두 장, 1달러 지폐 25장, 25센트, 10센트, 5센트, 1센트 동전 한 묶음씩) 넣어두고 장사를 개시했다. 심심한 여자아이 둘이 한낮에 25센트 동전을 한 움큼 훔쳐낸다면 금방 적발되고 말 것이었다. 조금 자라고 나니 옥수수밭에서 술래잡기하거나 나무를 타거나 고양이 집을 만들어주는 일도 시시해졌다. 팩맨은 여전히 재미있었지만, 등교 전과 하교 후면 하릴없이 다이너에 머물러야 하는 나로서는 다른 재미 붙일 일이 필요했다. 그래서 음식에 더 집중하기 시작했다.

식당에서 성장기를 보낸 사람이라면 그 환경에 조금씩 영향을 받기 마련이다. 눈에 보이지 않는 정서가 내면으로 파고들어 마음속에 각인을 남긴다. 동생과 나 역시 그랬다. 우리가 원하든 원치 않든 말이다. 식당은 낭만, 마법, 사랑이 있는 공간이다. 한 접시의 식사로 처음 보는 사람의 마음에 닿을 수 있고, 그를 배부르게 해주고 그의 감각을 깨워 마음에 기쁨을 채워줄 수 있다. 사람은 누구나 그렇게 맺어지는 친밀감을 갈구할 수밖에 없다. 오직 음식만이 제공할 수 있는 친밀감이다. 그래서 어떤 식당에는 그토록 중독적인 매력이 있는 것이다. 그리고 그 매력은 매일같이 아버지의 다이너에 앉아 있던 내 안으로 파고들고 말았다. 내가 원하든 원치 않든 말이다. 물론 다이너를 원망하고 탓한 적도 있었다. 아버지를 빼앗아가서 항상 스트레스에 시달리는 화 많고 못된 남자로 바꿔놓았으니까. 하지만 다이너가 가장 멋진 모습의 아버지를, 맛깔난 음식을 사랑하고 영감과 창의력으로 빛나는 아버지를 보여준 것도 사실이었다. 이 소박한 식당을 생각하면 원망이 정점에 달했을 때조차 마음 한쪽이 사랑과 흥분으로 콩닥거렸다.

처음으로 그 산등성이에 있는 작은 다이너에 발을 들였을 때부터, 그곳은 나의 마음으로 파고들었다. 다이너는 내가 세상을 바라보는 관점을 바꿔놓았다. 음식을 요리하고 내주는 것은 사람을 돌봐주는 한 방식이었다. 나의 마음이 동한 이유는 바로 그 점이 나의 정체성과 깊이 맞닿아 있기 때문이었다. 나는 가족에게 기쁨과 자부심을 주고 싶은 딸이었다. 나는 태어날 때부터 다른 사람을 돌봐주며 기쁨을 느끼는 아이였고, 그런 사람으로 자라났다. 다이너에서 빈둥거리지 않을 때는 집에서 식당 놀이를 했다. 열한 살이 됐을 무렵에는 뒷마당 텃밭을 파헤치고 냉장고와 찬장을 뒤지며 음식 재료를 찾아내 동생과 어머니에게 저녁 식사를 만들어주었다. 파스타 면과 유리병에 담긴 토마토소스를 발견하면 그날은 이탈리아 음식의 날이었다. 흰 종이를 반으로 접어 메뉴판처럼 펴볼 수 있게 만들었다. 표지에는 가상의 식당 이름(이를테면 '루이지의 레스토랑')을 적고 빨간 체크무늬 테이블보와 양초 두어 개로 식탁을 꾸몄다. 그다음에는 아버지가 하는 방식대로 마늘빵을 만들었다. 버터와 마늘 가루를 섞어 만든 소스를 길쭉한 빵에 듬뿍 바른 다음 포일에 감싸 토스터 오븐에 굽는 것이었다. 내가 요리를 하면 니나가 서빙을 하며 함께 어머니의 수발을 들었고, 우리는 어머니가 즐거워하는 모습에 덩달아 즐거워했다. 핫도그에 베이크드 빈스*를 곁들이는 저녁이 있는가 하면, 텃밭에서 기른 채소로 소박한 샐러드를 만드는 채식 저녁도 있었다. 항상 음료 메뉴도 같이 만들었다. 하나뿐인 저녁 메뉴와 어울리면서도 우연히도 이미 냉장고에 있어서 준비하기 쉬운 음료들(우유, 주스, 쿨에이드, 포도주, 혹은 찬장 맨 밑 구석에 있는 베일리스)을 연필로 적어놓았다. 동생과 나는 깔끔한 앞치마 차림으로 쟁반에 냅킨을 깔고 음식과 음료를 차렸다. 식사가 끝났을 때는 여느 식당에서 그러듯 테이블 왼쪽에 적게나마 팁을 남겨 성의를 표시해야 했다. 팁을 남기지 않은 손님은 설거지 담당이 되었다.

그러던 어느 주말, '진짜' 식당에서 일하게 되었다. 놀이가 실전이 된 것이다. 그때 아버지는 몰려드는 주말 아침 손님들을 위해 요리하는 중이었고, 나는 가게 뒤편에서 싱크대로 접시를 옮기고 있었다. 요리 중이던 아버지가 나를 조리대로 불렀는데, 주변이 달걀 껍데기, 토스트 부스러기, 장식으로 쓰는 오렌지 조각으로 너저분했다. 아버지는

---

* 콩, 고기, 당류를 넣고 오랫동안 끓이는 요리. 통조림 상품이 많다.

그때그때 치우면서 요리하는 스타일은 아니었다.

"얘, 이 난장판을 치워주면 5달러 주마." 아버지의 제안이었다.

'당연히 해야지'라고 생각했다. 5달러라니! 열두 살짜리에게는 큰돈이었다.

아버지는 계속 달걀을 까서 불판에 익히고 토스터에 여러 종류의 빵을 넣으며 죽 늘어선 주문표를 차근차근 해치웠다. 나는 깨끗한 흰색 앞치마를 두른 후 앞치마 끈을 몇 바퀴나 돌려 묶었다. 열두 살 아이의 가느다란 허리를 묶기에는 끈이 너무 길었다. 축축한 행주로 달걀 껍데기를 모아 버리고, 흰색 래미네이트 조리대 위의 빵 부스러기들을 털어냈다. 오렌지 조각들을 한쪽에 쌓아놓은 후 음식이 나가는 조리대 옆의 미니 젤리를 정리했다. 여기저기 튄 팬케이크 반죽과 달걀노른자를 닦아냈고, 아버지가 지시한 대로 냉장고에서 소시지 패티를 꺼냈다. 그러는 와중에도 아버지의 움직임을 주시하면서 불판과 조리대 사이를 왕복하는 동선에 방해가 되지 않도록 했다. 아버지의 움직임은 춤과 같았다. 불과 열기와 뜨거운 기름이 튀는 춤.

일이 끝나자, 아버지는 약속한 대로 뒷주머니에서 빳빳한 5달러 지폐를 꺼내 나에게 건넸다. 일한 대가로 돈을 받는 것만으로도 기분 좋은 경험이었지만, 무엇보다 다이너 주방에서 한 사람 몫을 해냈다는 것이 뿌듯했다. 아버지에게 기특한 딸이 되었다는 것도. 아버지가 나에게 잘했다며 상을 준 것은 태어나서 처음 있는 일이었다. 그때 일로 나의 유용성이 충분히 증명되었던 것인지, 그 후로 아버지는 줄곧 나를 옆에 두고 써먹기 시작했다. 몇 달러를 쥐여주면 자기가 만들어놓은 난장판을 치워줄 사람이 생겼다는 사실을 반겼고, 나 역시 그 일이 싫지 않았다. 아버지는 그때만은 나를 자식처럼, 자기 자식처럼 대해주었다. 쓸모없는 계집애, 못난 딸 취급하지 않았다. 비록 일하며 보낸 시간이었지만, 그래도 아버지가 나와 함께하기로 선택한 시간이었다. 그리고 내가 보조를 잘 맞춘다면 아버지는 전보다 많은 시간을 내줄 터였고, 5달러 지폐를 수여하는 방식으로 나의 존재를 인정해줄 것이 었다.

시간이 지나면서 나는 보조 맞추는 법을 익혔다. 주문표가 밀려드는 속도에 맞춰 아버지가 요리에 박차를 가하는 사이, 그 주변으로 요리 조리 피해 다니며 일했다. 그 결과 토스트 담당으로 승진했다. 조리대 에 두는 따뜻한 유지를 제빵 솔에 적셔 갓 구운 빵 조각에 촉촉하게 바른 후 삼각형으로 잘랐고, 아버지가 따끈한 달걀과 홈 프라이를 담아 놓은 접시 구석에 예쁘게 배치했다. 아버지가 일하는 모습을 관찰하며 감귤류 트위스트*로 접시를 장식하는 법, 주문표를 해독해 불러주는 법 같은 이런저런 기술을 배웠다.

2반프, 베, 홈프, 흰 = 반숙 달걀 프라이 두 개, 베이컨, 홈 프라이, 흰 빵 있어요!

2완프, 소, 홈프, 통 = 완숙 달걀 프라이 두 개, 소시지, 홈 프라이, 통 밀빵 있어요!

아침 장사가 끝나면 조리대를 닦고 그릴을 긁어내며 너무 익은 홈 프라이와 달걀 조각을 밑에 붙은 기름통에 버렸다. 열두 살밖에 안 됐 는데 뜨거운 그릴을 가지고 놀 수 있다니. 내가 굉장히 어른스럽게 느

---

* 감귤류의 껍질을 회오리 모양으로 동그랗게 깎은 것으로, 요리나 음료에 장식으로 쓴다.

껴졌다. 아버지가 나를 신뢰한다는 것이 자랑스러웠다.

나의 열세 번째 생일날, 아버지는 나에게 이제 매질 당할 나이가 아니라고 선언했다. 나는 다 큰 것이었다. 동생에게 너는 앞으로 2년 동안 더 맞아야 하니 까불지 말라며 으스댔다. 아버지가 내게 내린 선언은 승진해서 점심 장사를 도와야 할 때라는 뜻이기도 했다. 토스트에 버터를 바르고 달걀 껍데기를 치우던 나날은 그저 수습 기간이었다. 그런 일은 점심 장사에 필요한 기술에 비하면 아무것도 아니었다. 아침 장사는 불판과 토스터, 오트밀 냄비가 끓는 가스레인지 화구 한 개만 관리하면 끝이었다. 점심 장사는? 차원이 달랐다. 불판은 더 뜨거웠고 튀김기에서 연기가 솟았으며 피자 오븐이 쉼 없이 돌았다. 조리대는 더 다양한 재료와 장식이 뒤섞여 어지러웠다. 메뉴는 아침보다 네 배나 더 많았고 튀김부터 버거, 스튜, 피자까지 온갖 것이 다 있었다. 조리 시간을 조절하며 한 번에 여러 작업을 해내야 했다.

초보자에게 튀김 담당은 좋은 시작점이었다. 집중할 것이 한정적이기 때문이었다. 튀김 반죽에 손을 담그고 이런저런 해산물에 빵가루를 묻히다가 냉동실에서 시판 냉동 치킨 텐더를 꺼내 튀기면 그만이었다. 아버지는 나에게 제대로 된 음식을 팔아야 한다고 단단히 일렀다. 그리고 내가 제대로 된 음식을 만들어내기를 기대했다. 내가 요리를 망쳐놓으면 얼굴이 시뻘게져서는 속사포처럼 퍼부었다. "이런 젠장. 이번 한 번만 시범을 보여주마. 한 번으로 끝이다." 아니면, "세상에! 두 번이나 보여줄 시간 없다고. 망할, 내가 어떻게 하는지 잘 봐." 아니면, "뭐 하는 거냐? 가게 거덜 낼 일 있어? 내가 존나게 고생해서 만든 걸 그냥 퍼주려고? 새우 양이 너무 많잖아!" 그리고 내가 완벽하게 해내

면 잠자코 있었다. 보상은 내가 만든 음식이 따뜻할 때 손님에게 나간
다는 것이 전부였다. 하지만 아버지의 높은 기준에 부합했다는 것만으
로도 자부심은 충분히 느낄 수 있었다. 그리고 홀에서 얼굴도 모르는
사람이 내가 만든 요리를 먹고 있다고 생각하면 기분이 정말이지 끝내
줬다. 조금 더 연습한 후에는 해산물이든 치킨이든 감자튀김이든 어니
언링이든 전부 노릇노릇 먹음직스럽게 튀겨내는 튀김의 대가가 되었
다. 요리하는 동안 줄곧 나의 머릿속에서 아버지의 가르침이 재생되고
는 했다.

- 가리비, 새우, 생선은 달걀물에 담근 다음에 밀가루를 묻힐 것. 조개
  는 달걀물 없이 바로 튀김가루에 투하. 너무 많이 묻히는 것은 금물.
  덕지덕지 묻히지 말 것. 두껍고 기름진 튀김옷을 좋아하는 사람은
  아무도 없으니까.
- 해덕은 비싸고 대구는 싸다. 통통한 조개는 금처럼 귀하고. 그러니
  금처럼 다뤄주기. 손가락을 이용해 조개를 고리 모양으로 부드럽게
  펼치면 튀겨지며 부풀어 오르고, 다 익었을 때 크기가 더 큼지막해
  보인다.
- 손을 가볍게 써야 한다. 재료를 앞뒤로 부드럽게 도닥이면서 너무
  많이 묻은 밀가루를 털어낼 것. 그러지 않으면 튀김기 내부의 발열
  장치에 달라붙게 될 테니까. 튀김기를 고장 내면 어떤 분노를 직면
  하게 될지 알고 싶지 않겠지. 매질은 안 당하겠지만.
- 너무 오랫동안 튀기지 않기. 해산물 한 조각은 20초에서 30초 정도
  면 충분히 익는다. 금빛으로 노릇노릇하게 튀겨야지, 거무튀튀하게
  만드는 것은 금물.

· 튀김기에서 바구니를 꺼낸 후에는 꼭 한 번씩 잘 흔들어줄 것. 그렇게 하면 튀김의 기름기가 빠져 담백해지고 바구니 밑에 들러붙는 일도 없다.
· 갓 튀긴 그대로 뜨겁게, 튀김기에서 꺼내자마자 서빙할 것. 식어서 축축해진 조개 튀김을 좋아할 사람은 아무도 없으니까. 튀김 요리가 완료되면 벨을 미친 듯이 울려서 웨이트리스가 달려오게 만들어라.
· 웨이트리스가 빨리 달려오지 않으면 소리를 지를 것. 음식은 돈이다.

낯선 이에게 내 두 손으로 정성을 다해 만든 요리 한 접시를 대접하며 친밀감과 연결감을 느끼고, 처음 한 입을 맛본 그가 혀에 닿은 음식의 맛과 질감을 즐기며 표정으로 반응하는 모습을 바라보는 일. 그것은 순진하고 커다란 만족감을 주었다. 비록 그 요리가 그저 튀김 한 접시일 뿐일지라도. 나는 조리대 뒤에서 얼굴을 빼꼼 내민 채 바 좌석에 앉아 있는 손님이 내가 만든 튀김을, 아버지가 이 정도면 내보내도 되겠다고 판단한 튀김을 먹고 있는 모습을 지켜보고는 했다. 나는 손님과 만날 필요가 없었다. 아니, 한마디 말조차 나눌 필요 없었다. 할 말은 음식이 다 했으니까. 그리고 음식이 자극할 수 있는 감정은 아주 강력한 것이었다. 나는 손님들의 얼굴을 볼 수 있었다. 그들의 만족감을 느낄 수 있었다. 내가 살면서 느껴본 것 중 가장 강력한 기쁨이었다. 이런 기쁨에 곁들여진 것은 은연중에 아버지의 인정을 받고 있다는 만족감이었다.

나는 오랫동안 아버지를 관찰하며 열심히 연습했다. 훌륭한 보조가 되려고 수많은 나날을 조리대 앞에서 아버지와 함께 보냈다. 그리고 그 과정에서 내가 아버지에게 잠재력 같은 것을 보여준 것이 틀림없었

66

다. 아버지는 무엇이든 뜨거운 기름에 넣고 적당한 색이 될 때까지 기다리는 것보다 더 수준 높은 기술과 세심함을 요구하는 일을 맡기 시작했던 것이다.

"이건 레어, 이건 미디엄, 이건 미디엄 웰던, 이건 웰던이야." 아버지는 손가락으로 버거 패티와 스테이크를 눌러 보여주었다. "감이 와?" 아버지가 물었다. "손바닥 같은 느낌이야." 아버지는 집게손가락으로 손바닥의 살집 두툼한 부분을 누르며 각 굽기에 따라 어떤 느낌이 들어야 하는지 알려주었다. "전부 느낌으로 알 수 있어." 아버지가 설명했다. 그리고 그 말은 사실이었다. 아버지는 스테이크를 잘라보기 전에도 굽기가 어느 정도인지 맞힐 수 있었다.

아버지의 요리 방식은 구식이었다. 온도계도, 근사한 기계도, 삑삑거리는 타이머나 굉장한 설비도 없었다. 직감대로, 촉감대로, 느낌대로 요리했고, 이제 내가 똑같은 방식으로 요리할 수 있도록 가르쳐주고 있었다. 어떤 양념을 뿌리고 얼마나 굽고 어떤 요리법을 쓸지는 재료에 주의를 집중하고 정성을 들이면 바로 그 답을 깨우칠 수 있었다. 정성을 들이면, 통밀빵을 딱 맞는 두께로 잘라 겉은 바삭하게, 안은 따뜻하고 부드럽게 구울 수 있었다. 정성을 들이면, 빵 조각에 얇게, 아주 살짝만 마요네즈를 바를 수 있었다. 그러면 닭고기 샐러드 샌드위치의 아삭아삭한 아이스버그 양상추가 흐트러지지 않으면서도 식감이 너무 건조하거나 축축하지 않고 딱 알맞을 것이었고, 소금과 후추까지 적당히 넣으면 풍미도 훌륭할 것이었다. 닭고기 샐러드 샌드위치를 완벽하게 만들어낼 수 있는 사람은 어떤 요리든 완벽하게 만들 수 있는 법이었다. 아버지는 내가 지켜보고 배울 수 있게 해줌으로써 자신의 기술을 나와 공유했다. 마치 운동화 끈 묶는 법을 알려주는 것 같았다. 무엇이든 딱 한 번만 보여주기는 했지만. 하루에 16시간씩 격렬한 노동에 시달리다 보면 두 번 반복해서 가르쳐줄 시간이나 에너지는 없었을 것이다. 그러나 기술과 방법을 공유하는 것과 레시피를 공유하는 것은 완전히 달랐다.

어느 날 아버지는 커다란 스테인리스 그릇을 조리대에 올려놓고는 별일 아니라는 듯 천연덕스러운 태도로 보여줄 것이 있다고 했다. 그 후 10분 동안, 말은 아끼면서도 평소보다 천천히 움직여 내가 잘 기억할 수 있도록 도와주었다. 단계마다 "보이지?" 혹은 "잘 봐라"라고 말하는 것이 전부였고, 나는 집중해서 아버지를 바라보았다. 아버지는 냉장고에서 다진 고기를 몇 덩이 꺼내더니 그릇에 넣고 손으로 뭉치기 시작했다. 그러다가 소금과 후추를 넉넉히 넣고는 조금 더 주물렀다. 강판을 꺼내 고기 그릇 위에서 생당근을 한 움큼 갈아 넣었고, 피자치즈도 한 움큼 갈아 넣었다. 식빵의 테두리 부분만 가득 담긴 봉지를 꺼내 빵을 잘게 찢었다. 흰 양파도 잘게 썰어 고기에 넣은 다음 눈물을 닦았다. 날달걀 몇 개와 우유도 조금 넣고 전부 손으로 잘 섞어 커다랗고 찰진 덩어리로 만들었다. 반죽을 끝낸 고깃덩어리를 움푹한 직사각형 그릇에 가지런하고 평평하게 펼쳤다. 작은 그릇을 꺼내 흑설탕을 수북이 부은 후 케첩은 넉넉히, 옐로 머스터드는 조금 짜 넣어 부드럽게 갠 다음, 그 반죽을 숟가락으로 고깃덩어리 위에 발라 오븐에 넣었다. 그렇게 한 시간이 흐른 뒤 오븐에서 꺼낸 고기는 겉면이 반짝반짝했고 가장자리에서 뜨거운 기름방울이 흐르고 있었다. 나는 냄새를 맡자마자 알 수 있었다. 아버지의 특제 미트로프였다. 아버지는 가족에게 자주 만들어주던 미트로프의 비법을 알려준 것이었다. 나의 배와 마음을 따뜻하게 채워주던, 그 어떤 속상한 일이 있어도 나를 달래주었던 요

68

리였다. 그날 그 레시피를 공유한 것은 분명 의도적인 행동이었다. 그 공유에는 단순히 식당 업무를 넘어서는 깊은 의미가 있었다. 그것은 아버지로서 최선을 다하려는 노력이었다. 그날 아버지는 나에게 신경질을 부리지 않았을뿐더러 다정하기까지 했다. 아버지와 단둘이 요리하며 나는 흔치 않은 감정을 느꼈다. 앞으로도 식당 일을 잘 거들어 아버지의 마음에 들면 이런 순간이 자주 올지도 모르겠다고, 어쩌면 그럴지도 모르겠다고 나는 자꾸만 생각하고 있었다.

6
시끄러운 할리 데이비드슨

온화한 여름날 오후에는 이따금 부릉거리는 오토바이 엔진 소리가 다이너 주차장을 가득 채우곤 했다. 그르렁거리는 소리가 디저트 코너의 방충망을 뚫고 주방까지, 다이너에서 방학을 보내고 있던 고등학생의 귓속까지 파고들었다. 그동안 나는 혼자서 점심 장사를 하게 되는 날에는 어떤 징후가 있는지 깨우쳤다. 일단 햇볕이 쨍하고 따뜻한 날은 오토바이를 타기에, 튀김 요리를 안주 삼아 맥주를 몇 잔 마시기에 안성맞춤이었다. 아버지 역시 친구들처럼 할리 데이비드슨에 올라타 뺨을 스치는 따뜻한 여름 바람을 느끼고 싶어 했지만, 다이너 일이 워낙 바빠서 자리를 비울 수가 없었다. 그렇다고 해서 아버지의 친구들이 찾아오지 않는다는 뜻은 아니었다. 프링글스 캐릭터 같은 콧수염이 희끗희끗하고 가죽 재킷을 빼입은 중년 남자들이 팔에 맥주나 보드카를 낀 채 느릿느릿 끝없는 행렬을 이루며 주방을 통과해 분주한 조리대 앞을 지나 식당 뒤쪽의 직원용 테라스로 갔다. 아버지는 홀에 점심 손님들이 가득한데도 주방을 내버려둔 채 하나둘 테라스로 모여드는 소란스러운 남자들을 대접하러 갔다. 따뜻한 여름날을 즐기러 자기 식당의 테라스에 모인 거친 남자들과 함께하고 싶었던 것이다. 아버지는 단순히 모임 장소의 주인인 것에 만족하지 않았고, 손님들을 제대로 대접하고자 했다. 그것은 재미있는 모임에 초대받아 참석하는 것만큼 만족스러웠다. 물론 맥주나 마시고 지저분한 농담이나 주고받는 바보들을 대접하기 위해 딸 혼자서 밀려들어 쌓이는 주문을 감당하게 둘 수는 없었다. 하지만 술과 안주가 있는 맛깔난 오후, 친구들과 함께 알딸딸하게 취해 마치 골프장에 놀러 온 듯 이웃집 옥수수밭으로 골프공을 날려 보내는 즐거운 오후를 포기하기란 힘들었다. 그런 오후의 지휘자가 되는 것도. 내가 주문표를 들고 고전하는 사이 아버지는 사라졌다 나타나기를 반복했다. 물방울 맺힌 버드와이저를 조리대에 내려놓고는 불판에 버거 패티를 굽다가 사라졌고, 뒷문을 통해 들리는 점점 커지는 웃음소리 속으로 섞여 들었다. 맥주를 정확히 두 개 해치우고 나면 도와주러 오는 것도 끝이었다. 나는 혼자서 밀려드는 주문을 마무리해야 했다. 또다시.

"애, 에린! 조개 좀 한 접시 튀겨서 여기로 가져와." 아버지는 뒷문 앞에 서서 새로 딴 맥주를 손에 든 채 알딸딸한 미소를 머금고 소리치고는 했다. 끝도 없이 늘어선 닭고기 샐러드 샌드위치와 생선튀김 주문표는 눈에 보이지 않는 것처럼 말이다. 그때쯤 나는 이미 주방 일에 능숙해진 후라 불판과 튀김기 사이를 오가는 동시에 잽싸게 스튜를 끓여 오이스터 크래커* 한 봉지와 함께 낼 수 있었다. 스튜는 작은 그릇에 해산물을 이것저것 넣고 큼지막한 버터와 녹진한 크림과 우유를 첨가

---

* 해산물, 특히 굴 요리에 곁들이는 짭짤한 크래커.

해 1~2분 정도 전자레인지에 돌린 후 파프리카 가루와 레몬 한 조각을 올려 완성했다. 스튜가 전자레인지에서 익어가는 사이 튀김 바구니에 방금 썬 감자와 치킨 텐더를 채워 뜨거운 기름에 넣은 다음, 불판으로 뛰어가서 뜨거운 표면에 온갖 햄버거 패티와 스테이크를 올려놓고 잽 싸게 손가락으로 눌러보며 다 익었는지 확인했다. 하나는 레어, 두 개 는 미디엄, 서너 개 정도는 웰던으로. BLT 샌드위치에 쓸 식빵도 계속 구워야 했다. 흰 빵으로 하나, 통밀로 두 개, 호밀로 하나. 이 손님은 마 요네즈, 저 손님은 치즈를 넣어달라고 했고, 양파와 피클을 빼달라고 한 손님도 있었다. 바 좌석에서 특제 미트로프와 구운 감자, 사워크림 을 시켰으며, 완두콩 요리도 한 접시 만들어야 했다. 그레이비를 추가 한 매시트포테이토, 브로콜리를 곁들인 로스트비프 주문도 들어왔다.

그 시절 나는 아침마다 출근하기 전에 어머니가 가꾸는 뒷마당 정원 에 가서 싱싱한 한련 꽃잎을 한 그릇 따다가, 가장 바쁜 점심시간에도 특별 요리 위에 뿌려 화려하게 장식하고는 했다. 스트레스가 심한 순 간에 그런 여유는 기쁨이 되었다. 그리고 마지막 주문까지 나가고 조 리대의 종소리도 조용해지면, 냉장고에 가서 플라스틱 통에 담긴 조갯 살을 꺼냈다. 뒷마당에 불한당들이 기다리고 있었으니까. 뱃살이 통통 한 조개 몇 움큼을 가져다가 부드러운 밀가루 튀김 반죽에 하나씩 떨 어뜨린 후 공기 방울이 올라오는 기름에 넣고, 겉면이 연한 금빛으로 익을 때까지 살짝만 기다렸다가 철망 튀김 바구니를 들고 세게 털어주 었다. 그러고는 부드럽고 바삭바삭한 튀김을 접시에 높게 쌓은 후 파 슬리 가루와 레몬 트위스트로 장식해 뒷마당으로 배달했다.

테라스로 나가보면 보통 아버지가 식식거리면서 간간이 욕을 섞어 상스러운 이야기를 하고 있었고, 손님들은 그 주변에 빙 둘러서서 웃음을 터뜨리고는 했다. 그들의 숨에서 맥주 냄새가 났다.

"와, 맛있겠는데. 이것 보라고! 조개 튀김이야" 아버지는 매번 깜짝 놀랐다는 듯, 조개 튀김을 처음 본다는 듯 반응했다. 그러고는 모여 있던 사람들에게 비켜달라고 손동작을 했다. 내가 접시를 놓으면 다들 독수리처럼, 며칠 동안 굶은 것처럼 조개 튀김으로 달려들었다. 그다음에는 콧수염에 붙은 부스러기를 핥아먹고 나를 아래위로 훑어보았다.

"세상에, 쑥쑥 크고 있군." 그들은 혀가 잔뜩 꼬인 채 말하고는 했다. "가슴도 봉긋하네. 제프, 너희 집 애들이 잘 빠진 아가씨들인 줄 알았으면 더 자주 놀러 왔을 텐데."

"얘, 예쁜아. 너 빨간 것 있냐? 빨간 것 좀 가져와라. 빨간 것에다 찍어 먹으면 맛있겠네. 가서 네 빨간 것 좀 가져오지?"

"…케첩 말이죠? 알겠어요."

"적당히 해, 적당히." 아버지는 낄낄 웃었고, 열다섯 살 여자아이의 뺨은 수치심으로 붉어졌다. 그러니까, 아버지도 웃고 있었던 것이다. 나는 아버지가 나서주기를 바랐다. 그런 말을 한 사람을 때려주기를 바랐다. 나를 지켜주기를 바랐다. 언젠가 딱 한 번 그랬던 것처럼.

당시 다섯 살이었던 나는 우리 집 닭장 안을 돌아다니고 있었는데, 몸집이 크고 공격적인 우두머리 수탉에게 눈을 공격당했다. 나는 얼굴에 피가 흐르는 채로 놀라고 아파서 덜덜 떨며 집으로 돌아왔다. 자초지종을 듣고 난 아버지는 그 즉시 닭장으로 가서 난폭한 수탉을 밖으로 내보냈다. 그리고 잠시 마당에서 모이를 쪼아먹게 한 다음, 키우던 도베르만에게 소리쳤다. "저놈 잡아!" 개는 눈 깜짝할 사이에 닭 목을 꺾어 자비롭게 바로 죽여줄 수도 있었다. 하지만 그러지 않았다. 늙은 수탉 주변을 빙빙 돌며, 이를 갈고 혀를 날름거리며 시간을 끌었다. 그러다가 맹렬히 달려들어 닭에게 이빨을 박아 넣고는 입 안 가득 깃털을 물어뜯었다. 일부러 여유를 갖고 이 순간을 맛보는 듯한, 심지어 즐기는 듯한 의도적인 움직임이었다. 고개를 들자 아버지의 얼굴에 떠오른 일그러진 미소가 보였다. 아무 말도 없었지만, 수탉이 마땅히 받을 벌을 받는다는 듯 만족스러운 표정이었다. 아버지는 나를 보며 앞으로는 절대 수탉이 나를 괴롭히지 않을 것이라고 장담했다. 그랬기 때문에 나는 아버지가 이 늙다리 수탉 같은 친구를 찢어발길 것이라고 기대하지는 않았어도, 눈두덩을 갈겨준다든지 완강하게 한마디 해주면 좋겠다고 생각했다. 하지만 그런 통쾌한 일은 없었다.

시간이 흐르면 어김없이 그중 하나가 나를 불러서 얼음 담긴 컵을 좀 가져오라고 했다. 보통은 담배를 너무 피워서 걸걸해지고 쉰 목소리였다. "예쁜아"라는 호칭도 덧붙였다. 얼음 컵을 달라는 말은 이제 보드카를 마실 것이라는, 그러니까 저녁 장사도 나 혼자 해야 한다는 뜻이었다. 조개를 더 튀겨 얼음과 함께 가져다주며, 이 사람 저 사람이 몇 달러씩 건네면 그것을 받아 챙기며 저녁 장사를 준비해야 했다. 몇 통 가득 들어 있는 유콘 골드 감자*를 벽에 붙은 튀김용 감자 절단기에 넣어 다듬고 튀김 조리대를 미리 치워 놓으며 분주한 저녁 장사를 준비했다. 시간이 남으면 뒷마당에 가서 취한 아저씨들이 옥수수밭으로 던져놓은 골프공을 주워왔다. 밭에 떨어진 공을 주워 앞치마에 담는 사이에도 그들은 줄곧 내 쪽으로 공을 던졌고, 나는 옆으로 쉭쉭 스치는 흰 물체를 피해 웅크리고 달려갔다. 그러면서 그들은 줄곧 더러운 농담을 던졌다. 그들 딴에는 아주 기발하고 재미있는 농담이라고 생각

---

*   속이 노랗고 껍질이 얇으며 씨눈이 없는 감자 품종. 캐나다에서 개량했다.

하는 것 같았다. 내가 꾸역꾸역 참아내며 공을 주워오면 한 개에 1달러씩 쳐서 지폐를 몇 움큼 집어 주었다. 한번은 30분 만에 75달러를 번 적도 있었다.

오후가 흐르고 저물녘이 되면 콧수염 달린 남자들은 비칠비칠 다이너를 나서 오토바이 위에 올라탔고, 주차장에 할리 데이비드슨의 엔진 소리가 울리는 것도 그것으로 끝이었다. 하지만 어김없이 그중 한 명쯤은 몸을 못 가눌 정도로 취해서 아버지와 함께 사무실에서 술이 깰 때까지 기다렸다. 아니면 술을 더 마시면서 내가 저녁 장사를 끝내고 자신을 데려다줄 수 있을 때까지 기다렸다. 후자일 때는 사무실에서 특정한 주문이 들어왔다. 가령 레어 꽃등심 스테이크 두 개, 구운 감자와 사워크림, 오일과 식초를 넣은 그릭 샐러드였다. 오후에 섭취한 알코올을 흡수해내기 위해 고른 식사였는데, 가끔은 페퍼민트 슈냅스를 샷으로 몇 잔 곁들이기도 했다. 아버지와 친구가 데려다줄 사람을 기다리며 취한 목소리로 서로에게 횡설수설을 늘어놓는 동안, 나는 그릴을 긁어내고 튀김기를 정리했다. 그러고는 바닥을 닦고 금전 등록기 현금통을 비운 후 그날 들어온 현금을 아버지에게 건넸고, 그러면 아버지는 자기 자동차 열쇠를 주었다.

"가다가 빌리네 집에 들러서 내려줘야겠어." 아버지는 이렇게 말하곤 했다. "이 친구, 운전할 상태가 아니야."

빌리네는 가다가 들를 수 있는 곳이 아니었다. 집에 가는 길과는 다른 방향으로 왕복 55킬로미터를 다녀와야 했다. 하지만 놀랍지는 않았다. 나는 임시면허증을 발급받은 후로 다이너의 운전기사 같은 것이 되었기 때문이었다. 운전면허는 나의 새로운 장점으로서 가치를 인정받았다. 차 안에 만 18세 이상의 성인이 있다면 그가 맨정신이든 잔뜩 취했든, 또 목적지가 어디든 내가 운전해도 적법하다는 것이 아버지의 의견이었다. 아버지와 친구들은 내가 운전기사 노릇을 하면 용돈을 두둑하게 챙겨주었고, 나는 내가 견뎌낸 것들을 고려했을 때 그 정도는 최소한의 성의라고 생각했다. 그러나 정확한 이유는 모르겠지만, 아주 많은 돈을 받아도 충분하다는 느낌은 들지 않았다.

나는 아버지의 링컨 타운카에 올라타 페달에 발이 닿도록 자동 좌석을 앞으로 끌어당겼다. 아버지와 친구는 뒷좌석에 널브러진 채 가는 길에 마실 술을 몇 잔 더 따랐다. 우리는 137번 도로의 굽잇길을 따라 어둠 속을 달렸고, 나는 반대편에서 다른 차가 나타날 때마다 전조등 각도를 멀리 또 가까이 조절하며 밤 운전 기술을 연마했다. 뒷좌석의 승객이 오줌을 싸야겠다고 하면 갓길에 차를 세웠다. 때로는 길가에서 오줌을 싸던 승객이 균형을 잃을 때도 있었다. 그렇게 그가 술에 떡이 되어 도랑으로 굴러떨어지면, 나는 주정뱅이의 헛소리와 웃음소리를 따라 덤불을 헤치며 풀숲에 처박혀 있을 그를 찾아나섰다. 그러고는 그를 일으켜 세워 도랑에서 기어 나올 수 있도록 도와 차까지 부축했다. 그가 넘어지기 전에 오줌을 다 쌌기만을 바랄 뿐이었다. 가끔 오줌을 다 싸기 전에 넘어지는 바람에 리바이스 청바지 앞이 축축하게 젖는 날도 있었는데, (그야말로 손님 대접의 대가인) 아버지가 자동차에서도 계속 잔을 권한 탓에 나중에 친구는 두 발로 서 있지도 못하는 상태가 되어버려 나는 바지가 축축한 그가 자동차에서 내릴 수 있도록 부축해야 했다. 나의 임무는 아버지의 친구가 안전하게 귀가하도록 돕는 것이지 침대에 눕혀주는 것이 아니었으니 부엌의 식탁까지만 데려다주었고, 수고비로 지폐를 한 움큼 받았다.

다시 자동차로 돌아와 보면 아버지가 조수석에 앉아 손님 대접이 끝났음을 알리고 있었다. 이제 나는 그의 하인이 아니었다.

"이제 집에 가자, 에린."

나는 좌석 벨트를 매고 거울 위치를 확인한 후 기어를 드라이브로 바꾸었고, 출발하기 전에 잠시 멈춰 섰다가 우회전 깜빡이를 켜고 집으로 향했다. 곧 내일이 오고 새벽 6시가 되면 아침 장사가 시작될 것이었다.

7
전액 장학금

대학에 입학해 이 동네를 벗어난다고 생각하면 짜릿했다. 대학은 월도 카운티에서 냉큼 도망칠 수 있는 편도 차표였다. 나만의 인생을 살기 위한 첫 번째 기회였다. 전공을 무엇으로 할지, 어디서 살지, 어떻게 살지 내가 직접 고를 수 있었다. 어머니는 항상 그랬던 것처럼 나를 응원해주었다. 내가 무엇을 원하는지 알고 있었기에 이제 나만의 꿈을 추구하라고 힘을 북돋아주었다. "에린, 시골 생활은 지금까지 해봤잖아. 이제 도시 생활도 해봐야지. 둘 다 경험해보면 네가 어떤 사람인지, 어떤 삶을 살고 싶은지 결정할 수 있을 거야." 어머니는 다른 흔한 부모들과는 달리 자신의 꿈과 자식의 꿈을 구분할 줄 알았다.

어머니는 보스턴에서 남쪽으로 한 시간 거리에 있는 도시에서 대가족과 함께 성장기를 보냈다. 어머니는 어린 시절부터 색다른 것을 갈망했다. 메인주의 거친 자연과 깨끗하고 신선한 공기를, 그리고 내 것이라고 부를 수 있는 한 뙈기의 땅을 원했다. 언 땅이 녹기 시작하는 봄에는 청개구리 소리가 울리고 여름에는 귀뚜라미 소리가 울리며 하루에 한두 대쯤 느릿하게 지나가는 자동차 소리 외에는 적막뿐인 시골에 정착하고 싶었다. 세상 한구석에서 단순한 삶을 살고자 했다. 그리고 70년대 후반에 아버지를 만났을 때 그 꿈은 구체적인 형태를 띠기 시작했다.

두 사람은 메인 해변의 베이사이드라는 휴양지에서 열린 파티에서 만났다. 아버지는 할머니와 할아버지네 마당에 있는, 내부를 개조한 통학 버스에서 살고 있었는데, 어머니는 자연 한복판에서 자유롭게 산다는 낭만에 사로잡혀 세세한 것에는 신경 쓰지 않았다. 어머니처럼 수줍음 많고 소심한 여자에게는 대담한 결단이었다. 그만큼 메인의 대지를 꿈꾸던 그녀에게 자연과 함께하는 미래는 유혹적이었다. 어머니는 새로운 삶을 다져가자고, 가정을 꾸리고 아이를 낳아 기르자고, 자신의 어린 시절과는 다른 삶을 주자고 생각했다. 어머니와 아버지가 나에게 준 것은 시골의 삶, 발가락 사이에 닭똥이 밟히고 머리 위에 별이 반짝이는 삶이었다. 하지만 나는 항상 궁금했다. 포장된 도보를 거닐면 어떤 느낌일지, 도시의 환한 불빛에 둘러싸이면 어떤 느낌일지. 한밤중에 시내로 향하는 기차를 타보고 싶었고, 생전 한 번도 안 먹어본 인도음식도 먹어보고 싶었다. 혈관을 타고 흐르는 도시의 짜릿함을, 군중과 소음에 휩싸이는 감각을 느껴보고 싶었다. 보스턴 중심에 있는 노스이스턴대학교는 나를 그런 삶으로 데려다줄 차표처럼 보였다.

아버지의 응원은 어머니보다 소극적이었다. 내게 등록금을 내줄 생각이 없다는 점을 명확하게 밝혔다. 자신은 이 촌구석을 벗어날 기회가 없었는데 나라고 그런 기회를 누려야 할 이유가 뭐란 말인가? "내가 네 대학 등록금 내주려고 하루에 16시간씩 소처럼 일하는 게 아니다. 그러니까 공부 잘해서 장학금 잔뜩 받아놓는 편이 좋을 거야." 놀랍지는 않았다. 아버지는 항상 나에게 "네가 알아서 해라"라고 말하고는 했으니까. 그렇다고 마음이 아프지 않은 것은 아니었다. 아버지는 잔인할 정도로 솔직했다. 노스이스턴대학교의 한 해 등록금은 신형 할리데이비드슨 가격과 맞먹었는데, 아버지는 차라리 반짝반짝한 오토바이를 한 대 장만하고 말지 그 바가지 심한 등록금을 내주는 일은 세상이 뒤집혀도 없을 것이라고 했다. 그래도 나는 굴하지 않고 지원서를 넣었다.

나는 꽤 다재다능한 학생이었다. 축구와 육상 선수로 활동했고, 비올라 연주도 했으며, 공부를 열심히 해서 성적도 좋았다. 비올라와 축구 연습이 끝난 방과 후에 짬을 내 공부했다. 주말과 여름 내내 식당에서 일하면서도 해낸 성취였다. 의대를 꿈꾸기 시작했던 참이라 학교 공부에 진지하게 임해야 하는 상황이었다. 새로운 언어를 익히고 싶어 프랑스어와 독일어를 배웠다. 배운 것을 잘 써먹어서 가족 중에서 최초로 외국 여행을 감행할 계획이었다. 우리는 함께 여행을 즐기는 가족은 아니었다. 식당 때문에 집 주변에 꼭 붙어살아야 했기 때문이었다. 게다가 아버지는 편안하고 익숙한 환경에서 벗어나는 일에 통 관심이 없는 사람이었다. 아버지가 보기에 인간이 불편함을 느끼는 이유는 예상 밖의 상황에서 통제력을 잃기 때문이었고, 그는 언제나 통제력을 유지하고 싶은 '남자'였다. 어머니에게는 (가령 프로방스의 라벤더밭이나 코츠월드의 양이 가득한 목초지 같은 곳으로) 멀리 여행을 떠나고 싶은 바람이 있었으나 남편이 좋아하지 않으리라는 것을 잘 알았기에 아무 말도 꺼내지 않았다. 어머니는 집안에 큰소리가 오가는 것이 싫어 항상 다니는 가족 여행에 만족하기로 했다. 한 해에 한 번씩 겨울방학을 맞아 떠나는 플로리다 여행, 보스턴 남쪽의 외가 식구들을 보러 이따금 차를 타고 다녀오는 매사추세츠 여행 정도면 충분했다.

어렸을 때부터 보스턴은 나에게 낭만의 장소였다. 매년 크리스마스에 어머니는 우리 자매를 데리고 보스턴에 갔다. 친정 식구들이 전부 모이는 파티였다. 차를 타고 도시를 가로지르는 일은 언제나 강렬한 짜릿함을 선사했다. 나는 고속도로의 둥근 굽잇길을 지나 보스턴에 가까워지면 도시 풍경을 놓칠까 봐 졸지 않으려고 애썼다. 곧 눈앞에 스카이라인을 수놓은 조명이 펼쳐졌고, 수문장처럼 버티고 선 토빈 브리지와 톨게이트가 보였다. 그 많은 조명, 3차선 도로 위로 쏜살같이 움직이는 자동차, 저 멀리 펜웨이 파크 옆에서 반짝이는 석유회사 시트고의 간판, 노스 스테이션을 오가는 기차들, 고층 빌딩 위에서 빨간색, 흰색으로 반짝거리는 기둥까지. 볼 때마다 매혹적이었다. 북적북적하고 생동감이 넘쳤다. 나는 보스턴에 홀딱 반해버렸다.

보스턴은 나에게 완벽한 장소였다. 메인주와 가까워서 혹여나 향수병을 앓는다고 해도 한결 마음이 편할 것이었고, 남쪽으로 한 시간 거리에 외가 식구들이 살고 있었을뿐더러 이미 보스턴에 있는 학교에 다니는 친구들도 있었다. 그러면서도 내가 자란 환경과는 극명히 달라서 지구 반대편에 온 듯 짜릿할 것이었다. 그래서 나는 노스이스턴대학교에 지원서를 넣었고, 하늘이 도와 최선의 결과가 나오기를 빌었다. 그리고 어느 겨울날, 오후 일찍이 우리 집 우체통에 합격 통지서가 도착했다. 나의 탈출을 도와줄 황금 티켓이었다. 등록금은 비쌌지만, 아버지가 단단히 일렀던 것처럼 열심히 공부해서 장학금을 받을 수 있는 성적을 만들어두었던 참이었다. 그래도 남은 금액은 학자금 대출을 받아야 했고, 대출금을 갚으려면 몇십 년이나 걸리리라는 점도 잘 알았다. 그러나 그 당시에는 크게 중요한 문제가 아니었다.

그로부터 채 일주일도 지나지 않아 우체통에 또 다른 두툼한 봉투가 도착했다. 이것은 (나의 안전책이었던) 메인대학교에서 온 것으로, 전액 장학금을 약속하고 있었다. 학비, 책, 주거 비용, 전부 다. 내가 직접 살 것은 음식밖에 없었다. 나는 알고 있었다. 눈 딱 감고 전폭적인 지원을 약속하는 학교에 가는 것이 현명한 선택이었다. 하지만 보스턴을 포기하자니 마음 한구석이 저릿했다. 돈의 액수가 꿈을 좌지우지하는 삶은 살고 싶지 않았다. 물론 노스이스턴대학교를 선택하면 엄청난 빚이 생기겠지만, 빚은 갚으면 그만이라고 생각했다. 물론 나 혼자서 내릴 수 있는 결정은 아니었다. 부모님의 허락이 필요했다.

　어머니는 성질을 부리거나 소란을 피우는 성격이 아니었다. 틀린 말을 하는 사람이 있어도 나서서 반박하지 않았다. 아버지는 팽팽한 갈등을 만들어내는 것에 능숙한 사람이었고, 어머니는 그런 남자와 오랫동안 살며 순종적인 성격이 되었다. 아버지 주변에 잔뜩 흩뿌려진 유리 조각을 밟지 않는 가장 좋은 방법은 무엇이든 혼자만 알고 조용히 지내는 것이었다. 하지만 어머니는 내 삶과 대학 문제에서는 아버지의 환멸과 비이성으로 얼룩진 관점이 나를 좌지우지하지 못하도록 적극적으로 막아주었다.

　어머니는 두 통의 합격 통지서를 들고 내게 마지막으로 물어보았다.

　"보스턴을 생각하면 정말 가슴이 콩닥거리니?"

　"네."

　그렇다면 할 일은 딱 하나뿐이었다. 메인대학교에서 온 합격 통지서를 찢어버리고 아버지에게 전액 장학금에 관한 이야기는 비밀에 부치는 것. 그렇게 아버지는 할리 데이비드슨을 장만했고, 나는 보스턴행 차표를 샀다.

할아버지와 할머니는 나를 배웅해주기 위해 특별한 계획을 세웠다. 어느 금요일 밤에 나를 데리러 왔는데, 할아버지가 정장을 입고 있는 것을 보고 그날이 대단한 날이 되리라는 것을 직감했다. 할아버지는 장례식에 갈 때, 그리고 밤에 뱅고어로 경마를 보러 갈 때만 정장을 입었기 때문이다. 우리는 프리덤을 떠나 거의 45분 동안 구불구불한 숲길을 달린 끝에 캠든이라는 해변 마을에 도착했다. 두 분은 당시 가장 세련된 식당이었던, 마을 부둣가의 '워터프론트'라는 곳으로 나를 데려갔다. 테이블 위에 양초와 패브릭 냅킨이 있었고, 난로에서 커다란 불꽃이 활활 타오르고 있었다. 메뉴판을 수놓은 애피타이저들은 가격이 만만하지 않았고 앙트레는 무려 20달러가 넘었다! 그런 호화로움은 평소에 먹는 다이너 음식과는 너무나도 달랐다. 전에는 그런 세련된 곳에 가본 적이 없었다. "아무거나 시켜도 돼." 할아버지와 할머니가 말했다. 나는 어린잎 채소와 말린 크랜베리와 염소젖 치즈가 들어간 멋들어진 샐러드를 주문했다. 다이너에서 재료 발주를 하면서 아버지 몰래 고급 혼합 채소를 주문했던 것이 생각났다. 항상 쓰는 기본적인 아이스버그 양상추 말고 더 밝고 알록달록한 어린잎 양상추를 써보려고 그랬던 것이다. 그러나 싱크대로 돌아온 멜라민 그릇 위에 다 먹지 않고 남겨놓은 빨간 채소가 가득했던 것을, 나는 아직도 잊을 수가 없다. 동네 농장 남자아이들에게 양상추란 아이스버그뿐, 화려한 채소는 부담스러웠던 것이다. 그날 나는 멋지게 차려입은 할아버지와 할머니 옆에서 마지막 한 조각의 채소까지, 마지막 한 방울의 발사믹 식초까지 전부 음미하며 먹었다.

그다음에는 두툼한 필레미뇽*, 두 번 구운 감자**, 마늘이 들어간 그린빈 요리를 주문했다. 하지만 가장 인상적이었던 것은 디저트였다.

오목한 그릇에 바닐라 커스터드를 채우고 그 위에 얇게 설탕을 뿌려 바삭바삭하게 태운 크렘 브륄레였다. 세상에, 이 마법 같은 요리는 대체 뭐람? 생전 처음 먹어보는 맛인데? 그 녹진하고 부드러운 푸딩을 입에 머금고 있으니, 할머니가 가스레인지에서 만들어주는 인스턴트 푸딩이 생각났다. 달콤한 추억이 떠올라 마음이 따뜻해졌다. 하지만 그 바삭하고 달콤한 겉면은 새로운 차원의 기쁨이었다. 눈이 휘둥그레지는 달콤함으로 특별한 저녁이 물들었다. 그 후로도 나는 표면을 바삭하게 태운 풍부한 바닐라 커스터드를 맛볼 때마다 줄곧 애틋한 마음으로 이 방탕한 미식의 순간을 떠올렸다.

그 밤도 지나 일요일이 되었고, 나는 마지막으로 아버지의 다이너에 들렀다. 이제 어머니와 나는 자동차에 나의 기숙사 방을 채울 짐을 한가득 싣고 보스턴으로 떠날 것이었다. 다이너에서 내가 원하는 메뉴로 최후의 만찬을 즐긴 후 할아버지, 할머니와 마지막으로 꼭 끌어안았고, 아버지와 드물고 어색한 포옹을 했다. 그다음에는 할머니가 차 안에서 먹으라고 봉지에 넣어 건네준 따뜻한 도넛을 받아들었다. 그날 나는 아침 장사로 한창 바쁜 가족을 두고 떠났다. 세 사람은 기름이 얼룩덜룩한 앞치마 차림으로 불판 위의 팬케이크와 달걀을 뒤집었고, 나는 길을 떠났다. 별이 밝은 시골 밤하늘을 조명이 가득한 도시 밤하늘과 맞바꿨다. 니나는 어디에도 없었다. 놀랍지는 않았다. 드문 일이 아니었으니까. 우리는 한 지붕 아래서 두 명의 10대 여자아이로 살며 우리가 다르다는 것, 아주 다르다는 것, 절친한 친구는 절대 될 수 없다는

---

* 안심 끝부분.

** 감자를 구워 안을 파낸 후, 치즈, 채소, 사워크림 등을 넣고 또 구운 요리.

것을 재차 확인한 후였다. 그날 동생과 나 사이에는 작별의 포옹도, 행운을 비는 인사도, 그 어떤 따뜻함도 없었다. 하지만 동생의 차가운 침묵과 부재는 나의 기분을 망치지 못했다. 우리의 복잡한 관계를 고민하며 가라앉을 수는 없었다. 내 앞에 펼쳐진 자유롭고 새로운 삶에 대한 흥분으로 부풀어 오른 상태였으니까. 나는 프리덤에서 벗어나 자유를 찾았다.

2부

UNITY

결합

8

남자아이여야 할 거다

그때까지만 해도 일은 잘 풀리고 있는 듯했다. 나는 프리덤을 탈출해 도시에서 꿈같은 삶을 살고 있었다. 하지만 그런 삶이 얼마나 쉽게 흔들릴 수 있는지 나는 몰랐다. 하룻밤의 결정적인 실수 때문에, 딱 한 걸음 잘못 내디딘 대가로 그간의 노력과 희망과 꿈이 와르르 무너질 수 있다는 것을 몰랐다. 사람들은 나를 착한 아이라고, 조심스럽고 똑똑하고 책임감 강하며 밝은 미래와 큰 꿈으로 가득한 아이라고 생각했다. 그런 일은 절대 일으키지 않을 것으로 믿었다. 하지만 대학 2학년까지 마친 스물한 살의 나는 임신하고 말았다. 나는 배 속에서 자라고 있는 아기를 지워야 한다는 중압감에 시달리는 중이었다. 가족이, 나 자신이 나를 압박하고 있었다. 아이를 지워야 했다. 아버지가 강요하고 있었고, 나는 너무 어렸고, 이런 난장판이 벌어지기 전에는 나에게도 잠재력이 있었고, 아기를 낳는다면 나의 가능성이 전부 사라질 것이기 때문에. 아기를 낳으면 분명 월도 카운티로, 프리덤으로, 그 조용하고 흙먼지 날리는 동네로 돌아가게 될 테고, 나의 인생은 끝장이었다. 선택의 여지가 있어 다행이었지만, 그렇다고 선택이 쉬워지지는 않았다. 사실은 어떤 선택을 해도 나의 인생은 망한 것이라는 생각을 하고 있었다.

두 가지 선택지 모두 삶을 뒤흔들 막대한 변화를 야기할 테고, 삶이 어떻게 변하든 기꺼이 그 변화를 받아들일 수 있을 것 같지 않았다. 임신은 닻을 내리는 행위처럼 느껴졌다. 내가 그 자리에 정박한 동안 내가 꿈꿨던 인생은 나를 스쳐 흘러갈 것 같았다. 대학교를 졸업하지 못할 것이었다. 의학전문대학원에 진학하지 못할 것이었다. 장래 희망이었던 의사의 꿈도 이루지 못할 것이었다. 프리덤을 탈출하지 못할 터였고, 큰 도시에서 성공을 거두겠다는 캘리포니아 드림 같은 것도 물 건너갈 것이었다. 나에게 주어진 단 한 번의 기회를 망쳤으니까. 배 속에 족쇄가 들어찬 것처럼 느껴졌다. 이 모든 건 크리스마스 휴가를 맞아 고향에 머무는 동안 전 남자친구와 싸구려 샤르도네를 마시고 하룻밤을 보낸 결과였다. 족쇄는 내가 벗어나기 위해 그토록 노력했던 시골 마을에 나를 매어두려 하고 있었다. 내가 이 아기를 낳기로 선택한다면, 꿈을 포기해야 할뿐더러 혼자 키워야 했다.

"다리 좀 오므리고 사는 게 그렇게 힘들어서 지랄이냐." 아버지는 입에 거품을 물고 으르렁거렸다. "네가 저지른 짓을 보라고, 씨발." 나는 이미 내가 쓸모없고 헤픈 여자라고 자책하고 있었고, 아버지의 분노로 얼룩진 말들은 내가 머릿속으로만 하던 생각이 사실이라고 못 박았다. 나는 우리 가족의 수치였다. 내 평생의 소망은 어머니와 아버지에게 자랑스러운 딸이 되는 것이었다. 착한 맏딸에게는 그것이 가장 중요한 임무라고 생각했다. 부모님은 니나가 사고를 치면 그러려니 했지만, 내가 사고를 치리라고는 차마 상상도 못 했다. 나는 나를 고향에서 멀리 떨어진 곳까지 끌어내줄 좋은 대학에 가려고 고등학교 시절 내내 열심히 살았다. 공부를 열심히 해서 좋은 성적을 받았고, 축구 경기에 참여했고, 육상 선수로 뛰었고, 마약 하는 아이들과는 어울리지 않았고, 술도 안 마셨고, 주말과 여름 방학에는 다이너에서 일해 돈을 모으며 아버지에게 내가 열렬하고 성실한 사람이라는 것을 보여주었다. 그러나 내가 의학을 전공해 산부인과 전문의가 되겠다는 꿈을 품고(분명 아이러니한 상황이었다) 노력을 거듭한 끝에 노스이스턴대학교에 합격했지만, 아버지는 전혀 흡족해하지 않는 눈치였다. 아버지에게 나는 항상 실망스러운 자식이었다. 일단 나는 딸이었고, 게다가 이제는 임신까지 했으니까. 아버지는 나의 임신을 무기 삼아 휘두르며 내가 실패작이라는 사실을 일깨워주었다. 아마 내가 고양이었다면 마대에 넣어 물에 던졌을 것이다. 아버지는 거침없이 말하고는 했다. 내가 임신한 아이는 사생아라고, 내가 스스로 인생을 망쳤다고, 나 때문에 매일 아버지 혈압이 치솟고 있으니 아버지 인생까지 망친 셈이라고. 그리고 아이를 지울지 낳을지 결정하는 것은 오롯이 나의 몫이라 자신이 결정을 내릴 수 없다는 것에 미친 듯이 화를 냈다. 나를 임신시킨 고등학교 시절 남자친구가 아기를 책임지지 않겠다고 한 것에도 미친 듯이 화를 냈다. 아이를 낳는다면 그것은 나의 선택이었으나, 혼자 키우는 것은 나의 선택이 아니었다. 아무도 나에게 낙태하라고 강요할 수 없었지만, 나는 부모가 될 의향이 없는 사람에게 함께 아이를 기르자고 강요할 수 없었다. 나는 아이를 낳으면 혼자 키우게 될 확률이 높다는 것을 알았다.

처음에 아기 아빠는 태도가 모호했다. 자신이 부모의 책임을 감당할 수 있을 것으로 생각하는 듯했다. '얼마나 어렵겠어? 가끔 잠을 못 자고 기저귀 가는 것이 고작일 텐데…?' 하지만 양육은 우리 둘 중 누구도 예상하지 못했던 막중한 책임이 수반되는 일이자, 계획에 없던 일이었다. 선택지가 있어서 오히려 상황이 힘들었다. 우리가 겪은 갈등과 이별 때문에 더더욱 힘들었다. 그가 어느 날 갑자기 자리를 박차고 일어나 내 손을 잡고 "네가 하고 싶은 대로 해. 내가 옆에 있어 줄게"라고 말해주기를, 나는 간절히 바랐다. 왜냐하면 나의 마음속에는 아직 그를 향한 사랑이 남아 있었으니까. 사람들은 아기 가진 나를 바이러스에 감염된 사람처럼 대했다. '저 여자애에게 가까이 가지 마.' 나의 가슴앓이는 죄책감과 뒤엉켰다. 임신의 책임이 나에게만 있는 것처럼 느껴졌다. 내가 우리 두 사람의 인생을 통째로 망치고 있는 것처럼 느껴졌다. 내가 무엇을 하든, 어떤 결정을 내리든, 내 몸 안에서 일어나고 있는 일 때문에 우리의 인생이 완전히 바뀌어버렸다는 사실은 어쩔 수 없었다.

아버지는 그에게 '남자답게 책임질 것'을 요구했으나 그런 일이 (당연하게도) 일어나지 않자, 자신이 이 상황을 통제하지 못한다는 것에 더욱 화를 냈다. 분노로 길길이 날뛰거나 폭언을 퍼부으며 좌절감을 방출했고, 가끔은 그 무책임한 남자애의 자동차 타이어에 못을 박아놓겠다고 으름장을 놓기도 했다. 그 후 아홉 달 동안 아버지가 그 애의 타이어를 몇 개나 망가뜨렸을까? 나는 지금도 가끔 궁금해진다.

다들 낙태해야 한다고 난리였지만, 나는 아기를 낳았다. 그리고 나 같은 벽지 출신 여자아이들에게 두 번째 기회는 없다는 것을 알았기에, 2년의 대학 경험을 뒤로하고 중퇴했다.

피할 수 없는 가혹한 손가락질이 쏟아졌다. 예상했던 것도, 예상하지 못했던 것도 있었다. 무엇보다 나는 동생이 내 상황을 고소해하리라고 생각하고 있었다. 동생에게 나의 임신은 자신이 빛날 차례이자, 내가 약점과 흠결을 보인 틈을 타 나를 경멸할 기회였다. 오랜 세월 동안 입술을 핥으며 갈망해온, 내가 자기 밑으로 굴러떨어진 순간이었다. "완벽한 아가씨인 줄 알았는데 덜컥 애를 뱄잖아! 다들 내가 그렇게 될 줄 알았는데 말이야! 사고뭉치 취급받는 기분이 어때, 사랑하는 언니?" 재미있어서 낄낄거리는 동생의 웃음소리가 들릴 것만 같았다. 하지만 동생은 그러지 않았다. 동생은 웃지도, 고소해하지도, 나의 몰락에 흥분해 나를 짓밟으려 하지도 않았다. 그 일을 언급하지도 않았다. 그 대신 어머니를 통해 메시지를 전했다. "에린에게 아기를 꼭 낳아야 한다고 말해. 난 언니가 어떤 사람인 알아. 잘 안다고." 동생은 어렸을 때 내가 둥지에서 떨어진 새끼 개똥지빠귀를 구해주었던 이야기를 해주었다고 했다. 내가 새를 전기장판에, 손바닥 위에 올려놓고 따뜻하게 감싸주었다고, 정원에 모아놓은 지렁이 조각을 먹이고 작은 눈약병으로 물을 주었다고 했다. 새끼 새가 홀로 설 수 있도록 튼튼하고 건강하게 키워주었다고 했다. 그리고 "언니는 좋은 엄마가 될 거야"라고 어머니에게 확신했다고 했다. 지난 세월 동안 농장에서 죽은 동물들과 그 동물들을 위해 내가 흘렸던 눈물에 관해 이야기했고, 내 몸 안에서 자라고 있는 아이를 낙태하면 단 하루도 후회하지 않는 날이 없을 것이라고 전했다. 동생의 반응은 평소답지 않았고, 놀라우리만치 긍정적이었다. 우리가 자매애 비슷한 것을 주고받았던 드문 순간이었다. 이런 애틋함이 찰나로 끝나리라는 것을 아는 만큼 이 순간을 마음 깊이 아끼며 간직했다. 그 기억은 그 후로 몇 달 동안 동생이 얼굴 한 번 비추지 않아도 견딜 수 있게 해줄 것이었다.

어머니는 아버지처럼 표현이 확실하지 않았다. 아버지와는 정반대로 온화하고 침착한 성정이었다. 어머니는 아버지가 끊임없이 나의 머릿속에 주입했던 부적절한 생각을 몰아내주었다. 나에게 사랑과 응원을 퍼부었고, 첫 손주가 생긴다는 사실을 금세 기꺼이 받아들였다. 우리는 미래를 고민할 때면 고생보다는 사랑스러운 갓난아기를 떠올렸다. 분명 기쁨이 가득할 것이라고 줄곧 말했다. 아버지는 화가 나 있었지만, 그래도 결국에는 우리가 우리 나름대로 더 좋은, 더 행복한 삶을 찾아낼 것이라고 말했다. 가족 간의 차이가 이렇게 절실하게 느껴졌던 적이 없었다. 나는 그 어느 때보다 어머니와 가까워진 기분이었다. 어쩌면 몇 년 전에 니나까지 독립한 상황에서 집으로 돌아온 내가 외동딸처럼 느껴졌기 때문인지도 몰랐다. 어머니는 항상 내 옆을 지키며 변함없이 사랑해주었다. 니나가 집에 없었으니 애정을 분배할 필요도 없었다. 나는 어머니의 애정을 연고처럼 흡수해 마음속 상처를 치료했다.

시간이 지나며 내게 어머니는 어머니 이상의 존재가 되었다. 어머니는 인생에서 가장 힘든 시기에 그 누구보다 열정적으로 응원해준 치어리더이자 출산 파트너, 믿음직한 친구가 되어주었다. 또래 친구들 대부분이 나와 거리를 둘 때 어머니는 절친 역할을 맡았다. 내가 아기를 가졌을 때, 친구 몇몇은 수치심 때문에 (혹은 임신이 감염병이라도 되는 듯) 조용히 나에게서 멀어져갔다. 몇몇은 나를 못마땅하게 생각하는 자기 어머니의 무서운 눈초리에 동요하고 말았다. 때마침 연락하기 힘들어진 지인들도 잔뜩 있었다. 좋을 때만 친구인 사람들이었다. 내 편이 되어준 사람들도 있었으나 내가 메인의 시골에서 살게 되어버린 바람에 만나기가 힘들어졌고, 생활 방식이 달라지니 거리감도 더욱 커졌다. 착실한 여자아이들은 공부에 열중하고 대학생에 걸맞은 희망과 꿈을 좇으며 계획된 경로 위를 달리고 있었다. 그들이 생물 시험을 준비하고 주말에 어떤 파티에 갈지 고민하는 사이, 나는 라마즈 호흡법 수업을 듣고 유축기 사용 후기와 임신성 당뇨 관리법을 알아보고 있었다.

앞으로 어떤 일이 일어날지, 진통은 어떤 느낌이고 수유가 얼마나 힘든 일이며 젖꼭지가 얼마나 아플 것인지 말해줄 수 있는 사람은 아무도 없었다. 아니, 한 사람 있었다. 매일 내 옆을 지키며 그 누구보다 열심히 나를 안아 일으키고 응원해주는 사람, 언니 같다고도 할 수 있을 사람. 바로 어머니였다. 물론 시대가 바뀌어서 어머니와 나의 출산 사이에는 몇 년의 시간 차이가 있었지만(어머니는 1980년대에 나를 낳았는데, 퇴원한 후에는 카시트도 없는 자동차 조수석에 앉아서 나를 품에 안고 집까지 왔다), 우리가 서로를 이해할 수 있는 능력, 이 경험을 이해할 수 있는 능력은 그런 시간 차이를 초월하는 근본적인 것이었다. 우리는 나의 아기를 세상에 데려오는 경험을 통해 아주 신성한 파트너십을 다지고 있었다. 어머니는 부드러운 유기농 실로 스웨터와 모자를 떠서 서랍장을 빼곡히 채웠다. 우리는 헛간에서 오래된 아기 침대를 발견해 낡은 페인트칠을 벗겨내고 부드러운 세이지 그린 색상으로 다시 칠했다. 오래된 서랍장과 쓸 만한 흔들의자도 찾아 똑같이 칠했다. 비싸지 않은 흰색 아일릿 천을 구해다가 함께 작은 깃발을 만들고, 아기 침대 주변을 푹신하게 채웠다. 내가 어린 시절에 쓰던, 귀향한 후 살고 있던 방을 육아에 맞게 단장했다. 어머니는 라마즈 수업에 함께 가서 아기 아빠의 가슴 아픈 부재를 채워주었고, 나를 꼭 안아주며 필요할 때는 눈물을 닦아주기도 했다. 나는 매주 수업에 갈 때마다 내가 거절당했다는 것, 실패했다는 것, 상처받았다는 것을 되새겼다. 한 방 가득 '정상적'인 부부들이 다리를 꼬고 바닥에 앉아 있었으니까. 남자들은 여자들의 부푼 배를 어루만졌고, 여자들은 배우자가 제공하는 안락함과 친밀함을 만끽하는 중이었다.

나는 아기 아빠 없이 홀로 출산을 준비하는 것도 상관없다는 듯 용감한 표정을 짓곤 했다. 하지만 그럴 때마다 마음속으로 눈물을 흘렸다. 혼자 있을 때는 큰 소리로 엉엉 울기도 했다. 내 영혼이 입은 상처는 뼈가 부러진 것처럼 생생했고, 나는 이 고통이 빨리 낫지 않으리라는 사실을 깨닫는 중이었다. 최초의 충격과 결별로부터 몇 달이 흐른 상태였지만, 상처가 나으려면 오랜 시간이 필요하다는 사실이 점점 더 명백해지고 있었다. 그때까지도 어떤 날은 새벽 2시에 잠에서 깨 뒤척이면서 조용히 베개를 눈물로 적셨고, 자책했고, 내가 무엇을 잘못했는지 자문했다. 아이 아빠와 나의 관계에는 일말의 가능성도 남아 있지 않았지만, 아이의 얼굴을 볼 때마다 그가 떠오를 것이었다. 그는 나의 첫사랑이었다. 우리는 헤어져서 각자 갈 길을 가기로 했으나, 얼마나 멀리 떨어져 있든, 원하든 원치 않든, 평생 서로에게 묶여 있을 것이었다. 처음에는 지옥처럼 마음이 아프다가 조금씩 고통이 줄어들기 시작했고, 나중에는 조금 더 줄어들었다. 하지만 나의 마음이 회복되는 동안에도 이 상처가 남긴 흉터만은 엷게, 그리고 영원히 남아 있으리라는 것을 직감했다. 고통은 정말이지 뜬금없는 순간에 다시 찾아올 것이었다. 습도가 높은 날이면 왼쪽 어깨가 욱신거려 4학년 때 팔이 부러졌던 일을 떠올리게 되는 것처럼.

"남자아이여야 할 거다." 아버지가 툴툴거렸다. 점심 장사가 바쁜 와중에 내가 초음파 검사를 하러 가려고 일찍 앞치마를 벗어 걸었을 때였다. "아들이 아니면 아예 집에 돌아오지 않는 것도 고려해봐." 아버지

96

가 조리대 위에 있던 5킬로그램짜리 소고기를 향해 손을 뻗으며 말했다. 다진 고기를 한 움큼 집더니, 이쪽 손에서 저쪽 손으로 힘껏 분노를 담아 내던지며 패티를 성형하다가 그릴에 철썩 던졌다. 바쁜 와중에 아버지를 혼자 두고 병원에 가려는 나에게 신경질을 내는 것이었다. 병원에서 돌아와 배 속의 아기가 딸이라고 말한다면 분노는 더욱 커질 터였다.

어머니와 차를 타고 뱅고어로 가는 길은 평소보다 길고 조용하게 느껴졌다. 아기의 성별을 알게 될 생각에 들뜬 것보다도, 아기가 딸이라면 아버지와의 관계가 지금보다도 더 악화할까 봐 두려운 마음이 더 컸다. 결국 두려운 마음이 행복을 가려버렸다. 그전까지는 아기가 딸이든 아들이든 상관없었지만, 마음 한 켠에서 불안이 일었다. 합당한 이유도 없이 나를 미워하는 아버지를 원망했던 것도 사실이고 마음속 깊은 곳에서는 내가 무슨 짓을 해도 그를 만족시킬 수 없다는 것 역시 알고 있었지만, 그래도 기쁘게 해주고 싶었다. 나도 아버지에게 기쁨을, 자부심을, 그가 평생 원했던 아들을 주고 싶었다. 아들이 우리의 관계를 뚝딱 고쳐주지는 못하겠지만, 아버지 때문에 내가 쓸모없고 나약한 인간이라고 느껴야만 했던 나의 긴 어린 시절은 반복되지 않을 것이었다.

배에 차가운 초음파 젤이 닿자 공포는 더욱 강해졌다. 간호사가 플라스틱 요술봉 같은 것을 배에 대고 둥그렇게 돌리기 시작하자, 내면의 불안이 뭉글뭉글 자라났다. 간호사는 마치 점쟁이처럼 나의 둥그런 배를 마법 구슬 삼아 아기의 성별을 예측하려는 듯 보였다.

"성별을 알고 싶나요?" 간호사가 물었다. 나는 어머니를 바라보았다. 물론 알고 싶었다. 비밀로 해두다가 나중에 놀라는 것이 무슨 소용인가. 애초에 내가 임신했다는 것을 알게 되었을 때 놀랄 만큼 놀랐기 때문에 앞으로 몇 년은 놀랄 일이 없어도 좋을 것 같았다. 그리고 아기의 성별을 미리 알면 아버지의 반응에 대비할 시간이 생길 것이었다. 나는 고개를 끄덕였다. "네"라는 대답이 목에 걸려 나오지 않았기 때문이다. 나는 아기가 건강하기만을 바랐고, 아들이든 딸이든 존중받고 사랑받고 스스로 귀한 사람이라고 느끼면서 자랄 수 있도록 온 힘을 다해 노력할 것이었다. 성별은 상관없었다. 나의 사랑은 똑같을 테니까.

"저기 보이네요. 아들이에요." 간호사가 소리쳤다. "아들이에요!"

나는 긴장 섞인 한숨을 내쉬며 어머니를 바라보았고, 어머니 역시 한숨을 내쉬었다. 아버지가 만족할 테니 우리의 인생은 조금이나마 순탄해질 것이었다. 아버지가 못마땅해할까 봐 두려워하던 마음이 날숨을 내쉴 때마다 조금씩 빠져나갔다. 어머니와 나 모두 안도했다. 집에 돌아가도 평소보다 더 큰 비난을 받지는 않을 것이었다. 우리는 안도 끝에 기쁨의 눈물을 흘렸다. 두려움이 가로막고 있던 기쁨이 찬란하게 타오르기 시작했다. 배 속에는 아들이 자라고 있었고, 어쩌면 이 아이가 마치 앳된 아서왕처럼 아버지의 돌 같은 심장에서 이성과 다정의 칼을 뽑아내 아버지의 부드러운 면을, 사랑의 가능성을 보여줄지도 모르겠다고, 정말 그럴지도 모르겠다고 생각했다. 그런 일이 없더라도, 아버지가 가하는 정서적인 트라우마에 무방비하게 노출되었던 나와 달리 이 아이에게는 방패가 있을 것이었다. 배 속에는 아들이 자라고 있었고, 아버지에게 또 실망을 안길지도 모른다며 불안해하던 나는 순식간에 그에게 인정받을 유일한 기회를 엿보았다. 그렇게, 잠시나마, 나는 아버지가 줄 사랑과 존중을 맛볼 수 있었다.

9

엄마 되기

갓난아기는 어머니보다 아버지를 닮는다고들 한다. 생물학적 아버지가 자기 자식을 알아볼 수 있도록 자연이 돕는 것으로, 어머니처럼 아기를 아홉 달 동안 자궁에서 품지 않았기 때문에 쌓을 수 없었던 유대감을 촉진해준다. 하지만 자연이 그런 방식을 택한 이유는 무엇보다도 아이 옆에 남아야겠다는 의무감을 느끼게 하려는 것일 테다.

아들은 화요일 오후에 태어났다. 몸무게는 3.45킬로그램, 키는 53센티미터였고, 짙은 갈색 곱슬머리였다. 아기 아빠처럼. 나는 아기를 처음 봤을 때 가슴 살갗 가까이 꼭 끌어안고, 어머니와 동생이 침대 맡에서 지켜보는 채로, 아기 아빠와 똑 닮은 아기의 외모를 말없이 살펴보았다(아버지는 한쪽에 비켜서서 우리와 거리를 지키며 아무런 감정도 드러내지 않고 있었다). 나는 아이가 태어났다는 사실이 기뻐서 울었고, 아기의 얼굴을 볼 때마다, 그 곱슬곱슬한 머리카락과 짙은 갈색 눈동자를 볼 때마다 아기 아빠를 떠올리게 될 것이 슬퍼서 울었다. 매일 아이를 마주할 때마다 아이 아빠가 냉정하고 무심하게 나를 향한 마음을 접었다는 사실을 상기하게 되겠지? 그가 나를 버리고 떠났을 때의 가슴 미어지는 아픔을 매일 또 평생 느끼게 되겠지? 그러나 그래서는 안 됐다. 그렇게는 살 수 없었다. 나의 마음속에는 갓 태어난 부드러운 아기에게 빌어줄 희망이 너무나도 많았다. 나는 아이에게 '제임Jaim'이라는 이름을 붙여주었다. '나는 사랑한다'라는 뜻의 프랑스어 'J'aime'에서 따온 것이었다.

제임은 잠깐 내 품에 안겨 있다가 떠났다. 간호사들은 어머니와 동생에게 안겨 있던 아기를 데려가 씻기고 몸무게를 재고 머리부터 발끝까지 검사했다. 무슨 일이 일어난 것일까? 나는 눈 깜짝할 사이에 엄마가 되었다. 꼭 계절이 바뀐 것 같았다. 한나절 만에 가을이 성큼 다가오기도 하는 8월 하순처럼. 이제 나의 세상은 전과는 완전히 달랐다. 더 이상 나는 혼자가 아니었다. 우리는 두 식구였다.

"배고프시겠어요." 간호사가 말했다. "먹을 것 좀 가져다드릴게요. 뭘 드시면 기분이 좋고 편안할까요?"

나는 환자복 소매로 눈가의 눈물을 닦고 잠시 고민했다.

"도넛? 그리고 우유도 한 잔 부탁해요."

도넛이 가장 먼저 떠올랐다. 그때 나는 분명하게 의식하고 있었다. 아침에 다이너에 가면 할아버지와 할머니가 주곤 했던 음식이 바로 도넛이라는 사실을.

가족들이 눈 좀 붙이려고 집으로 돌아간 사이, 간호사가 병실로 돌아와 갓난아기가 누워 있는 플라스틱 아기 침대를 내 쪽으로 돌려주었다.

"이제 아기 차례예요." 간호사는 내가 수유할 수 있도록 꽁꽁 싸맨 작고 연약한 아기를 품 안에 안겨주었다. "둘이서 오붓하게 있게 해줄

게요." 간호사는 미소를 머금은 채 병실 밖으로 나가 문을 꼭 닫았다. 우리는 처음으로 단둘이 있게 되었다. 아기가 옆에 있었지만, 나는 너무나도 외로운 마음이었다. 병원 침대에 다리를 뻗고 앉아 품 안에 아기를 안고, 그저 이 믿을 수 없을 만큼 작은 생명을 지긋이 응시했다. 평생 느껴본 적 없는 막대한 아름다움과 두려움이 깃든 순간이었다. 그렇게 커다란 사랑과 두려움을 한꺼번에 느껴본 적은 단 한 번도 없었다. 연한 분홍빛 살결을 가진 아기는 몹시도 아름답고 작았고 향긋했다. 아기는 완벽했다. 아기가 손을 뻗어 그 작은 손가락으로 천천히 자기 얼굴을 쓰다듬었다. 짙은 갈색 곱슬머리는 작은 니트 모자 밑에 감춰져 있었다. 아이가 태어났고, 나에게는, 오직 나에게만, 아이를 실망키지 않을 의무가 있었다. 아이가 힘들어할 때 안아 일으켜주고 아이를 영원히 사랑해줄 의무가 있었다. 바로 그곳에서, 나는 아이에게 나의 모든 것을 주겠다고 약속했다.

아기를 배 속에 품은 아홉 달은 영원처럼 길게 느껴졌었다. 막달에는 출산이 임박했음을 의식하면서 아이의 탄생을 기다리고 기대했다. 오랫동안 내 몸속에서 성장한 조그마한 아이를 만날 생각에 기뻤다. 하지만 이 세상에서 아이를 데리고 사는 미래가 겁이 났다. 나는 아이를 돌봐줄, 튼튼하게 키워줄 준비가 됐을까? 아이가 태어나면 어떻게 돌봐줘야 할지 저절로 알게 될까? 모성은 본능이니까 자연스럽게 모성애를 느끼게 될까? 똑바로 아기를 안는 법, 아기가 울 때 달래주는 법을 따로 배우지 않아도 깨우칠 수 있을까? 그러지 못하면 어떡하지? 애초에 한 사람이 두 사람 몫의 사랑을 준다는 것이 가능한 일일까? 어머니가 옆에서 도와주겠지만, 파트너 없이 아기를 낳는다는 엄연한 현실을 외면할 수는 없었다.

하루는 일주일처럼 길었고, 일주일은 한 달처럼 길었다. 출산 과정조차도 어찌나 더디던지, 자궁 경부가 4센티미터에서 더 열리지 않은 채 5일 동안 진통이 계속되었다. 하지만 아기가 태어나자 이런 힘겨운 시간도 잊혔다. 처음 며칠 동안에는 호르몬이 제자리를 찾으려고 그러는 것인지 감정이 오락가락 날뛰었다. 특히 두려움이 심했다. 출산하기 전 며칠 동안 한숨도 못 자다가 그 후에는 짧고 깊이 잠들고는 했는데, 침대 옆에서 울리는 낯선 아기 울음소리에 잠에서 깨면 혼란과 두려움에 휩싸였다. 쿵쾅거리는 가슴을 부여잡고 땀이 흥건한 몸을 일으켜 어리둥절한 채 앉아 있었다. '꿈을 꾸었던 것일까?' 그러다가 점차 시간이 지나며 깨달았다. '세상에, 내가 엄마야. 살아 숨 쉬고 앙앙 우는 아기가 있어. 그러니까 일어나서 아기를 안아 들어! 포대기에 감싸줘야지! 젖을 먹여야지! 트림하게 해줘야지! 편안하게 해줘야지!'

어린 시절에 쓰던 방에서, 어린 시절에 바라보던 부드러운 장미색 벽지에 둘러싸인 채로 옆에 아기를 두고 있는 기분이란 혼란스럽고 이상했다. 아직 철부지인데 엄마가 되어버린 나는 서둘러서 어른이 되어야 했다.

엄마의 삶에 어떤 두려움이 수반되는지 그 누구도 내게 제대로 경고해주지 않았다. 그러나 나는 직접 알아가게 되었다. 제임이 태어나기 전까지는 엄마들이 얼마나 깊고 심오한 두려움을 느끼는지 제대로 이해하지 못했다. 아기가 너무나도 작아서 나는 그 애를 떨어뜨릴까 봐, 그 작고 연약한 뼈를 부러뜨릴까 봐 언제나 걱정스러웠다. 침대에서 젖을 먹이다가 깜빡 잠들어 나도 모르게 아기를 뭉개버리면 어쩌나, 일어났는데 아기가 죽어서 차갑게 식어 있으면 어쩌나 걱정했다. 낮잠을 자라고 눕혀놓을 때면 공포에 질렸다. '아직 숨 쉬고 있나?' 가슴이 오르내리는지 눈을 부릅뜨고 계속 지켜보았다. 또 언젠가 아이가 아빠에 대해서 궁금해할까 봐, 아빠가 없다는 사실에 속상해할까 봐 두려웠다. 아빠 없이 자라는 것이 내 탓이라고 생각하며 나를 미워할까 봐 두려웠다. 아이의 안전과 안정에 필요한 모든 것을 제공해줘야 한다고 생각하면 두려웠다. 나의 능력이 모자라 그 의무를 다하지 못하면 어떻게 될까?

시간이 흐르며 우리 둘은 알맞은 리듬을 찾아냈다. 아기 안기에 자신감이 붙은 나는 새로운 방법을 개발해 아기를 어르고 달래보기도 했다. 기저귀 갈기의 대가가 되었고, 마침내 젖꼭지도 강해져서 젖을 물릴 때마다 눈물을 흘리는 일도 없었다. 아기 돌보기는 내가 태어나서 그때까지 한 것 중 가장 힘든 일이었다. 아무도 나에게 제대로 경고해주지 않았다. 가끔 나에게 파트너가 있었다면 더 쉬웠을까 궁금해지기도 했다. 하지만 혼자라서 더 쉬웠던 순간들도 있었다. 한밤중에 제임이 배가 고프거나 기저귀가 축축해서 울기 시작할 때, 옆에서 코 고는 남자를 쿡쿡 찌르고는 "여보, 당신 차례야. 가서 기저귀 갈고 젖병 물려줄래?"라고 아쉬운 부탁을 할 필요도 없었다. 항상 내 차례였으니까. 하지만 종종 그런 사치를 상상해보기는 했다.

파트너는 없었지만, 완전히 혼자인 것도 아니었다. 어머니는 아르바이트하듯 파트너 역할을 맡아주었다. 목욕시키는 것부터 기저귀 갈고 젖 먹이고 트림시키는 것까지, 어머니가 마다하는 일은 아무것도 없었다. 마음 다해 손자를 사랑해주었고, 나는 제임이 나 아닌 다른 사람의 사랑도 받고 있다는 사실을 실감하며 큰 위로를 받았다. 아버지는 제임과 거리를 두었다. 쉬는 날이나 식당 일이 끝난 늦은 저녁에 집에 머무를 때면, 아기가 자라서 머리를 가눌 수 있기 전에는 아기를 안아주지 않으리라는 점을 명확히 해두었다. 그전에는 그저 아기를 바라보며 미소 짓거나 까꿍, 하고 장난치는 것이 전부였다. 그런 아버지를 보면 처음에는 기분이 이상해지곤 했다. 아버지가 타인에게 그토록 친근하게, 다정하다고 표현할 수 있을 정도로 행동하는 것은 본 적이 없었기 때문이다. 그런 것은 동물에게만 보여주는 행동이었다. 그렇지만 제임의 이름을 불러주지는 않았다. 그 대신 제임의 가운데 이름인 제프리로 불렀다. 제프리는 아버지의 이름이기도 했다. 아마 아들이 생기면 그 이름을 붙여주고 싶었던 것 같았다. 조금씩 아버지는 제임에게 마음을 열었다. 아버지가 바랐던 것만큼 전통적인 방식은 아니었지만, 결과는 똑같았다. 이제는 제임이 대를 이어줄 것이었다.

아버지는 식당으로, 어머니는 학교로 일하러 간 낮 동안 나는 홀로 집을 지켰다. 아기를 안은 채로도 가만히 앉아 있지 않았다. 집을 정리하고 청소하고 부모님에게 도움이 될 만한 소일거리를 했다. 한동안 나를 재워주고 먹여주는 것에 대한 감사의 인사였다. 혼자서 부엌을 독차지하는 것이 가장 좋았다. 가끔은 간단하게 저녁 식사를 준비해두어, 긴 하루를 마치고 귀가한 어머니를 놀라게 해주었다. 우리는 녹초가 된 채로 식사를 앞에 두고 앉았다. 아버지는 아직 다이너에 있고 아기는 위층에 잠들어 있는 동안 느긋하게 식탁에 머무르며 순간의 고요함을 즐겼다. 가끔은 아버지를 위해 남은 음식을 한 접시 덜어 랩으로 싼 후 냉장고에 넣어놓기도 했다. 나중에 아버지가 귀가하면 피곤함에 찌든 데다 아마도 술 취한 상태일 테니 냉장고를 뒤져 야식을 찾을 확률이 높기 때문이었다. 주된 목적은 아버지가 내게 화를 내지 않도록 달래는 것이었다. 아버지는 내가 바쁜 다이너로 돌아와주기를 몇 주째 기다리고 있었다. 내가 없으면 자신이 일을 해야 하니 술친구들이랑 놀 수가 없었던 것이다.

몇 주가 지나자 부엌은 내가 가장 좋아하는 곳이 되었다. 다이너 주방은 싫었지만. 나는 어머니와 아버지의 조용하고 단정한 부엌에서 점점 더 동작이 재발라졌다. 아기가 자는 동안, 때로는 아기를 가슴에 동여맨 채 능숙하게 빵을 구웠다. 아기 머리에 밀가루가 조금 묻는다고 해서 큰일이 나지는 않으니까. 선선한 가을날에는 아기를 꽁꽁 싸맨 후 어린 시절에 수없이 걸어 다니고 자전거를 탔던 흙길을 산책하면서 길가의 사과를 잔뜩 따 유아차에 담아와서는, 시나몬을 넣은 달콤한 애플 크리스프를 만들기도 했다. 나는 몇 년 전에 어머니에게 선물로 받아 서랍장에 고이 모셔둔 오래된 제과 도구를 다시 꺼냈다. 아이싱과 크림으로 케이크와 타르트 위를 장식하던 어린 시절의 기쁨이 떠올랐다. 그러다가 문득, 아기와 집에 있는 동안 빵과 과자를 구워서 배달해주는 방식으로 용돈벌이를 할 수 있겠다는 생각이 들었다. 나는 쿠키와 머핀과 케이크 등 내가 맛있게 만들 수 있는 것들을 쭉 써본 후 메뉴를 만들었다. 할머니가 만들어주던 당밀 쿠키, 오트밀 레이스 쿠키, 전통적인 초콜릿 칩 쿠키, 간단한 설탕 쿠키까지. 머핀도 어떤 맛이든 만들 수 있었다. 나에게는 간단한 반죽 레시피가 있어서, 신선한 블루베리, 딸기, 루바브, 라즈베리를 섞어서 굽기만 하면 그대로 완성이었다. 치즈케이크와 모카케이크, 초콜릿케이크도 잘 만들었고, 당근케이크도 할 줄 알았다. 나는 어머니의 컴퓨터로 메뉴판을 인쇄해 3면으로 접어 광고를 만들었다. 위에 "케이크! 쿠키! 파이! & 스콘!"이라고 적고 우리 집 전화번호를 넣었다. 그러고는 아버지의 식당 게시판에 여기저기 광고지를 붙여놓았고, 어머니가 일하는 학교의 교사 휴게실에도 쌓아놓을 수 있게 여러 개 들려 보냈다. 뱅고어에 있는 종이류 할인 매장에서 갈색 크라프트 베이커리 상자를 잔뜩 샀다. 동네 제본소에서 고무도장을 주문 제작했다. 상자마다 도장으로 '밀가루 꼬마'라고 찍은 후 작은 노끈으로 묶어 배달했다. 주문은 드문드문 이어지다가 밀물처럼 밀려들었다. 어머니의 학교 교사들이 최고의 단골이었다. 생일 파티나 은퇴식에 쓸 케이크를 주문했고, 월요일에는 머핀, 금요일에는 쿠키를 시켰다. 수익은 생계를 꾸리기에는 턱없이 부족했지만, 나는 가장 중요하고 필요했던 것을 얻을 수 있었다. 아기를 돌보면서도 즐겁게 할 수 있는 일을 찾게 되리라는 작은 희망을.

하지만 다이너로 돌아가는 것은 피할 수 없었다. 다이너는 편안한 곳이자 익숙한 세계였고, 무엇보다 즉시 나의 지갑에 현금을 넣어줄 직장이었다. 내가 주말 근무를 시작해 서빙하고 요리하는 동안 아기는 어머니가 봐주었다. 어머니는 기꺼이 나의 빈자리를 채워주었고, 나에게 적게나마 돈 벌 기회를 주었다. 나 대신 어머니가 다이너에 출근해 고생할 일은 없다고 생각하니 그것 역시 안도할 일이었다. 하지만 또다시 한겨울이 찾아오자 다이너는 문을 닫았고, 조용한 주차장에는 폭설이 쌓였다. 나는 다른 일자리를 찾기 시작했다. 기저귓값은 만만찮았고, 학자금 대출은 중퇴한 후에도 계속 갚아야 했다. 월별 상환금은 내가 얼마나 한심한지 매달 따끔하게 가르쳐주고 있었다. 게다가 평생 어머니와 아버지에게 얹혀살 수도 없는 노릇이었다.

나는 주방용품 판매점에서 시간제 일자리를 구했다. 가게는 프리덤에서 20분 거리인 바닷가 마을 벨파스트에 있었다. TV에서나 접하던

탐나는 요리 도구, 꿈에서나 볼 수 있을 것 같은 너무나도 예쁜 요리책이 가득했다. 나는 꼭 알록달록한 과자점에 온 아이가 된 기분이었다. 키친에이드 믹서기가 색깔별로 죽 늘어서 있었고, 푸드 프로세서도 크기별로 다양했다. 구리 냄비, 큼지막하고 번쩍번쩍한 오븐 용기도 있었다. 손잡이까지 전부 금속으로 된 날카로운 칼들이 진열대에 늘어선 광경을 보고 있으면, 다이너에서 쓰는 플라스틱 손잡이가 달린 칼은 아이들 장난감처럼 느껴졌다. 또 에나멜을 입힌 주물 냄비가 온갖 크기와 색깔별로 진열되어 있었는데, 가격이 수백 달러에 달했다. 나는 이런 것들을 보며 침을 흘렸다. 그중 하나라도 내 손에 넣기 힘들 것이라는 사실을 알았지만, 혹여 사게 된다면 어떤 색상과 크기를 고를지 머릿속으로 따져보고 쇼핑 목록을 만들고는 했다. 가게에는 시트 팬, 번트*를 비롯한 각종 케이크 틀은 물론 모든 형태와 크기의 쿠키 틀이 쌓여 있었다. 그리고 크렘 브륄레의 설탕 표면을 태울 때 쓰는 요리용 토치라든지 아이스크림콘 메이커, 조리대 위에 올려두고 쓰는 아이스크림 기계 등 각종 도구와 기계도 많았다. 한가한 일요일 오후면, 계산을 도와주다가 짬이 날 때마다 나의 주머니 사정에는 맞지 않는 신간 요리책을 넘겨보고는 했다. 손만 뻗으면 온갖 훌륭한 요리사들의 책을 읽을 수 있었다. 아주 단순한 요리를 다룬 책도, 가장 세련된 요리를 다룬 책도 있었으며 심지어 이유식에 관한 책도 있었다. 앨리스 워터스의 『셰 파니스의 채소Chez Panisse Vegetables』와 『셰 파니스의 과일Chez Panisse Fruit』, 수잔 고인의 『일요일 저녁 식사Sunday Suppers』를 비롯해 루스 라이셜, 마사 스튜어트, 이나 가튼, 스카이 긴젤, 주디 로저스의 책

---

* 구겔호프랑 비슷한 도넛 모양의 케이크.

까지. 그들이 어떤 재료를 선택해 어떻게 조합하는지 알고 싶었던 나는 책에 적힌 그들의 지혜를 게걸스럽게 빨아들였다. 그다음에는 요리 공상에 빠졌다. 어떤 요리를 만들지, 어떻게 담을지, 그걸 먹는 사람들은 어떤 감정을 느낄지 상상했다.

직원 할인이 된다는 사실을 알게 된 후에는 거금을 들여 이유식 책을 샀다. 본전을 챙기기 위해 잽싸게 책에 나온 레시피를 따라 했다. 우리 집 텃밭에서 기르는 겨울 호박을 찐 다음 아버지의 오래된 푸드 프로세서에 갈아서 촘촘한 체에 거르면 부드럽고 고운 퓌레가 되었다. 나는 사과, 싱싱한 시금치, 당근, 배, 비트 등 다양한 재료로 이유식을 만들었고, 싱싱한 과일 퓌레에 제임이 별로 좋아하지 않는 채소를 섞기도 했다. 이유식 만들기는 간단하고 쉬웠고, 나는 아이에게 신선한 음식을 주고 있다는 생각에 기분이 좋아졌다. 내가 어렸을 때 음식을 먹으며 사랑받고 있다고 느낀 것처럼 아이도 음식에서 사랑을 맛보기를 바랐다. 나는 하루도 거르지 않고 아이에게 사랑한다고 말하며 그런 말을 듣지 못했던 나의 어린 시절을 위로했다. 아이에게 내가 가진 가장 좋은 것을, 모든 것을 주고 싶었다. 아이가 간단한 퓌레 몇 그릇에서 나의 커다란 사랑을 맛볼 수 있기를 바랐다.

10

자기 몫의 돈벌이

　다이너가 아닌 곳에서 일한 경험은 주방용품점이 처음이었다(아버지와 심하게 싸운 끝에 다른 식당에서 일하려고 해봤던 적도 두 번 정도 있었는데, 얼마 지나지 않아 아버지가 돌아오라고 꼬드겼다). 두 일자리는 다르면서도 닮은 점이 있었다. 주방용품점은 직접 요리할 일은 없어도 음식과 연관된 공간이었고(다이너처럼 지저분하지는 않았다), 나 혼자서 성장할 기회가 있었다(부려먹는 아버지는 없었다). 나는 그곳에서 일하는 여자 중 가장 어렸지만, 잘 버텼다. 요리를 좋아하고 평생 요리를 해왔기에 요리 도구와 기계에 관해 잘 알았다. 나는 요리와 관련된 것이라면 무엇이든 자연스럽게 습득했다. 조리대 위에 놓고 쓰는 가전에 대해, 그 복잡한 구성품과 작동 방식에 대해 미묘한 차이까지 전부 공부하며 요리 도구에 관한 지식을 쌓아갔다. 기술적인 것들을 자세하게 파고들다 보니 요리에는 끝없는 가능성이 있다는 것을 깨닫게 되었다. 나의 마음속에 새겨진 간단한 다이너 음식들 이상의 요리를 고민하게 되었다. 주방용품점 일은 꽤 만족스러웠지만, 마음이 마냥 편하지만은 않았다. 일주일이 끝나고 계산기를 두드려보면, 고작 10달러의 시급에 직원 할인의 유혹을 참지 못하고 구매한 것들의 가격까지 빼야 했으니 수중에 남는 돈이 많지 않았다. 그 정도 돈으로는 아기를 키울 수 없었으므로 어떻게든 수입을 늘릴 방법을 찾아봐야 했다.

* * *

나는 바텐더 기술이 없었다. 스물한 살이 되고 겨우 한 달 지났을 때 아기를 가졌기 때문에 음주 경험도 많지 않았다.* 하지만 아버지와 아버지의 친구들을 위해 맥주병을 수백 개쯤 따보았고 보드카 토닉도 꽤 많이 만들어보았으니, 바텐더 일이 어려우면 얼마나 어렵겠는가? 케이터링 회사에 인력난이 심했던 건지 나의 간단한 기술로도 충분했던 건지 모르겠지만, 나는 주말마다 결혼식과 미술관 행사에서 바텐더 일을 하게 되었다. 몇 가지 간단한 칵테일 만드는 법을 배웠고, 샴페인의 포일과 코르크를 따는 법도 배웠다(코르크 마개를 미간으로 발사한 후에는 샴페인 병을 딸 때 해서는 안 되는 행동이 무엇인지 금세 배울 수 있었다). 바텐더 일은 보수가 좋았는데, 알딸딸해진 손님들이 술을 더 주문하면서 팁을 던져주면 특히 짭짤했다. 아버지의 다이너에서 일주일 내내 일해야 벌 수 있는 돈을 하룻밤 만에 버는 일도 종종 있었다. 하지만 그 일의 매력은 보수뿐만이 아니었다. 내 흥미를 끈 것은 바로 주방에서 나오는 음식들이었다. 간단하고 정직하고 고전적인 음식이었지만, 작고 특이한 개성이 있어 내 눈과 귀를 금세 사로잡았다. 고추가 들어

---

* 미국은 만 21세가 되어야 술을 구매할 수 있다.

간 게살 케이크와 라임 조각이 콕콕 박힌 아이올리소스*라든지, 홀스래디시와 크렘 프레슈**를 섞은 소스를 곁들인 소고기 안심 스테이크 같은 요리가 있었다. 크림을 넣은 파르메산 치즈소스와 세이지 튀김을 곁들인 버터넛 스쿼시 라자냐도 눈에 띄었다. 피클 양념, 갓 짠 레몬즙, 잘게 자른 매콤한 칠리 고추에 절인 새우 요리도 있었고, 버번을 넣고 초콜릿으로 장식한 피칸 파이도 매력적이었다. 신혼부부가 웨딩 케이크를 자르고 바에서 술을 한잔하려는 손님들의 발길도 잦아들면, 나는 남은 음식을 조금씩 먹어볼 수 있었다. 때로는 포일에 담아 집으로 가져올 수도 있었다.

어느 늦은 오후, 나는 록포트에 있는 요트 클럽 바에서 빳빳한 식탁보가 깔린 테이블 위에 술잔을 늘어놓고 있었다. 그러고는 구석에 있는 텅 빈 술잔 진열대를 채우는데, 분위기가 평소처럼 활발하고 떠들썩하지 않았다. 주방 직원 몇 명이 웨딩 케이크 주변을 빙빙 돌고 있었다.

"브레이크를 밟았더니 케이크가 쭉 미끄러졌어. 1번 도로로 가고 있었는데, 갑자기 웬 미친놈이 내 앞으로 돌진하지 뭐야!" 직원 하나가 설명했다. 케이크가 플라스틱 아이스박스 뒤쪽으로 미끄러지며 한쪽에 큰 흠집이 생겼고, 그 결과 노란 케이크 시트가 드러나고 흠집 사이로 레몬 커드***가 흘러나오고 있었다. 직원들은 케이크를 진열대 위에 올려놓고 이리저리 돌려보며 어쩔 줄을 몰라 했다. 모두 어금니를 꽉 깨문 채 머리를 긁으며 이 난리를 수습해줄 기적 같은 방안이 없을지 고민하고 있었다.

---

*   마늘과 올리브유를 주재료로 만든 지중해식 소스.
**   프랑스식 발효 생크림으로, 사워크림과 비슷한 맛이 난다.
*** 레몬즙과 레몬 껍질에 달걀노른자, 설탕 등을 넣고 크림처럼 눅진해질 때까지 가열한 것.

"남은 아이싱이 있나요?" 바깥쪽에 서 있던 내가 물었다. 한 직원이 커다란 아이스박스로 달려가 안을 뒤지기 시작했고, 버터크림이 들어간 작고 투명한 1리터짜리 플라스틱 통을 꺼내더니 내 앞 테이블 위에 올려놓았다. 아이스박스에 넣어놓았던 것이라 거의 굳은 상태였기에, 나는 그것을 들고 손으로 감싸 따뜻하게 데웠다.

"케이크용 칼은요?" 내가 물었다. 요리사 두어 명이 자신들이 가져온 요리 도구 상자를 뒤졌다.

"없어요. 케이크 칼은 없네요."

"제가 좀 봐도 될까요?" 그들이 고개를 끄덕였고, 나는 상자 안을 확인했다. "여기, 이것 좀 들고 있어주세요." 나는 요리사 한 명에게 버터크림을 건네며 말했다. "손으로 감싸주세요. 손바닥 온기에 녹을 거예요."

나는 주방 도구가 담긴 플라스틱 통을 뒤적거렸다. 거품기와 금속제 숟가락, 필러, 저렴한 칼 세트, 집게 등은 수없이 많았는데 케이크용 칼은 없었다. 하지만 밑에 나무 손잡이가 달린 작은 샌드위치용 칼이 있었다. 이상적이지는 않았으나 그래도 제 역할을 해줄 것이었다. 나는 숟가락도 꺼내서 뜨거운 물에 씻은 다음 깨끗한 행주로 닦아 버터크림을 데우고 있는 요리사에게 건넸다. "이걸로 크림을 저을 수 있는지 봐주세요. 휘휘 저어서 움직이게 만드는 거예요. 부드럽게 휘저어지는 상태가 목표예요." 요리사에게 알려주었다. 따뜻한 숟가락은 굳어 있던 아이싱 속의 버터를 녹여줄 것이었다.

그가 아이싱을 살려내고 있는 사이, 나는 케이크 작업에 돌입했다. 망가진 부분의 부스러기들을 손끝으로 조심스럽게 걷어냈다. 그러고는 벌어진 틈에서 흘러나오던 레몬 커드를 샌드위치 칼을 이용해 부드럽게 긁어냈다. 상처를 닦아낸 것이다. 그다음에는 아까 걷어냈던 부스러기들을 이용해 커드가 흐르던 구멍을 막았다. 그리고 그 위로 흠집 주변에 뭉개져 있던 아이싱을 조심스럽게 펴 발랐다. 조금 지저분했지만, 더 흘러나오는 것은 없었다. 희망이 보였다. 그때쯤 작은 플라스틱 통에 담긴 버터크림이 쓰기 좋게 부드러워져 있었고, 나는 몇 숟갈 정도 되는 양을 스프레더로 떠서 수습한 자리 위로 펴 발랐다. 오래전 어머니에게 선물 받은 케이크 제작 도구를 가지고 놀던 경험을 되살려, 흠집 났던 곳이 깔끔하고 풍성해 보일 때까지 아이싱을 천천히 덧바른 후, 칼을 물에 담갔다가 꺼내 표면을 다듬었다. 고쳐놓은 케이크는 새것처럼 예뻤다. 나는 꽃꽂이용 작약을 몇 개 가져와서 꽃잎을 떼어낸 다음 완벽하게 고칠 수 없는 상처 위에 뿌렸다. 그렇게 위기를 모면할 수 있었고, 요리사들은 나를 달리 보기 시작했다.

나의 요리 실력을 눈여겨본 사람들은 나의 업무를 바텐더에서 주방 보조로 바꿨다. 나는 블랙 코린트 포도와 크로스티니*를 오밀조밀 올려 치즈 보드를 만들고, 식용 꽃으로 핑거 푸드 애피타이저를 장식했다. 다시 주방으로 돌아오니 놀랄 만큼 기분이 좋았다. 이번에는 요리를 다른 관점에서 보고 있었다. 머릿속에서 형광등이 탁 켜지는 느낌이었다. 음식은 맛으로만 먹는 것이 아니고 눈으로 보는 것이기도 했다. 어쩌면 한련으로 랍스터 롤을 장식했던 과거의 나를 보고 쓸데 없다고 했던 아버지의 말은 틀린 것일지도 몰랐다. 나는 요리의 기쁨과 자유는 아름다움을 창조하는 것에 있음을 깨달았다.

여름 성수기가 끝나가던 무렵, 케이터링 회사에서 동네에 있는 식당

---

* 작은 빵을 구워서 위에 다양한 토핑을 올려 먹는 이탈리아 애피타이저.

을 하룻밤 빌려 직원들을 위한 파티를 열기로 계획했다. '여름 동안 잘 버텼어'라는 의미가 담긴, 연례행사 격의 파티였다. 성수기의 끝을 축하하는 좋은 자리였지만, 나는 가고 싶지 않았다. 직원들이 전부 내 또래이기는 해도 우리에게 무슨 공통점이 있겠나 싶었던 것이다. 아마도 그들은 대학의 여름 방학을 맞아 고향에 돌아온 참에 용돈이나 벌려고 일하는 것일 터였다. 나처럼 혼자 아이를 키우는 사람은 없을 것이었다. 울고 있는 아기를 돌보러 집으로 달려가야 하는 사람도, 샐러드와 앙트레 코스 사이에 화장실로 달려가 모유를 짜내야 할 사람도 없을 것이었다. 그들 앞에는 창창한 미래가 펼쳐져 있었다. 살고 싶은 삶을 살고 꿈꾸는 곳으로 떠나고 끌리는 일을 할 수 있었다. 그들에게는 내가 갈망하는 자유가 있었다. 그러니 우리가 저녁을 먹으며 무슨 이야기를 나눌 수 있겠는가? 하지만 마음 깊은 곳에서는 알았다. 집에 콕 박혀 있으면 이런 두려움을 영영 해결할 수 없으리라는 것을. 그래서 나는 꽁하면서도 긴장된 마음으로 파티에 갔다.

안내대로 파티 장소의 주소를 찾아 주차하기까지, 전부 순조로웠다. 뒷자리에 아기가 없어서 기분이 이상했다. 밤에 놀러 나온 것이 마지막으로 언제인지 기억조차 나지 않았다. 파티 장소인 작은 비스트로는 해안 마을 캠든의 조용한 구역에 있었다. 황혼의 거리에서 바라본 식당은 화려해 보이지는 않았지만, 그 안에 사람들이 돌아다니는 모습은 매력적이었다. 마음속에 두려움이 일었다. 식당 안에 들어서려니 긴장됐고, 심지어 망설여지기도 했다. 현관 손잡이를 잡고 조금 끼끼거린 끝에 자물쇠가 헐거워지며 천천히 안쪽으로 문이 열렸다. 식당 내부는 따뜻하고 안락했고, 탁 트인 작은 주방에서 갓 구운 빵과 소테*한 양파 냄새가 풍겨 나왔다. 조명은 손님을 환영하는 듯 부드러웠으며, 말린 비터스위트 꽃가지가 풍성하게 바 좌석을 장식하고 있었고, 빠른 재즈 음악이 흘렀다. 동료들이 활기차게 인사하며 서로를 꼭 끌어안았다. 포옹하다가 손에 든 음료를 흘리지 않으려고 주의하고 있었다.

식사가 시작될 때쯤 우리 일행은 작은 테이블 열 개에 머리를 맞대고 앉아 흔들리는 촛불 위에서 재잘거리고 웃었다. 나는 함께 식사하던 동료 중 그 누구와도 친하지 않았지만, 이 안락한 공간에 앉아 적포도주를 한 잔 들고 있으니 마음이 말랑해져 아까 느끼던 두려움이 완전히 잦아들었다. 어른이 된 기분이었다. 같이 앉은 사람 중에 덜컥 임신해서 '성인기'로 내던져지는 경험을 이해할 수 있는 사람은 적을 터였고 어쩌면 한 명도 없을지도 몰랐지만, 그래도 지금 그들은 나와 함께하며 내가 좋아하는 것들을 함께 즐기고 있었다. 좋은 음악 위로 좋은 이야기가 포개졌다. 그저 웃고 포도주를 홀짝이며 연결감을 느낄 수 있는 순간이었다. 그날 밤은 기저귀를 갈고 아기를 달래는 일상을 벗어날 기회 그 이상이었다. 다이너 뒤편에서 싸구려 맥주에 취하는 것보다는 근사한 밤이라서 행복한 것도 아니었다. 생생하고 짙은 충만한 삶을, 나는 느끼고 있었다.

디저트가 나오며 이 완벽한 저녁의 마지막을 알렸다. 식사가 몇 시간 동안 이어진 후였으나 끝나고 나니 쏜살같이 느껴졌다. 훌륭한 파티란 그런 느낌을 주는 법이었다. 이제 내 앞에는 딱 맞게 노릇노릇하고 반짝반짝한 타르트 타탕**과 크림 한 덩이가 있었다. 나는 바삭하게 구워진 과일 디저트를 한 숟가락 듬뿍 떠서 입에 넣었다. 저절로 눈이

---

* 버터나 식물성 기름을 넣은 팬에 고온에서 살짝 볶아내는 요리법.

** 버터와 설탕으로 캐러멜화한 과일을 넣고 구운 프랑스식 타르트. 주로 사과를 많이 넣는다.

감겼다. 캐러멜과 버터 향기가 풍부한, 부드럽고 달콤하고 바삭하고 녹녹한 타르트. 이렇게 맛있는 음식은 평생 처음이었다. 어쩌면 포도주 때문인지도 몰랐다. 그토록 갈망하던 어른의 삶을, 살아 있다는 기분을 느끼고 있었기 때문인지도 몰랐다. 나는 영감을, 행복감을, 도취감을 느꼈다. 오늘 밤을 즐기느라 미뤄놓은 일들을 해치우려면 고생을 해야겠지만, 그럴 만한 가치가 있었다.

일주일이 지난 후에도 나는 그 밤의 기억에서 헤어날 수 없었다. 그 식당, 그리고 그 식당이 내 안에 불러일으킨 감정을 떨쳐낼 수가 없었다. 음식은 말할 것도 없고, 그 밤의 기쁨, 안락함, 친밀감을 다시 느끼고 싶었다. 눈을 감았더니 혀끝에서 타르트 타탕의 맛이 느껴졌다. 나는 그날 저녁 문 위에 붙어 있던 서빙 직원 공고에 지원했다. 겨우내 그 기분을 다시 또다시 느끼면서 팁도 챙길 수 있기를 바랐다.

그 비스트로는 다이너와는 다른 곳이라, 나는 우아하지 못한 서빙 습관 몇 개를 고쳐야 했다. 접시를 쿵 내려놓고 따뜻하게 웃어 보이는 시골 여자아이 스타일의 서비스로는 부족했다. 처음 들어보는 파인다이닝의 법칙들을 배웠다. 그릇은 항상 왼쪽에서 놓고 오른쪽에서 치울 것. 음식은 절대 성급히 치우지 말 것. 그리고 같은 테이블에 있는 손님이 전부 식사를 마친 다음에 코스를 끝맺어야 했다. 손님에게 "아직 드시는 중인가요?"라고 묻는 것은 금물이었다. 식사는 빨리 해치워야 하는 일이 아니라 즐거운 경험이니까. 디저트 코스에는 테이블 위에 소금과 후추가 있어서는 안 됐다. 샐러드 포크와 디너 포크, 디저트 포크의 차이는 이미 알고 있었지만, 코스 요리 서빙이나 각 요리에 맞게 식기를 놓는 법은 새로 배웠다.

서비스뿐만 아니라 음식도 눈을 번쩍 뜨이게 해주었다. 이곳에서는 사워도우 발효종을 유리병에 담아 서늘하고 어두운 찬장 속에 보관하며 그것으로 직접 빵을 구웠다. 다이너에서는 시판 디너롤과 물을 채운 수프 그릇을 함께 보온기에 넣어 보관하다가 촉촉하고 뜨거운 채로 내갔는데, 그것과는 정반대라고 할 수 있었다. 소중한 추억으로 자리 잡은 타르트 타탕 만드는 법도 배울 수 있었다. 캐러멜화한 설탕이 뚝뚝 떨어지는 마르멜로를 페이스트리 위에 펼쳐서 굽는 것이었다. 그레이엄 크래커로 만든 파이 위에 캔에 담긴 휘핑크림을 짜서 올리는 다이너와는 너무나도 달랐다. 부드러운 토시살 스테이크도 팔았는데, 레어로 구워 멋지게 접시에 담고 육즙을 뿌린 후 옆에 바삭한 감자를 수북하게 쌓고 마늘과 허브를 올린 요리였다. 손님에게 내갈 때마다 입에 침이 고였다. 메인주에서 나는 신선한 홍합에 허브 한 움큼과 라임즙을 뿌려 뜨겁게 구우면 풍기는 향을 맡을 때도 마찬가지였다.

하지만 마냥 좋기만 한 직장은 아니었다. 음식에서 찾아낸 그 모든 아름다움과 즐거움에는 치러야 할 값이 있었다. 셰프는 나를 '에린'이라는 본명으로 불러주지 않고 스트리퍼에게나 어울릴 '트릭시'라는 별명으로 불렀다. 그리고 잘했다며 나를 칭찬해줄 때는 망실임 없이 나의 등허리나 엉덩이를 만지작거렸다. 그러곤 "너 정말 끝내주네"라고 말했다. 더러운 농담과 음담패설을 도무지 자제할 수가 없는 것인지 테킬라를 넘기느라 입이 바쁠 때가 아니라면 정말 말을 멈출 줄 몰라서, 나는 자주 속이 메스껍고 불편했다. 아버지의 저급한 친구들이 하는 더러운 농담을 듣고 자랐던 탓에 그런 말은 한 귀로 듣고 흘린 다음 돈이나 챙기고 일자리를 지키는 편이 더 쉽고 덜 수치스럽다는 것을 알았지만, 쉽지는 않았다.

나는 일주일에 5일 밤을 일했다. 냉장고를 채울 음식과 아기용 기저귀를 넉넉히 구입하고, 내가 일하는 동안 제임을 봐줄 도우미와 나만의 집을 구할 수 있을 정도로 돈을 벌게 된 것은 평생 처음이었다. 나는 10대 시절은 아버지와 어머니 집에서 보내고 대학에서는 기숙사에서 룸메이트와 지내다가 다시 부모님 집으로 돌아왔기 때문에 혼자 살아본 경험이 없었다. 그래서 벨파스트에 있는 오래된 아파트를 구한 것은 나에게는 정말 대단한 일이었다. 아파트 거실에는 원목 바닥재가 깔려 있었고, 낡고 얇은 창문을 통해 빛이 환하게 들어왔다. 체커판처럼 검은색과 흰색 타일이 깔린 부엌, 욕실 두 개와 욕조 없는 화장실 한 개, 세탁기와 건조기, 아기와 내가 쓸 널찍한 침실이 두 개 있었다. 벽 대부분에 흰 페인트를 새로 발랐는데, 아기방만 마음이 편해지는 부드럽고 얇은 노란색으로 발랐다. 임신했을 때 그린 '벨벳 토끼 인형' 수채화 그림을 액자에 넣어 벽에 걸었다. 선반에 책을 채우고, 장난감 바구니 옆 한쪽 구석에 흔들의자와 안락한 카펫을 깔았다. 내가 가장 잘 아는 방식으로, 여기저기에 작은 취향을 묻히며 우리 집을 꾸몄다. 개나리를 꺾어다가 커다란 꽃병에 넣어서 오래된 벽돌 벽난로 위 선반에 올려놓았다. 화장실에 직접 만든 수건을 걸고 물비누 통에 향긋하고 투명한 비누를 채웠다. 간단한 바느질로 베갯잇을 만들어 침대와 소파에 장식을 더했고, 돈을 모아서 창문 바깥쪽에 리넨 장식을 달았다. 내가 스스로 꾸려가고 있는 삶이 자랑스러웠고, 나의 인생이 방향을 바꿔 수치가 아닌 희망 쪽으로 나아가고 있음을 실감했다. 제임이 태어났을 때 나는 아이에게 약속했었다. 나 스스로 파놓은 구덩이에서 탈출해 아이를 위해 더 좋은 삶을 건설하겠다고. 이제 나는 그 약속을 지킬 첫걸음을 내디뎠다. 내가 가장 잘 아는 방식으로, 바로 보금자리를 꾸리는 방식으로.

11

톱밥과 반짝이는 바닥

톰은 비스트로에 자주 오는 손님이었다. 바쁜 평일 저녁에 가끔 들러 바 좌석에서 포도주 몇 잔과 애피타이저 메뉴를 먹었고, 주말에는 거의 매번 들러 진이 들어간 칵테일과 프랑스식 감자튀김, 레어 스테이크, 그리고 포도주까지 해치웠다. 친구와 함께 올 때도 있었으나 주로 혼자였다. 내가 서빙 담당이 아닐 때도 어떻게든 나와 말을 섞었다. 호기심을 보이며 가벼운 대화를 시작해 나에 관한 간단한 정보를 얻어갔다. 근무일, 사는 곳, 자동차 종류, 좋아하는 음악 같은 정보였다. 키가 큰 편은 아니었다. 분명 나보다도 작은 것 같았다. 클로그를 신고 있어서 원래 키보다 몇 센티미터 더 클 텐데도 그랬다. 모래 빛깔 금발 머리카락이 풍성했는데, 40대 중후반쯤일 그의 나이를 생각하면 운이 좋다고 할 수 있었다. 꽤 친절했고, 웃음소리가 호탕해서 유독 귀에 잘 들렸다. 매일 밤 홀을 가득 메운 대화 소리와 시끄러운 음악 소리를 압도하며 쩌렁쩌렁하게 울리고는 했다. '또 이 웃음소리네, 그 사람이 왔구나.' 나는 그를 직접 보기도 전에 소리로 알 수 있었다. 웃음소리는 마치 경고 같았다. "대비하도록 해."

어느 밤, 톰은 평소보다 바에 더 오래 머물렀다. 바텐더 칩이 만들어 준 특제 칵테일의 마지막 잔을 유독 천천히 홀짝이며, 항상 바에 죽치고 있는 캠든 주민 몇몇과 주절거리고 있었다. 나는 홀을 가로지르며 텅 빈 테이블을 닦고 다 타버린 양초를 그러모았다. 이리저리 움직이는 나를 바라보는 그의 시선을 느낄 수 있었다. 고개를 들자 그와 나의 시선이 엮였다. 나는 예의 바르게 조금 불편한 미소를 지어 보인 다음 다시 테이블 치우는 일로 돌아갔지만, 여전히 나를 주시하는 그의 시선을 느낄 수 있었다. 그의 시선이 의아했다. 나는 그에게 딱히 호감이 없는데, 어쩌면 그는 나를 좋아하는 것일까? 혼란스러웠다. 어깨 한 번 으쓱하고 모든 것을 떨쳐내고 싶었다. 신경 쓰지 않고 싶었고, 지금 내가 느끼는 불편함을 피하고 싶었다. 다시 고개를 들었을 때는 그가 내 앞에 서 있는 것을 보고 화들짝 놀랐다.

"앗! 여기 계셨네요!" 나는 펄쩍 뛰었다.

"놀라게 하려는 건 아니었는데." 그가 낄낄 웃었다. "그냥 좋은 밤 보내라고, 맛있는 저녁 고맙다고 말하려고 그랬지요. 다시 봐서 좋았어." 그가 또 웃음을 터뜨렸다.

"저도 또 뵈어서 좋았어요." 나는 다른 손님들에게 했던 것과 똑같은 인사를 건넸다. "와주셔서 고맙습니다. 좋은 밤 보내세요."

그는 마지막으로 미소를 지어 보이고 뒤돌아 떠났다. 나는 하던 청소를 계속했으나 우리가 나눴던 대화 때문에 기분이 이상하고 불편했다. 나에게 수작을 거는 것일까? 아니면 원래 성격이 그런 사람인 것일까? 하지만 나이가 아버지뻘이었다. 나는 그가 무해한 사람이라고 대충 결론짓고는, 그가 나를 공격하려 해도 생사가 달린 경우에는 내가 싸워서 이기면 된다는 장난스러운 생각을 했다.

바닥을 쓸고 매상을 정리하고 팁을 나누고 내일 저녁에 쓸 유리잔과 은 식기까지 닦은 후, 직원들은 식사를 하려고 식당 뒤편 구석 자리의 식탁 위에 팔고 남은 요리를 차려놓고 모였다. 레어 토시살 스테이크, 뿌리채소 퓌레, 차갑게 식은 미니 양배추, 머스터드를 너무 많이 뿌린 양상추 같은 것이 있었다. 내가 접시에 음식을 담고 작은 잔에 백포도 주를 따른 뒤 자리 잡고 앉았을 때 식당 전화가 울렸다. 우리는 모두 움 직임을 멈춘 채 누가 나서서 전화를 받을 것인지, 누가 가장 먼저 굴복 할 것인지 눈치를 보기 시작했다. 전화가 계속 울렸다.

"그냥들 있어. 내가 받을게." 내가 항복했다. 작은 주방을 통과해 전 화기가 있는 바 근처로 가서 전화를 받았다.

"안녕하세요, 전화해주셔서 감사합니다. 여기는 프랜신—"

"에린?"

"그런데요?" 전화기 너머에서 낄낄 웃는 소리가 들렸다. 그 사람이 었다.

"톰이에요. 있지, 식당에 지갑을 놓고 온 것 같은데. 혹시 있는지 봐 줄래요?" 굉장히 공교롭기는 했으나 있음직한 일이었다. 그저 단순한 실수를 두고 다른 의도가 있다고 어림짐작하고 싶지는 않았다. 하지만 어떤 질문들이 머릿속으로 파고드는 것은 어쩔 수 없었다. '이 사람, 내 관심을 끌려고 그랬나? 나한테 호감 있는 거야?'

나는 그에게 호감이나 관심 같은 것이 전혀 없었고, 이런 마음을 설 명해야 하는 상황은 상상만 해도 어색했다. 그래서 나의 불편한 감정 을 간편하게 숨겨놓고 상황을 부정하기로 했다.

나는 그에게 찾아보겠다고, 끊지 말고 기다리라고 말했다. 칩에게 톰의 지갑을 봤냐고 소리쳤고, 음식을 먹던 칩은 금전등록기 위에 있다고 외쳤다. 톰에게 이야기를 전했다.

"잘됐네." 그가 말했다. "있지, 에린이 전에 벨파스트에 산다고 했던 것 같은데. 오늘 우리 집 쪽으로 와줄 수 있을까요? 잠깐 들러서 지갑을 돌려주면 좋을 것 같은데."

나는 가만히 생각했다. 합당한 요구였다. 실제로 나는 벨파스트에 살았고, 여기서 벨파스트까지는 차로 30분이 걸렸으니 그가 식당까지 왔다가 다시 돌아가려면 아주 불편할 것이었다. 그리고 실제로 톰의 집은 우리 동네에 있었다. 하지만 지갑을 가져다주려고 그의 집까지 간다고 생각하니 속에서 설명할 수 없는 불편함이 느껴졌다. 그런 생각 하지 마, 에린, 하고 나는 나 자신에게 일렀다. 무해한 사람이야.

나는 지갑을 열어 그의 면허증을 바라보았다. 그의 불편한 눈동자가 나를 똑바로 응시하고 있었다. 전화기 건너편에서 그의 숨소리가 들렸다. 신분증에는 그가 170센티미터에 73킬로그램이고 갈색 머리카락과 파란 눈을 가졌다고, 나보다 스물한 살이 많다고 적혀 있었다. 실제로는 그것보다 키가 커 보였는데, 어쩌면 그가 즐겨 신는 이상한 댄스코 클로그 때문인지도 몰랐다. 그는 아주 매력적인 남자는 아니었으나 나름대로 친절했고, 주소를 보니 내가 사는 아파트에서 멀지 않은 곳에 살고 있었다. 나는 머릿속으로 그가 무해하다고 힘주어 말했다. 그 사람이 해봤자 무슨 대단한 짓을 할 수 있겠어? 고집부리지 마. 부탁을 들어줘. 가서 지갑을 전해줘.

"음, 퇴근하려면 30분 정도 더 있어야 해서, 한 시간쯤 후에나 들를 수 있겠는데요?"

"그럼 정말 고맙지요. 펄 스트리트에 있는 노란색 집이 우리 집이에요. 차고 위에 있지. 기다리고 있을게요. 또 볼 수 있으니 좋네. 고마워요, 에린." 그가 낄낄 웃었다.

"별일 아닌데요, 뭘." 나는 이것이 과연 좋은 생각일지 고민했지만, 흔들리는 마음을 숨긴 채 대답했다. "잠시 후에 뵐게요." 나는 전화를 끊고 차갑게 식은 저녁을 먹으러 갔다. "이따가 톰네 집에 들러서 지갑 돌려주기로 했어. 우리 집이랑 가까워서." 나는 무슨 일인지 궁금해하는 동료들에게 말했고, 작은 잔에 담긴 백포도주를 쭉 들이켰다.

"그 아저씨 조심해! 우리 귀여운 에린 아가씨한테 덤벼들까 무서워!" 종업원 한 명이 까르르 웃었다.

"무해한 사람이야." 나는 그에게, 또 나에게 말했다. 갑자기 신경질이 났다. "됐고, 포도주 남은 것 없어?"

낡은 갈색 가죽 지갑을 조수석에 던졌다. 집을 향해 운전하는 내내 그것이 나를 노려보는 듯한 기분이었다. 나는 머릿속으로 내 옆에 놓인 지갑과 말싸움을 벌였다.

당신, 원하는 게 뭐야?

그런 식으로 보면 부담스럽다고.

자아도취 그만해, 에린. 그 사람은 너한테 관심 없으니까. 널 좋아할 사람은 아무도 없어.

젠장, 왜 이렇게 쩔쩔매? 닥치고 운전이나 해!

나는 벨파스트까지 운전하는 30분 내내 나 자신을 설득했다. 그에게 이상한 의도는 결코 없다고, 그는 무해한 사람이라고, 나에게 관심

같은 것은 전혀 없으니까 혼자 바보짓 하지 말라고. 웬 남자가 나에게 연애 감정을 느낀다니, 아무래도 믿기 힘들었다. 마음 깊은 곳에서 나는 나 자신을 그저 젊은 비혼모, 부도덕한 여자, 그 누구도 사랑해주겠다고 나서지 않을 엉망진창이라고 생각하고 있었으니까. 세상에는 나보다 덜 복잡하고 더 매력적인 여자가 백만 명쯤 있었다. 나는 내 아파트 앞을 지나치며 별일 없는지 살펴보았다. 침실 조명이 꺼진 것으로 보아 아들은 깊이 잠든 듯했고, 거실 텔레비전에서 빛이 깜빡거리는 것으로 보아 베이비 시터 에이미도 별일 없이 내가 돌아오기를 기다리고 있는 것 같았다. 나는 좌회전해서 펄 스트리트에 진입한 후 속도를 줄이고 노란색 집을 찾아보았다. 옆에 있던 지갑에 손을 뻗어 다시 안을 열어보고 주소를 확인했다.

바로 앞에 있는 차고 위 아파트에 불이 켜져 있었다. 그는 나를 기다리는 중이었다. 나는 갓길에 주차했고, 시동을 켜놓음으로써 잠시 들렀다가 바로 떠날 것이라는 의도를 표현했다. 계단을 올라 집 앞 테라스에 서서 문을 두드렸다. 기다렸으나 아무런 대답이 없었다. 다시 문을 두드렸다. 여전히 조용했다. 분명 그는 집 안에 있었다. 불이 켜져 있었고, 문 뒤에서 희미하게 음악 소리가 들렸다. 뭐, 어쩔 수 없지. 들르긴 들렀잖아. 나는 뒤돌아 자동차로 돌아갔다. 바로 그때 문이 열렸다.

"어이! 잘 찾아왔네." 그는 함박웃음을 머금은 채 문간에 서 있었다. 나는 잠시 그를 응시했다. "가져다줘서 고마워요." 그가 이어서 말했다.

"아, 별일 아니에요. 저는 이 주변에 살아서, 집에 가는 길과 겹치거든요. 이 정도는 할 수 있지요. 정말 별일 아니에요." 나는 왜 이것이 별일이 아닌지 설명하고 또 설명하다가 가까스로 멈추었다.

"들어올래요? 한잔하고 싶으면 포도주를 마셔도 되고."

"아, 아니에요. 시동을 켜둔 데다가, 아들 때문에 빨리 집에 가야 해요. 베이비 시터가 기다리고 있거든요." 나는 그의 손에 지갑을 쥐여주고 곧바로 뒤돌아 부리나케 자동차로 갔다. "서둘러 가서 죄송해요! 근처에서 보면 인사해요. 오늘 저녁 식사가 즐거웠기를 바라요. 좋은 밤 되세요, 톰." 나는 그에게 대답할 기회도 주지 않았다. 대답했더라도 내가 워낙 빨리 걸어갔기 때문에 듣지 못했을 것이다. 나는 운전석 문을 닫고 그 집에서 멀어졌다. 그리고 2분도 안 되어서 우리 집에 도착했다. 잠시 차 안에 앉아 고민했다. 안에 들어갔다면 무슨 일이 일어났을까? 나는 그가 나에게 매력을 느끼는 것이라고 짐작하며, 이 짐작이 자아도취적이지 않나 계속해서 의심했다.

나는 외투 주머니에 손을 넣어 저녁에 받은 작은 팁 뭉치를 꺼낸 후, 에이미에게 줄 50달러 지폐를 몇 장 세어놓았다. 스물세 살의 나이에 두 살도 안 된 아들이 있는 비혼모, 웨이트리스, 젊지만 목표 없는 여자. 내가 보기에 이런 여자에게는 아무런 매력도 없었다.

전보다 더 자주 톰과 마주치기 시작했다. 사실 벨파스트는 좁은 동네라 마주칠 수밖에 없었다. 우리는 길거리에서, 한나포드 마트 주변에서, 협동조합 카페에서 줄을 서다가 마주치고는 했다. 당연히 내가 일하는 식당에서도 만났다. 그는 뻔질나게 비스트로에 와서 항상 마시는 진 칵테일을 홀짝이고 프랑스식 감자튀김과 레어 스테이크를 먹으며 나를 바라보았다. 시간이 지나자 나는 그런 시선에 익숙해졌고, 그의 존재에도 익숙해졌다. 그가 나를 해치고 싶어 한다는 느낌, 심지어 나에게 관심이 있다는 느낌도 받지 못했다. 그저 중년 남자로서 20대 여자를 사귀어보면 어떨까 희미하게 궁금해하다가 금세 그런 궁금증을 폐기한 것 같았다. 한 번은 어떤 여자와 그 여자의 딸을 데리고 식당에 왔는데, 대화를 들어보니 그 여자는 톰의 애인인 것 같았다. 나는 그간 내가 품었던 의문들이 헛소리라고 판정된 듯 마음을 놓았다. 그는 그럭저럭 친절한 동네 아저씨에 지나지 않았고, 꿍꿍이 같은 것도 없었으며, '어린 여자한테 직접댈' 생각도 없었다. 이제 식당에서 그를 마주치면 무심하게 음식이나 가져다주며 웃을 수 있었고, 협동조합 카페에서 마주쳐도 편안하게 대화할 수 있었다. 그냥 친절한 동네 아저씨니까. 이제 우리는 지인이라고 할 수 있었다. 친해지고 있다고 표현할 수도 있었다. 그래서 그가 일요일 저녁에 자기 아파트에서 간단하게 저녁이나 먹자고 했을 때, 나는 좋다고 했다. 친구라면 그러는 법이니까.

그날 저녁, 에이미는 제임을 돌봐주기 위해 약속한 시각에 맞춰 집으로 왔다. 나는 부엌에 서서 아들에게 조용히 키스를 불어주었다. '아가야, 이제 엄마 간다!'라는 식으로 난리를 피우고 싶지 않아서 그런 것이었다. 제임은 내가 떠나는 것도 모른 채 거실 바닥에 앉아 즐겁게 나무 기차를 가지고 놀았다.

나는 에이미에게 말했다. "너무 늦지는 않을 거예요. 가까운 곳에 있을 테니 필요하면 연락해요." 그리고 집을 나서 걷기 시작했고, 갈림길을 몇 번 지나 또다시 펄 스트리트에 있는 노란색 집에 도착했다. 이번에는 문을 두드렸더니 바로 그의 대답이 들렸다. 문이 활짝 열렸고, 그가 양말 바람으로 손에 행주를 들고 서서 예의 그 눈빛으로 나를 맞았다.

나는 그의 방 하나짜리 아파트로 들어섰다. 놀랄 만큼 깨끗했다. 환한 색 마룻바닥이 어찌나 반짝반짝하던지 방금 왁스질한 것 같았다. 거대한 동양풍 러그, 안락해 보이는 라탄 가구, 앤티크 느낌의 작은 탁자 몇 개가 보였고, 벽에는 커다란 성냥이 그려진 대형 현대 미술 작품이 걸려 있었다. 책상 위의 보스 스피커에서 세자니아 에보라의 부드러운 카보베르데 재즈가 흘러나오고 있었다. 그곳은 너무나도 말끔하고 어른스러운 곳이었다. 혼자 사는 남자의 집이 이럴 것이라고는 생각하지 못했었다. 뭐, 적어도 내 또래의 혼자 사는 남자의 집은 이렇지 않을 것이었다. 나는 자연스레 톰이 나보다 몇 살 연상인지 상기하게 되었다. 스물한 살 연상이었다.

나는 신발을 벗어서 단정하게 늘어서 있는 그의 신발 옆에 가지런히 놓았다. 나의 낡은 양말을 내려다보았다. 더 깨끗한 양말을 신고 올 걸 그랬다. 현관 반대편에는 작은 개방형 부엌이 있었는데, 두꺼운 목재 상판이 붙은 아일랜드 조리대 위에 불꽃이 깜빡거리는 양초와 포도주 잔 두 개, 백포도주 한 병이 깔끔하게 놓여 있었다.

"저녁 준비는 거의 다 됐어. 와서 편하게 앉아."

나의 낡고 초라한 양말이 반짝이는 바닥을 천천히 가로질렀고, 부엌의 아일랜드 조리대와 스툴 앞에서 멈췄다. 톰은 저녁 준비를 계속했다. 가스레인지와 조리대 사이를 왕복하며 떠들고 재료를 썰었다. 줄여놓은 불꽃 위에서 프라이팬을 흔들다 잠시 그대로 두고 포도주 병의 코르크를 따더니 다시 프라이팬을 흔들었다. 그사이에 도마 위에서 적양파를 조금 썰었다. 나의 포도주 잔에 술을 가득 따르고는 조리대 건너편의 내 앞으로 천천히 잔을 밀었다. "건배." 그는 잔을 들지도 않고 그저 내 눈을 바라보며 말했다. 갑자기 전에 느꼈던 불편함이 다시 느껴졌다. 그의 파란 눈은 웃을 때마다 작아졌는데, 그 모습을 보면 아버지가 생각났다. 그는 나이가 나보다 두 배나 많았으니, 실제로 아버지뻘이었다. 하지만 아버지와 달리 친절해 보였다. 나는 그의 깔끔하고 어른스러운 아파트에 매료되었다. 보스 스피커에서 나오는 재즈 음악에 매료되었다. 그가 직접 샬롯과 발사믹 식초를 넣어 만든 비네그레트 드레싱에 매료되었다.

"건배." 나는 그에게 답했다. "초대해줘서 고마워요." 나는 포도주를 길게, 크게 한 모금 마셨다. "내가 도와줄 것 있어요?" 나는 할 일이 있었으면 좋겠다고 생각하며 조심스럽게 물었다. 손이 바쁘면 훨씬 편안해질 터였다. 그는 그저 고개를 젓더니 낄낄 웃으며 뒤돌았고, 파르메산 크리스프*가 구워지고 있는 프라이팬을 확인했다. 그러고는 잠시 요리를 멈추고 술잔에 포도주를 가득 따른 다음 잔을 들어 입술에 댔는데, 줄곧 나와 눈을 마주치고 있었다. 잔을 내려놓은 후에는 커다란 셰프용 칼을 집어 들고 다시 샐러드를 만들었다.

"그러면, 지금 아들은 어디 있지? 아들이 몇 살이라고?" 그는 가벼운 대화를 이어가려 했다.

"오는 9월에 두 살이 돼요. 지금은 집에 베이비 시터 에이미랑 있어요. 아이가 에이미를 정말 좋아해요. 에이미도 참 잘해주고요. 부모님에게 맡길 때도 많아요. 부모님은 프리덤에 사세요. 오늘은 에이미가 오는 게 낫겠다 싶었어요. 여기는 어차피 집이랑 가까우니까. 프리덤까지 왔다 가려면 오래 걸리잖아요." 나는 되는대로 지껄였다.

"프리덤? 거기서 자란 거야?"

"안타깝게도." 내가 웃음을 터뜨렸다. "하지만 이제는 대도시 벨파스트에 살고 있네요." 내가 덧붙였다. 그도 웃었다.

---

*   파르메산 치즈를 과자처럼 납작하고 바삭하게 구운 것.

"프리덤이 뭐 어때서?"

"동네에 있는 거라곤 슈퍼, 주유소, 트랙터 판매점, 다이너뿐이니까요. 이유가 더 필요해요?"

그는 이번에도 웃음을 터뜨렸다.

"이봐, 그 다이너 나쁘지 않아." 그가 말했다. "가본 적 있어."

"정말요? 우리 아빠가 하는 곳인데. 난 거기서 자란 거나 마찬가지예요. 자주 가요?"

"한 번 먹어봤지. 그 정도면 준수했어!"

"언제 갔는데요?" 내가 물었다. 대화를 이어가기 위한 질문이기는 했지만, 한편으로는 우리가 과거에도 인연이 있었는지 알고 싶었다.

"글쎄. 굉장히 오래됐는데. 딸을 데려가서 친구랑 아침을 먹었지. 뭐, 아침이라고 말은 하지만 내 친구는 소갈비 요리를 먹었어."

바로 그때 나는 톰을 만난 적이 있다는 사실을 깨달았다. 캠든의 비스트로에서 처음 만나기 한참 전, 그가 나에게 끈덕지고 강렬한 시선을 보내기 한참 전 어느 토요일 오전에 아버지의 다이너에서 그에게 음식을 내간 적이 있었다. 그와 같이 있었던 손님 때문에 아주 또렷하게 기억했다. 그 손님의 이름은 돈 폭스로, 매주 토요일 아침 9시쯤이면 등장하는 단골이었다. 그가 9시에 오는 이유는 우리 할아버지가 토요일 점심에만 나오는 특별 소갈비 요리를 오븐에 넣는 시간이 7시라는 것을 알았기 때문이었다. 원래 네 시간 동안 천천히 익히는 요리였다. 하지만 9시쯤 오면 그날 아침 식사 담당인 할아버지에게 아직 오븐에서 익어가고 있는 소갈비 요리의 첫 번째 조각을 잘라 달라고 부탁할 수 있었고, 그러면 아주 살짝만 익은, 사실상 날 것에 가까운 부드러운 레어 스테이크가 나왔다. 돈 폭스는 궁극의 레어 소갈비를 아침 식사로 먹기 위해 토요일 아침이면 어김없이 나타나 항상 앉는 바 좌석에 앉았고, 그 자리에서 소갈비 한 조각을 전부 다 해치웠다. 고깃덩어리가 얼마나 큰지 접시 바깥으로 삐져 나갈 정도라서, 그에게 내갈 때는 소스가 흐르지 않도록 천천히 걸어야 했다.

우리 가족은 돈 폭스의 새빨간 트럭이 주차되는 것이 보이면 바로 그의 스테이크와 프렌치드레싱을 뿌린 샐러드, 완두콩, 오렌지 맛 탄산음료를 준비했다. 그는 항상 5달러를 팁으로 남겼다. 아침 식사 메뉴가 평균 3.95달러였고, 커피 한 잔에 90센트였다는 것을 고려하면 꽤 많은 액수였다. 아침 장사에 어울리지 않는 큰돈이라서 종업원들은 전부 그의 담당이 되려고 다투고는 했다. 그리고 톰이 동행했던 그 토요일에는 내가 이겼다. 단골손님 돈 폭스는 내 담당이 되었다. 그런데 이번에는 이상하게도 그가 바 좌석에 앉지 않았다. 그 대신 벽에 붙어 있는 부스 좌석에 앉았다.

"좋은 아침이에요, 돈. 무슨 일 있어요?" 그가 부스 좌석에 자리 잡자 내가 물었다.

"아, 전혀. 아무 일 없지. 친구 둘이 더 오기로 해서 여기 앉았어. 에린은 오늘 아침 어떠신가? 오늘따라 더 예쁜데그래!" 그가 흰 치아를 드러내며 음흉한 웃음을 지었다.

'둘이나 더 온다고? 팁이 세 배로구나!' 나는 생각했다. 이 테이블에서 적어도 15달러는 벌 수 있을 것이었고, 그렇다면 방금 그가 했던 부적절한 말도 참을 만한 가치가 있었다. 열일곱 살짜리 웨이트리스는 토요일의 아르바이트로 꽤 좋은 수익을 벌어들일 전망이었다. 나는 곧바로 오렌지 맛 탄산음료, 그리고 얼음과 빨대를 넣은 커다란 빨간색 플라스틱 컵을 가져다주었다. 팁을 두둑이 받을 생각에 정신이 팔려

130

그가 컵이나 얼음이나 빨대를 쓰지 않는다는 사실을 잊어버린 참이었다. 그는 내 앞에서 크러시 음료수 캔을 따서 꿀꺽꿀꺽 마시기 시작했다. 그의 희끗희끗한 금발 곱슬머리가 뒤죽박죽이었다. 11월이었는데도 반바지를 입고 테바 샌들을 신고 있었다. 옷차림에 관해서 말하자면, 나는 한겨울에도 그가 긴바지와 발가락 덮는 신발 차림인 것을 본 적이 없었다. 주차를 마친 그는 트럭의 히터를 잔뜩 틀어놓은 채 유유히 차에서 내려 식당으로 왔다가 식사를 마친 뒤에는 식당을 떠나 차까지 걸어갔다. 정말 우스운 꼴이었다.

돈의 일행이 도착했을 때, 나는 그들이 내가 예상했던 것과는 달라서 놀랐다. 또래 친구도, 아는 부부도 아니었다. 한 남자와 그의 어린 딸이었다. 나는 돈이 아이 있는 사람을 안다는 것에, 아이를 좋아한다는 것에 놀랐다. 자식이 없는 그가 아이와 식사하는 광경은 조금 이상했다. 여자아이는 예닐곱 살쯤 된 듯했는데, 금발 머리가 너무나도 밝아 거의 흰색이었고, 눈썹도 마찬가지였다. 아이는 프렌치토스트를 시켰다. 아이 아버지는 반숙 달걀 프라이와 베이컨, 홈 프라이, 통밀 토스트를 주문했다. 그가 바로 톰이었다. 그로부터 6년 후, 나는 캠든에 있는 한 식당에서 이제는 이혼한 그를 만났다. 그는 조금 어색하고 불편했으나, 기이하게도 우리는 친구 비스름한 것이 되었다. 그리고 지금 이 순간 우리는 그의 아파트에서 단둘이 저녁을 먹고 있었다. 우리의 인연이 닿았던 적이 그때 말고 또 있었을지 나는 궁금해졌다. 어쩌면 과거의 인연은 우리 사이가 끈끈해지리라는 계시 같은 것이었을까.

그는 그럭저럭 싱싱한 채소로 샐러드를 만들어 그릇에 담은 다음, 드레싱과 아까 만들었던 파르메산 크리스프와 아보카도를 조금 곁들였다. 내가 포도주를 다 마시자 잔을 더 채워주었다. 내 잔이 빌 때마다 부지런히 찰랑찰랑하게 채우고 있었다. 그때쯤 나는 긴장을 늦춘 채 다시금 톰의 먼지 하나 없는 아파트를 둘러보았고, 포도주를 음미했다. 스테레오 스피커에서 나오는 음악을 음미했고, 두 살배기 없는 여유로운 식사를 음미했다. 누군가가 나를 위해 촛불과 포도주와 대화가 어우러진, 제대로 된 식사를 만들어준 것이 마지막으로 언제였는지 기억할 수 없었다. 아무도 그런 적 없었으니까. 나는 새로운 것을 경험하며 아주 세련된 어른이 된 듯 감미로운 기분에 사로잡혔다. 마음이 말랑해졌다. 우리의 대화가 부드럽게 흘렀다. 아이 이야기를 했고, 음식과 식당 이야기를 했다. 샐러드를 깨작거리고 포도주를 홀짝이고 질문을 주고받았다. 그의 여자친구 이야기는 입에 올리지 않았다.

"지금 깨달은 건데요. 나는 톰이 무슨 일을 하는지도 모르네요." 내가 긴장을 풀고 웃으며 말했다. 트럭을 몬다는 것은 알았다. 마당에 트럭이 있었으니까. 그는 자갈 채굴장을 운영하는 돈 폭스와 친구였으니, 시에서 일을 받아 길에 구덩이를 뚫는다거나 거대한 중장비를 다뤄 돈을 벌겠거니 짐작했다. 내 눈에 톰은 그런 남자로 보였다.

"나는 배를 만들어." 그가 조금은 겸허한 목소리로 말했다.

"배? 세상에, 절대 예상 못 했는데요! 어떤 배요?" 내가 물었다. 나는 배에 관해 아무것도 몰랐다. 톰은 손을 뻗어 포도주 병을 집더니 마지막 한 방울까지 내 잔에 따랐다.

"마셔. 산책할 겸 걸어가자고. 보여줄 테니까." 진심으로 관심이 동한 나는 아무 말 없이 씩 웃었다. 자신감이 생겼다. 마음이 차분해졌다. 포도주를 입에 털어 넣고 삼킨 후 잠시 톰을 바라보았고, 그가 나의 외투를 들고 있는 현관문 쪽으로 유유히 걸어갔다. 어쩌면 그에게 조금이나마 매력을 느끼고 있었을까? 아니면 그저 촛불과 비네그레트 드레싱과 반짝반짝한 바닥이 매력적이었던 것일까?

우리는 내리막길을 따라 중심가 쪽으로 걸어가며 줄곧 웃고 떠들고 장난쳤다. 곧 메인 스트리트에 도착했고, 계속 길 끝을 향해 걷다 보니 바다에 막힌 막다른 길이 보였다. 하지만 그곳에 도착하기 전에 톰은 내 손을 잡더니 방향을 틀었다. 나를 주차된 자동차 사이로 끌고 롤리스로 갔다. 동네 술집이었다.

"잠깐 들러야 하지 않을까?" 그는 대답을 기다리지 않았다. 그는 반쯤 비어 있는 바 좌석이 길게 늘어선 안으로 나를 안내하더니 맨 끝 쪽의 빙글빙글 돌아가는 나무 스툴을 가리킨 후 자기도 옆에 앉았다. 이 술집에는 어렸을 때 동생과 함께 아버지를 따라 여러 번 왔었다. 아버지는 우리 자매에게 25센트 동전 묶음을 10달러만큼 건네주고 오래된 팩맨 게임기 앞에 앉힌 후 자신은 바에 앉아 맥주를 마셨다. 우리가 배고프다고 말하면 프레즐 스틱을 사 먹으라며 10센트짜리 동전을 몇 개 쥐여주었고, 바텐더는 스크루 드라이버*를 만들기 위한 오렌지로 신선한 오렌지주스를 만들어주곤 했다. 성인이 된 후로는 다시 와본 적이 없었다.

톰은 자기 몫으로 진토닉을 주문했고, 내가 주문하기를 기다렸다. 사실 나는 술을 마실 수 있는 나이가 된 후에도 한 번도 술집에 와본 적이 없어서 무엇을 주문해야 할지 몰랐다. 그런데 문득 아버지의 모습이 그려졌다. 전에도 수백 번은 해봤던 것처럼 성큼성큼 술집으로 걸어 들어와서, 안정감 있게 보드카 잔을 쥐는 아버지가. 나는 원래 보드

----

* 보드카와 오렌지주스를 섞은 칵테일.

카를 즐기는 사람은 아니었지만, 그날 밤에는 마셨다. 1파인트짜리 잔에 가득 담긴 투명한 술과 라임즙, 그리고 얼음까지 전부 다 마셨다.

"이 아가씨, 한 잔 더 마실 겁니다." 톰은 바텐더에게 손가락을 들어 보였다. 그 말대로 나는 한 잔 더 마셨다. 내가 빨대에 묻은 마지막 한 방울까지 핥아 마시자, 그는 앞에 놓인 영수증에 서명하고 펜을 옆으로 치운 후, 내 손을 잡고 스툴에서 끌어 내려 문 쪽으로 데려갔다. 그 때쯤에는 밤이 깊어 거리가 깜깜하고 조용했다. 공기가 쌀쌀해서 웃을 때마다 하얗게 입김이 보였다. 나는 온기를 유지하려고 팔짱을 낀 채 몸을 옹송그렸다. 톰은 나와 어깨를 스치며 걸었고, 우리는 바다 쪽으로 계속 나아가다 마지막 골목길에서 방향을 틀어 조금 더 걸었다. 톰은 차고 같은 건물 앞에서 멈춰 선 후 주머니에서 열쇠 꾸러미를 꺼내 자물쇠를 만지작거리다 문을 열고 나를 안쪽으로 안내했다. 안은 칠흑같이 어두웠으나 아늑했고, 갓 깎은 대팻밥 향이 풍겼다. 훈훈한 공기가 너무나도 안락해서 금세 몸의 긴장이 풀렸다. 나는 어둠 속에 서서 감미로운 나무 향기를 깊이 들이마셨다. 깜깜해서 아무것도 보이지 않았지만, 톰이 더듬더듬 조명의 전원을 찾으며 손에 쥔 열쇠를 짤랑거리는 소리가 반향 되는 것을 듣고 있으니 그 공간이 얼마나 거대한지 느껴졌다. 그가 형광등을 켜자 잠시 눈앞이 깜깜해졌고, 다시 시야가 밝아졌을 때는 나무로 만든 거대한 배가 내 위로 우뚝 솟은 광경이 보였다. 선체는 마치 고래의 배처럼 아름답고 웅장했고, 주변에 늑재를 지탱하기 위한 널찍하고 반짝반짝한 합판이 붙어 있었다. 생전 처음 보는 광경이었다. 그 군더더기 없는 아름다움에 정신이 번쩍 들었다. 그것이 실제로 살아 있는 거대한 동물인 듯 조심스럽게 손을 뻗으며 그쪽으로 다가갔다. 천천히 배의 옆면을 따라 걸었고, 아랫배 같은 선체를 쓰다듬으며 그 곡선과 결을 느꼈다. 톰은 몇 분 동안 묵묵히 내 뒤를 따랐다. 그러다가 침묵을 깨고 나중에 이 배가 어떻게 완성될 것인지, 자신이 어떤 애정과 노동을 쏟았는지 말해주었다.

"이리 와. 위에서 봐봐." 그가 내 손을 잡아 끌었다. 우리는 임시로 만든 계단을 올라갔고, 거대한 배 주변을 빙 두른 좁은 작업용 발코니로 갔다. 우리는 2층에 가만히 서서 발밑의 거대한 선체를 바라보았다. 위에서 봤더니 속이 텅 비어 나무 껍데기 같았다. "가끔은 혼자 와서 이러고 놀아." 그는 신발을 벗고 선체 가장자리로 주춤주춤 발을 내딛다가 몸을 낮추고는 텅 빈 배 안쪽의 곡선을 따라 미끄럼틀을 탔다. "이리 와." 그는 내 쪽으로 손을 뻗어 함께하자고 손짓했다. 나는 그가 했던 것처럼 신발을 벗고 미끄럼틀을 탔다. 우리는 선체의 목제 늑재 사이에 나란히 누워 아무 말 없이 신선한 나무 향을 들이마셨다. 나는 눈을 감고 손으로 내 주변을 더듬으며 나뭇결을, 손가락 끝에서 부서지는 나무 조각을 느꼈다. 보드카와 포도주에, 처음 느껴보는 감각에 도취한 상태였다. 나는 나무의 향기와, 나무로 만든 거대한 예술품과 사랑에 빠졌다. 훗날 저 앞에 있는 바다 위를 떠다닐 예술품, 그것을 톰은 자기 손으로 직접 만든 것이었다. 그의 손이 내 손을 스쳤고, 우리는 깍지를 꼈다. 나는 아찔해졌다. 술 때문에, 미끄럼틀 때문에, 눈을 감고 누운 것 때문에, 내 옆에 누운 톰을 향한 커지는 감정 때문에. 몸에 열이 올랐다. 합판을 건조하게 유지하기 위해 내부 온도를 높여 놓아서 그렇기도 했고 술을 마셔서 그렇기도 했으나, 무엇보다도 톰에게 애정이 싹트고 있어서 그랬던 것이리라.

"바람 좀 쐬어야겠어요." 나는 잡고 있던 그의 손을 놓고 선체 밖으로 기어가기 시작했다.

우리는 각자의 집을 향해 비틀비틀 왔던 길을 되돌아갔다. 하지만 헤어지기 전에 그의 집에 들렀다. 나는 술에, 나무의 향기와 촉감에 취해 있었고, 그런 몽롱한 상태에서 내가 이 남자에게 끌리는 것일지도 모른다고 생각하고 있었다. 이제는 그를 떠올려도 전혀 무섭지 않았다. 그의 나이, 키, 웃음소리, 키높이 신발 같은 것은 상관없었다. 그날 밤 톰의 침실로, 전에는 들어갈 생각이 없었던 곳으로 들어간 나는 낯선 미지의 영역에 발을 들인 셈이었다. 혼란스럽고 불편하고 어색하면서도 어렴풋이 흥분되는 경험이었다. 생경한 느낌이었다. 평정심도, 통제력도 다 흩어져버린 것 같았다. 그의 집을 나서 우리 집까지 걸어오던 길은 기억나지 않는다. 하지만 다음 날 침대에서 눈을 뜬 뒤에는 이제 모든 것이 달라졌음을 깨달았다.

12
아마란스와 프라이드치킨

아침이 되자 모든 것이 달라졌다. 그러나 우리는 입을 꾹 다문 채 아무것도 달라지지 않은 척했다. 톰은 식당에 오는 것을 멈추지 않았다. 사실 전보다 더 자주 왔다. 하지만 우리 둘 중 누구도 우리 사이에 일어나고 있는 은밀한 일을 발설하지 않았다. 그가 계속 평범한 손님의 지위를 유지할 수 있도록 나는 그를 평범한 손님으로 대했다. 그러면서 몰래 공짜로 포도주를 따라주고 우리가 함께했던 밤을 상기하게 하는 음악을 틀기도 했다. 그가 자주 오면 올수록 우리 사이에 불붙은 짜릿한 감정을 시험해볼 기회가 많아졌다. 동네에서도 줄곧 마주쳤다. 심지어 우리는 서로 마주칠 수 있도록 계획하기도 했다. 보기에는 자연스러워도 실상은 전혀 그렇지 않았다. 우리는 경계선을 넘어 흑도 백도 아닌 회색지대에 진입했다. 우리 사이에 일어난 일을 부정할 수는 없었지만, 정확히 무슨 일이 일어났는지 가늠할 수도 없었다. 우리는 그저 친구일까? 아니면 연인일까? 앞으로도 계속 만나게 될까? 아니면 그저 스쳐 지나가는 장난일 뿐일까?

그날 밤에 있었던 일은 아무한테도 말하지 않았다. 우리의 관계가 어디로 가고 있는지 몰라서 비밀을 지킨 것도 사실이지만, 그보다는 이 모든 것이 옳지 않다는 느낌 때문이었다. 내가 성인이기는 해도 우리의 나이 차이는 무시할 수 없는 정도였고, 가끔 마음 깊은 곳에서 이 관계가 몹시 부적절하다는 외침이 들렸다. 그러나 나는 이성의 외침을 무시했다. 그에게 이미 여자친구가 있다는 사실도 무시했다. 나에게 이 관계가 잘못되었음을 암시하는 모든 정보를 무시했다. 마음에 드는 것이 너무나도 많았기 때문이다. 나를 아껴주는 사람이 있다는 것, 그리고 그에게 번듯한 직업이 있고 좋은 아파트가 있다는 것이 너무 좋았다.

함께 저녁을 보내는 날이 점점 더 많아져 일상이 되었다. 그러나 톰에게는 여자친구가 있었다. 그는 내가 갈팡질팡하면서 마음을 접으려는 것을 느끼고는 여자친구와 헤어지겠다고 약속했다. 하지만 이별하기 전에 마지막으로 플로리다에 다녀오겠다고 고집했다. 그 여자와 오래전부터 계획했다는 것이다.

"에린, 비행기도 일등석이라고. 그걸 그냥 버리란 말이야? 그 여자랑은 이미 끝났어. 그렇지만 이미 쓴 돈인데 안 간다면 멍청한 짓이잖아." 사귀기 시작한 지 얼마 안 됐을 때라 그의 이야기에 반박하기가 어려웠다. 만난 지 한 달밖에 안 된 상황에서 이래라저래라할 수는 없는 노릇이라고 생각했다.

그는 플로리다 여행을 강행했다. 그 여자와 술을 마시고 헤엄치고 노닥거리며 오랜 시간을 보냈다. 어떻게든 빠져나와 나에게 전화를 걸기도 했는데, 몇 번 안 되는 통화 중에도 목소리에서 그가 거나하게 취해 있다는 것을 알 수 있었다. 그는 한껏 숨죽인 목소리로 설명했다. 휴가를 왔으니 좋은 시간을 보내려고 마신 것뿐이라고. 그 여자에게 헤어지자고 말하려니 긴장이 되어서 이러는 것일지도 모르겠다고. 두 사람이 불행하다는 것을 확실히 보여주려고 일부러 싸움을 벌이고 있다고도 말했다. "걱정하지 마. 다 끝났으니까. 서로 다른 비행기 타고 가기로 했어. 이제 우리 둘뿐이야. 너랑 나."

내가 승리자 같은 것이었을까? 그 후로 내가 톰의 관심을 오롯이 독차지하게 된 것은 사실이다. 하지만 그의 애정을 쟁취하는 것이 나의 목적 같지는 않았다. 나는 새로운 삶을, 그동안 누리지 못했던 삶을 쟁취하려고 분투하고 있었다. 나 자신을 위해, 무엇보다도 나의 아이를 위해 새로운 삶을 건설하고 싶었다. 나는 우리를 위해, 우리 모두를 위해 지금부터 꾸려나갈 삶을 상상했다. 그 삶에는 좋은 가구가 있는 깔끔한 집이 있었다. 흰색 커버를 씌운 소파 위에는 멋들어진 쿠션이 놓여 있고, 바닥에는 커다란 동양풍 러그가 깔려 있으며, 어쩌면 벽에 멋진 미술 작품도 걸려 있는 집이었다. 나는 우리가 좋아하는 음식과 내가 맛있는 식사로 변신시킬 수 있는 재료로 가득 찬 냉장고를 꿈꿨다. 유기농 닭고기는 버터를 발라 마늘과 향긋한 허브를 더하면 적격일 테고, 커다란 그릇에 신선한 과일을 담아놓고 원할 때면 언제든 집어 먹으면 좋을 것이었다. 종이 팩에 담긴 고급 유기농 주스, 귀여운 유리병에 담긴 프랑스 스타일 요거트 같은 간식거리, 기름을 채운 비싼 견과류 버터 같은 것들을 즐길 것이었다. 무엇보다도 우리의 삶은 안정되고 사랑이 있을 것이었다. 나는 제임에게 이런 것을 줘야만 했고 줄 것이었다. 무슨 일이 있어도.

톰이 그 여자와 끝낸 후에도 우리는 줄곧 우리 관계를 비밀에 부쳤다. 그 여자와는 완전히 헤어진 후였지만, 그의 나이가 나보다 두 배 정도 많다는 사실, 그가 우리 아버지와 거의 동갑이라는 사실은 변하지 않았다. 게다가, 더는 불륜 관계가 아닌데도 바람으로 시작한 사이라는 찜찜한 기분은 사라지지 않았다. 함께 자동차를 타고 동네를 돌아다닐 때면, 톰은 종종 트럭 조수석에 앉은 나에게 몸을 숙이라고 했다. 나 역시 마음 깊은 곳에서는 이 관계가 옳지 않다고 생각했기 때문에 그의 요구를 거절하지 않았다. 함께 데이트할 때면 지인이 우리를 알아볼 것이 두려워 아예 먼 곳으로 떠났다. 주말이면 그는 나를 포틀랜드로 데려가고는 했고, 우리는 가장 좋은 호텔에 머물며 가장 맛있는 식당에 갔다. 포어 스트리트에 가서 굴과 장작에 구운 양고기를 먹었다. 지금은 베이사이드 아메리칸 카페로 이름을 바꾼 빈틀리프스에 가서 세상에서 제일 맛있는 콘비프 해시와 수란을 먹었다. 우리의 나이 차이는 집 주변을 벗어나면 딱히 문제가 되지 않았으나 가끔은 멀리 떨어진 곳에서도 절감하게 될 때가 있었다.

 "술 마셔도 되는 나이인 것 맞아요?" 저녁을 먹으려고 조심스레 바 자리로 다가서는데 포어 스트리트의 총괄 바텐더가 물었다. 신분증을 보여달라고 하지는 않았지만, 우리를 보고 부녀 사이냐며 무신경한 말을 던졌다. 악의가 느껴지지는 않아서 톰과 나는 웃음을 터뜨렸다. 그와 함께 웃으며, 이렇게 웃어 넘길 수 있다면 그다지 나쁜 일은 아니라고 생각했다.

 우리의 관계가 진지하지 않은 척 거짓의 삶을 사는 일은 힘들었고, 나는 점차 지겨워졌다. 실제로 우리는 계속 가까워져서 함께 있으면 전보다 한결 편안했다. 나는 별일 아니라는 듯 톰을 만날 때 제임을 데려갔고, 제임 역시 톰에게 친근함을 느껴 이름을 부르고 있었다. 아이가 프리덤의 어머니와 아버지 앞에서 조심성 없이 '톰'이라는 이름을 내뱉어 비밀이 폭로되는 것도 시간문제였다. 나는 동네 주변에서 차를 몰 때 몸을 숙여 숨고 친구들과 가족에게 거짓말하는 것이 지겨웠다. 그저 좋은 삶을 꾸려가고 싶을 뿐인데 내가 잘못을 저지르고 있다는 느낌에 짓눌리는 것도 지겨웠다. 그래서 나는 톰과 함께하겠다는 결정을 내렸다. 그 결정이 옳든 옳지 않든.

제임을 프리덤에 있는 부모님에게 맡긴 뒤 톰과 밤을 보내고 난 일요일 아침이었다. 나는 아들을 데리러 차를 운전해 프리덤으로 갔다. 7월 오전치고는 드물게 날이 뜨거워서 어머니와 나는 더위를 식히려고 집 뒤편 테라스의 파라솔 밑에 앉아 있었다. 어머니는 나에게 커피를 건넸고 나는 괜찮다고 거절했다. 너무 덥기도 했고, 나이가 두 배나 많은 남자와 사귀고 있으며 거의 넉 달 동안 관계를 비밀로 해왔다는 것을 어머니에게 고백할 생각에 속으로 진땀을 흘리고 있었다. 사실 나는 톰을 만나기 위해 어머니에게 제임을 맡길 때마다 줄곧 나의 일정에 관해 거짓말했다. 나쁜 짓을 꾸미는 10대 청소년처럼 말이다. 마음속 깊은 곳에서는 내가 '정말로' 잘못을 저지르고 있다고 느꼈기 때문이었다. 이 관계를 터놓는 것이 꺼려졌던 다른 이유도 있었지만, 나는 그 누구에게도 진실을 인정하고 싶지 않았다. 특히 나에게.

우리는 그늘 속에 앉아서 아버지가 제임을 무릎 위에 앉힌 채 트랙터를 운전해 천천히 들판을 가로지르는 것을 바라보았다.

"어젯밤은 즐겁게 보내셨어요?" 내가 어머니에게 물었다.

"즐거웠지. 네 아빠가 중국식 볶음 요리를 해서 오두막에서 캠핑했어." 어머니가 말한 오두막은 사유지 안에 있는 방충망 달린 작은 공간이었다. 어렸을 때 동생과 나는 여름이면 가끔 그곳에서 전기도 수도도 없이 하룻밤 캠핑을 하며 터프한 모험가가 된 척하고는 했다. "너는 좋은 밤 보냈어?" 어머니가 물었다.

"괜찮았어요." 나는 내가 실제로 무슨 일을 하며 '좋은' 밤을 보냈는지 세세한 질문을 받는 일이 없도록 재빨리 대답했다. 깊은 물속으로 다이빙하듯 그냥 눈 딱 감고 털어놓아야 한다는 것을 알았지만 발가락도 담그기 싫었다. 그냥 고백해야 했다. 젠장, 그냥 말해버리자고!

"엄마, 나 남자 만났어요. 사랑에 빠졌어."

"알아." 어머니는 전혀 놀라는 기색 없이 말했다. "톰이잖아."

"네?! 엄마가 그걸 어떻게 알아요?" 나는 어리둥절하면서도 마음이 놓였다.

"어머니의 날에 체이시스에서 너랑 나랑 제임이랑 같이 아침 먹었던 것 기억나? 그때 톰이랑 마주쳤잖아?" 어머니가 물었다.

당연히 기억하고 있었다. 톰과 내가 미리 짜놓은 만남이었으니까. 그는 내가 어디에 있을지 정확히 알고 있었고, 우리는 그 마주침이 순전히 우연에 지나지 않는 듯 태연하게 반응했다. 어머니에게 톰을 친구라고, 내가 일하는 식당의 손님이라고 소개했다. 그리고 톰에게 같이 앉아서 커피나 한잔하자고 청했다. 그리고 그는 커피를 마셨다.

"그날 그 사람이 너를 바라보는 눈빛을 보고 눈치챘어." 어머니는 다른 이야기도 해주었다. 나는 전혀 모르던 이야기였다. 어느 날 어머니가 퇴근 후 친구들과 함께 동네 멕시코 식당에서 마가리타를 마시고 있었는데, 톰이 돈 폭스와 음식점으로 들어와 바 좌석에 앉았다고 했다. 그는 어머니를 알아보고 다가와서는 자연스럽게 짤막한 대화를 시도했다. "네 아빠는 그 사람이 나를 좋아한다고 생각하더라. 끼 부렸다는 거야. 무슨 말인지 알지? 그렇지만 나는 절대 그렇게 생각하지 않았어. 너에 관한 질문만 잔뜩 하던데. 그 사람 목적은 오로지 너라는 게 직감적으로 느껴지더라고. 어미는 아는 법이야." 어머니는 잠시 말을 멈추었다. "그리고 아기도 몇 번 그 사람 이야기를 했고."

나는 조금 부끄러웠지만, 무엇보다도 다행이라고 생각했다. 이제 전부 공개되었다. 비밀을 털어놓아야 할 가장 중요한 사람에게 털어놓았다.

"그런데 그 사람 몇 살이야?" 어머니가 물어보았다.

나는 어머니가 무슨 생각을 하는지 알았다. 그 사람, 네 아버지뻘이잖아! 사실이었다. 나는 나이가 두 배나 되는 남자와 사귄다는 사실에 사람들이 격렬하게 반응할 것을 예상하고 있었다. 아버지는 못마땅해서 고개를 설레설레 저을 것이었다. 동생은 바닥을 뒹굴며 깔깔 웃을 것이었다. 친구들은 마지못해 괜찮은 척할 것이었다.

나는 민망해서 어깨를 으쓱하고는 짜증 섞인 말투로 대답했다. "그게 그렇게 중요해요?"

'아마란스'는 톰이 자기 손으로 만든 첫 번째 배의 이름이었다. 처음 작업을 시작한 것은 그가 20대 초반일 때, 정확히는 내가 태어난 해였다. 약 7미터 길이의 선체 뼈대 위에 목재를 이어 붙이고 개프를 장착한 훌륭한 커터였다. 톰이 뉴햄프셔의 숲속에 임시 작업장을 세우고 뼈대 작업을 개시했을 때쯤 전처를 만났다. 두 사람은 그 배의 이름을 '아마란스'라고 지었다. 그들이 좋아하는 시의 제목을 딴 것이었다. 함께 딸 둘을 낳았고, 그 뒤에는 금빛 머리카락이 보송보송한 아기들을 배에 태워 페놉스콧만 여기저기를 누볐다. 하지만 딸들이 자라고 부부 사이도 시들해지며 아마란스의 전성기도 지나갔다. 배는 은퇴해서 창고에 쑤셔 박혔고, 두껍게 먼지가 쌓인 커다란 비닐 밑에 갇혀 몇 년 동안 바다로 나가지 못했다. 겨우 몇십 미터 떨어진 곳에 해변이 있었는데도. 흰색 페인트가 칠해진 선체 밑면에서 물을 가르고 싶다는 갈증이 느껴졌다. 배를 구성하는 목재마다 마르고 갈라진 틈이 길게 벌어져 고통스러워하고 있었다.

나는 그해 여름에 아마란스를 바다로 데려가자고 톰을 설득했다. 그 배를 타고 바다에 나가면 얼마나 재미있겠냐고, 그 배를 다시 살아 숨쉬게 해주면 얼마나 좋겠냐고 했다. 그는 마지못해 동의했고, 어느 훈훈한 7월 오전에 아마란스를 다시 페놉스콧만으로 끌고 갔다. 배는 며칠 동안 공용 부두에 매인 채 육중하게 수면 아래위로 움직였다. 우리는 하루에도 몇 번씩 부두로 가서 끊임없이 선체의 틈새로 차오르는 바닷물을 퍼냈다. 목재가 물을 먹고 자연스럽게 불어나서 배 위로 차오르는 바닷물을 막아주기를, 배가 항해하기에 알맞은 상태로 거듭나기를 기다렸다. 톰은 겨우 배 한 척을 바다로 내보내려고 생고생하고 있다며 불평불만이었다. "배 한 척 때문에 이렇게 많은 수고를 들여야 하는 이유가 대체 뭐야. 더 좋은 배를 빌려 타면 편하고 좋은데."

나는 아마란스에 아무런 가치도 없다는 듯이 행동하는 그에게 놀랐다. 내가 보기에 그 애틋한 배는 그와 그의 과거를 이루는 한 조각이었다. 아름답고 중요한 조각이었으며 절대 사소하거나 하찮지 않았다. 하지만 그의 불만도 이해가 안 가는 것은 아니었다. 그는 얼마든지 고객과 친구들이 소유한 더 멋지고 큰 배를 빌릴 수 있었고, 그에게 아마란스는 딱히 기억하고 싶지 않은 과거를 상징했다. 크지도, 멋지지도 않아 외관 또한 자랑스럽지 않은 배였다.

처음에는 목재가 불어나는 것도, 벌어져 있는 작은 틈들이 막히는 것도 요원해 보였으나 결국에는 바람이 이루어졌다. 마침내 배는 마을 부두를 배경으로 당당하고 유쾌하게 수면 위로 둥둥 떠올랐다. 나는 너무 기뻐하지 않으려고 애썼다. 그럴 때면 톰이 유난이라며 싫어했기 때문이다.

"이제 준비된 거예요?" 나는 최대한 침착하게 물었다.

"정말 오늘 하루를 이런 식으로 보내고 싶어?" 그가 대꾸했다.

나는 잠시 대답을 유보했다. 너무 열렬하고 간절해 보이지 않도록 애썼다.

"왜 그래요, 진짜 재미있을 텐데. 날씨도 좋잖아. 톰은 배에서 준비하고 있어요, 내가 먹을 것 좀 가져올 테니까." 나는 톰이 가타부타할 틈도 주지 않고 바로 경사로를 올라 부두에서 멀어졌다.

그날은 7월 4일 독립기념일로, 페놉스콧 베이는 티끌 하나 없이 찬란한 풍경이었다. 태양은 밝고 뜨겁게 빛났고, 소금기 섞인 감미로운 산들바람은 완벽하게도 시속 30킬로미터로 불고 있었다. 우리의 계획은 작은 아마란스를 타고 벨파스트를 떠나 남동쪽으로 16킬로미터 떨어진 캐스틴까지 바람 따라 직선 방향으로 가는 것이었다. 톰은 우리의 작은 모험을 위해 아침 내내 배를 정비했다. 삭구를 달고, 각종 기계를 점검하고, 돛을 준비했다. 그동안 나는 음식을 준비하느라 바빴다. 어떤 하루를 보내게 될지, 어떤 모험이 펼쳐질지 상상하며 우리가 먹을 식사를 계획했다.

내가 생각한 식사는 프라이드치킨이었다. 차갑고, 바삭하고, 육즙 가득한 치킨이었다. 내가 너무나도 좋아하는 앨프리드 히치콕의 영화 〈나는 결백하다〉에서 그레이스 켈리가 캐리 그랜트에게 만들어준 것 같은 치킨. 상자에 담긴 닭고기에 말돈 소금을 살짝 뿌려서 바로 꺼내 먹어도 좋을 것이고, 아니면 배가 굉음을 내며 파도를 가르는 사이 치킨을 허공에 들고 바닷바람의 소금기를 묻힌 다음 뼈를 싹싹 발라 먹어도 좋을 것 같았다.

그리고 싱싱한 여름 체리. 바삭바삭하고 짭짤한 치킨을 먹은 다음에는 달콤한 것이 필요할 테니까. 씨는 배 너머로 뱉고 줄기는 바람에 날려버리면 그만일 터였다.

그리고 샴페인. 그 모든 음식을 깔끔하게 씻어줄 축제의 거품. 근사한 뵈브 클리코로 챙겨야지. 작은 병으로 준비하면 각자 한 병씩 들고 마실 수 있고, 배가 기울 때 흐를 염려도 없었다.

나는 빈티지 소풍 바구니에 정성을 다해 준비한 음식을 담은 뒤 리넨 냅킨과 물병, 혹시 모르니까 양초와 라이터도 넣었다. 그러고는 더플백에 수영복과 칫솔, 그리고 1박에 필요할지도 모르는 온갖 것들을 챙겼고, 남는 공간에는 깃털 이불과 내가 가진 것 중 고급 축에 드는 시트, 빨간색과 흰색이 섞인 꽃무늬 베개 두 개를 넣었다. 그냥 재미를 위해서. 나는 짐을 들고 가파른 내리막 경사로를 따라 부두로 돌아갔다. 배 안에 있던 톰은 머리를 빼꼼 들고 나를, 나의 육중한 짐을 보았다. 처음에는 짜증이 난 듯한 얼굴이었으나 곧 표정을 풀고 미소를 지으며 대체 무슨 짓이냐고 물었다.

"그게 다 뭐야? 그냥 하루 다녀오는 건데."

"〈길리건의 섬〉* 못 봤어요?" 농담이었다. 그는 나이가 많으니 분명

<hr />

* 60년대 미국의 인기 시트콤. 배를 타고 가다가 조난한 사람들이 무인도에서 살아남으려고 애쓰는 일화를 그렸다.

그 시트콤을 보았을 테고, 나는 어린 만큼 모르는 것이 정상이었으니까. "제대로 준비해온 거예요. 마사 스튜어트* 뺨칠 만큼 준비했다고." 나는 미소를 머금은 채 말했다. 그러고는 배에 올라타 조타기 주변에 쿠션을 놓은 뒤 갑판 아래에 짐을 풀러 갔다.

우리는 이른 오후에 출항했다. 주 돛을 올리고 부두에서 멀어졌다. 우리 배에는 선외 모터가 하나도 없었다. 톰이 능숙하고 기민하게 조타기와 돛 사이를 뛰어다니며 여기저기 손을 봤고, 나에게 밧줄을 끌어당기거나 밧줄 걸이에 묶으라며 지시를 내리기도 했다. 그는 아마란스를 완전히 장악하고 있었다. 게다가 해류도 우리에게 유리했다. 계류장을 떠난 아마란스는 바람에 힘입어 광활한 바다를 가르며 목적지를 향해 우아하게 나아갔다. 나는 종종걸음으로 갑판 밑으로 내려가 먹을 것을 가져와서는 준비되면 먹을 수 있도록 조타기 옆에 두었다. 작은 배의 내부 깊은 곳에서 선체 사방으로 세차게 부딪치는 파도 소리가 들렸다. 배는 마치 커다란 심장처럼 박동하며 살아 숨 쉬고 있었고, 항구가 뒤에서 우리를 밀어주는 기분이었다.

나는 몇 계단 올라와 작은 부엌과 조타실 사이에 섰다. 배가 한쪽으로 심하게 기우는 바람에 계단을 오르는 내내 균형이라도 잡아보려고 난간을 꼭 잡았다. 톰은 조타기를 꽉 잡고 펄럭이는 돛을 진중하게 응시하다가 배를 잠시 멈춰 세우고 균형을 찾으려 애썼다. 족히 20도는 될 정도로 가파르게 기울어져 낮은 갑판으로 물이 밀려들 지경이었다. 거센 바람이 우리를 훑고 물보라도 더 강해지는 동안 배가 가속도를

---

* 80년대부터 요리에 관한 책을 쓰고 TV 프로그램에 출연해 선풍적인 인기를 끌었다. 1997년에 출판, 방송, 소매, 마케팅을 아우르는 기업 '마사 스튜어트 리빙 옴니미디어'를 창업했다. 주도면밀하고 유능한 요리와 살림의 대가로 통한다.

받아 거칠게 파도를 갈랐다. 나는 조타실 아래쪽 구석에 음식이 든 바구니를 넣어놓고, 오크로 만든 난간 가장자리, 바람이 정면으로 부는 곳으로 올라가 앉았다. 마치 우리 앞에 있는 파도 사이로 날아가고 있는 것 같았다. 기분이 너무 좋아 미쳐버릴 지경이었다.

톰은 나의 왼쪽, 배의 기울어진 쪽에 있어서 꼭 나의 아래쪽에 있는 느낌이었다. 그는 조타기를 끌어당기고 돛을 제자리로 돌려놓은 후 배의 높은 쪽으로, 내 옆으로 올라왔다. 자신이 직접 만든 작은 배 안에 앉은 그에게서 짙은 자신감과 평정심, 집중력, 편안함, 평화가 느껴졌다. 그전에는 한 번도 엿보지 못했던 찬란한 모습이었다. 그 빛나는 모습에 나는 완전히 매료되었다. 소풍 바구니에서 작은 샴페인을 한 병 꺼내 포일을 벗겨냈고, 병 입구를 둘러싼 철사를 조심스럽게 풀어냈다. 그러고는 병 입구를 하늘로 향하게 한 후 엄지손가락으로 코르크를 밀어냈다. 코르크가 펑 소리와 함께 날아가 우리 옆에서 굽이치는 파도로 퐁당 빠졌다. 톰은 그 소리를 듣고 돛에서 내 쪽으로 고개를 돌렸고, 내가 작은 샴페인 병을 건네자 미소 지었다. 나는 아까처럼 코르크를 따서 내가 마실 두 번째 병도 땄다. 우리는 잠시 가만히 시선을 엮은 채 병을 부딪치며 건배했다. 난간 높은 곳에 걸터앉아 샴페인을 홀짝이며 캐스틴까지 항해했다. 톰은 다시 돛으로 눈을 돌렸으나 나는 그에게 고정된 시선을 풀어낼 수 없었다. 이 찬란한 순간, 나는 그 무엇보다 그를 사랑했다. 그와 평생 같이 살 수도 있겠다고 생각했다.

우리는 쌀쌀한 4월의 수요일 오후에 결혼했다. 급작스럽게 올린 결혼식이었다. 이틀 전인 월요일 아침, 전날 밤에 우리 가족을 불러 부활절 저녁 식사를 대접한 후 자고 일어나 침대에 누워 있는데, 조금 대담한 기분이 들었다. 어쩌면 전날 마신 리몬첼로*의 취기가 아직 가시지 않았던 것인지도 몰랐다. 톰과 나는 별일 아니라는 듯 커피를 홀짝이다가 이번 주 안으로 결혼하자고 했다. 그냥 저지르는 거야!

우리의 관계가 실제보다 가벼운 척하는 것도 이제는 무의미했다. 네 살 생일을 앞둔 제임이 작은 목소리로 톰을 아빠라고 불렀을 때, 우리의 관계는 부정할 수 없을 만큼 진지한 차원으로 거듭나고 말았다. 톰의 딸들은 일주일에 하룻밤을 톰과 보냈는데, 제임은 그때 누나들이 톰을 아빠라고 부르는 것을 듣고 배웠던 것이다. 이제 우리의 관계는 현실이었다. 몇 년 가볍게 즐기는 연애나 장난 같은 것이 아니었다. 톰과 나의 관계는 내가 인식하고 있던 것보다 더 진지했고, '아빠'라는 단어의 무게가 나의 현실을 일깨웠다. 내가 내리는 모든 결정은 제임에게 영향을 끼치고 있었다. 나는 그 아이의 어머니이기에 내가 하는 모든 크고 작은 결정이 제임의 세계를 형성했다. 이 가벼운 연애는 이미 오래전에 훨씬 진지한 관계로 진화했으니, 그 관계를 실제적이고 지속적이고 정당한 결속으로 만드는 것이 책임감 있는 행동일 터였다. 제임은 톰을 나름대로 좋아했고, 톰도 제임에게 나름대로 친절했다. 톰은 내가 일하는 동안 아이를 봐주는 것을 좋아하지 않는 데다 주말이면 아이를 친정에 보내버리고 나를 독차지하려 했지만, 그때는 그게 불공평하거나 비정상적인 일이라고 생각하지 않았다. 나는 우리가, 우리 세 명이 조각조각 이어 붙인 현대적 가족으로서 잘 살 수 있기를 바랐다. 제임에게 아빠 역할을 해줄 사람이 필요하다고, 아이에게는 아빠가 있어야 한다고 굳게 믿었고, 그런 만큼 제임이 아빠 없이 자라는

---

* 레몬이 들어간 리큐어.

것이 두려웠다. 나는 이런 두려움을 어서 끝내고 싶었다.

톰은 일찍이 지난해 여름에 나에게 청혼했었다. 어느 토요일 밤, 케이터링 일을 하고 밤늦게 퇴근해 돌아온 나는 그의 손에 이끌려 부두로 갔다. 2년 전 우리가 처음으로 함께 보낸 밤에 봤던 배가 있었다. 나는 완성된 배에 그와 함께 올라탔다. 그는 나를 데리고 공사가 마무리된 갑판 밑으로 가서 마호가니로 지은 항해실에 앉혔다. 이 배가 다듬지 않은 목재 껍데기였을 때 우리가 미끄럼틀을 탔던 바로 그곳이었다. 그는 무릎을 꿇고 결혼해달라고 말했고, 나의 손가락에 고풍스러운 다이아몬드 반지를 끼워주었다. 그는 이 반지를 두고 한참 고민했다고 말했다. 반지를 사지 않고 가게를 나와 모퉁이에 있는 술집으로 들어가, 진 마티니를 두 잔 마신 뒤에야 자신감이 솟아나자 다시 돌아갈 수 있었다고 털어놓았다. 나는 결혼하겠다고 했다. 그렇게 우리는 그날 결혼을 약속했지만, 실제로 결혼해야겠다고 결심한 것은 부활절 식사 다음 날 아침이었다. 결혼한다고 생각하니까 해야 할 일의 목록 중 하나를 해치운 듯한 느낌이자, 제임의 어린 시절에 필요한 일을 완료한 듯한 느낌이었다.

우리는 점심시간에 시청에서 만나 혼인신고에 필요한 서류 작업을 했는데, 정말 빠르고 쉬워서 몹시 놀랐다. 라스베이거스에서 올리는 결혼식*이나 그렇게 간편할 줄 알았는데. 시청에서 만나 결혼 진행을 도와줄 변호사가 필요했다. 금세 물색했다. 증인도 두 명 필요해서, 전날 어머니와 아버지에게 전화했다. 준비 완료였다.

"내일 여기로 와줄 수 있어요?" 내가 어머니에게 물었다.

---

* 라스베이거스는 혼인 절차가 간소해서 커플들이 충동적으로 결혼하는 곳으로 유명하다.

"그럼. 무슨 일인데?"

"우리 결혼하려고!"

어머니는 잠시 조용히 있더니 긴장 섞인 웃음과 함께 알겠다고 했다. 반면 아버지는 그 소식을 순순히 받아들였다. 아버지는 톰을 좋아하게 되었는데, 두 사람에게 한 가지 공통점이 있기 때문이었다. 바로 술. 칵테일 한두 잔이 들어가면 두 사람의 기분은 언제나 유쾌하고 가벼웠다. 사실상 동갑이면서 장인이 어떻고 사위는 어떻다며 농담을 주고받기도 했다.

나는 옷장에 있는 옷 중 유일하게 깔끔하고 쭈글쭈글하지 않은 것을 골라 입었다. 제이크루에서 샀던, 무릎 바로 위까지 내려오는 초록색 무지 원피스였다. 부리나케 샤워하고 나온 지 얼마 지나지 않아 머리카락에 물기가 남아 있었다(샤워를 어찌나 잽싸게 했는지 다리 제모를 할 틈도 없었다). 어렸을 때 나는 결혼식에 관한 악몽을 꾸고는 했는데, 꿈속에서 나는 줄곧 준비가 안되어 서두르고 있었다. 신부 입장할 때는 항상 머리카락이 젖어 있었다.

하지만 결혼은 꿈이 아닌 현실이라, 결혼식 일정 역시 각종 의무와 해야 할 일들 사이에 끼워 넣을 수밖에 없었다. 나는 준비되지 않은 상태였지만 어쩔 수 없었다. 눈썹도 정리하지 않았고 내가 가진 유일한 마스카라는 오래되어 마른 상태였지만, 그냥 해치워야지 별수 있나! 나는 유통기한이 지난 마스카라를 쓰레기통에 버리고 립글로스를 바닥까지 긁어 입술에 바른 다음, 금이 간 블러셔의 남은 가루를 모아서 볼에 비벼 발랐다. 유니언 스트리트에 있는 결혼식 장소는 친구에게 빌린 주택이었다. 나는 내가 가진 유일한 하이힐을 신고 조심조심 난간 없는 낡은 계단을 내려갔다. 평소에는 하이힐을 신는 일이 없어서,

줄곧 벽을 꼭 잡은 채 한 걸음, 한 걸음 불안하게 내딛다가 맨 밑에 도달했다. 바닥에 도착했을 때는 다행이라고 생각했다. 휘청이거나 넘어지지 않은 것, 뼈가 부러지지 않은 것에 감사했다. 그날만큼은 그런 일이 없어야 했다. 그날은 나의 결혼식이었으니까.

우리는 밝은 빛이 가득한 거실에 모였다. 저 멀리 바다 풍경이 빼꼼 보였다. 톰, 나, 어머니, 아버지가 있었고, 다섯 살배기 아들은 딱 하나 있는 얌전한 면바지를 입고 신이 나서 집 안을 뛰어다니는 중이었다. 수요일 오후에 할아버지와 할머니를 만나다니, 예상하지 못한 기쁨이라 그런 것이었다. 급하게 올린 결혼식이라는 사실은 친구들이 없다는 것, 심지어 가까운 가족조차 자리를 지키지 못했다는 것만 봐도 확연하게 드러났다. 내 동생도, 톰의 딸들도 없었다. 사실 톰의 하객은 아무도 없었다.

식이 시작되자 어머니와 아버지는 거실 소파에 앉았고, 제임은 그 가운데에서 꼬물거렸다. 톰과 나는 한쪽 창문 앞에 섰고, 변호사가 우리 사이에 서서 하얀 인쇄용지에 적힌 천편일률적인 주례를 했다. 나는 눈에 눈물이 차오르는 것을 느꼈다. 그 수요일 오후, 나의 눈물은 조용히 볼을 타고 초록색 원피스로 흘렀다. 신부는 머리도 제대로 말리지 않은 모습이었고, 결혼식 장소는 하루 빌린 가정집이었다. 나는 결혼을 서두른 것에 불안했지만, 또 행복했다. 결혼했다는 것은 어쩌면 내가 완전히 망한 인간은 아니라는 뜻일 테니까. 내가 어린 나이에 아빠도 없는 아기를 낳은 것은 사실이지만, 어쩌면 오늘 나는 내가 친 사고를 수습해낸 셈이니까.

나는 눈물 때문에, 눈물만큼 펑펑 흐르는 콧물 때문에 변호사가 하는 말에 집중하지 못했다. 그때 전화벨이 울려 변호사는 낭독을 멈추었고, 이미 엉망진창인 결혼식은 더욱 난장판이 되었다.

"엄마! 전화 받아!" 제임이 할아버지의 무릎에서 뛰어내리며 소리쳤다. 자기가 받으려는 것처럼 전화기 쪽으로 달려가기 시작했다.

"쉿, 쉿! 안 돼!" 내가 속삭였다. 우리는 전부 가만히 선 채 전화를 가만히 내버려 두었다. 전화벨은 네 번이나 울린 후 마침내 조용해졌다.

"뭐, 신랑에게 결혼하지 말라고 전화한 건 아닐 겁니다, 톰." 변호사가 농담했다. 우리는 모두 긴장 섞인 웃음을 터뜨렸고, 덕분에 나는 정신을 차리고 그의 마지막 말에 집중할 수 있었다. "두 사람이 남편과 아내가 되었음을 선언합니다." 나는 콧물을 닦고 눈물을 훔쳐낸 후 톰과 키스했다. 그렇게 우리는 부부가 되었다.

결혼식이 끝난 후에도 만찬이나 춤, 케이크를 즐기지는 못했다. 그런 게 다 뭐람, 심지어 반지도 교환하지 않았는데. 그 대신 우리는 식탁에 둘러앉아 뵈브 클리코를 홀짝였다. 짝도 안 맞는 샴페인 잔들은 선견지명이 있는 어머니가 결혼식장에 오기 전 마트에 들러 사 온 것이었다. 톰과 나는 자동차를 끌고 보스턴에 가서 하룻밤 짧은 신혼여행을 즐기기로 했다. 어머니와 아버지가 제임을 돌봐주면 될 것이었다. 가는 길에 동생과 몇몇 친구에게 전화를 돌려 무슨 일이 있었는지 말해주었고, 손에 꼽히는 멋들어진 식당들에 전화해 지금 가도 자리가 있을지 알아보았다. 저녁을 먹은 후에는 고급 호텔로 갔다. 톰은 진을 잔뜩 마시고 취해 기절했다. 잘 자라는 키스 한 번 없이.

13
바이닐헤이븐

시간이 지나고 톰과 나는 우리가 결혼식을 올렸던 집을 샀다. 우리는 그 집을 농담처럼 '바이닐헤이븐'이라고, 바다 가까운 곳에 있는 섬의 이름을 따서 불렀다. '바이닐' 사이딩*이 있는 집이라서, 또 바다 풍경이 빼꼼 보여 우리에게는 '헤이븐'**이었으므로. 아이가 쓸 침실과 뛰어놀 수 있는 널찍한 뒷마당이 있었고, 내가 정원을 가꿀 공간도 넉넉했다. 심지어 반짝반짝한 마룻바닥도 있었고, 흰색 커버를 씌운 소파와 친구들이 두고 간 멋들어진 쿠션도 두 개 있었다. 나는 '정상적'인 삶이라는 꿈을 실현한 것이었다. 11월이 되어 톰의 입양 신청서가 승인되자, 그 꿈은 더욱더 굳건한 현실이 되었다. 이제 제임에게는 공식적인 아빠가 있었다. 나는 마침내 그간의 잘못을 전부 만회하고 좋은 삶으로 가는 길을 찾은 것 같았다. 하지만 속죄가 끝났다는 가장 확실

---

* PVC로 만든 건축 외장재.
** haven. '안식처'라는 뜻.

한 증거는 제임이 톰의 성을 따를 수 있도록 아버지가 허락한 것이었다. 그 말은 제임이 우리 가문을 이을 수 없다는 뜻이었다. 그런데도 딱히 거부하지 않았다는 것은 아버지가 지금 나의 모습에 만족하고 있다는 뜻이었다. 내가 아버지의 손자 제임을 위해 꾸려가는 '정상적이고 전통적인 삶'에 기뻐하고 있다는 의미였다.

우리는 새로운 집에서 멋진 추억을 쌓았다. 아이는 자전거 타는 법을 배웠고, 어머니와 아버지의 농장 닭들이 달걀을 낳으면 지나가는 사람들에게 팔았다. 내가 어린 시절에 그랬던 것처럼. 아들은 이갈이를 했고, 이의 요정*이 찾아왔다. 뒷마당에서 생일 파티와 부활절 달걀 찾기를 수도 없이 했다. 가을이면 정원에 살다시피 하며 튤립 알뿌리를 심었고, 여름이면 돈이 생기는 대로 수국 덤불을 사 왔다. 결혼기념일에는 작은 목련 덤불도 심었다. 물려받은 수동 잔디깎이로 정원을 관리해 작은 잔디밭을 깔끔하게 유지했다. 가을이면 제임과 함께 낙엽을 모아놓고 그 위에서 뛰어놀았다. 겨울에 눈이 오면 삽으로 눈을 퍼서 눈사람을 만들었고, 눈썰매용 미끄럼틀을 짓다가 따뜻한 집 안에 들어와 쿠키를 구웠다. 크리스마스에는 제임의 양말에 선물을 채워주고 트리를 다듬었다. 봄마다 뒷마당의 커다란 개나리 나무가 꽃을 피우기를 기다렸다. 개나리꽃의 개화는 날씨가 풀릴 징조였다. 곧 마당의 키 큰 관목에 열린 블루베리와 딸기와 루바브를 수확할 때가 되었다. 창밖 너머 바다 위로 밀려들고 밀려나는 안개와 수면, 그리고 그것들을 가르는 요트를 구경했다. 따뜻한 여름밤에는 친구들을 초대해 뒷

---

* 서양에서는 아이의 젖니가 빠졌을 때 침대 위에 두면, 이의 요정이 와서 빠진 이를 챙긴 다음 선물을 남긴다는 이야기가 있다.

마당에서 저녁을 먹었다. 야외용 테이블을 설치한 뒤 유리병에 양초를 넣어 정원을 빙 둘렀고, 테이블 옆에 웨버 그릴을 두고 양갈비를 구웠다. 샐러드는 정원 통로의 틈을 비집고 무성하게 자란 팬지로 장식했다. 그러는 동안 야외용 스피커에서 빌리 홀리데이의 목소리가 흘러나왔다. 나는 내가 해냈다는 생각, 이제는 다 잘될 것이라는 생각에 행운과 감사와 안도를 느꼈다.

나는 집에서 자주 요리를 했고, 가족의 식사를 담당하는 역할을 즐겼다. 우리 가족을 위해서, 친구들을 위해서 요리했다. 먼 곳에서 오는 톰의 고객들을 위해 제대로 준비할 시간도 없이 서둘러 저녁 식사를 차려내야 할 때면 투지가 불타올랐다. 진열된 배를 보여준 다음 정성 담긴 식사를 배불리 먹이는 것보다 더 좋은 잠재 고객 유혹법이 있을까! 그렇게 음식을 차리면 우리 결혼 생활에서 내가 중요한 존재라는 느낌도 들었다. 톰은 먹음직스러운 음식과 젊은 아내를 자랑하는 것을 즐겼다. 그의 마음속에서 나와 나의 음식은 일종의 귀중한 사치였다. 그리고 그 사치는 점차 당연한 일상이 되어갔다.

결혼하고 얼마 지나지 않아 톰의 귀가 시간이 점점 늦어지기 시작했다. 나는 언제나 식탁을 차리고 촛불을 밝히고 음악을 틀어놓은 채 남편을 기다렸고, 다 구워진 닭고기 역시 접시 위에서 칼질을 기다리고 있었다. 그래도 톰은 나타나지 않았다. 전화를 걸면 받지 않았다. 문자를 보내도 답장이 없었다. 그런 일이 반복되었고, 나의 좌절감은 점점 더 깊어졌다. 남편은 어디 있으며, 왜 전화를 받지 않는 것일까? 왜 일이 끝나면 바로 집에 오지 않는 것일까? 왜 내가 꾸려놓은 보금자리로 달려오지 않는 것일까? 그의 귀가가 늦어질 때마다, 나는 그에게 어디 있었냐고 물었다. 항상 그는 "가게에"라고 대답했다. 처음에는 그 말을 믿었으나 시간이 지나자 의문이 생겼다. 그래서 어느 저녁에는 톰이 어디 있는지 궁금해하며 부엌을 서성거리는 대신 자동차를 타고 찾으러 나섰다. 가게에 갔는데 주차장이 텅 비어 있었고, 내부 조명이 다 꺼진 채 문이 잠겨 있었다. 그는 아침 일찍 출근했는데, 그 말은 퇴근도 이르다는 뜻이었다. 오후 3시 30분쯤에는(가게 직원들은 종종 맥주 마실 시간이라고 부르기도 했다) 다들 퇴근하고 각자의 가정으로 귀가했다. 그렇다면 톰은 어디에 있는 것일까?

나는 그냥 집에 돌아갈까, 눈 감아 줄까 싶었다. 아마도 평생 처음으로, 나는 지금 굳건한 것을 쌓아 올리고 있었으니까. 완벽하다고도 할 수 있을 만한 것을. 그것을 무너뜨리는 일이 내가 원하는 것일까? 하지만 그날 밤에는 꼬리를 내리고 집으로 돌아가고 싶지 않았다. 그날은 톰이 첫 번째 결혼에서 얻은 딸들이 우리 집에서 자고 가는 일주일의 두 밤 중 하루였다. 열셋, 열여섯 살짜리 여자아이들은 아빠의 삶에 등장한 낯선 여자에게 적응하느라, 또 엄마라고 생각하기에는 너무 어린 여자를 새엄마로 받아들이느라 힘들어하고 있었다. 나 역시 그런 아이들에게 새엄마가 된 것이 힘들었다. 아이들이 무엇을 원하는지는 모르겠지만, 그냥 친구 같은 존재가 되어주면 어떨까 고민하는 중이었다. 어쨌든 나는 이 가족을 꽉 붙잡으려고 최선을 다하고 있었다. 그러나 톰이 이런 식으로 훼방을 놓으면 나의 노력도 물거품이 될 것이었다. 자매가 우리 집에 오는 날이 점점 줄어들어 간만에 만나는 일이 잦았으므로, 나는 톰이 아이들과 함께하기 위해 특별히 노력을 기울일 것으로 생각했다. 그가 두 딸과 아들, 그리고 나와 보내는 시간을 소중히 생각하고 있다면 퇴근하자마자 집으로 돌아올 것이었다. 하지만 그의 세상에는 가족과 함께하는 것보다 더 중요한 일들이 있는 것 같았다.

나는 기어를 드라이브에 놓고 거리마다 천천히 달리면서 톰이 보이는지 살폈다. 오래지 않아 그의 자동차를 발견했다. 동네 술집 근처 모퉁이에 주차되어 있었다. 술집 창문 너머로 바 좌석 스툴에 앉아 있는 그의 모습이 보였다. 다른 손님들에게 둘러싸여 마시고 떠들고 웃고 있었다. 술집 밖에서 무슨 일이 일어나든 손톱만큼도 관심이 없는 듯했다. 나는 길 건너편에 차를 세우고 잠시 그를 바라보며 대체 그가 무슨 짓을 하는 것인지, 왜 술집에 있는 것인지, 왜 나에게 거짓말을 했는지 이해하려고 애썼다. 나는 핸드폰을 꺼내 그에게 전화를 걸었고, 그가 어떻게 반응하는지 살펴보았다. 그는 주머니에서 전화기를 꺼내 잠시 바라보더니 뒤집어서 바 위에 내려놓고 술잔을 들어 한 모금 더 마셨다. 집에서 그를 기다리는 식구들, 그를 굳게 믿고 있는 가족들은 자기 알 바 아니라는 듯, 전부 별것 아니라는 듯, 아무 상관없다는 듯 태연하게 앉아 있었다. 내 안에서 분노와 슬픔이 뒤엉켜 뜨겁게 타올랐다. 그는 어둡고 우중충한 술집에 홀로 앉아 번쩍이는 TV 스크린과 네온 조명에 둘러싸인 채 술이나 홀짝이는 것이 가족이 있는 집에 오는 것보다 더 좋은 듯했다.

그 후에도 의문이 해소되지 않은 나는 몇 번 더 그를 미행했다. 그의 행적은 일관되고 명확했다. 그는 술집을 드나들었다. 항상 같은 술집에 가는 것은 아니었지만, 어쨌든 술집에 간다는 점은 변하지 않았다. 늦게 귀가해서는 이러쿵저러쿵 변명을 늘어놓을 때도 사실은 술을 마시고 왔던 것으로 추측할 수밖에 없었다. 그러니까 그는 줄곧 나에게 거짓말을 늘어놓고 있었던 것이다. 나는 화가 났으나 무엇보다도 부끄러웠다. 그리고 아무것도 할 수 없었다. 무엇이든 조치를 취하려면 내가 무슨 짓을 저질렀는지 인정해야 했기 때문이었다. 나는 아버지 같은 남자와 결혼했다. 술주정뱅이와 결혼한 것이다.

처음 만났을 때는 그의 음주가 문제라고 생각하지 않았다. 낭만적이라며 가볍게 넘겼다. 저녁을 먹으며 포도주 몇 병을 나눠 마시고, 점심을 먹으며 맥주 몇 파인트를 홀짝였을 뿐이니까. 그는 처음으로 우리 어머니와 아버지를 만나는 저녁 식사 자리에도 진을 잔뜩 마시고 나타났었는데, '너무 긴장되어서 진정하려고' 마셨다고 했다. 의아하면서도 애틋했다. 여자친구의 부모님이라지만 사실상 동년배였으니 그들과 만나는 자리가 버거워서 그런 것이라고 이해했다. 저녁 식사가 끝날 때쯤 그는 10대 남자아이처럼 밖으로 뛰쳐나가 덤불 사이에 토했다. 어머니는 눈빛으로 말했다. '이 남자 진짜 괜찮은 사람이야?' 그러나 나는 모든 경고와 징후를 무시했다. 대신 함께 마셨다. 함께 마시다 보면 전부 대수롭지 않은 일로 느껴졌다. 연애 초기에 술을 진탕 퍼마시며 데이트할 때도 별것 아니라고 생각했다. 평일에 그가 퇴근하고 집에 오면 우리는 백포도주를 잔뜩 마시고는 했는데, 사실 그는 귀가하기 전에 이미 술집에 들러서 나는 짐작도 못 할 만큼 잔뜩 술을 퍼마신 상태였다. 그러나 나는 아무것도 모르는 척했다. 물론 그는 가끔 아침에 눈을 뜨면 침대에서 일어나기도 전에 애드빌을 먹어야 했지만, 직장에서는 변함없이 유능했다. 얼마 전에는 음주 운전을 하다가 경찰에 붙들려 유치장에서 하룻밤을 보내기도 했지만, 그건 운이 나빴을 뿐이라고 생각했다. 이 동네 사람들은 원래 음주 운전을 자주 했으니까.

그 사건 이후 톰은 몇 달 동안 운전면허 자격을 잃었고, 그래서 차가 필요할 때면 어김없이 내가 운전대를 잡았다. 나는 톰을 가게에 데려다주었고, 톰의 딸들을 학교에 데려다주었고, 주말이면 톰을 데리고 법원에서 명령한 알코올 및 약물 중독 상담에 갔다. 그는 그 상담을 질색해서 한 번 다녀올 때마다 그런 것이 얼마나 구역질 나는지, 자신은 다른 술주정뱅이들과 어떻게 '다른지' 늘어놓으며 분통을 터뜨렸다. 나는 공범이 되었다. 그가 운전을 못 하는 것에 대해 나서서 변명해주었다. 톰의 딸들에게도 자동차가 고장이 났다느니 오늘은 아빠가 출근을 일찍 했다느니 거짓말했고, 그래서 내가 운전하게 되었다고 설명했다.

나는 우리가 당면한 문제를 직시하지 않았다. 내가 애써서 건설하던 삶을, 내가 꿈꾸는 삶을 잃어버릴까 봐 두려웠기 때문이다. 나는 톰에게 알코올중독 문제가 있다는 사실을 회피했다. 그런 부류의 결혼 생활은 하고 싶지 않았기 때문이다. 나는 바보처럼 가능한 한 현실을 부정하기로 했다. 우리는 서로의 나쁜 습관을 부추겼고, 거짓된 삶을 살았다. 그렇게 우리의 현실은 싸움과 말다툼과 술주정으로 변해버렸다.

시간이 흐르며 톰의 음주는 더욱 심해졌다. 그의 아버지가 세상을 떠나고 그 혼자 유골을 뿌리러 멕시코에 갔는데, 밤에 술을 진탕 마시고 낯선 호텔 방에서 곯아떨어졌다가 아침에 일어나보니 혼자가 아니었다고 고백하기도 했다. 자신이 저지른 짓을 후회한다고, 속으로 괴로워하고 있다고 말했지만, 통제 불능으로 술을 마시는 습관은 바뀌지 않았다. 그리고 나는 줄곧 그의 옆에 머물렀다. 그는 두 번 경찰에 잡혀갔다. 한 번은 음주 운전으로, 한 번은 술에 취한 채 집에서 나를 때려서 잡혀갔다.

위험 신호가 점점 더 선명해지고 있었다. 톰이 처음에 잡혀갔을 때는 깜짝 놀랐다. 그날은 자정이 넘었는데도 그가 돌아오지 않았다. 계속 전화를 했으나 받지 않았다. 그에게 무슨 일이 일어났는지 아무것도 모르는 불확실한 상태를 참을 수가 없었다. 깊이 잠든 제임을 집에 두고 자동차에 올라탄 후 몇 블록을 지나 톰의 가게로 갔다. 그의 트럭이 길가에 방치되어 있었다. 나는 혼란과 두려움 속에서 계속 앞으로 나아가며 어디선가 그가 나타나기를 바랐다. 지나가는 경찰차가 보이자 정지 신호를 보낸 다음, 경찰관에게 톰의 차가 길가에 방치되어 있고 톰과 연락도 닿지 않는다고 말했다.

"네, 음주 운전 때문에 잡아놨지요. 카운티 유치장에서 쿨쿨 자면서 술 깨는 중입니다. 내일 풀어줄 거예요."

두려움은 부끄러움과 분노로 변했다. 그러나 톰이 두 번째로 경찰에 잡혀간 날에 느꼈던 두려움은 생전 처음 느껴보는 것이었다. 온종일 맥주와 포도주와 진을 마셔댄 그의 눈이 까맣고 공허했다. 그 눈동자 뒤에는 낯선 사람이 있었다. 그 낯선 사람이 의자에 앉아 있던 나를 끌어내고, 가구 쪽으로 밀치고, 손으로 목을 졸랐다. 그 낯선 사람이 허겁지겁 도망치는 나를 뒤쫓아 집 안을 헤집었다. 나는 한참을 뛰어다니다가 경찰에 신고했다. 다행스럽게도 제임은 아무것도 모른 채 위층에서 잠들어 있었다. 경찰이 도착하자 톰의 나를 향한 적개심은 하늘을 찌를 듯 상승했다. 그는 통제력을 잃었다. 경찰이 수갑을 찬 그를 집 밖으로 끌고 갔고, 그는 고래고래 소리 지르고 욕설을 내뱉으며 나를 위협해서 굴복시키려 했다. 경찰차 안으로 떠밀리면서도 분노 어린 목소리로 나의 이름을 외치고 또 외쳤다. "에린! 에린! 에린!" 그가 이름을 부를 때마다 나는 움츠러들었다. 나를 부르는 목소리에 묻은 난폭한 분노가 손에 만져질 듯 생생했다. 나는 이웃들이 무슨 일인지 듣거나 볼까 봐 걱정했다. 그러면 우리의 비밀이, 우리의 결혼 생활은 쓰레기라는 사실이 드러날 테니까.

이 사건으로 톰은 각성해서, 그 후로는 절대 술을 입에 대지 않았다. 하지만 각성한 것은 톰뿐만이 아니었다. 우리가 꾸려가던 삶이 동화라고 생각했지만 사실은 악몽이었다는 것을, 나는 결국 인정해야만 했다.

톰을 떠나기는 쉽지 않을 것이다. 그 사건이 있고 얼마간 톰은 경찰이 내린 접근 금지 명령 때문에 집에 올 수 없었고, 제임과 나는 단둘이서 살았다. 몇 달 후 접근 금지 명령이 풀리자 톰은 집에 오고 싶어 했다. 술은 끊은 상태였지만, 그래도 나는 그가 돌아오는 것이 내키지 않았다. 나는 많이 힘들었다. 우울감과 싸우고 있었고, 설상가상으로 돈도 궁했다. 케이터링 회사에서 성수기에만 일하느라 벌이가 적었던 탓에 자립할 만한 상황이 아니었다. 비스트로의 상근 웨이트리스 일자리는 몇 년 전에 그만둔 상태였다. 나는 식당에서 같이 일하는 사람들과의 관계에, 셰프의 부적절한 행동에 지쳐 있었다. 지나치게 치근거리는 셰프를 단호하게 쳐내기 시작했더니 그는 곧 나에게 못되게 굴기 시작했다. 설상가상으로 그와 동생이 사귀기 시작했을 때는 더 이상 참을 수 없었다. 니나가 그런 남자와 엮였다는 것에 깊이 실망해서 일을 그만두고 말았다. 사실 애초에 동생이 식당에서 일할 수 있도록 주선한 사람이 바로 나였다. 당시의 니나에게는 너무나도 절박한 일자리였다. 나는 우리 자매가 작은 비스트로에서 같이 일하면서 우리 사이의 문제와 소원한 관계를 개선할 수 있으리라 기대했다. 하지만 그런 희망은 금세 끝장나버렸다. 나는 동생에게 신경 써주었고, 심지어 셰프가 여자 직원들에게 얼마나 치근덕거리는지 경고까지 해주었다. 하지만 니나는 자기 행동이 초래할 수 있는 결과나 악영향 같은 것은 개의치 않는 듯했다. 게다가 나의 좋은 근무 시간과 넉넉한 현금 팁까지 빼앗았다. 나는 배신당한 기분이었고 그 애를 동생이라고 부르는 것도 부끄러워졌다. 그래서 일을 그만두었다. 그 결과로 통장 잔고는 바닥 났고 니나와는 2년 동안 연락을 끊게 되었다.

나 혼자서는 집 대출금을 갚을 수도, 새로 월세를 구할 수도 없었다. 다행히도 한 친구가 자기네 집 차고 위에 있는 작은 공간에 살 수 있도록 배려해주어, 그곳에 살며 톰과의 망가진 결혼 생활을 재조립하기로 했다.

낮에는 웨딩 케이크 만드는 일을 했다. 아이러니한 상황이었다. 밤에는 술을 끊었다고 장담하는 톰과 교대했다. 우리는 부부 새가 교대로 둥지를 지키듯 번갈아 집에서 잤다. 내가 집에서 자는 날은 톰이 친구네 차고 위 아파트에서 자고, 톰이 집에서 자는 날은 내가 친구네 아파트에서 자는 식이었다. 제임이 원래 살던 집에서 기존의 일상을 이어갈 수 있도록 노력한 결과였다. 하지만 이 별거의 목적지가 어디인지는 명확하지 않았다.

넉 달의 별거 동안 톰은 감정 기복이 심했다. 그는 내가 자신을 떠났다는 아픔을 견디는 동시에 술을 끊으려고 분투하고 있었다. 나에게 화를 내고 모든 것을 빼앗아 갈 것이라며 협박하고 집에 당장 돌아오라고 몰아세우다가, 별안간 태도를 바꿔 애원하고 사정하고 뭐든지 다 해주겠다고 약속했다. "원하는 것이 뭐야? 개? 아기? 자동차? 뭐든 줄게! 돌아오기만 해줘." 그는 결혼반지를 끼는 것이나 개를 키우는 것처럼 전에는 절대 안 한다고 못 박았던 것들을 하겠다고 나섰다. 그는 자신이 동물을 얼마나 싫어하는지 항상 대놓고 표현하고는 했고, 우리는 이런 극명한 차이 때문에 오랫동안 수도 없이 싸우고 또 싸웠는데 말이다.

별거는 그다지 오래 이어지지 못했다. 나는 톰에게 맞서는 데 지쳐버렸고, 자립할 만한 경제력도 없었다. 가족의 지지도 없었다. 아버지는 남편이 하라는 대로 하라고, 화해하라고 점점 더 목소리를 높였다. "남편하고 화해해. 네가 결혼한다고 했잖아. 가서 살아. 씨발. 이기적으로 굴지 마. 아들이나 챙기란 말이야. 해결하라고!" 톰과 함께하는 삶이 우리 모두에게 최선이라고 생각하지는 않았지만, 내가 또다시 제임의 삶을 뒤흔들었다고 생각하며 살 수는 없었다. 선택의 여지가 없었다. 나는 돌아갈 것이었다. 내가 만든 가정에서 살 것이었다. 그리고 망가진 결혼 생활을 고쳐볼 것이다.

14
겹겹의 불안

결혼 생활을 잘 유지하려면 서로를 다시 사랑하고 북돋아줄 수 있도록 골똘하고 진실한 노력을 쏟아야 했다. 그러나 상황은 내 맘대로 흘러가지 않았다. 그동안 술에 절어 있느라 나를 응원해주지 못했던 톰은 이제 기꺼이 나를 찍어 눌렀다. 연애 초기의 짜릿함은 사라져 이제 남은 것은 애정이라고는 다 말라버린 콩가루 집안뿐이었다. 우리는 함께 성장하고 있지 않았다. 나란히 썩어가고 있었다. 신뢰는 깨졌고 진심도 바스러진 후였다. 집에 돌아온 후로 톰과 함께 있으면 가끔 숨쉬기가 힘들어졌다. 덫에 빠진 기분이었고, 마음속에 불안이 가득했다. 가슴이 답답해지는 증상이 시작되었다. 갈비뼈 안에 벽돌이 쌓인 듯 폐에 압박이 느껴졌고, 숨을 들이쉴 때마다 호흡이 짧아지다가 결국에는 헐떡거렸다. 톰과 자동차 안에 있을 때, 심지어 혼자 샤워하고 있을 때도 그런 증상을 겪었다. 저녁을 먹을 때, 낮에 부엌에서 케이터링 일을 준비하고 있을 때도 그랬다. 불안감은 언제든지 제멋대로 출몰했다. 나는 언제 그런 증세가 나타날지 전혀 예측할 수 없었고, 증세가 나타나면 나보다 훨씬 거대한 무언가가 나를 집어삼키는 기분이 들었다. 나는 나 자신이 무가치한 사람이라는 생각에 휩싸여 아무런 희망도, 영감도, 자신감도 느낄 수 없었다. 침대에서 일어나는 것도, 잠드는 것도 점점 더 힘들어졌다. 우리의 결혼 생활은 난장판이었고, 그 영향이 나의 안팎에서 드러나고 있었다.

톰은 자기 나름대로 변화를 겪고 있었다. 이제 술을 마시지 않아 맨정신이었고, 어디에서 누구와 있는지 거짓말하지 않고 곧이곧대로 밝혔다. 그에게는 새 출발이 필요했다. 오래된 악습을 새로운 습관으로 대체해야 했다. 아침이면 알코올중독자 모임에 갔고, 오후에 일이 끝나면 퇴근길에 있는 하고많은 술집에 들르고 싶은 충동을 삼키고 바로 집으로 왔다. 이제 톰의 인생에서 술은 사라졌다. 그러나 그가 매일 의식처럼 마시던 술의 부재를 애도하고 있다는 것을 나는 알았다. 오후 4시 정각이면 그는 몹시 예민해졌다. 아주 작은 것에도 불같이 화를 냈고, 그가 술을 마시곤 했던 4시에서 6시 사이면 그를 감싸고 있는 긴장감이 더 짙어졌다. 나에게 싸움을 걸고 가시 돋친 말을 던졌으며, 제임에게 말도 안 되는 사소한 일로 소리를 질렀다. 그에게 알코올은 긴장을 푸는 수단이자 스트레스를 씻어내는 수단이었다. 술이 없으니 일상의 무게가 켜켜이 쌓였고, 우리가 그 해로운 효과를 흡수하고 있었다. 나는 음주를 대체할 취미를 찾아보라고, 술을 못 마셔서 생긴 커다란 공허감을 메워보라고 재차 권유했다. "뜨거운 물로 목욕을 하든지, 러닝을 하든지, 재미있는 책을 읽어봐요." 그에게 수도 없이 일렀다. "말처럼 쉽지 않아." 톰의 대답이었다. 가끔 집에 와보면 톰은 벽에 대고 청소기를 돌리거나, 침대 밑에서 먼지 덩어리를 꺼내 치우거나, 미친 듯이 걸레질을 하거나, 제임의 레고를 작은 통에 색상과 크기별로 정리하고 있었다. 톰은 원래도 깔끔한 성격이었다. 어찌나 깔끔한지 반려동물도 기를 수 없었는데, 동물이 집을 어지럽힐 것이라며 질색을 했기 때문이었다. 하지만 이제는 도가 지나쳤고, 나는 그에게 강박증이 생긴 건 아닌지 걱정하기 시작했다. 그는 예민하고 우울하고 짜증이 많았다. 사실은 나도 마찬가지였다.

이제 나의 우울증은 부정할 수 없는 수준이었다. 짙은 안개 같은 불안감이 매일 몽글몽글 내 위로 떠다녔다. 업무에, 충실한 어머니 역할에, 일상에서 행복을 느끼는 데 영향을 끼쳤다. 그러니까, 이제 나에게는 행복이라고 느낄 만한 것이 하나도 없었다. 그저 절망감이 얹어진 불안만을 느꼈다. 그러면서도 결혼 생활이란 이렇고 저래야 한다는 동화 같은 환상에 젖은 채로 신부들에게 웨딩 케이크를 만들어주고 있었다.

가끔 케이크를 만들다 보면, 바닐라 맛 시트에 레몬 커드를 발라 층층이 쌓은 후 아이싱을 한 겹 바르다 보면 퍼뜩 이런 생각이 들었다. 너, 그 비참한 손으로 다른 사람의 웨딩 케이크를 만들면 안 되지. 가끔은 내 결혼 생활의 비참한 기운이 케이크로 스며들어, 신혼부부에게 저주라도 거는 것 아닐까 걱정스러웠다. 케이크에서 내 결혼 생활의 불행이 느껴질까? 케이크를 두른 크림 장식에서 나의 불행이 느껴질까? 나의 핼쑥한 얼굴과 눈 밑의 그늘과 피곤한 눈동자를 보면 내 우울을 알 수 있듯, 케이크를 보면 내 결혼 생활의 불행을 알아차리게 될까? 버터크림 속의 미처 풀어내지 못한 버터 조각, 손이 떨리는 바람에 완벽하게 펴 바르지 못한 울퉁불퉁한 표면을 보면 알 수 있을까? 나는 부드러운 꽃잎을 뿌려 요철을 감추었고, 불안이 겹겹이 쌓인 케이크를 자르다가 탈이 나는 사람이 없기를 간절히 바랐다.

의사는 빙글빙글 돌아가는 작은 스툴에 앉아, 내가 앉아 있는 검사대와 컴퓨터가 놓인 책상 주위를 돌아다니며 온갖 정보를 입력했다. 키, 몸무게, 혈압, 체온 같은 것들이었다. 그는 나와 눈 한 번 마주치지 않고 내가 몸에 관해 불평하는 것들을 전부 받아 적었다. 나는 이상하다고 생각하는 나의 증상을 줄줄이 털어놓았다. 가슴이 답답해서 숨쉬기가 힘든 증상, 수면 부족, 무엇에도 기쁘지 않은 마음, 아침에 일어나기 싫은 것, 절망감, 초조함, 밤에 이를 가는 습관, 단단하게 뭉친 어깨와 목. 의사는 나에게 등을 돌리고 앉아 조용히 키보드를 두드렸고, 나는 바스락거리는 병원 가운을 입고 누워 있었다. 의사는 별다른 말 없이 이런 증상이 언제부터 시작되었는지 물었다. 그러고는 양손으로 배에 압박을 가했고, 누르고 찌르며 정체를 알 수 없는 무언가를 찾아 헤맸다. 나는 무너져버린 남편과의 관계가 얼마나 고통스러운지, 하루하루가 얼마나 힘겨운지 말했다. 그는 가운 속으로 손을 넣어 차가운 손가락으로 가슴 주위를 만지며 혹이 있는지 확인했다. 내가 겪는 증상들을 일시적인 것으로 결론 내린 뒤에는 처방전에 약을 한가득 적더니 그 작은 종이를 건네며 장담했다. "이 약들이 있으면 무엇이든 잘 이겨낼 수 있을 겁니다." 진료는 총 15분 걸렸다. 나는 옷을 갈아입고 병원을 나서며, 어떻게 뒷주머니 속의 작은 종잇조각이 우리 가족이 끌어안은 막대한 문제들을 해결해줄 수 있다는 것인지 의심했다.

처방전을 제출할 접수대를 찾아 약국 안을 헤맸다. 거의 10년 전에 여드름 연고를 샀을 때 이후로 약국의 처방전 접수대는 처음이었다. 나는 약을 즐겨 찾는 사람이 아니었다. 두통이 있어도 타이레놀조차 먹지 않는 사람이었으니까. 나는 흰 종이를 접수대 너머 직원 쪽으로 내밀었다.

약이 나오기까지 30분 동안 라이트 에이드 약국의 복도를 어슬렁거리며 기다렸다. 잡지 진열대를 훑어보았고, 이따금 작은 바구니에 이것저것 담으며 시간을 흘려보냈다. 탐폰, 미백 치약, 절대 바르지 않을 것 같은 매니큐어, 한번 발라볼 만한 나이트 크림, M&M 땅콩 한 봉지 같은 것들이었다. 나는 바구니를 들고 대기 공간에 앉아 무료 혈압계가 팔을 조이는 것을 느끼며 혈압을 쟀고, 술과 담배를 바라보며 왜 약국에 이런 것들이 있는지 자문했다. 뭐, 그런 것도 약이라면 약이겠지. 수긍할 수 있었다.

스테이플러로 밀봉한 흰 종이봉투 세 개가 나를 위해 준비되어 있었다. 옆에는 두꺼운 종이 뭉치가 붙어 있었는데, 경고와 부작용이 얼마나 많이 적혀 있는지 그것을 다 읽고 이해하는 것은 불가능해 보였다. 내용물이 많아 보였지만, 봉투를 열고 종이 뭉치를 떼어버리자 형형색색의 알약이 담긴 작은 주황색 플라스틱 약통 세 개가 남았다. 불면을 없애기 위해 매일 밤 복용할 앰비엔 한 병, 우울증을 없애주고 바라건대 아침에 잠자리에서 일어나는 것도 도와줄 졸로푸트 한 병이 있었다. 그리고 대미를 장식하는 자낙스가 있었다. 한 병 가득한 자낙스가 내 폐에 숨을 불어줄 것이었다. 아침에 먹을 약, 오후에 먹을 약, 저녁에 먹을 약. 나를 불편하게 만드는 모든 것을 해치워줄 약. 나는 약이 필요할 상황에 대비해 약병을 가방에 넣어 잘 보관해두었다.

그날 우리 집은 평소와 다름없는 저녁을 보내고 있었다. 톰은 새로운 결심에 따라 정시에 퇴근했다. 칵테일 마시던 시간이 되자 알람이라도 맞춘 듯 신경질을 냈다. 청소기로 벽을 밀었고, 제임에게 방바닥에 널린 레고를 정리하라고 소리쳤고, 나에게 빨래를 개키지 않았다고 무안을 주었다. 나는 매일 세탁기를 돌리는 것은 기꺼이 했지만, 개키는 일은 미루고는 했다. 톰은 세탁한 옷들이 바구니 안에 쌓여 주름이 잡히는 것을 질색했다. 티 나게 짜증을 냈다. 또 내가 문간에 신발을 벗어두지 않는다고, 식기세척기 안에 접시를 제대로 채울 줄 모른다고, 쓰레기를 제대로 분리하지 않는다고, 또 '너무 감정적'이라고 비난했다. 나를 어린아이 취급하며 꾸짖었고, 나의 결함을 아주 사소한 것까지 지적하고 또 지적했다. 그럴 때마다 나는 미성숙하고 못난 사람이 된 기분이 들었다.

술을 끊은 톰은 사사건건 트집 잡는 능력을 개발했다. 그와의 삶은 깨진 유리 파편 주위로 까치발을 딛는 것 같았다. 언제라도 아주 작은 행동이 문제를 일으켜 유리처럼 날카로운 비난이 날아올 수 있었다. 나는 아무리 애써도 그의 마음에 들지 못했다. 가슴속에 벽돌이 쌓이고 배 속에 볼링공이 들어차고 폐가 바이스로 죄는 듯 답답했다. 하지만 이제는 무기가 있었다. 그런 낌새가 느껴지면 가방을 열고 지퍼로 잠가놓은 옆 주머니에서 자낙스 병을 꺼냈다. 뚜껑을 열고 알약을 한 개 꺼내 손바닥에 올려놓았다. 입에 털어 넣고 물 몇 모금과 함께 삼킨 후 기다렸다. 15분을 꽉 채워 기다리면 달콤한 도취 상태가 시작되었다. 평온이 담요처럼 나를 감싸주는 기분이었다. 톰은 계속 벽에 청소기를 돌리며 말도 안 되는 말을 지껄였다. "텔레비전만 닦는 걸레가 따로 있다고 했잖아! 다른 걸로 닦지 마!" 하지만 톰의 헛소리는 금세 소거되었다. '그딴 것 신경 안 써'라는 속삭임이 실안개처럼 나를 폭 감싸주었다. 이제 그는 나를 자극할 수 없었다. 나는 무적이 된 느낌이었다. 숨쉬기가 쉬워졌고, 신처럼 강력해진 기분이었다. 이제 나에게는 무기가 있었다. 그 작고 편리한 알약은 톰의 가시 돋친 말에서 나를 지켜주었고, 나는 마침내 삶의 통제력을 되찾았다고 생각했다.

3부

PROSPECT

가망

15
삼각형 벽돌 건물

벨파스트 시내의 메인 스트리트 108번가에 있는 옛 은행 건물은 오랫동안 비어 있었다. 다리미 모양의 3층짜리 작은 고딕 양식 건물이었는데, 거의 5년 동안 매물 신세로 동면하면서 새로운 생명을 불어넣어 줄 주인을 기다리는 중이었다. 나는 매일 그 건물의 매물 정보를 확인했다. 내가 그곳의 주인이 될 수 있다면 그곳에서 무엇을 할 수 있을지 상상하고는 했다. 가끔은 포스트오피스 광장의 벤치에 앉아 커피를 홀짝이며 삼각형 벽돌 건물을 올려다보기도 했다. 수백 번도 더 해본 상상이었다. 깔끔하고 아늑한 1층에는 테이블을 오밀조밀 놓아두고 작은 음식점을 운영할 것이다. 판유리 창문을 따라 아연으로 된 바 좌석을 설치하면, 손님들은 메인 스트리트의 풍경을 감상하며 프로세코 포도주를 홀짝이고, 치즈 플레이트, 식용 꽃이 뿌려진 샐러드, 얼음 위에 올린 굴 한두 개를 야금거릴 수 있을 것이었다. 작은 화병에는 갓 꺾은 꽃을 소담하게 꽂고 커다란 화병에는 기다란 개나리나 마르멜루 꽃가지를 꽂아 테이블에 조화롭게 올려놓으면 참 아름답겠지. 벽에 걸어둔 앤티크 거울에 흔들리는 촛불이 비치고, 내가 고른 흥겨운 재즈와 느린 어쿠스틱 노래가 공간을 꽉 채울 것이었다. 삶은 메추리알을 안주로 제공해 손님들이 직접 까서 셀러리 소금에 찍어 먹으면 좋겠다고 생각했다. 갓 짠 주스와 허브를 우린 시럽과 좋은 술을 섞어 칵테일도 만들 것이다. 그 모든 것이 어찌나 생생하게 그려지는지, 떠올릴 때마다 짜릿짜릿했다. 그 공간에서 무언가 특별한 일이 일어나리라는 것을 직감으로 알 수 있었다.

건물의 2층과 3층에는 널찍한 아파트가 있었고, 각 층을 잇는 긴 목재 계단은 공간의 정중앙을 관통해 이등분했다. 나는 우리 세 가족이 그곳에 사는 것을 그려보았다. 식당에서 어린 시절을 보냈기에 장사가 바쁘면 가족의 삶에 결핍이 생긴다는 것을 알고 있었다. 나는 아버지의 오랜 정서적 부재가 남긴 고통에 여전히 힘겨워하고 있었지만, 아래층에 식당을 운영하고 그 위에 산다면 항상 가족과 가까운 곳에 있으니 괜찮겠다고 생각했다. 제임에게는 나의 어린 시절을 물려주지 않을 것이었다. 일을 하면서도 엄마로서 옆에 있어줄 수 있었다. 주문이 뜸한 사이에 위층에 올라가서 재워주고 잘 자라고 인사할 것이었다. 이 아름다운 벽돌 건물 안에서라면 일과 육아를 전부 해결할 수 있으리라. 실현될 가능성은 적었지만, 현실 따위가 꿈을 방해하게 놔둘 수 없었다.

나는 서른 살이 되면서 큰 충격에 빠졌다. 서른이라는 숫자에는 내가 지나온 세월을 가만히 돌아보게 하는 힘이 있었다. 나는 태어나고 서른 해 동안 무슨 성취를 이루었는지 하나하나 떠올려보았고, 그 목록에 있는 몇 안 되는 것들을 멸시하기 시작했다. 고등학교 졸업은 했지만, 그게 뭐 대수인가. 대학에 입학해서 보스턴에 가기는 했다. 그러나 중퇴해서 촌 동네로 다시 돌아왔고, 스물한 살의 나이에 임신하고 버려져서 혼자 아기를 낳았다. 경력은 웨이트리스, 요리사, 바텐더로 일한 것뿐이었다. 과거에 꿈꾸던 의대생의 삶과는 거리가 멀었다. 결혼은 했지만, 결혼 생활은 가까스로 유지되고 있었다. 지나온 삶을 가만히 돌아보며 하나씩 따져보고 난 후에는 나의 가치를 자문할 수밖에 없었다. 나의 심장은 삶에서 더 많은 것을 원했고 외면할 수 없는 열정으로 뜨거웠지만, 정확히 무엇을 원하는지는 모호했다. 나는 그저 무언가를 만들어내고 싶었다. 내 손으로 직접 만들어서 나누고 싶었다. 이 터질 것 같은 에너지를 방출하기 위한 출구를, 아이디어를 잔뜩 생각해냈다. 그런데 모든 아이디어에 명확한 공통분모가 있었다. 바로 음식이었다. 생각해낸 아이디어 중 하나는, 낡은 에어스트림 트레일러를 푸드 트럭으로 개조해서 직접 만든 소스와 (당연히 한련으로 장식한) 생선튀김을 팔겠다는 것이었다. 한때 아버지는 추가 돈벌이를 위해 수레를 끌고 지역 축제를 찾아다니며 튀김을 팔고는 했는데, 그 형식을 따르되 그것보다 조금 더 세련된 장사를 해보자는 생각이었다. 아니면 그림의 떡 같은 시내의 벽돌 건물에 제대로 된 식당을 세울 수도 있었다. 이 꿈은 도무지 머릿속을 떠나지 않았다. 어쨌든 둘 다 음식과 관련된 일이었다.

톰은 내가 그 꿈을 좇도록 부추겼다. 최근에 겪었던 불화 이후로 우리 관계의 권력 구조가 바뀌었고, 우리가 만난 후 처음으로 톰은 나를 기쁘게 해주고 내 꿈과 희망을 실현해주려고 안달이었다. 그는 내가 조금씩 결혼 생활을 포기하고 있다는 것을 느꼈고, 나의 응석을 받아주며 억지스러운 노력을 내세움으로써 나를 잡아둘 수 있기를 바라는 중이었다. 나를 머무르게 하려고 거듭 미끼를 던졌다. "네 꿈이 뭔지 말해줘. 저 건물 갖고 싶어? 식당 해보고 싶어?" 그는 내가 바라는 것을 조금씩 던져주는 것만으로도 나를 묶어둘 수 있기를 바랐다. 그래서 나는 계속 꿈을 꾸면서도 괜찮다고 느꼈다. 식당이라는 꿈은 우리의 거의 죽어버린 결혼 생활에서 희미한 빛이 되어주었다. 우리가 다시 끈끈해지기 위해서는 어쩌면 새롭고 신선한 것이 필요할지도 몰랐다.

톰과 내가 가진 돈으로는 그 건물을 사기는커녕 대출 승인에 필요한 계약금조차 내지 못할 것이었다. 나는 구매력 있는 고객이 아니었다. 내가 꿈을 이루기 위해서 해볼 수 있는 일은 메인에 살지 않는다는 건물 주인 부부에게 나의 이색적인 계획을 호소하는 것, 그러니까 나의 마음속에 선명하게 그려지는 꿈을 절절하게 묘사해 설득하는 것이었다. 나는 그들에게 편지를 써서 나의 계획을 호소하며 우리 집에 점심을 먹으러 오라고 초대했다.

나는 거창하지 않은 메뉴를 짜서 정성스럽게 집중해서 요리했다. 콜라드 페스토를 넣어 따뜻한 파스타를 차렸고 톡 쏘는 겨자잎에 분홍색 샬롯 비네그레트를 넣어 샐러드를 만든 후 점점 쌀쌀해지는 날씨를 이겨낸 최후의 식용 꽃으로 장식했다. 우리는 드라이한 고품질 장밋빛 포도주를 (톰은 산펠레그리노 탄산수를) 홀짝이며 예의 바른 대화를 나누었다. 그러고는 버터 풍미가 진하고 맛이 풍성한, 타르트지에 구운 프랑스식 사과 타르트를 내오기 전에 나의 계획을 설명했다. 사슴 같은 눈망울을 한 채, 위층 아파트를 임대해 살면서 건물 매입에 필요한 돈을 대출받을 기발한 방법을 생각해내겠다고 말했다. 그들이 허락만 하면 나는 천천히 시작할 곳을 얻을 수 있었다. 요리를 위한 인생을 준비할 곳이 생기는 것이었다. 위층 아파트의 부엌에서 레시피를 시험하며 언젠가 아래층 식당에서 대접할 요리를 만들어볼 수 있었다. 평일에는 새로운 요리 재료를 찾으러 다니다가 토요일 저녁이 되면 아파트 거실을 식당 홀로 탈바꿈해 나의 음식을 맛볼 친구들을 초대할 것이었다. 나는 그 건물을 향한 나의 사랑이 얼마나 깊은지, 유능한 건물 관리인이 되기 위해 얼마나 열심히 일할 것인지 설명했다.

그들은 고민할 시간을 달라고 했다. 고통스러운 몇 주가 흘렀고, 답변이 도착했다. 그들은 그날 오후 나에게서 무언가를, 그들의 딸을 떠올리게 하는 어떤 것을 보았다고 했다. 건물주 부부의 이야기를 들어보니, 오래전 그들의 딸도 마음속에 나와 같은 열정과 흥분을 불태우며 그 건물을 쓰게 해달라고 간청했다는 것이다. 그래서 그들은 딸이 그 건물을 사서 작은 카페를 열 수 있도록 도왔다고 했다. 딸은 빵을 굽고 아이스크림을 만들고 그전까지 벨파스트에 없었던 에스프레소 메뉴를 파는 등 그곳에 애정을 쏟아부었다. 결국에는 일이 잘 안 풀렸고 어쩌면 나도 마찬가지일지 몰랐지만, 꿈이 좌절된다고 해서 꿈꾸기를 멈춰야 한다는 뜻은 아니었다. 나의 호소는 이해타산을 이길 정도로 열정적이었다. 그래서 그들은 아파트를 빌려주겠다고 했다. 적당한 임대료를 지불하고 작은 조건 몇 가지를 지킴으로써, 그곳은 전부 내 것이 되었다. 그곳은 내가 채울 빈 캔버스였다.

2층 아파트로 이어지는 낡은 목재 계단은 내가 발을 디딜 때마다 삐걱거렸다. 앤티크 가게처럼 먼지 냄새가 나고 어두컴컴해서 마음에 들었다. 계단 맨 꼭대기에 올라선 후 층계참의 냉기를 막아주던 두꺼운 벨벳 커튼을 걷어내자 텅 빈 거실이 나타났다. 나는 천천히 거실을 돌아다니며 나의 현실을 받아들였고, 몇 년 동안 꿈꾸던 공간을 아주 작은 것까지 꼼꼼히 살펴보았다. 낡은 목제 덧문을 하나하나 접어 길쭉한 창문을 열어보았고, 오랫동안 어둠에 잠겨 있었던 곳에 빛을 드리웠다. 11월의 소금기 섞인 냉기, 그리고 건물 앞을 지나다니는 자동차들의 희미한 소음이 실내로 밀려들었다. 그렇게 그곳이 환하게 밝아졌다. 단단한 마룻바닥, 높은 천장, 두껍고 예스러운 몰딩, 뽀얀 유리문에 달린 육중한 손잡이와 경첩 등 특색이 강한 아파트였다. 이곳을 집이라고 부르고 싶은 마음이 간절했으나, 지금으로서는 그저 작업장이었다. 나는 이곳에서 세상과 함께 나눌 것을 만들어낼 계획이었다. 시작은 비밀 만찬 클럽이었다.

아파트 뒤쪽에 있는 조리 공간은 간소하지만 우아했다. 천장이 높았기에 흰색으로 칠한 높은 수납장과 찬장을 설치할 수 있었다. 싱크대, 오래된 식기세척기, 평범한 냉장고가 보였다. 두툼한 나무 도마와 가장자리가 주석으로 된 조리대가 있었고, 작은 벽장도 있어 그 안에 칼라마타 올리브유, 다양한 종류의 식초(쌀 식초, 사과 식초, 기본적인 흰 식초), 건조 콩과 곡물, 피클, 잼, 지역에서 생산한 꿀을 보관하면 안성맞춤이었다. 마지막으로, 커다란 유리창 사이 따뜻한 햇볕이 쏟아지는 밝은 자리에는 오래된 GE 4구 전기레인지가 있었다. 식당에서 쓰는 전문적인 설비는 아니었지만, 분명 내게 필요한 화력을 제공해줄 수 있을 것이었다.

몇 년 전에 톰은 배를 만들고 남은 마호가니와 오크 목재 자투리로 큼지막한 아일랜드 조리대를 만들었는데, 나는 그 조리대를 아파트로 옮겨 오고 싶어서 그에게 도움을 요청했다. 까마득한 옛날, 처음으로 그의 집에 갔던 날에 봤던 조리대였다. 우리는 그 앞에 앉아서 파르메산 크리스프를 곁들인 샐러드를 먹고 백포도주를 마셨었다. 그 혼란스러운 밤은 우리 관계에 중요한 기점이었다. 우리 관계는 여전히 혼란스러웠으나 이제는 전보다 훨씬 복잡하고 다층적이었다. 나는 마음

한편에서 우리의 과거를 애틋하게 아끼고 있었고, 새로운 공간에 톰의 조리대를 가져다 놓음으로써 미약하게나마 마음속의 애틋함을 인정하고 싶었다. 하지만 그저 조리대가 필요할 뿐이며 나와 내 꿈에 투자하는 것이 톰의 의무라고 생각하기도 했다. 나에게 한 번도 제대로 사과한 적 없으니 이 정도는 해줘야 할 것 같았다. 나는 조리대의 선반에 몇 년 동안 각종 벼룩시장을 다니며 사 모은 중고 그릇과 접시를 채웠다. 빌려온 아이스크림 제조기와 나의 키친에이드 믹서, 블렌더, 푸드 프로세서도 가져왔다. 알고 보니 새 아파트는 옛날에 일하던 주방용품 가게와 꽤 가까웠다. 나는 그곳에서 일하던 시절에 사들였던 다른 주방 가전과 도구도 챙겨왔다. 번 돈 대부분을 주방 도구와 요리책에 썼던 지난날의 결정이 현명한 투자였다고 생각할 수 있어서 위안이 됐다.

톰과 나는 자투리 목재로 조리대 상판을 네 개 만들었고, 돈을 아끼기 위해 아연 도금한 톱질 모탕으로 다리를 붙였다. 그는 자기 시간과 에너지를 투자함으로써, 가게에 있는 기계를 쓰라고 내줌으로써 나의 작은 꿈이 실현될 수 있게 도왔다. 함께 나무를 갈고 있으면 희망 같은 것이 느껴졌다. 그 시절 나에게 희망은 흔치 않은 것이었다. 그리고 막 갈려 나온 대팻밥의 향기가 퍼지면 우리 사이에 아직 좋은 감정이 조금이나마 남아 있음을 느꼈다. 나는 길 건너편에 있는 중고품 가게에서 짝이 안 맞는 빈티지 식기를 한 개에 1달러씩 주고 샀고, 숟가락과 칼과 포크에 윤을 내 새것처럼 만들면서 오후 시간을 보냈다. 또, 하자 상품을 취급하는 가게에서 리넨처럼 보이는 저렴한 천을 한 필 사다가 할머니의 재봉틀로 냅킨과 테이블 러너를 만들었다. 50킬로미터 반경에 있는 모든 앤티크와 빈티지 상점을 방문해서 짝 안 맞는 꽃무늬 정찬용 접시와 샐러드 접시, 수프 그릇, 커다란 플래터 접시를 모았다. 할머니의 애장품, 집안 대대로 내려오는 대공황 시대의 초록색 유리그릇도 빌렸다. 할인점에 가서 유리잔과 긴 포도주잔을 사다가, (원래 거실이었던) 홀에 놓인 (원래 책장이었던) 찬장을 채웠다. 커다란 러그를 깔고 벽에 사진을 몇 장 붙여 집에 온 듯 안락한 분위기를 냈고, 구석에 키 큰 램프를 세워두고 와트가 낮은 전구를 끼워 은은한 조명을 드리웠다. 어머니는 옛날에 학교에서 쓰던 손때 묻은 칠판을 줬다. 칠판에 그날의 메뉴를 적어서 입구 쪽 벽에 걸어둘 계획이었다. 그 밑에는 작은 선반을 놓고, 봉투와 펜과 투명한 유리병을 올려두었다. 손님들이 그날 먹은 음식값을 자유롭게 기부 형식으로 낼 수 있도록 안내할 생각이었다.

홀과 주방이 갖춰지고 나자 머지않아 제대로 요리를 시작할 수 있었다. 접시와 잔을 사러 돌아다닐 때 외에는 좋은 재료를 찾아다니느라 바빴다. 내가 장담할 수 있는 사실 하나는 좋은 재료 없이는 좋은 음식을 만들 수 없다는 것이었다. 그래서 나는 매주 금요일이면 농산물 직판장에 가서 맛을 보고, 메모하고, 구할 수 있는 재료와 그것을 파는 사람들에 대해 알아갔다. 식자재 협동조합에 가면 상품에 붙은 라벨을 확인해 농장의 이름과 위치를 알아내고, 어디 채소가 좋고 어디 채소가 그저 그런지 기록했다. 또, 어업자와 낙농업자를 만나러 작업장에 가보았다. 탐색을 끝냈을 때는 이 주변에서 내가 좋아하는 재료를 생산하는 사람들의 목록을 완성할 수 있었다. 빌리지사이드 농장의 폴리와 프렌티스가 기르는 어린 양상추는 수확한 후에도 수분이 촉촉한 것이 그야말로 일품이었다. 켄과 에이드리엔의 비트는 무지개처럼 알록알록했다. 커핀이 운영하는 모릴 센추리 농장의 달걀은 최고의 품질로, 노른자가 진하고 선명해서 수란을 만들기에 좋았다. 데비 한이 생

182

산하는 치즈의 다양하고 완벽한 맛은 깜짝 놀랄 만한 것이었다. 새로운 재료 수급지를 발견할 때마다 메인이 나의 고향이라니 얼마나 행운인지 생각했다. 나에게는 요리할 음식과 공간이 있었다. 이제 나에게 필요한 것은 식당의 이름이었다. 간단하고 기억하기 쉬운 이름. 낯선 아파트 2층까지 올라가보고 싶어지는 매력적인 이름.

12월의 첫 번째 토요일은 눈이 내리고 추웠지만, 나의 비밀 정찬을 개시하는 날로는 더할 나위 없었다. 나는 친구들에게 초대장을 보내며 24명 정도만 나의 실험적인 저녁 식사에 응해줬으면 좋겠다고 생각했다. 다섯 코스의 음식을 먹고, 식사비는 손님이 원하는 만큼 기부하는 형식이었다. 포도주는 직접 가져오도록 안내했다. 반응은 실망스러웠다. 대답은 각양각색이었다. 예의 바른 거절, 묵묵부답, "네 집에 초대되어 가는 건데 왜 돈을 내야 해?"라는 질문. 나는 내가 굉장한 실수를 저지르는 것일지도 모르겠다고, 마음속에서 활활 타고 있는 이 꿈도 어쩌면 별것 아닐지 모르겠다고 생각했다. 하지만 조금 끈질기게 설명(과 애원)을 거듭한 결과, 어머니와 아버지와 남편까지 포함해 손님 16명을 확보했다. 우리가 직접 만든 테이블을 다 채울 만큼 많은 손님은 아니었지만, 시작치고는 나름대로 준수했다. 나는 3층에 제임을 위한 아늑한 자리를 만들었다. 영화, 책더미, 골드피시 과자 한 봉지, 주스 몇 병을 준비해주었고, 선반에는 언제든 금방 만들어줄 수 있는 애니스 쉘스 앤 화이트 체다 마카로니 치즈를 갖춰두었다. 엄마가 계단 한 층 아래 주방에서 일하는 동안, 아가가 통통한 배로 행복하고 지루하지 않게 지낼 수 있는지 시험해볼 것이었다.

벨파스트의 조용한 겨울 거리에 추위와 눈보라가 휘몰아치고 있었고, 나는 저녁 손님들이 도착하기를 기다리며 보일러 온도를 높였다. 손님들이 삐걱거리는 목재 계단을 오르면서 주방에서 풍기는 맛있는 냄새를 들이마실 때, 아늑한 훈기도 느낄 수 있기를 바랐다. 그리고 식사가 끝나고 커피를 마실 때 사용할, 빌린 찻잔 세트를 라디에이터 위에 올려 따뜻하게 데워놓았다. 자리마다 내가 만든 리넨 테이블 러너와 냅킨, 빈티지 접시와 짝이 안 맞는 은 식기, 그리고 불꽃이 파닥거리는 초를 놓았다. 꽃병에는 지난주에 기른 어린 밀 잎을 듬성듬성 꽂았는데, 그 환한 푸른색이 공간을 밝혀주었다. 조명을 은은하게 줄였고, 내가 좋아하는 마일스 데이비스의 음악이 가득한, 나만의 플레이리스트를 틀었다. 환영의 표시로 아파트 계단참에 있는 조명을 켰다. 옆구리에 포도주 병을 낀 손님들이 하나둘 들어차기 전에 칠판에 저녁 메뉴를 쓰기 시작했다. 멋진 메뉴판이라면 맨 위에는 어김없이 식당의 이름이 있는 법이고, 나는 이 점을 잘 알고 있었다. 어린 시절 어머니를 위해 저녁 식사 메뉴를 계획하고 손글씨로 메뉴판을 만들었던 때와 다르지 않았다. 식당은 이름이 있어야 하는 법이고, 이 식당도 다르지 않았다. 그러니 내가 가정집에서 만들어낸 장난 같은 소규모 정찬 클럽은 뭐라고 불러야 할까? 건물 2층에 있는 데다가, 손님들이 알아볼 수 있을 간판이나 알림도 없는 이 식당을? 잠시 고민하던 나의 손가락이 분필을 쥐고 간단한 이름을 끄적였다. 메뉴 맨 위에 이렇게 적었다. "로스트 키친*에 오신 것을 환영합니다."

그날 밤 손님들은 적양파와 비트를 넣은 미뇨네트소스**와 소금기

가 촉촉한 굴을 먹고, 사과 사이다와 칼바도스*로 만든 소르베로 입가심을 했다. 근방에서 기른 쌈싸름한 루콜라에 아삭아삭한 펜넬과 달콤한 가을 과일을 넣은 간단한 샐러드 다음에는, 메인에서 잡은 자연산 대구를 냈다. 손때 묻은 전기레인지에 주물 프라이팬을 놓고 생선을 껍질이 밑으로 향하게 구워 겉면이 노릇노릇 바삭해지면, 양질의 버터를 듬뿍 넣은 후 작은 오븐에서 마저 익혔다. 결마다 바삭하게 구워진 생선은 으깬 파스닙과 감자 위에 올리고 구워서 절인 비트와 소테한 투스칸 케일을 곁들인 뒤, 프라이팬에 남아 있던 버터 섞인 육즙과 레몬즙을 그 위에 넉넉히 뿌렸다. 생선을 다 먹은 후에는, 내가 전날 시장에서 사 온 지역 농장의 치즈에 작은 벌집과 토스트를 곁들인 유럽식 플래터가 나갈 차례였다. 그리고 마지막에는 캐러멜화한 배와 옥수숫가루로 만든 업사이드 다운 케이크**를 크게 잘라, 톡 쏘는 크렘 프레슈 아이스크림을 한 숟가락 곁들였다. 홀을 돌아다니며 프렌치 프레스로 내린 진한 커피를 아까 데워두었던 찻잔에 따라주었고, 지역 농장에서 만든 진한 크림과 덩어리진 원당을 함께 제공했다.

나는 커피를 따르고 빈 접시를 치우며 홀을 돌아다녔다. 따뜻한 공간에 부유하는 행복한 대화 소리를 음미했다. 다들 웃고 포도주를 마시고 디저트 접시를 싹싹 해치우며 즐거운 시간을 보내고 있었다. 엔도르핀이 솟아나는 것처럼 내 안으로 밀려드는 기쁨이 느껴졌다. 오직

---

* 프랑스 노르망디 지역에서 생산하는 사과 브랜디.
** 보통 케이크는 빵을 구워 크림과 토핑을 올리지만, '거꾸로 된 케이크'라는 뜻의 업사이드 다운 케이크는 아래에 소스와 과일을 깔고 위에 케이크 반죽을 부어 구운 후 뒤집어서 먹는다.

꿈만으로 실현된 기쁨의 순간이었다.

　모두가 떠난 후, 우리가 만든 이 아름다운 난장판을 치우고 설거지
하느라 몇 시간이 걸렸다. 아이는 부모님이 데려갔다. 제임은 '할매'랑
'할배'와 같이 잘 생각에 들떠 있었다. 톰은 다른 손님들과 함께 떠났
다. 남아서 도와주겠다고 말 한마디 꺼내지 않아 서운했다. 자신이 마
치 손님인 것처럼 술에 취해서 유유히 떠나버렸다. 나는 톰의 인정을
바라고 있었다. 오늘 저녁이 얼마나 성공적이었는지 이야기를 나누고
싶었지만, 그는 고개를 끄덕이거나 손을 흔드는 성의도 보여주지 않았
다. 하지만 내 마음은 여전히 기쁨으로 충만했다. 톰을 원망하며 기분
을 망칠 수는 없었다. 따뜻한 거품에 손을 담그고 설거지하다가 이따
금 남은 백포도주를 홀짝이면서 각각의 코스와 사람들의 얼굴에 번진
미소를 떠올렸다. 손님들의 미소는 내게 진한 행복을 주었고, 얼른 다
음 주가 되어 또 그런 행복을 느끼고 싶었다. 나는 되살아나고 있었다.
그것이 느껴졌다.

　나는 매주 토요일 밤마다 저녁 식사를 차렸고, 이제 비밀 정찬 클럽
은 줄곧 만석을 기록했다. 두 번째 식사는 처음보다 손님 채우는 것이
수월해서, 일정을 알리고 얼마 지나지 않아 예약이 마감되었다. 그리
고 세 번째 저녁에는 입소문이 넉넉히 퍼져서 홀을 채운 손님 중 반이
처음 보는 얼굴이었다. 매주 토요일 저녁 6시가 되면 계단 밑의 조명이
켜지고 문이 열려 손님들이 줄지어 올라왔다. 그들이 종이봉투에 넣어
준 작은 기부금으로 적지 않은 음식값을 충당하고, 내가 작은 주방에
서 만든 요리들을 손님에게 가져다주는 착한 친구와 그의 10대 의붓
딸에게 일급을 줄 수 있었다. 저녁 장사가 성황을 이루는 사이, 나는 나

의 요리가 발전하고 있다는 것을 깨달았다. 매주 원하는 것은 무엇이든 만들어낼 수 있었다. 질 좋은 양식 홍합, 막대사탕처럼 생긴 양갈비구이, 메인산 가리비구이, 근방에서 잡은 넙치 스테이크, 시트러스와 페르노*라든지 사이다와 스타 아니스를 넣은 짭조름한 소르베 등 주방용품점에서 요리책을 훑어보며 공상하던 음식들을 요리했다. 나는 계속해서 책에 나온 요리를 그려보고 그 맛을 상상하며 어떻게 만드는지 공부했다. 작은 닭고기를 사다가 몸통뼈만 발라내서, 닭가슴살에 다리가 붙은 형태인 '비행기' 모양 닭고기 손질법을 익혔다. 설탕과 소금과 월계수 잎을 넣은 물에 고기를 담가 하룻밤 재운 뒤, 버터를 발라 주변에 달콤한 포도알을 둘러 구웠다. 굴 까는 법도 익혔다. 매주 굴을 수십 개씩 까며 연습했고, 전날 바닷가에서 구한 해초와 돌 위에 예쁘게 놓아보았다. 잘게 다진 샬롯을 한 숟가락 넣고 식초와 흑후추를 섞은 후 오이와 신선한 딜을 썰어 넣어 드레싱을 만들었다.

어떻게 보면 요리하는 나의 움직임은 오랜 시간 다이너에서 일하며 몸에 밴 것이었다. 조리대와 가스레인지 사이를 오가는 느릿한 왈츠는 나의 DNA에 새겨져 있었다. 익숙한 세계에서 멀리, 더 멀리 나아가야 할 지금, 과거에 갈고닦은 기술에 의지할 수 있어 다행이었다. 나는 단순히 기술만 갈고닦는 것이 아니라 요리사로서의 정체성도 갈고닦고 있었다. 내가 다시 요리의 세계로 돌아왔던 것은 그저 이 일이 안전해서, 내가 제대로 배운 것이 이 일밖에 없어서 그런 것이 아니었다. 나는 요리에 열정이 있었다. 그때 나는 아버지가 왜 그렇게 오랜 세월 식당에만 매달렸는지, 왜 식당 일 때문에 가족까지 희생했는지 확실히 이

* 아니스 등 다양한 향신료를 넣어 만든 리큐어.

해할 수 있었다. 하지만 나는 아버지와 달랐다. 낯선 사람들에게 음식을 대접하는 것이 내가 하고 싶은 일이기는 해도, 나는 가족을 희생하는 것이 아니라 가족을 위해서 요리하고 있었다. 그리고 그것은 아주 오랜만에 나를 위해 하는 일이기도 했다.

몇 달 동안 토요일 저녁 식사로 채워진 일상을 보내면서 나는 요리 기술이 늘었고, 내가 만든 음식도 맛이 더 좋아졌다. 그렇게 천천히 자신감이 붙었다. 나의 작은 아파트에서 식사한 손님, 기꺼이 다시 방문하겠다는 손님은 거의 500명에 달했다. 나는 나에게 진짜 식당을 운영할 능력이 있는지 자문하기 시작했다. 제대로 된 교육을 받은 경험이 없다는 것, 모아둔 돈이 없다는 것은 이토록 위험한 업계에 발을 들여서는 안 될 수백만 가지 이유 중 일부였다. 하지만 나는 간절히 원하면 이루어지리라고 믿었다. 평생 아파트에서 불법 정찬 클럽만 운영할 수는 없었다. 안전 점검도, 면허도 제대로 받지 않은 채 장사를 했다는 것이 적발되면 처벌받고 말 것이었다. 그러니 질문은 하나였다. 이제 어떻게 하지?

16

부딪치는 잔, 흔들리는 촛불

톰과 나는 주의를 돌릴 만한 것이 필요했다. 끝없는 다툼에 매몰되는 대신 짜릿하고 긍정적인 일에 집중해야 했다. 함께 공동의 프로젝트에 매진해 무언가를 만들어내야 했다. 우리가 다시 이어질 수 있고 우리 사이에 사랑과 신뢰가 싹틀 수 있다는 희망을 주는 무언가가 필요했다. 우리가 만나고 처음으로 톰은 내가 그의 꿈을 돕는 게 아니라 내 꿈을 좇는 것을 가끔이나마 돕고자 했다. 그런 태도가 얼마나 지속할지 몰랐기 때문에 나는 그가 친절하게 제안하는 것은 무엇이든 받아들였다. 그는 자신의 음주 습관이 나에게 준 피해, 그간의 거짓말과 외도와 학대에 대해 한 번도 사과한 적 없었다. 그 대신 나는 그의 돕겠다는 태도를 진심 어린 후회의 상징으로 받아들였다. 마음 깊은 곳에서는 알았다. 그가 나를 옆에 잡아두는 쪽이 더 이익이라고 판단해서 그런다는 것을, 그의 행동 동기가 순수하게 나를 위한 것이 아니라는 것을. 그래도 그의 손길을 받아들였다.

"너 뭐야, 돌았어?!" 아버지가 외쳤다. 식당을 열겠다는 계획을 이야기한 후였다. "이해 못 하는구나, 에린. 벨파스트 사람들은 그런 것을 원하지 않아. 진짜 음식을 원한다고. 절대 안 될 거야. 너무 멋 부렸잖아." 다이너에서 내가 몰래 랍스터 롤에 식용 꽃을 뿌려보려고 했을 때 들었던 말과 똑같았다. 나는 아버지가 정말 그렇게 생각하는지, 아니면 그저 나에 대한 믿음이 부족해서 그런 말을 하는지 궁금해졌다. 어쩌면 내가 다이너를 물려받으려 하지 않아서, 아버지가 편안하게 은퇴할 수 있도록 돕지 않아서 화가 난 것일지도 몰랐다. 진실이 무엇이든 아버지는 나를 도울 생각이 없었다.

나를 믿어주지 않은 사람은 아버지뿐이 아니었다. 거의 모든 사람이 아무런 주저 없이 부정적인 의견을 표했다. 아버지부터 할아버지까지, 로다 고모부터 시장까지, 이웃부터 어머니의 동료까지. 사람들은 자신의 회의적인 태도를 도무지 함구하지 않았다. 벨파스트 토박이들은 '고급' 식당은 성공할 가망이 없다고 했다. 톰도 반신반의했는데, 그런 의견을 거리낌 없이 표현했다가는 내가 자신을 떠날 수도 있다는 두려움에 입을 다물고 있었다. 내가 이 기회를 오롯이 누리도록 해주어야만 나를 붙잡아둘 수 있다는 것을 그는 알고 있었다. 그리고 자기 건물이 생긴다는 생각에 즐거워했다. 나에게 그 건물은 나의 꿈을 실현할 수 있는 공간이었는데, 그에게는 시내 중심지에 있는 귀한 부동산을 손에 넣을 기회였다. 식당을 열어도 잘될 가망은 적었지만, 시작조차 안 하면 가망은 전혀 없었다.

어머니는 나를 응원해주었다. 자기주장이 강한 사람은 아니었으나 나를 향한 믿음만은 결코 폐기하지 않았다. 나는 북부 출신다운 직감과 검소한 감각을 이용해 천천히, 소박하게 시작할 것이었다. 아파트

아래층에 있는 공간은 친밀감을 느낄 수 있을 정도로, 식당 주방의 초보자가 겁먹지 않을 정도로 작았다. 그러나 수익을 낼 만큼의 테이블이 들어갈 자리는 있었다. 어쩌면 이 식당이 나를 과거에서 해방해주고 삶에 목적의식을 주고 결혼 생활을 고쳐줄지 모르겠다고, 정말 그럴지도 모르겠다고 나는 생각했다. 이미 말했던 것처럼, 나는 꿈이 컸다.

2층의 독특한 아파트를 월세로 빌리는 것은 기한이 정해진 일이었다. 건물은 몇 년 동안 매물로 나와 있었고, 웬 외부인이 나타나서 뚝딱 매입하는 바람에 그곳에 세 들어 살던 토박이 여자가 길바닥으로 나앉는 것도 시간문제였다. 나는 그곳 창문에 '매물'이라고 써 붙던 바로 그날부터 건물을 사고 싶었지만, 나의 통장 잔고로는 어림도 없었다. 나는 돈이 없었다. 그러나 의지와 끝없는 희망은 있었다. 몇 년의 세월, 몇 번의 가격 하락, 탄탄한 경영 계획이 있어야 내 꿈에 다가설 수 있을 것이었다. 애원도 해야 하고 손도 벌려야 하며 아주 많은 고민과 계획이 필요하겠지만, 마침내 로스트 키친을 영구적인 공간으로 만드는 여정이 시작되었다. 톰은 대출을 받을 수 있도록 지역 은행을 설득하는 일을 도와주었다. 우리가 가진 모든 것을 담보로 걸었다. 처음에 할아버지는 내가 가망 없는 꿈을 꾸고 있다고 단언했는데, 내가 나의 계획을 이야기할 때마다 눈동자가 반짝인다는 것을 부정할 수는 없었기에 소액의 예금증서를 내어주었다. 그것을 담보로 삼아 대출을 받고 삼각형 벽돌 건물을 사라고 했다. 어느 따뜻한 봄날에 톰과 나는 마침내 계약을 마무리했다. 우리는 곧 홀이 될 공간에 놓인 낡은 긴 의자에 멍하니 앉아 있었다. 우리가 해냈다는 것이 믿어지지 않았다. 커다란 판유리 반대편의 시끌벅적한 길거리와 중심가를 차단하기 위해 차양을 쳤지만, 따스한 오후의 햇볕이 그 틈새로 스며들어 아늑하게 공간을 감쌌다. 초저녁이면 이곳이 얼마나 아름다울지 알 수 있었다. 석양이 길 건너 건물 너머로 아스라이 사라져가며 벽에 섬세한 모양의 그림자를 드리울 것이었다. 톰과 내가 원목을 갈아 만든 목제 테이블이 여기저기 놓여 있는 광경이 그려졌다. 바닷바람이 현관의 방충망을 통해 산들산들 밀려들어 촛불이 흔들리는 모습도 선연했다. 우리는 아연 상판으로 된 바 좌석을 만들 것이었다. 상판은 음료가 나갈 때마다 조금씩 닳을 테고, 조금 지나면 100년쯤 된 것처럼 윤이 나겠지. 그리고 꽃을, 정말 많은 꽃을 머릿속에 그렸다. 봄에는 사과나무꽃, 여름에는 해바라기, 가을에는 빨간 열매가 듬성듬성 달린 나뭇가지를 꽂아놓을 것이었다. 우리 것이 된 공간에 서 있으니 모든 것이 전보다 더 생생하게 그려졌다. 과거에는 아득하기만 했던 꿈이 현실이 되고 있었다.

나는 즉시 작업을 시작했다. 구식 주방을 다 뜯어냈고, 낡고 커다란 설비들은 아직 쓸모 있는 몇 개만 두고 다 버렸다. 빵판과 냄비 몇 개, 금속제 식기, 아직 쓸 수 있을 듯한 오래된 호바트 식기세척기가 살아남았다. 영업을 위해 부엌에 갖춰야 할 것들과 점검을 통과하는 데에 필요한 것들을 목록으로 정리했는데, 3단 스테인리스 싱크대, 조리대, 선반, 냉장고 등 끝도 없었다. 전기레인지는 화구 네 개짜리 가정용이라서 정찬 클럽의 손님 24명을 받기에는 괜찮았더라도 본격적인 영업에는 역부족이었다. 하지만 건물에는 가스가 연결되어 있지 않았고 손바닥만 한 땅에 가스 공사를 할 공간도 없어서 전기레인지로 만족해야 했다. 또, 대형 냉장고를 구비하기에는 돈도 공간도 부족했으므로 1단 냉장고로 만족해야 했다. 매번 메뉴를 바꿀 계획이었으니 아침마다 새로 재료를 들여 냉장고에 조금씩만 넣어둘 계획이었다. 페인트칠도 필요했고, 타일과 배관과 전기 작업도 해야 했다. 비용을 줄일 수 있는 모든 방법을 동원해서 벽에 새로 페인트를 바르고 바에 걸어둘 깔끔한 원통형 전등을 만들었다. 부모님 집에서 발견한 에나멜을 입힌 오래된 주물 싱크대를 쓰기로 했다. 옛날에 농가 화장실에서 쓰던 싱크대였는데, 90년대에 농가를 개조한 후로는 쓰레기 더미와 낡은 닭장 철조망 밑에 버려진 신세였다. 어렸을 때는 그 싱크대에서 손을 씻고는 했고, 씻다가 화장실 창문 너머 목초지를 바라보며 ("말이다!"라고) 처음으로 말을 하기도 했다. 손 씻는 싱크대로는 괜찮을 것 같았고, 연마분을 문질러주면 새것처럼 말끔할 것 같았다. 톰은 그 싱크대를 질색했다. 오래되고 낡아서, 온수와 냉수 수도꼭지가 따로 있어서 싫다고 했다. 계속 물이 새는데 구식 내부 구조를 모조리 바꾸지 않고서는 고칠 방법이 없다면서 싫어했다. 우리는 싱크대를 두고 싸움을 벌였다. 톰은 얼굴을 찌푸리며 다른 싱크대를, 반짝반짝한 신제품을 쓰자고 설득하려 했다. 하지만 이 싱크대는 완벽하지 않아서 더욱 완벽했다. 딱 내가 원하는 스타일이었다. 나는 완강하게 버텼고, 나의 결단력에 우리 둘 다 놀라고 말았다. 결국 옛 싱크대가 설치되었다.

나는 사사건건 다른 사람의 의견을 맞닥뜨렸다. 벽을 어떤 색으로 칠할지, 의자는 어떤 것으로 살지, 바 좌석에는 목제와 금속, 등받이 있는 것과 없는 것 중 어떤 의자를 둘지, 메뉴에는 어떤 음식을 넣을지 사람들은 사사건건 참견했다. 간판과 조명과 타일에 관해, 심지어 바닥의 우레탄에 입힐 광택까지 참견하는 사람도 있었다. 타인의 의견이 너무 많아서 가끔은 정작 내가 어떻게 생각하는지 알 수 없었다. 마음이 흔들릴 때는 누구보다 내가 더 잘 안다며 용기를 내기가 힘들었고, 다른 사람들에게 휘둘리고 말았다. 한 사람으로서, 여자로서, 갈등을 싫어하는 어머니의 딸로서, 나는 타인을 기쁘게 해주고 싶었다. 나는 사람들이 나만큼 이 공간을 좋아하기를 바랐고, 그 사랑이 구석구석에 표현되기를 바랐다. 하지만 혼탁한 앤티크 그린 페인트를 한 겹 바른 뒤 다음 날 한낮의 채광 속에서 바라보고 있자니 회색이 감도는 라벤더 테두리와 불협화음을 일으키는 것이 분명했다. 그때 나는 깨달았다. 계속 이렇게 나의 목소리를 무시하고 다른 사람의 의견만 듣다가는 내가 이 공간에서 보았던 가능성이 실현되는 대신 다른 사람의 생각이 뒤죽박죽 얽힌 난장판이 탄생하리라는 것을.

그 불협화음의 원흉은 다혈질에 잘난 척까지 하는, 사실 별로 친하지도 않은 남자였다. 그 남자의 의견에 귀 기울이는 실수를 저지른 탓에 이제 식당은 꼭 흡연실 같은 모습이었고, 칙칙한 색채가 내 안의 우울감을 자극하고 있었다. 나에게는 이 공간에 어떤 외양을 입히고 어떤 분위기를 불어넣을지 명확한 계획이 있었다. 그런데 왜 나 자신을 믿고 그 직감을 따르지 않았을까? 나는 그날 바로 가게에 달려가서 페인트 두 통을 사다가 내가 직접 고른 색깔을 벽에 굴리고 칠하며 밤을 새웠다. 벽에는 연철 같은 짙은 회색, 높은 웨인스코팅에는 부드러운 하얀색을 발랐으며, 걸레받이는 주석 같은 회색으로, 새로 광택을 낸 마룻바닥의 따뜻한 금색과 잘 어울리도록 칠했다.

그 어느 때보다 마음이 단단해진 나는 마지막 작업에 모든 노력을 기울임으로써 남아 있던 의심과 불안을 마음속 깊이 묻어둘 수 있었다. 동네 철물점에서 작은 톱을 사다가 톰의 화물 트럭을 빌려 타고 동네 외곽으로 가서 어린 자작나무를 한 아름 꺾어 왔다. 그 가느다란 가지로 커다란 유리 화병을 채웠고, 빨간 열매가 달린 화사한 나뭇가지로 가을 분위기가 나는 꽃꽂이도 했다. 한 번 더 할머니의 재봉틀을 써서 깔끔한 리넨 냅킨, 요리사와 종업원을 위한 앞치마도 만들었다. 벼룩시장에서 헐값에 산 앤티크 거울을 벽에 건 뒤 세심하게 각도를 조절했고, 유리 촛대에 초를 꽂았다. 짝이 안 맞는 은 식기에 반짝반짝 광을 내고 늘어가는 빈티지 접시를 깨끗하게 닦았다. 오래된 식기와 접시가 나의 주방에서 새로운 삶을 누리도록 해주고 싶었다. 바에는 과일 바구니를 진열해뒀다. 나중에 그 과일과 허브를 이용해 종종 꿈꾸던 칵테일을 만들 것이었다. 상상했던 대로 셀러리 소금과 함께 제공하기 위해 점이 박힌 메추라기알을 삶아보기도 했다. 음악이 잘 들리는지 스피커 자리를 확인하고 적정 볼륨에 테이프를 붙여 표시해두었다. 조명을 시험해본 후 밝은 전구를 낮은 와트의 에디슨 전구로 바꾸고 스위치에 표시해두어 종업원들에게 조명을 어떻게 조절해야 할지 알려주었다. 주방의 선반 중 아직 냄비와 프라이팬이 차지 않은 곳에는 지난 몇 년 동안 자꾸만 늘어난 요리책들을 꽂아두었다. 벽 위에는 전에 빵 배달을 할 때 쓰고 남았던 커다란 나무 글자를 조합해 '내 손으로 직접'이라는 문구를 만들어 걸었다. 도톰하고 흰 글자였다. 내가 좋아하는 손때 묻은 에나멜 싱크대 위에 페이퍼 타월 거치대를 설치한 뒤 유리병에 달콤한 프로방스 허브 향이 나는 물비누를 채웠고, 톡! 톡! 톡! 하고 물이 새는 친숙한 광경을 바라보았다. 신선한 농산물이 배달되고 냉장고와 바가 채워지자 정말 실감이 나기 시작했다. 직원들의 근무 시간도 짧았다. 지원서를 훑어보았고, 동료보다는 한 무리의 친구 같은 느낌의 팀을 만들기 위해 격식 없는 면접을 진행했다. 전에 케이터링 회사에 다닐 때 같이 일했던 동료 몇몇이 함께해주기로 해서 기뻤고, 그들 말고도 일하고 싶다는 사람이 너무나도 많아 용기를 얻었다. 직원들은 유기적으로 어우러졌다. 오픈이 가까워지자 우리는 서로에게 가족 같은 존재가 되었다. 일하는 것을, 서로의 옆에 있는 것을 진심으로 즐겼다. 바텐더 일자리를 얻은 동생만은 시도 때도 없이 나에게 싸움을 걸었다. 과거의 일들은 덮어두기로 합의했음에도, 오래전의 다툼이 만들어낸 긴장이 여전히 팽팽했다. 나는 우리가 함께 일하는 것도 얼마 안 가리라는 것을 알았다. 그래도 대화를 나누거나 한 공간에 있는 것 정도는 가능했다. 발전이라면 발전이었다.

오픈이 다가오며 긴장감이 더욱 심해진 것은 놀라운 일이 아니었다. 담보 대출금 등 여기저기서 빌린 돈을 갚아야 했는데, 통장은 빈곤했다. 지난 몇 달간 식당을 단장하느라 돈을 마지막 한 푼까지 탈탈 털었기 때문이었다. 오픈하기도 전에 파산을 맞지 않으려면 돈이 절실하게 필요했다. 돈을 어떻게 마련할지 걱정하느라, 식당이 잘될까 걱정하느라, 정말이지 지독히도 걱정하느라 잠 못 드는 밤이 많았다. 그러나 극심한 공황에 숨쉬기가 힘들어지면 남아 있는 자낙스를 먹으면 그만이었다. 판을 너무 크게 벌여놓아 이제는 돌이킬 수도 없었다. 몰입할 시간, 그것도 완전히 몰입할 시간이었다. 그리고 내가 노트북으로 디자인한, 가게 이름이 적힌 뽀얀 색 스티커를 유리 현관문 위에 붙였을 때, 그때 내 몸속으로 밀려든 상쾌한 삶의 감각은 어떤 약을 먹어도 느끼지 못한 것이었다. 나는 입구에 적힌 선명한 글자를 바라봤다.

로스트 키친.
길 잃은 부엌, 이제는 길을 찾은.

17

신체적인, 정신적인, 정서적인

10월의 어느 저녁, 식당이 영업을 개시하자 온갖 손님이 밀려들었다. 몇 달 동안 우리의 소식을 기다렸던 정찬 클럽의 충실한 일원부터, 정찬 클럽이 만들어낸 입소문을 통해 식당을 알게 된 사람들, 오랫동안 어둠에 잠겨 있던 텅 빈 다리미 모양의 낡은 건물에 무슨 일이 생긴 것인지 알고 싶어 하는 주민들까지, 각양각색이었다. 즉각적인 성공이었고, 그 모습은 내가 상상한 것보다 훨씬 아름다웠다. 차근차근 시작하고 싶어서 메뉴는 간단하게 준비했다. 간소한 요리와 애피타이저에 더해 매일 바뀌는 앙트레가 네 개 있었다. 나는 뒤편의 작은 주방에서 끊임없이 요리를 만들어냈다. 치즈 보드부터 뜨거운 홍합구이, 꽃 모양으로 잘라 튀긴 호박, 돼지고기 패티에 블루치즈와 제철 에어룸 토마토를 얹은 버거, 레어로 익힌 양갈비, 생선 요리, 바삭하게 구운 도톰한 넙치구이, 거품 낸 허브 버터를 바른 큼지막한 유기농 등심 스테이크까지. 일주일에 5일 동안 영업하며 나는 능력 이상으로 일하고 한계를 시험했다. 나 혼자 갈고닦은 보잘것없는 능력으로 식당 운영이라는 위험천만한 프로젝트에 돌입했다. 그전에도 아버지의 서민적인 다이너에서 일한 경력은 있었다. 파인 다이닝 식당에서 서빙하고, 케이터링 회사에서 바텐더와 주방 보조를 한 경험도 있었다. 하지만 그게 전부였다. 내가 사장으로서 식당을 운영해본 적은 없었다. 밑에 직원을 둔 적도 없었다. 나의 결함에 대한 걱정과 불안은 마음속에 묻어둔 채 자신 있는 것에 집중하면서 어떻게든 힘을 내야 했다. 성장하고 배워야 했다. 칼을 가는 올바른 방법이나 수셰프의 역할 따위, 나는 몰랐다. 그래서 내가 아는 최선의 방식으로 일했다. 내가 확실히 갖고 있던 것은 직감이었다. 손가락으로 만져만 보아도 스테이크가 얼마나 구워졌는지 알 수 있었고, 완벽한 생크림을 만드는 법이나 샐러드에 알맞게 드레싱 뿌리는 법도 느낌으로 알았다. 어떻게 보면 나는 이 순간을 위해 평생 준비한 것이었다. 친구들, 가족, 낯선 사람들까지 나에게 벨파스트 같은 동네에서는 이런 식당이 잘될 리가 없다고 했다. 나는 그들이 틀렸음을 증명했다. 그리고 어느 날 저녁, 이런 식당은 절대 성공할 수 없다고 말했던 '정통 벨파스트인' 할아버지가 희미한 저녁 불빛 속에서 유기농 등심 스테이크를 시켜 놓고 즐겁게 위스키를 홀짝이는 모습을 보며, 나는 성공을 증명했다고 확신했다. 홀은 생기가 넘쳤고 할아버지 주변에는 손님이 바글바글했다. 밤이 저물어갈 때쯤, 위스키에 거나하게 취한 할아버지가 나를 꼭 안아주었다. 할아버지의 뺨이 내 뺨을 누르자 올드 스파이스 애프터셰이브의 향기가 내 살갗에 묻어났다. 할아버지는 내가 자랑스러워 활짝 웃고 있었다. "그래, 우리 아가. 너도 알겠지. 네가 해냈어." 그날 저녁 식사는 할아버지가 나의 식당에서 했던 처음이자 마지막 식사였다. 할아버지는 이듬해 봄에 돌아가셨고, 나는 마음이 산산이 부서졌다. 하지만 한편으로는 가슴이 벅찼다.

당신이 가시기 전 손녀를 대견해하실 일이 있었다는 사실에.

부정적인 말만 하던 사람들이 입을 꾹 다물자 만족스럽기는 했다. 그들이 틀렸다는 것을 내가 입증했고, 그들도 그 사실을 안다는 뜻이었으니까. 아버지는 여전히 주절주절 불평이 많았다. 주로 내가 구비한 맥주들을 보며 어떻게 미국 식당에 그 맛있는 버드와이저가 없냐고 난리였다. 하지만 종종 아버지는 나의 '멋 부린' 바에 앉아 토닉과 라임을 넣은 앱솔루트 보드카를 손에 든 채 모르는 사람과 웃고 있었다. 아버지가 그 딱딱한 외피 안쪽에서는 조금이나마 나를 자랑스럽게 생각할지도 모르겠다고 생각했다. 내가 직접 계획하고 실현한 공간에서 즐거운 시간을 보내는 아버지를 보고 있으니 더 큰 꿈이 이뤄진 것 같았다. 그때 아버지가 느끼는 기쁨은 다른 누구도 아닌 '내가' 만들어낸 것이었다.

주방에서 나는 마음이 약해졌다. 식당 일은 마치 나의 심장을 꺼내 정성껏 요리한 후 접시에 담아 낯선 사람들에게 내주는 것 같았다. 그들은 그것을 자기 마음대로 할 수 있어서, 잘게 잘라 씹고 뱉고 헤쳐보고 판단할 수 있었다. 주방으로 돌려보내는 것도 전부 그들 자유였다. 그렇게 나의 요리를 싫어하는 고객을 만나고 나면 그 고통은 때때로 몇 주씩 나의 마음속에 무겁게 들어앉았다. 그럴 때면 나는 실패의 감각과 자기혐오에 휩싸였다. 겨우 요리 한 접시 때문에. 사실 음식을 되돌려 보내거나 비난하는 사람은 있을 수밖에 없다. 모두를 만족시킬 수는 없는 법이니까. 정신없이 바쁜 저녁에는 특히 그랬다. 바쁜 날에는 주문이 들어오면 최대한 빨리 식사를 내가기 위해 미친 듯이 뛰어다녀야 했다. 가끔은 장사가 끝나면 어두운 지하실로 가서 포도주 상자 위에 앉아 엉엉 울었다. 시간이 지나자 음식이 한 번 잘못 나갔다고 해서 평생 마음에 품고 살 수는 없다는 것을 깨달았다. 나도 사람이고 내가 한 요리가 모두의 맘에 들 수는 없다고, 공짜 포도주와 디저트로 수습하지 못할 실수는 없다고 줄곧 스스로 상기해야 했다. 나의 실수를 받아들이고 실수로부터 발전하는 법을 배웠다. '스테이크를 더 노릇노릇하게 구워내려면 어떻게 해야 할까? 다음에는 차가운 그릇에 뜨거운 음식을 내는 대신 미리 접시를 데워놔야겠어. 닭고기가 퍽퍽해지지 않도록 시간 조절을 잘해야겠다.' 실수 덕분에 나는 더 열심히 배웠다.

그리고 가끔은 내가 접시에 담은 진심이 누군가에게 감동을 주었다. 때때로 주방에서 고개를 빼꼼 내밀면 홀에 음식이 나가는 모습이 보였고, 낯선 이의 반응에서 내가 성공했는지 실패했는지 알아낼 수 있었다. 나는 그들이 첫 한 입을 넣은 후 눈을 감고 기쁨의 미소를 머금는 모습을 지켜보고는 했다. 내가 내 손으로 직접 만들어 깔끔한 흰 접시에 담아낸 요리가 완연한 기쁨을 선사하는 광경은 그 어느 약물보다 짜릿했다. 내가 조금씩 주방에 적응하면서 그런 감동적인 경험은 더욱 더 많아졌다. 반면 음식을 돌려보내는 손님은 줄어들었다.

그러던 어느 밤, 나이 지긋한 고객이 주방에 성큼성큼 들어와 외쳤다. "이 요리, 누가 만들었습니까?!" 주방 직원들이 전부 하던 일을 멈춘 채 두려움에 휘둥그레진 눈으로 그를 바라보았다. 나는 조심스럽게 손을 들어 올리며 생각했다. 이런 젠장 이런 젠장 이런 젠장. 그는 내 쪽으로 달려와 나를 꼭 끌어안고 볼에 입을 맞췄다. "세상에! 굉장한 맛이에요!" 그는 모두가 보는 앞에서 소리를 지르고는 다시 홀로 총총 사라졌다. 또, 홀에서 나를 보고 싶다고 요청이 온 날도 있었다. 종업원이 와서 메시지를 전했다. "손님들이 셰프를 보고 싶대요." 젠장, 나는 셰프가 아닌데. 난 그냥 요리하는 여자일 뿐인데. 게다가 내 생각에 손님이 '셰프'를 보고 싶어 한다면 그것은 '셰프'가 식사를 조져놨기 때문일 것 같았다. 나는 긴장한 채 손님 네 명이 앉아 있는 테이블로 갔다. 다가올 불평불만에 대비하며 어떻게 해야 최선의 반응이 될지, 사과의 의미로 무엇을 주면 좋을지 고민하고 있었다.

"셰프이신가요?" 테이블에 앉아 있던 여자 중 한 명이 물었다. 뭐라고 대답해야 할지 망설여졌지만, 사실은 셰프가 아니며 요리학교에 다닌 적도 없고 다른 셰프들처럼 하얀 유니폼을 입을 자격도 없다는 사실을 구구절절 설명하지 않는 쪽이 더 빠르고 간편하리라는 점을 깨달았다. 그래서 나는 그저 이렇게 말했다. "네. 맞아요."

"저희 아버지가 이야기를 나누고 싶다고 하셔서요." 여자가 설명했다. 나는 테이블에 앉아 있던 노인 쪽을 바라보았고, 그는 나를 향해 팔을 뻗더니 자기 손 사이에 부드럽게 내 손을 쥐었다. 그의 부드럽고 서늘한 손은 저녁 내내 뜨거운 불에 그을렸던 나의 살갗에 위로가 되었다.

"난 여든아홉이오." 그가 천천히 말했다. "어머니가 만들어준 생선만큼 맛있는 생선은 오늘 처음 먹어." 그의 눈에 행복한 눈물이 차올랐다. 나는 얼굴이 붉어졌고, 가슴이 벅차오르며 눈물이 맺혔다. 음식에 그런 힘이 있다는 사실은 항상 알고 있었다. 부드러운 파스닙 퓌레, 가벼운 드레싱을 뿌린 루콜라, 레몬즙, 향긋한 한련 꽃잎을 곁들인 바삭한 넙치처럼 간단한 요리도 정서적인 영향을 발휘하고 추억을 떠올리게 하는 힘이 있었다. 그리고 내가 그런 힘을 발휘하고 있었다.

주방 일은 신체적으로도 고됐다. 나는 하루에 16시간씩 서서 끊임없이 움직였다. 마른 재료와 저장 식품을 보관하는 지하실과 주방을 잇는 계단을 오르내렸다. 잠자는 시간을 빼고는 전부 식당 일에 투자했고, 식당을 비운다면 그것은 엄마로서 할 일을 해내기 위해서였다. 7시에 일어나 이제는 아홉 살이 된 아들 제임을 깨우고 따뜻한 아침을 먹인 후 점심 도시락을 싸서 초등학교에 데려다주었다. 내리막길을 따라 식당으로 돌아온 후에는 홀에 가득 들어찰 저녁 손님에 대비해 오전과 오후 내내 장사 준비를 했다. 재료 발주를 하고, 발주한 재료가 배달되면 정리하고, 꽃병에 꽃을 꽂고, 은행과 회계 업무를 보고, 빵을 구워야 했다. 오리고기를 손질해서 소금과 양념에 밤새 재워야 했고, 홍합과 굴을 깨끗하게 헹구고 닦아놔야 했다. 양상추를 씻고 커다란 생선을 1인분에 맞게 소분해야 했다. 오후 3시쯤 되면 학교를 마친 제임을 데려왔다. 식당에서 잠시 탈출하면 기분 전환이 되었다. 아이를 데리고 온 다음에는 아이가 홀에서 숙제할 수 있도록 준비해주었고, 간식으로 먹을 수 있도록 남은 업사이드 다운 케이크를 접시에 담은 뒤 우유를 한 잔 따라주었다. 4시쯤 톰이 퇴근하고 돌아와 제임을 위층으로 데려가면, 서빙 담당 직원들이 도착해 홀에서 손님 맞을 준비를 했다. 그때쯤이면 이미 내가 서 있기 시작한 지도 여덟 시간이 흐른 뒤였고, 그때부터 여덟 시간을 더 서 있어야 쉴 수 있었다.

　재료 준비는 분주한 저녁 영업에 비하면 아무것도 아니었다. 오후 4시 30분이 되면 몇몇 사람들이 가게 앞 도보에 줄을 서기 시작했다. 선착순으로 앉을 수 있는 바 좌석을 차지하려는 것이었다. 그때쯤 되면 심장이 쿵쾅거리고 가슴이 뻐근해지며 압박이 느껴졌다. 그러면 자낙스 한 알과 포도주 한 잔을 삼켰고, 15분 후에는 호흡이 부드러워졌다. 5시가 되면 주문표가 밀려들기 시작했고, 곧 전기레인지는 주물 프라이팬으로 뒤덮였다. 물론 보조 직원은 있었다. 유능한 직원 두 명이 치즈 보드와 샐러드와 디저트 등을 담당했지만, 나는 자꾸만 음식 배치를 조정하고 드레싱이 너무 많거나 양념이 너무 적지는 않은지 확인하며 뭐든지 간섭하고 말았다. 주방을 떠나는 음식의 성공 여부는 오롯이 나의 책임이었고, 나는 그 책임을 정말이지 무겁게 받아들였다. 전기레인지에서 오븐으로, 튀김기에서 싱크대로 뛰어다녔는데, 그 사이 여기저기에 멈춰 서서 접시에 새싹 채소나 모나르다로 장식을 더한 후 외쳤다. "뜨거운 음식 나갑니다!" 그렇게 몇 시간이 흘렀고, 주문표는 9시가 될 때까지 계속 밀려들었다. 마침내 주방을 마감하고 처음으로 편하게 앉을 수 있는 시간이 되면 톰이 제임을 재우고 아래층으로 내려왔다. 그러면 바텐더 조나가 프로세코 포도주를 한 잔 들고 와서 톰의 주문을 알려주었다. 톰은 바에 앉아서 뿌연 잔에 담긴 무알코올 맥주를 홀짝였다. 그러면 자신이 지금 마시는 음료가 진짜 술인 척할 수 있었다. 꼭 사람들에게 자기가 금주 중이라는 것을 알리기 싫은 것 같았다. 알코올중독자 모임에는 나가고 있어도 나에게 직접적으로 자신이 중독자라고 인정한 적은 없었는데, 중독을 인정하는 행위가 자기 잘못을 인정하거나 자신의 음주 습관이 나에게 남긴 상처들에 대해 사과하는 행위라고 해석될까 봐 그러는지도 몰랐다. 하지만 나는 인정도, 사과도 더 이상 기다리지 않았다. 조나가 건네는 포도주는 위로의 술이었다. 내가 누려 마땅한 휴식을 누리기 전에 한 번 더 요리해야 한다는 것을 조나도 알았던 것이다. 그리고 희망이 담긴 술이기도 했다. 또 하나의 주문서를 들고 온 자신을 발견하면 딱딱하게 굳어질 나의 얼굴을, 그는 풀어주고 싶어 했다.

조나는 내가 얼마나 길고 힘든 나날을 살고 있는지 알았다. 사실 모두가 알았다. 톰을 제외한 모두가. 그는 주방이 마감했는데도 식당에 들이닥쳐 애피타이저와 샐러드와 성대한 앙트레를 주문해 나를 요리하게 만드는 것에 아무런 거리낌이 없는 듯했다. 주로 바에 앉았고, 가끔은 외지에서 온 손님들과 함께 테이블에 앉아서는 식당이 자기 것이라며 자랑했다. 나는 그의 하녀가 된 듯한 느낌이었다. 어쩌면 그는 나를 아랫사람이라고 여기면서 흡족해했는지도 모르겠다. 우리가 처음 만났을 때 나는 웨이트리스였으니까. 나는 아랫사람이니까 자기가 우리 관계의 통제권을 쥐고 있다고 생각하며 편안함을 느꼈을지도 모르겠다. 내가 얼마나 오래 일하는지, 식당을 성공시켜야 한다는 압박이 얼마나 강한지는 모르는 것 같았다. 아니면 알았는데 개의치 않았을 수도 있었고.

내가 준비한 세 코스로 이루어진 저녁 식사를 마치고 잔에 있는 무알코올 맥주까지 말끔히 비운 후에는 접시를 그대로 자리에 두고 갔다. 음식을 가져다준 직원에게 팁 한 푼 없었고, 가보겠다거나 고맙다는 말 한마디 없이 위층으로 올라갔다. 그가 뜨거운 물로 샤워를 하고 따뜻한 침대에서 웅크리는 사이, 나는 주방을 정리하고 매출을 계산하고 그날 나온 쓰레기를 지하실에서 건물 앞 갓돌까지 옮겼다. 자정쯤 되면 나 역시 위층으로 올라가 뜨거운 물로 샤워할 수 있었다. 하루 중 가장 고대하는, 기름때와 스트레스를 씻어내는 시간이었다. 하지만 톰을 향한 분한 마음은 씻어낼 수 없었다. 그 마음은 점점 커졌고, 그것이 더 자라나면 자라날수록 나는 더 깊이 묻어버렸다. 백포도주 한 잔과 함께 항우울제와 진정제와 근육 이완제를 삼킨 후 침대에 기어들었다. 약과 술에 의존해 하루를 버텨내는 습관은 심각해지고 있었지만, 나의 흐린 마음은 줄곧 속삭였다. 살아남으려면 어쩔 수 없어, 계속해. 그래서 자고 일어나면 똑같은 일과를 반복했다.

일요일에는 식당이 문을 닫았기 때문에 조금이나마 늦잠을 잘 수 있었다. 휴일이라고 할 수는 없었다. 또 다가오는 바쁜 한 주를 버텨낼 체력을 비축하기 위해 쉬고, 회복하고, 며칠 만에 제대로 된 식사를 하는 날이었다. 아침에 눈을 뜨면 트럭에 치인 듯 뼈와 근육이 전부 아릿했다. 한 시간쯤 목욕물에 몸을 담근 채 일주일 동안 손톱 밑에 쌓인 때를 빼내고는 했다. 팔을 뒤덮은 화상 흉터는 내가 주방 일에 능숙하지는 않다는 사실을 증명했다. 나는 상처에 소독약을 바르고 연고로 도톰하게 덮은 다음 팔을 빙 둘러 거즈를 감쌌다. 또, 그 시간을 이용해 몸만큼 만신창이인 정신을 가다듬었다. 나는 지역 제철 농산물을 이용해 요리하고 있었는데, 이는 매일 수급을 확인하고 재료를 잘 활용할 수 있도록 메뉴를 바꾸는 동시에 새롭고 흥미로운 조합을 개발해야 한다는 뜻이었다. 이 모든 것을 재빠르게 해내야 차질없이 음식을 내갈 수 있었다. 게다가 그런 머릿속의 계획을 실제로 실행하는 일, 요리를 신속하게 해내면서도 내가 만들 수 있는 최상의 맛을 구현하는 일은 정말이지 어려웠다. 직원들의 근무 일정을 조율하는 일도 고됐다. 바 담당, 안내와 서빙 직원, 주방 보조, 설거지 담당까지 모든 업무가 채워져야 했다. 병가를 내는 직원이 있으면 그 빈자리를 채우기 위해 분투하느라 이미 힘든 하루가 더욱 힘들어졌다. 게다가 가장 중요한 사실은 나에게 엄마가 필요한 아이가 있다는 것이었다. 나는 남편이 있는 아내이기도 했다. 하지만 스트레스에 굴복하기에는 너무 많은 것이 걸려 있었다. 그래서 나는 자낙스를 한 알 더 먹고 포도주를 한 모금 더 마신 뒤 버텨냈다.

205

톰은 내가 지난 몇 년 동안 우울과 불안으로 고생하고 있다는 사실을 모른 척했다. 나의 피로를 나약함으로, 눈물을 일시적인 스트레스로 해석했다. 아니면 그저 내가 '유난'을 떨며 '감정적'으로 굴고 있다고 했다. 체중이 급격하게 줄었는데도 일언반구조차 없었다. 어쩌면 나의 마르고 앙상한 몸을 거저 얻은 덤 같은 것으로 생각하는지도 몰랐다. 나는 하루에 16시간을 음식에 둘러싸여 살며 눈과 코와 머릿속이 전부 음식에 지배당했다. 잠들면 음식 꿈을 꿨다. 먹고 또 먹고 또 먹은 듯 속이 더부룩했다. 실제로는 너무 바빠서 식사할 시간이 없는데다가 내 몸이 허기를 알리는 것도 멈춘 탓에 아무것도 먹지 않고 살고 있었다. 가끔은 위장에 자낙스 한 알과 포도주 몇 잔밖에 없는 날도 있었다. 팔 위의 화상 흉터를 보면 펄펄 끓는 프라이팬에서 튄 기름방울의 감각이 떠올랐다. 생선을 뜨거운 프라이팬에 올리기 전에 물기를 닦아야 한다는 것을 몰랐던 바보스러운 나 때문에 생긴 상처였다. 칼이 무뎌서, 만돌린 채칼을 잘못 다뤄서 손가락과 손 여기저기에 베인 상처가 있었다. 발이 아프고 등과 어깨도 딱딱해서 아팠다. 톰이 나에게 무엇이든 먹여줬으면 좋겠다고 생각할 때도 있었다. 다른 식당에서 포장해온 음식이든 뭐든. 내가 바라는 건 제대로 된 식사 한 끼뿐이었다. 그가 나를 보살펴주고 싶어 한다는 것, 내가 괜찮은지 걱정하고 있다는 것을 느낄 수 있는 행동이나 징후를 보고 싶었다. 그가 나를 응원해주기를, 안아 일으켜주기를, 이 고됨에 가치가 있다고 말해주기를 바랐다. 나를 자랑스러워하기를 바랐다. 나는 그의 인정을 갈구하고 있었다. 그리고 나의 마음은 아버지가 남긴 결핍감과 똑 닮은 감정에 피폐해지고 말았다. 나는 입을 꾹 다문 채 계속 일했고, 그런 감정은 전부 깊이, 더 깊이 묻어두었다. 징징댔다가는 나의 나약함만 드러날 것이었다. 나는 나약한 것은 싫었다.

아래층 식당은 대성공이었으나 위층의 결혼 생활은 천천히 무너지고 있었다. 깨지고 약해진 관계 때문에 의사소통이 점점 불안정하고 적대적으로 변했다. 톰이 손가락 하나 까딱 안 하는 채로 나를 웨이트리스 취급하는 날이 쌓여가면서, 나의 앙상한 몸과 때꾼한 눈을 보고도 홍합과 미디엄 레어 스테이크를 주문하는 밤이 늘어나면서, 그를 향한 나의 분한 마음은 커지고 커졌다. 나는 나의 좌절감과 스트레스와 우울과 불안을 처방 분량의 네 배나 되는 약에 포도주 몇 잔을 곁들이는 방식으로 잠재웠다. 결국에는 자낙스도 나를 다독이지 못하는 지경이 되고 말았다. 그러나 병원에 다녀온 후에는 클로노핀을 한 병 처방받아 원래 먹던 약들에 추가할 수 있었다. 그 약을 먹는다고 해서 16시간을 일하는 하루가 짧아진다거나, 위장이 건강해져 배고프다는 신호를 보내는 일은 없었지만, 나는 처음 맛보는 황홀한 평화에 잠겨 내 삶의 모든 것이 견딜 만하다고 생각하게 되었다. 또, 술을 더 갈구하게 되었다. 일하다가 마시는 포도주 두 잔은 석 잔으로 변했고, 때로는 자정이 될 때까지 네 잔을 해치우기도 했다. 손에 술 한 잔을 들고 일을 시작하는 것도 드문 일은 아니었다. 포도주, 혹은 조나가 새로 개발해서 나의 평가를 듣고 싶어 하는 칵테일이었다. 나는 나에게 주어진 술은 무엇이든 받아서 알약 몇 개와 함께 넘겼다. 이것은 의식이자 생존 수단이 되었다. 삶의 방식이 되었다.

18
발차기, 움켜잡기, 추락하기

토요일 저녁, 식당의 왁자지껄한 분위기가 잦아들었을 때였다. 유리 잔이 부딪치는 소리도, 웃음도, 대화 소리도 이제 들리지 않았다. 전기 레인지는 비누 거품으로 닦아냈고, 정산도 끝냈으며, 홀 청소를 마치고 촛불도 다 껐다. 직원도 마지막 한 명까지 전부 근무 일지를 기록하고 떠났다. 홀에는 나밖에 없었고, 플레이리스트에 남은 마지막 몇 곡만이 울리며 내 옆을 지켰다. 나는 바 쪽으로 다가가 그 위에 있는 적포도주 병들을 손가락으로 훑었다. 팔고 남은 술을 버리는 것이 너무 아까웠다. 한 병당 한 잔쯤 남아 있을 포도주는 이미 알딸딸한 기분을 더욱 달궈줄 것이었다. 다음 주 화요일에는 맛이 변해 팔 수 없을 터였고, 내 마음속 북부 출신 구두쇠는 남은 술을 마셔버리라고, 한 방울도 남기지 말라고 달콤하게 속삭이고 있었다. 술을 향한 갈망은 약 때문에 더 강해져서는 이제 이렇게 속삭이고 있었다.

"한 잔만 더 마셔, 자기야."

나는 술병을 잡고 느슨한 코르크를 뽑아낸 다음 입술에 가져다 댔다. 달콤한 액체를 마치 물 마시듯 꿀꺽꿀꺽 한 방울도 남지 않을 때까지 들이켰다. 나는 포도주와 정신과 약에 취해 있었으나, 그것보다는 토요일 장사를 성황리에 마치고 일요일 휴무를 앞두고 있다는 해방감과 뿌듯함에 취해 있었다. 남은 포도주를 또 한 병 집어 옆구리에 끼운 채 구석에 가 앉았고, 텅 빈 홀을 바라보았다. 앉은 채로 술을 홀짝이며 공간을 응시했다. 지난 몇 시간 동안 나는 주메뉴 68인분과 애피타이저 수십 개를 만들었고, 그 작은 주방에서 직접 만든 디저트들도 전부 매진시켰다. 단 한 손님도 음식을 되돌려 보내지 않았다는 것이 뿌듯했고, 저녁이 깊어가며 분위기가 무르익은 홀에 손님들이 행복감을 머금은 얼굴로 여유롭게 앉아 있던 것을 기억하자 마음이 따뜻해졌다. 톰과 내가 직접 만든 테이블, 너무 딱딱하지도 너무 푹신하지도 않은 완벽한 것으로 고심해서 고른 의자, 완벽한 색이 나올 때까지 밤늦게 고생하며 칠한 짙은 회색 페인트, 무릎 꿇은 채로 사포질하고 광택을 입힌 오래된 마룻바닥, 벽에 걸린 앤티크 거울. 그리고 그 위에 반사된, 고독 속에서 곧 사라질 듯 조용히 명멸하는 촛불. 이 공간을 만들기 위해 흘렸던 땀방울이 전부 값지게 느껴졌다. 1년이 넘게 흘렀음에도 식당이 잘되고 있다는 현실이 꿈만 같아 살을 꼬집어보고는 했다. 내가 해냈다. 나의 원대한 꿈, 불가능에 가까웠던 꿈이 이루어졌다. 그것도 성공적으로. 나는 술과 자부심에 도취되어 무한한 고마움을 느꼈다. 그 모든 고생, 근육통, 화상, 자상, 불안, 자기 회의까지 전부 그 공간의 명멸하는 촛불과 함께 희미해졌다.

옆문을 여닫는 소리, 그리고 목적 있는 발걸음 소리가 이어졌다. 톰이 나타났다. 그는 구석 테이블에 앉아 손에 포도주 병을 들고 있는 나를 바라보았다. 그의 분노와 못마땅한 마음은 그가 나에게 가까이 다가올수록 더 선명해졌다. 눈이 가늘어졌다는 것은 톰이 분노로 끓어오르고 있다는 뜻이었다. 무엇이 불만일까? 바에 와서 앉기에 저녁도 푸짐하게 먹었고, 서랍 속에서 오늘 벌어들인 매상도 꺼내주었는데. 손에 현금을 두둑하게 쥐고 만족스러운 것 같았는데. 그러나 홀에 들어선 톰은 말 안 듣는 아이를 바라보듯 못마땅한 얼굴이었다. 나는 온몸의 신경이 곤두서는 것을 느꼈다. 내가 나 자신을 위해 마련한 순간, (취하기는 했어도) 행복과 자부심을 만끽하고 있는 드문 순간에 톰은 나를 나무라고 업신여기려 하고 있었다.

식당에 손님이 가득 차 성황이었던 그날 저녁, 위층 아파트에 있던 톰은 그 시끌벅적한 소리를 들었다. 그는 아래층에 사람이 많으면 항상 내려와 보고는 했다. 샤워하고 면도하고 깔끔하게 다림질한 와이셔츠를 입은 뒤 그가 가진 것 중 가장 멋지고 반짝거리는 가죽 구두를 신어 멋을 냈다. 바글바글하게 모인 군중이 밑에서 자신을 반겨주리라 생각했던 것이다. 그러나 바 좌석이 꽉 차 식사할 자리가 없다는 것을 발견하고는 조금 신경질을 냈다. 자리가 나길 기다리는 동안 조나가 건넨 뿌연 맥주잔에 담긴 무알코올 맥주를 손에 든 채 낯익은 손님들과 대화를 나누었다. 만들고 있는 배 이야기, 자기 가게에 드나드는 잘나가는 고객 이야기, 여름에 참가했던 엘리트 요트 경주 대회 이야기를 대화에 섞었다. 반향 되는 음악, 부딪치는 유리잔, 와글와글한 말소리를 뚫고 톰 특유의 폭발하는 웃음소리가 주방에 있던 내 귀까지 들렸다. 하지만 시간이 지날수록 손님들은 톰의 배나 잘나가는 고객이나 요트 경주 대회 같은 것에는 시큰둥해졌다. 와이프가 대단한 식당을 세웠어, 톰! 대성공이야! 와이프가 이렇게 잘나가다니 자랑스럽겠는데! 《글로브》에 실린 기사를 보았지! 촌스러운 벨파스트 동네에 이런 가게를 열었다는 게 너무 멋진걸! 와이프가 다른 식당도 차릴 것 같아? 다음에는 뭘 할 거래?! 톰의 웃음은 잦아들었고, 들떴던 기분은 차가운 짜증으로 변했다. 결국에는 꽉 깨문 이 사이로 "우리 둘이서 차린 식당이야"라는 대답을 내뱉은 뒤 바에 자리가 나자 빈 좌석을 꿰차고 분노에 찬 침묵 속에서 저녁을 먹었다. 내가 조타기를 쥔 배는 순항 중이었고, 나는 새로운 관심을 듬뿍 받고 있었다. 손님들의 관심, 맛집 애호가들의 관심, 우리의 결혼 생활이 불행하다는 확연한 징후를 감지하고 내 주변을 맴도는 남자들의 관심까지. 나는 톰이 질색한다는 것을 알면서도 그런 관심을 저지하지 않았다. 사실은 그런 관심을 모조리 만끽했다. 손님들과 팬, 심지어 남자들의 관심도 즐겼다. 남편은 나에게 조금도 관심이 없었으니까. 나는 다른 삶을 그려보았고, 심지어 톰 말고 다른 사람을 갈구하기도 했다. 나에게 맛있는 것을 만들어주고 나를 사랑해주고 응원해줄 사람을.

"음악 끄고 위층으로 와. 당장!" 그가 소리 질렀다. "이 정도면 충분하잖아." 그가 덧붙였다.

"왜요? 다른 사람한테 피해 주는 것도 아닌데." 내가 술을 얼마나 마셨을지 톰도 알까 궁금해졌다.

"나한테 피해 주고 있어! 당장 꺼." 내가 꼼짝도 하지 않자 그가 덧붙였다. "지금 당장. 음악 끄고 위층으로 오라고!"

"싫어. 그냥 혼자 있게 내버려 둬요." 이 말을 내뱉자마자 급격하게, 마치 스위치가 꺼지듯 기분이 변하는 것이 느껴졌다. 나의 평화롭던 마음이 흔들리고 동요했다. 그리고 분노했다. 심장이 쿵쾅거리고 혈압이 올랐다. 톰이 자꾸만 나를 통제하고 가두려고 했던 오랜 나날 동안 나의 마음은 만신창이가 되었으나, 그동안 내가 느낀 감정은 불안이나 걱정이 다였다. 하지만 오늘 나는 분노를 느꼈다. 내 속에서 퓨즈 같은 것이 픽, 하고 끊어졌다.

"지랄 맞은 음악 당장 끄지 못해!" 그는 가부장의 권위를 있는 힘껏 짜내 못마땅한 표정을 지으며 나를 바라보았다. 아버지가 그런 얼굴로 나를 바라보던 수많은 순간이 떠올랐다.

"싫어." 나는 이를 꽉 깨물고 조용히 대답했다.

톰은 스테레오로 직진해 스피커에 연결된 아이팟을 집어 들더니, 기계에 연결된 케이블을 잡아챘다. 그리고 "파티 끝났어"라고 으르렁대고는 문밖으로 나갔다. 계단을 쿵쿵 딛고 아파트로 올라가는 그의 발걸음 소리가 내가 앉아 있는 곳까지 울렸다. 나는 욱해서 그를 따라 쏜살같이 계단을 올랐다. 톰은 계단 끝 층계참에 서서 나를 기다리고 있었다. 히죽히죽 웃으며 멀거니 서 있었다. 나는 쿵쾅거리는 심장박동을 느끼며 주먹을 꼭 쥐었다. 우리는 움직이지 않고 서서 서로를 응시하며 누군가가 먼저 움직일 때까지 기다렸다. 그는 내 눈을 빤히 바라보며 아무 말 없이 손을 들어 올리더니, 쥐고 있던 아이팟을 거실 반대편 마룻바닥으로 던졌다. 나는 그에게 달려들어 그를 벽 쪽으로 밀쳤다. 그 역시 나를 밀쳤다. 우리는 긴 복도를 따라 데굴데굴 구르고 서로를 벽 쪽으로 밀었다. 나는 움켜쥐고, 발로 차고, 악쓰고, 흐느꼈다. 야생동물이 된 것 같았다. 나에게서 뿜어져 나오는 힘은 전에는 한 번도 느껴본 적 없는 것이었다. 한참 전부터 무의식 속에서 끓어오르던 깊은 분노가 낳은 힘인 것 같았다. 기적이라도 일어난 것인지 나는 톰보

212

다도 힘이 셌고, 그런 미지의 힘을 발산해 생사가 달린 것처럼 싸웠다. 그렇게 한참이 지난 것 같았는데 실은 겨우 몇 분 지난 후였다. 힘이 달린 나는 바닥에 쓰러진 채 고통에 움찔거리며 헐떡였고, 호흡을 고르려고 애썼다. 톰도 비슷한 상태로 서서 나를 내려다보았다. 우리는 싸움을 멈추었다. 따로따로 침실로 들어가 침대에 기어들었다. 한 마디도 하지 않았다. 나는 입을 꾹 다물고 톰에게 등을 돌린 채 몸을 웅크렸고, 호흡이 일정해지고 심장박동이 느긋해질 때까지 마음을 가라앉히며 알코올 섞인 깊고 진한 수면을 기다렸다. 다음 날 아침에 눈을 떴을 때 이 모든 것이 악몽이라는 것을 깨닫게 된다면 얼마나 좋을까 생각했다. 우리 옆 방에서 잠든 제임은 그날 밤 집 안에서 일어난 소동에도 잠에서 깨지 않았다. 아들이 한번 잠들면 절대 깨어나지 않는 체질이라는 것에 그토록 감사한 적이 없었다. 아이는 톰과 내가 어떤 부부가 되었는지, 그 추잡한 진실을 모를 것이었다. 아기였을 때 밖에서 불꽃놀이가 한창이어도 쿨쿨 잘만 잤던 것처럼, 제임은 지난 몇 년간 악쓰는 다툼과 폭발하는 부부 싸움이 지속하는 동안에도 깨지 않고 잤다.

나 역시 깊이 잠들었지만, 깊은 잠이 현실을 지우지는 못했다. 간밤의 사건은 그저 악몽이 아니었다. 한낮의 햇볕 아래서 본, 톰의 얼굴에 남은 손톱자국은 붉고 생생했다. 우리는 기분 나쁜 정적 속에서 일요일 오전을 보냈다. 둘 다 우리 주변을 감도는 어두운 분위기를 의식했으나 어떻게 행동해야 할지 몰랐다. 나는 마치 오랫동안 감옥에 갇혔던 동물처럼 톰을 공격했고, 차곡차곡 쌓여 곪아가던 원한과 좌절감을 폭발하고 말았다. 야생의 생명체 같았다. 인간은 그런 식으로 행동하지 않는다고 나는 스스로 다그쳤다. 내가 이렇게 추락했다는 사실이 역겹고 부끄러웠지만, 내면에 쌓인 분노와 적대감 때문에 뉘우치고 싶은 마음도 들지 않았다. 나는 이런 식으로 살고 싶지 않았으나 내가 만들어낸 난장판에서 어떻게 도망칠 수 있을지 알 수 없었다. 나는 혼란이 가득한 상태로 집에서 나왔다. 아들은 자기 방에서 바닥에 레고를 늘어놓고 앉아 즐겁게 놀고 있었고, 톰은 손톱자국이 난 얼굴로 거실에 조용히 앉아 있었다. 그들을 두고 밖으로 나왔다. 나는 톰에게서 벗어나고 싶었다. 나 자신에게서 벗어나고 싶었다. 도망치고 싶었고, 숨고 싶었다.

무엇을 해야 할지, 어디로 가야 할지 막막했지만, 어쨌든 그 아파트를 나와야 했다. 나는 목적지도 없이 차를 몰았다. 몇 시간 동안 먼지가 뽀얗게 앉은 벼룩시장에 숨어 망가진 접시를 만지작거리며, 집에서 나를 기다리는 현실을 외면했다. 내 인생은 통제할 수 없을 정도로 변해버렸고, 나는 괴물이 되어버린 자신을 직면해야 했다. 나는 나 자신에게서, 나라는 부끄러운 인간에게서 도망갔다. 그날 이른 저녁에 집에 돌아갔을 때는 앞으로 닥칠 일을 대비해 자낙스 몇 알을 입에 털어넣었다. 나는 톰에게 떠나고 싶다고 말했다. 그는 아무 말도 없었다. 그 침묵은 밤새 계속되었다.

그 침묵은 다음 날 오후 내가 계단을 올라갔을 때 깨졌다. 톰은 거실에서 무표정한 어머니와 로다 고모와 함께 앉아 있었다. 이것은 톰이 마련한 '최후의 중재'였다.

나는 어머니와 고모에게 여기서 뭐 하는 거냐고 물었으나 사실은 잘 알고 있었다. 내 삶은 무너져내렸고, 더는 숨길 수 없었다. 톰의 얼굴에 난 손톱자국이 그것을 증명했다. 가족에게 나의 썩어가는 삶을 공개하다니, 부끄럽고 수치스러웠다. 나의 결혼 생활은 몇 년째 엉망이었고, 나는 그것을 견뎌내려고 항우울제와 항불안제와 안정제와 술에 기대고 있었다. 병원에 갈 때마다 의사는 매번 고통을 줄여줄 새로운 약물을 처방했다. 이제 나는 약 없이는, 그 많은 약 없이는 하루도 견딜 수 없었다. 새로 먹는 약마다 술 마시고 싶은 욕구만 더욱 자극할 뿐, 구제 불능의 결혼 생활을 고쳐줄 약은 단 하나도 없었다. 나는 내 멋대로 복용량을 두 배로 늘리기도 했는데, 아무것도 효과를 발휘하지 못하는 느낌이었기 때문이다. 아무리 약을 먹는다고 해도 잘못이 교정되지 않았고, 거짓이 진실로 바뀌지 않았다. 진정한 신뢰가 다시 샘솟는 일도, 입 밖으로 나왔던 아픈 말들이 잊히는 일도 없었다. 우리는 엉망진창으로 썩어버렸다. 우리가 함께하는 여정은 여기까지였다.

나는 통제 불능이었고, 톰이 그런 나를 보며 고소해하고 있다고 생각할 수밖에 없었다. 그가 어머니와 로다 고모에게 나의 중독에 관해 일방적인 이야기를 늘어놓은 것이 분명했다. 그 이야기 속에서는 제멋대로인 아내, 정신과 약을 사탕처럼 먹는 알코올중독자가 모든 문제의 근원이었다. 같이 그 많은 것을 겪어놓고는 모든 잘못과 불화를 나에게 뒤집어씌우다니. 자기가 우리의 파경에 어떤 지분이 있는지 쏙 빼놓고 설명하다니. 부당하다고 생각했다. 가족이 보는 앞에서 그렇게 나를 분석하고 공공연하게 비판한 것에 수치와 분노를 느꼈다. 나는 변호사도 없이 혼자 재판정에 서서 비난받는 느낌이었다.

어머니는 이 모든 것이 나의 잘못이라고 생각하지 않으리라고, 나는 믿었다. 어머니만은 나 혼자서 이 결혼 생활과 우리 가족을 산산이 조각냈다고 생각하지 않을 것이었다. 어머니는 톰이 백합처럼 순수한 사람이 아니며 그 역시 우리의 불화에 큰 몫을 했다는 것을 알았지만, 남자가 내는 의견이라면 동의하지 않을 때조차 반대의 목소리를 내지 못하는 성격이었다. 톰은 오랫동안 어머니와 아버지가 함께하는 모습을 보며 어머니의 성격을 눈치챈 참이었다. 겁이 난 어머니가 순한 양처럼 그의 의견에 동의하고 말리라는 것을, 톰은 분명 알았을 터였다.

나는 거짓된 삶을 버릴 준비가 되어 있었으나, 톰은 계속 거짓에 매달리며 가능한 한 오랫동안 나를 붙잡으려고 할 듯했다. 톰은 나에게 두 선택지 중 하나를 고르라고 했다. 지금 당장 재활원으로 가서 상태가 좋아진 후 다시 자신에게 돌아오라고, 아니면 간밤의 사건을 근거로 가정폭력 피해자 보호를 요청할 작정이라고 했다. 전에 경험해본 적 있었기에 보호를 요청하면 어떤 일이 벌어질지 우리 둘 다 알고 있었다. 그는 자신이 방아쇠를 당기면 오래전에 그에게 일어났었던 일들이 나에게도 일어나리라는 것을 알았다. 톰이 마지막으로 술을 마셨던 밤, 그의 눈동자가 새카맣고 공허해지고 그가 통제를 잃었던 밤에 일어났던 일들이 나에게도 일어날 것이었다. 그날 밤 경찰들은 톰을 데려가서 카운티 유치장에 가둬놓았다. 유치장에서 풀려난 후에도 그는 나와 최소 150미터의 거리를 두고 살아야 했을뿐더러 제임과도 똑같은 거리를 유지해야 했다. 그가 나에게 접근 금지 명령을 신청하면 나는 아이도 잃고 집도 잃고 가게도 잃을 것이었다. 그 생각을 하자 속이 울렁거렸다. 하지만 한 달 동안 재활원에 간다고 해도 아들을 보지 못하는 것은 마찬가지인 데다, 내가 없는 식당 역시 문을 닫아야 할 것이었다. 어느 쪽을 선택하든 나에게는 손실이었고, 주도권은 톰이 쥐고 있었다. 나는 그에게서 멀어지고 있었다. 분명 톰도 그것을 느꼈을 것이다. 어쩌면 그가 놓쳐버린 통제력을 되찾기 위해서는 내가 이성을 잃어야 한다고, '제대로' 잃어야 한다고 생각했을지도 모르겠다.

그는 두 가지 가망 없는 선택지를 던져주고 내 대답을 기다렸다. 나는 그가 미래의 열쇠를 쥐고 있다는 것, 그가 내 인생에 써서는 안 될 챕터를 쓰고 있다는 것을 생각하면 견딜 수가 없었다. 차라리 죽는 게 나을 것 같았고, 그래서 그렇게 말했다. 그리고 그 말이 내 입에서 튀어나온 순간, 나는 제대로 이성을 잃어버렸다. 심장박동수가 오르고 가슴이 답답해지며 극심한 불안감이 스며드는 것이 느껴졌다. 나는 구석에 몰렸고 덫에 빠졌다. 약이, 아주 많은 약이 필요했다. 어쩌면 전부다. 씨발, 그냥 병째로. 나의 현실을 소거하고 싶은 마음이 간절했다. 두려움이 가득한 가족들의 얼굴을, 나의 수치심을, 자기혐오를 소거하고 싶었다. 나는 그때 그 자리에서 이성을 잃었다. 어머니 앞에서, 고모 앞에서, 나에게 덤벼들려고 호시탐탐 기회를 엿보던 톰 앞에서. 그가 나를 바닥에 쓰러뜨리고 내 손에 들려 있던 플라스틱 약통을 쳐내자 알약이 아파트 바닥으로 산산이 흩어졌다. 그렇게 우리는 경찰과 구급차가 오기를 기다렸다. 제임이 학교에서 돌아오기 전에 나를 데려갈 수 있도록 미리 연락해둔 것이었다.

나는 이틀 동안 강제로 정신병원에 입원했다. 병원에 있는 내내 작은 방에 갇혀 침대에만 누워 지냈다. 충격과 슬픔, 깊은 당혹감과 수치심 때문에 이런 일이 일어났다는 것을 인정하기 힘들었다. 이게 나락에 떨어진 심정이라는 것을 깨달았다. 나는 나를 벌주기 위해, 나의 자기혐오를 기념하기 위해 굶었다. 이틀 동안 침대에서 뒤척이며 주변의 병실에서 반향이 되어 울리는 다른 환자들의 비명과 신음을 들었다. 비명이 너무 심해지면 간호사들이 환자에게 달려들어 안정제를 놓는 소리도 들렸다. "씨발, 내 몸에 손대지 마!" 하는 비명은 곧 침묵으로, 깊은 잠에 빠져든 코골이로 이어졌다. 나는 여기서 빨리 나가고 싶었지만, 집에서 무엇이 나를 기다리고 있을지 두려웠다. 퇴원하고 나서는 지난 이틀이 앞으로 나를 무릎 꿇릴 폭풍우의 맛보기에 지나지 않았다는 것을 깨닫게 될 터였다. 강제 입원은 나락이 아니었다. 나락의 맛보기였다.

퇴원한 나는 차마 부모님에게 전화해 데리러 오라고 할 수가 없었다. 내 안의 수치심이 너무나 깊었기에 부모님의 전화번호를 누를 수가 없었다. 그들의 얼굴을, 나를 향한 극심한 실망을 마주할 자신이 없었다. 그래서 그 대신 조나에게 전화했다. 알고 보니 놀랍게도 그는 15년 동안 술을 끊은 참이었다. 20대 초반에 밴드 생활을 하면서 약물과 알코올에 중독되어 통제 불능의 삶을 살았다고 했다. 지금 그의 모습을 봐서는 절대 짐작할 수 없을 과거였다. 그는 아내, 그리고 두 아이와 안정적이고 탄탄한 삶을 살고 있었으니까. 그 거친 시절의 흔적은 그의 등에 새겨진 커다란 십자가 타투뿐이었다. 그가 근무 시간 전에 탈의실에서 빳빳한 셔츠로 갈아입을 때 가끔 보이고는 했다. 그래도 나는 직원인 조나에게 나의 약하고 내밀한 모습을 보여주기가 부끄러웠다. 그러면서도 그가 나를 판단하지 않을 것이라는 느낌이 있었다. 나를 함부로 판단하지 않을 것 같은 사람이 많지는 않았다. 우리의 관계는 거의 남매 같았다. 굳건하고 친한 남매 사이라면 그럴 것 같았다. 나와 동생의 관계와는 달랐다. 지금처럼 혼란스럽고 취약하고 누군가가 필요할 때 조나에게는 기댈 수 있었다.

로클랜드에 있는 병원에서 벨파스트까지 오는 길은 어둡고 몹시 조용했다. 조나에게 지나간 어두운 날들을 너무 자세하게 털어놓지는 않기로 했다. 나는 말없이 창밖을 바라보며 돌아갔을 때 집이 어떤 모습일지 상상했다. 내가 이룬 가정은 한동안 천천히 바스러지고 있었으나 최근에는 산사태처럼 와르르 무너져 난장판이 되는 중이었다. 조나는 아파트 근처에 나를 내려주었고, 나는 며칠간 호텔에서 조용히 지내며 나와 톰의 폭풍우 같은 파경의 국면이 어느 정도 안정되기를 기다렸다. 제임은 할아버지와 할머니 집에 머물며, 망가진 부모에게서 떨어져 안전하게 보호받고 있었다. 톰은 모든 것을 해결해줄 선택지를 내 눈앞에 대고 대롱거렸다. 집에 돌아오기만 하면, 자신을 떠나지 않겠다고 약속만 하면, 상황을 더 악화시키지는 않겠다는 것이었다. 그런 약속은 할 수 없었지만, 여기서 더 악화한 상황이 정확히 어떤 모습일지는 도저히 상상되지 않았다.

톰과 나는 게임을 하는 중이었고, 좋은 패는 전부 그에게 있었다. 나는 굽히지 않았다. 내가 이미 한참 전에 죽어버린 결혼 생활을 이어가 겠다고 약속하지 않았으니, 그는 자기가 할 수 있는 모든 것을 동원해 테이블 위의 칩을 싹쓸이하려 들 것이었다. 실제로 그는 과감하게 올 인했다. 법원에 보호 명령과 제임의 단독 양육권을 요청했는데, 이틀 동안 정신병원에 있었던 여자는 어머니로서 적격일 수가 없다는 이유였다. 내게는 승산이 없었다. 정신병원 강제 입원은 씻어낼 수 없는 얼룩이었다. 그는 잠정적 단독 양육권을 부여받았고, 그 순간 나는 사형 선고를 받은 기분이었다. 나는 나의 유일한 아이를 잃었다. 톰이 낸 보호 요청도 승인되었다. 나는 톰과, 아이와 150미터의 거리를 유지해야 했다. 하지만 이는 톰의 실수였던 것이, 우리 집 바로 밑에 나의 사업장이 있었기에 나 대신 그가 집을 비워야 했다. 내가 임시로나마 건물을 손에 넣었다는 것, 톰 없이 계속 일하며 살 수 있게 되었다는 것에 톰은 분노했다. 그는 제임을 데리고 친구 소유의 빈집으로 갔다. 나는 톰에게서 해방된 것에 새롭고 오묘한 후련함을 느꼈지만, 아들이 사라진 허전함에 감당할 수 없는 무거운 슬픔도 느꼈다. 톰이 나에게서 제임을 빼앗아 간 목적은 그저 나를 잔인하게 괴롭히는 것이었다. 그는 내가 제임과 만나는 것을 금지해달라고 법원에 요청했다. 모든 소통을 통제했고, 때로는 통화와 안부 확인조차 금지했다. 톰은 손자를 만나게 해달라는 우리 부모님의 요구까지 거부함으로써 그들과의 관계도 망쳤다. 우리 가족은 일원을 빼앗겼고, 아픔과 분노가 쌓이고 활활 타올랐다. 이 모든 것은 뒤틀린 방식의 합법적 납치처럼 느껴졌다. 나의 아이가 나와 말 한마디 나누지 못하게 막다니, 생각할 때마다 피가 끓었다. 불안과 슬픔이 찌릿찌릿 몸을 타고 흘렀다. 내 안에 온갖 감정이 들끓었다. 화, 좌절, 상심, 분노, 수치. 나는 황폐해진 마음으로 살아갈 이유를 찾으려고 분투했다. 톰은 분명 내가 고통스럽기를 바라고 있었고, 어디를 때려야 나를 무너뜨릴 수 있는지 잘 알았다. "나를 떠나려고? 그러면 난 네 내장을 다 도려낼 거야!"라고 외치고 또 외치던 그의 목소리가 머릿속에 너무나도 생생하게 남아 있었다. 그렇게 말하던 그의 숨에서 났던 술 냄새까지도 느껴지는 것 같았다. 그는 몇 년 전부터 자신을 떠나면 나의 내장을 도려낼 것이라고 말하고는 했다. 나는 그 말이 정확히 무슨 뜻인지, 나에게 무슨 짓을 하겠다는 것인지 항상 궁금했다.

그 의미를 떠올린 것은 아버지가 나와 동생을 데리고 프리덤 연못으로 얼음낚시를 하러 갔던 어린 시절 2월의 어느 추운 오후를 떠올리면서였다. 한겨울이라 식당 영업을 중단했을 때였다. 아버지는 두꺼운 얼음에 송곳으로 구멍을 잔뜩 뚫어놓은 뒤 구멍마다 얇은 나무 덮을 놓았다. 물고기가 미끼를 물면 밝은 주황색 깃발이 퍼덕였고, 비늘이 반짝거리는 강꼬치고기가 두려움에 팔딱거리며 얼음 통로를 통해 위로 올라왔다. 아버지는 초록색 울 소재 바지에서 펜치를 꺼낸 뒤 피 묻은 물고기의 입을 옭아맨 갈고리를 잘라냈다. 그 와중에도 물고기는 손안에서 몸부림치고 꿈틀거렸다. 아버지가 펜치 손잡이로 머리를 내려칠 때까지. 그 후에는 축 늘어진 물고기를 눈 덮인 얼음 위에 올려놓고 주머니에서 칼을 꺼내 꼬리 밑부분을 찌른 다음 배를 따라 턱 밑까지 길게 쨌다. 그러고는 맨손으로 갈라진 배에서 내장을 꺼내 눈 위에 그 피 묻은 살덩이를 던져놓은 뒤, 죽은 물고기를 다시 얼음 구멍 속 연못물에 넣고 깨끗하게 헹궜다. 그것이 바로 내장까지 도려내는 것이었다. 아들을 빼앗기며 나는 내장까지 도려진 심정이었다.

나는 고통스러운 현실을 잊기 위해 식당 일에 매진했다. 그로부터 다섯 달 동안 계속된 하루 16시간의 노동은 정신적 고통과 법률 분쟁으로 인해 더 고되게 느껴졌다. 한 주, 또 한 주가 지날수록 나는 공허를 채우고 고통을 감추기 위해 더 많은 약과 술을 삼켰다. 사실은 나 자신을 지워내려는 것이었다. 담당의는 약 복용량을 늘려주었다. 항우울제는 두 배 더 처방했고 새로운 안정제도 주었다. 그는 별다른 고민도 없이 나를 북돋우고 진정시키고 기절시킬 약을 주고 또 주었다. 분홍색, 푸른색, 주황색, 흰색 알약. 동그란 알약, 길쭉한 알약. 아침에 먹을 한 움큼, 오후에 먹을 한 움큼, 저녁에 먹을 한 움큼. 그것들과 함께 삼킬 술은 내가 직접 준비했다.

어찌 된 일인지 장사에는 아무런 타격이 없었으니 기적이었다. 식당은 잘되기만 했고 수요와 인기는 날마다 늘어났다. 그러나 그와 함께 늘어난 스트레스와 압박은 태연하게 견딜 수 있는 것이 아니었다.

일주일이 한 달이 되고 한 달이 두 달이 되는 동안, 내가 삼키는 약들은 나를 그 모든 것에서 마비시켰다. 나는 우울증 때문에 자신의 삶이 어떻게 되든 개의치 않는 사람으로 바뀌었다. 더 이상 아무것도 느낄 수 없었다. 낯선 사람들과 잤다. 태어나서 처음으로 하룻밤 상대를 찾았다. 하지만 약에 절어 감각이 마비된 상태라 그런지 아무리 애써도 오르가슴은 느낄 수 없었다. 나는 나 자신이 싫었고, 내 몸이 싫었고, 내 삶이 싫었다. 내가 이런 여자가 되었다니, 스스로가 낯설게 느껴졌다. 사람들은 누가 자살했다는 이야기를 들으면 종종 이렇게 생각한다. '어떻게 가족을 두고 그런 짓을 해? 아이도 있는데? 이기적이야.' 나는 어두운 나날 속에서 깨달았다. 그들이 어떻게 후회 없이 그런 짓을 할 수 있었는지 알게 되었다. 그들은 아무것도 느끼지 못해서, 우울증에 눈이 멀고 아파서 자신이 무슨 짓을 하는지 제대로 인식하고 이해할 수 없었던 것이다. 좋은 사람도 상황이 나빠지면 전에는 상상도 하지 못했던 짓을 저지른다. 봄이 다가오고 있었다. 그 말은 여름이 올 것이라는 뜻이었고, 그 말은 식당 성수기는 아직 시작도 안 했다는 뜻이었다. 내가 3월을 겨우겨우 견뎌냈다는 말은 7월과 8월에는 무너지리라는 뜻이었다. 곧 나는 초주검이 될 것이었다. 확실했다. 그저 시간문제였다. 마음 한구석에서 나는 죽음을 고대했다.

19
열아홉 계단

낡은 아파트의 계단은 2층에서 1층까지 열아홉 단을 내려가야 했다. 위층에 서서 잠시 마음을 가다듬는 나의 마음속에 망설임이 뭉글거렸다. 오른손에 든 바퀴 달린 여행 가방이 내가 무너지지 않도록 잡아주어, 나는 계단으로 굴러떨어지지 않았다. 계단 맨 밑에는 현관문이 있었다. 나는 알았다. 내가 떠나면 톰이 모든 걸 가져가려고 달려들 수도 있다는 것을. 하지만 떠나지 않으면 죽을 터였다. 그러니 앞으로 나아갈 기회를 받아들여야 했다. 나는 재활원에 들어갈 준비도, 마음가짐도 되어 있었다. 고개를 돌려 어깨 너머를 바라보았다. 어머니가 내 뒤에 가만히 서서 이를 꼭 깨물고 있었다.

"가자"라고 말하는 어머니에게는 평소답지 않은 단호함이 있었다. 피로하고 창백한 얼굴이었다. 톰이 제임을 데리고 이사 나가자 자살 충동이 그 빈자리를 차지했고, 그 후로 몇 주 동안 어머니가 내 옆을 지켰다. 어머니에게 너무 많은 이야기를 털어놓은 밤도 있었다. 내가 자해하지 못하도록 손을 깔고 앉아 달라고 애원하기도 했다. 어머니는 옆을 지키며 약들을 정량만 나눠주었고, 나의 변덕스러운 기분과 밤마다 시작되는 경련을 관리했다. 나의 고통은 나날이 더 심해지고 있었다. 아래층에서는 순조로운 식당 운영을 위해 온 힘을 쏟아부었고, 영업이 끝나 위층으로 올라오면 억눌렀던 감정이 밀려들어 무너져 내리고 말았다. 삼킬 수 있는 음식은 토스트와 땅콩버터뿐이었는데, 그것조차도 전혀 소화하지 못하고는 했다. 나의 몸이 나를 차단해내는 느낌이었다. 나는 아들의 양육권을 잃은 것이 고통스러워서 부서졌고, 마음속의 고통을 해결해주리라고 믿었던 몇 움큼의 약, 그리고 알약과 함께 넘겼던 포도주 때문에 더욱 엉망이 되고 말았다.

어머니는 슬픔을 드러내는 일이 드문 사람이었다. 나는 외할머니의 장례식에서도 어머니가 눈물 흘리는 것을 보지 못했다. 아버지가 비난과 고함을 퍼부어도 맞서 목소리를 높이거나 속상한 티를 낸 적이 없었다. 어머니에게는 항상 고요한 힘이 있었다. 하지만 그때 내가 계단 꼭대기에 서서 모든 것을 두고 떠날 준비를 했던 것은, 전날 밤에 생전 처음으로 어머니가 슬픔과 두려움의 눈물을 흘리는 것을 보았기 때문이었다. 항상 초연하던 어머니의 얼굴에 눈물이 흘렀고, 내 안의 무언가가, 짙은 우울의 안개가 드리운 마음속에 쑤셔 박혀 있던 무언가가 깨어났다. 내가 어머니에게 극심한 고통과 고뇌를 안겼다는 것을 똑똑히 깨달았다. 다 내 잘못이었다. 어머니의 얼굴에서 엿보이는 고통이 전부 내 책임이라고 생각하니 마음이 아팠고, 내가 정말 잔인한 사람이라는 생각이 들었다. 나는 나를 사랑해주고 길러주고 응원해준 단한 사람에게 상처를 입혔다. 내 밑에 이어진 열아홉 계단을 내려가야만 어머니의 고통을 달랠 수 있었다. 어머니는 딸을 살리기 위해 힘들게 번 돈 몇천 달러를 재활원 보증금으로 쓴 참이었다.

"떠날 시간이야." 어머니가 나를 지긋이 응시하며 말했다. 어머니 말이 맞았다. 나는 떠날 시간, 어머니는 쉴 시간이었다. 이 결혼은 망할 것이었고, 이혼 후에는 톰의 보험에 묶여 있던 나의 보험 혜택이 다 사라질 것이었다. 그리고 시간을 끌면 끌수록 톰이 보험을 막아버릴 확률이 높아졌다. 그러면 내가 자비를 들여서 재활원 비용을 내야 할지도 모르는데, 절대 내가 감당할 수 있는 금액이 아니었다. 그러니 지금 떠나야 했다. 내 몸과 마음이 무너지고 있으니까.

우울감은 너무나도 깊고 넓게 퍼져 나의 감정을 전부 집어삼켜버렸다. 계단 위에 선 나는 마비된 동시에 산산이 부서진 기분이었다. 마비되어 텅 비어버린 듯한 순간에도, 굴복해버린 나에게 분노를 느끼는 순간에도, 사실 나는 살든 죽든 상관없다고 생각하고 있었다. 하루의 대부분 살아 있지 않기를 바라며 살았고, 지금도 다르지 않았다. 내 앞에 있는 계단으로 굴러떨어진다고 해도 아무렇지 않을 것 같았다. 나는 낡은 나무 층계를 한 계단, 한 계단 내려가기 시작했다. 내 뒤로 질질 끌리는 짐 가방이 쿵, 쿵, 요란했다. 바싹 붙어 따라오는 어머니가 느껴졌고, 나는 계단을 내려가는 동안 뒤따라오는 어머니에게 무언의 메시지를 보내며 그것이 잘 닿을 수 있기를 바랐다. 엄마, 날 버리면 안 돼. 날 포기하지 마. 내가 망가지기는 했어도 원래의 내가 이 안에, 어딘가에 있어. 더는 아프고 싶지 않아. 엄마를 아프게 하고 싶지 않아. 미안해, 너무 미안해.

정신 차려보니 나는 현관문을 통과한 후였고, 내 몰락의 중심지인 작은 해변 마을의 춥고 어두운 새벽 거리에 나와 있었다. 나는 마지막으로 현관문을 잠갔다. 불과 몇 년 전, 나에게 짜릿한 삶의 기쁨을 안겨줬던 바로 그 열쇠였다. 처음으로 이 자물쇠를 돌리던 순간이 기억났다. 처음으로 계단을 올라갔을 때 코로 밀려들던 향, 그 마음 따뜻해지는 낡고 퀴퀴한 향이 얼마나 좋았는지 기억났다. 밝고 텅 빈 거실이, 내가 이 낡은 건물에 불어넣은 기쁨이 기억났다. 그러나 꿈으로 지은 아름다운 공간은 환멸의 공간으로 변했고, 나는 이곳에서 썩어버리고 말았다.

나는 어머니에게 열쇠를 건넨 후 로다 고모의 자동차 조수석에 올라탔다. 내가 남아서 지키지 않으면 식당 안에 있는 모든 것이 사라질 수도 있다는 사실을 알고 있었다. 그렇다고 해도 나는 갈 수밖에 없었다. 좋은 점이 있다면 어머니가 오랜만에 푹 잘 수 있으리라는 것이었다. 내가 자살하지 못하도록 전문가들이 대신 지켜봐줄 테니까. 나는 어머니의 얼굴에서 안도감을 감지하며 로다 고모와 함께 3번 도로로 진입해 남쪽에 있는 공항으로 갔다.

로다 고모와 나의 관계는 전형적이지 않았다. 고모는 아버지의 동생인데, 어린 시절에는 자주 보지 못했다. 내가 아기였을 때 고모와 아버지가 다툰 후로 한참 연을 끊었던 것이다. 그래서 어렸을 때는 얼굴이나 가끔 봤을 뿐이고, 20대 초반이 된 후에야 본격적으로 친해질 수 있었다. 그래서 우리는 고모와 조카라기보다는 친구 같은 관계를 맺게되었다. 나를 재활원까지 데려다주는 일은 막중한 책임이었다. 나의 어린 시절을 함께하지 못한 고모가 그 상실을 만회하기 위해 이 여정을 함께하고 있는 것 아닐까, 라고 나는 생각했다.

고모는 어머니가 일러준 대로 자기 가방에 내 약을 보관하는 중이었다. 이제 곧 재활원에 들어간다고 생각하니 약 생각이 더욱 간절해졌다. 가까스로 고모를 설득해서 자낙스 한 알을 정량에 더해 먹었고, 공

226

항에서는 알약을 넘기게 도와줄 맥주도 몇 잔 얻어 마셨다. 고모는 자신의 임무가 나를 비행기에 태워 재활원에 들여보내는 것이지, 들여보낼 때까지 제정신을 유지하게 하는 것은 아니라는 사실을 받아들였다. 술 몇 잔과 자낙스 한 알이 마법 같은 효과를 발휘해 내가 차분하게 여정을 지속할 수 있다면, 그 정도는 괜찮을 터였다. 게다가 내가 한동안은 술을 입에 대지 못하리라는 것이 고모의 죄책감을 덜어주었다.

비행기를 탄 후에도 술을 마시고 싶은 생각은 계속됐다. 술에 취해서 현실을 지워내고 싶은 마음이었다. 승무원이 술병이 빼곡히 담긴 카트를 밀며 복도를 건너오는 속도가 고통스러울 정도로 느렸다. 나는 기다리는 동안 무엇을 마셔야 가장 확실하게 취할 수 있을지 머릿속으로 치밀한 계산을 시작했다. 나는 아버지를 떠올렸다. 아버지는 온종일 마시고 싶은 날에는 맥주를 마시고는 했다. 빨리 해치우고 싶으면 보드카를 마셨다.

"어떤 걸로 드릴까요?" 승무원이 로다 고모와 나에게 물었다.

"칵테일 센 거로 두 잔 주세요. 보드카로 할게요. 주스 넣어주실 수 있죠?"

로다 고모는 나를 말리려는 시도도 그만두었다. 겨우 몇 시간만 지나면 전부 상관없을 터였고, 마시지 말라고 말리는 것도 포기했으니 나와 함께 오붓하게 한잔하기로 했다. 승무원은 얼음과 여러 맛의 주스와 약간의 보드카가 섞여 있는 플라스틱 컵을 우리에게 한 잔씩 건넸다.

"제 특제 칵테일이에요. 오렌지주스, 파인애플, 크랜베리도 조금 섞었어요." 승무원은 미소를 머금고 설명해주었다. 나는 자연스럽게 마지막으로 주스 섞인 보드카를 마셨던 때를, 톰과의 첫 번째 데이트 도

중 롤리스의 바 스툴에 앉아 있던 날을 떠올렸다.

"더블로 해줄래요?" 내가 묻자 승무원은 눈을 찡끗거리며 우리 잔에 각각 보드카를 조금씩 더 따라주었다.

"어디 가시나요? 여자들끼리 신나는 시간 보내시려나 봐요!"

고모와 나는 서로의 얼굴을 바라보았다. 진실을 말할 수 없다는 것은 알고 있었다. 내가 "재활원 가는데요!"라고 외치면 승무원은 어떻게 반응할까.

"여자들만의 주말 휴가예요." 고모가 말했다. "절실하게 바라던 휴가."

나는 내 컵을 고모의 컵 쪽으로 기울이며, 조금은 냉소를 담아 건배 인사를 건넸다. "멋진 휴가를 위해 건배."

술을 다 마신 후에는 동그란 얼음을 한 개씩 입에 넣어 마지막 남은 알코올까지 전부 빨아 먹었다. 더 마시고 싶었다. 좌석 벨트를 풀고 고모에게 화장실에 간다고 했다. 그 구실로 비행기 뒤쪽에 가서 승무원에게 술을 한 잔씩 더 달라고 부탁했다. 다시 좌석에 돌아왔을 때는 승무원이 내가 부탁한 대로 술을 준비해둔 참이었고, 그 광경을 바라보는 것 자체로 취기가 올랐다. 둘이서 술을 홀짝이고 있는데 돌연 비행기가 요동치기 시작했다. 반사 작용으로 팔걸이를 붙든 로다 고모의 손이 하얗게 질려 있었다. 나는 팔걸이가 아닌 술잔을 붙잡았다. 더 이상 죽는 것도 두려워하지 않는 나 자신이 두려웠다. 나는 마음속에서 나도 모르게 되뇌었다. 그래, 망할 비행기 따위 땅에 처박혀 폭발하라지. 상관없어. 그러나 우리가 탄 비행기는 짙은 안개를 뚫고 무사히 착륙했다.

228

습하고 어두운 4월의 밤, 나는 여성 전용 재활원에 도착했다. 로다 고모와 나는 안내 직원의 도움을 받아 폐쇄된 병실로, 앞으로 내가 몇 주 동안 집이라고 부르게 될 곳으로 갔다. 두꺼운 유리문 근처에 벨이 있어서 안에 있는 직원들에게 나의 도착을 알릴 수 있었다. 벨 소리가 크게 울리며 문이 열렸고, 나는 유리로 된 대기실로 들어갔다. 내 앞에는 잠긴 문이 또 하나 있었고, 방금 지나온 문은 닫히고 잠겼다. 이제는 돌아갈 수 없었다. 긴장되지는 않았다. 어쩌면 비행기에서 마신 술이 아직 깨지 않은 것일지도 몰랐다. 안경을 쓴 간호사는 굳은 표정을 한 채 내 앞에 있던 유리문으로 다가왔고, 목에 걸고 있던 자신의 배지를 키패드 위에 흔든 뒤 비밀번호를 입력했다. 다시금 벨 소리가 크게 울리며 문이 열렸다.

"이분이에요." 안내 직원이 말했다.

"여기서 작별 인사 나누시고 따라오세요." 간호사가 나와 로다 고모에게 말한 뒤 복도 저편으로 걸어갔다. 따라오라는 뜻이었다. 로다 고모와 나는 마지막으로 길게 꼭 끌어안았다. 그 순간 내가 느낀 한없이 깊은 사랑과 고마움은 좋은 징조였다. 아직 나의 깊은 곳 어딘가에는 삶이 남아 있었다.

"잊지 말아요, 우린 여자들만의 주말 휴가를 보내러 온 거야." 나는 고모에게 농담을 건넸다. "내 몫까지 신나게 즐겨줘요." 고모는 눈물을 흘리다가 웃음을 터뜨렸고, 뒤돌아서 잠겨 있던 커다란 유리문이 열리기를 기다렸다.

거의 자정에 가까운 시간이라 복도에는 간호사와 나밖에 없었다. 나는 잠시 멈춰 서서 정신이 번쩍 드는 새로운 환경을 바라보았다. 울퉁불퉁한 소파 두 개와 텅 빈 커피 테이블(신체 이미지 문제가 있는 여자들

229

이 있었기 때문에 그들을 자극하지 않고자 잡지를 비치하지 않았다). 바닥에 깔린 카펫은 부드러운 민트색이었고 벽은 엷은 노란색이었다. 평정심, 균형감, 긍정적 사고 같은 것을 끌어내기 위한 색깔들이었다. 살균되었으나 생활감 느껴지는 냄새, 그리고 저렴한 커피 향도 났다. 나는 몸을 돌려 간호사를 따라 복도를 걸어갔다. 간호사는 창문 없는 작은 검사실로 나를 안내한 후 문을 닫았다. 검사실 안에는 다른 간호사 한 명이 책상에 앉아 종이에 무언가를 끄적이고 있었다. 그는 나와 눈을 맞추지도, 인사를 건네지도 않았다.

나는 안경 낀 간호사가 지시한 대로 소지품을 전부 꺼내 스테인리스 테이블 위에 올려놓았다. 그는 입고 있는 옷을 다 벗으라면서 흰색과 푸른색이 섞인 물방울무늬 병원복을 건넸다. 나는 간호사의 쭉 뻗은 손에 들린 병원복을 받아들고는, 내가 옷을 갈아입을 수 있도록 간호사들이 자리를 비켜주기를 기다렸다. 그러나 그들은 꼼짝도 하지 않았다. 책상에 앉아 있는 간호사는 고개를 숙인 채 여전히 무언가를 끄적이고 있었고, 안경 낀 간호사는 팔짱을 끼고 서서 조바심이 난다는 듯 나를 응시했다.

"이봐요, 밤이 깊었어. 이거 다 하려면 시간 꽤 걸린단 말이야. 괜히 반항하면서 시간 끌지 마세요. 옷 벗어." 간호사는 처음으로 내 눈을 바라보았다. 그때 나는 두 사람 모두 자리를 비켜줄 생각이 없다는 것을 깨달았다. 평소에 병원에 가면 받는 진료와는 달랐다. 이곳은 병원복을 받을 때 3분에서 5분 정도의 시간이 함께 주어져 혼자서 옷을 벗고 구석에 있는 의자에 속옷과 옷을 잘 개켜놓을 수 있는 문명의 공간이 아니었다.

"일 어렵게 만들지 말자고요." 술기운이 빠르게 사라지고 있었다. 간호사의 날카로운 목소리는 그것이 그냥 하는 말이 아니라고 알리고 있었다.

나는 하나씩 옷을 벗어 개킨 다음 내 옆에 있는 의자에 반듯하게 올려놓았다. "전부 다." 간호사가 말했다. 내가 브래지어와 팬티를 벗고 싶지 않아 망설이는 것을 봤던 것이다. 나는 병원복을 먼저 입은 다음 그 안에서 조심스럽게 속옷을 벗어냈다. 몸을 흔들어 팬티를 발목까지 내리고 브래지어는 소매로 빼냈다. 그러고는 병원복 등쪽에 달린 리본을 재빨리 묶어 옷을 여밈으로써 어느 정도의 존엄을 지켜냈다. 간호사가 키, 몸무게, 혈압, 체온을 쟀고 음주측정기에 날숨을 불게 했다. 그리고 책상에 앉아 있는 간호사에게 알렸다.

"167센티미터. 49킬로그램. 128에 76. 37도. 0.16."

간호사는 나의 눈동자를 확인했다. 귓속도 살펴보았다. 왼팔에 바늘을 두 번 찔러 소득 없이 아픔만 주고는 결국 오른팔에서 피를 세 병 뽑았다. 그러고는 다시 왼팔을 찔러 결핵 검사를 했다. 소변을 제출해야 할 때가 되자 화장실까지 따라와서 컵을 건넸고, 내가 쭈그려 앉아 컵을 채우는 동안 주변을 빙빙 돌며 시야 한구석에 나를 잡아두고 감시했다. 그들은 내게 임신하지 않았다고 알렸는데, 지난 몇 달 동안 다소 난잡하게 생활했던 것을 생각하면 다행이었다.

검사실은 추웠고 조명이 쨍했다. 낮의 여행이 남긴 여독에 숙취까지 합세해 무거운 피로감이 나를 짓누르기 시작했다. 곧 끝나겠지, 하고 생각하는 사이 간호사가 내 뒤쪽으로 왔다. 병원복 맨 위의 끈을 푸는 간호사의 숨결이 느껴졌고, 나를 가려주던 것이 땅으로 떨어졌다. 나는 지나치게 밝고 추운 공간 한가운데서 발가벗겨져 두려움과 수치심으로 뻣뻣하게 굳었다.

"팔 들어주세요." 간호사가 아무 감정 없이 말했다. 나는 그 말대로 했고, 불편한 마음에 나도 모르게 낄낄 웃음소리를 냈다. 간호사가 손가락을 이용해 나의 왼손부터 피부 표면을 확인하기 시작하자 충격으로 몸이 떨렸다. 간호사의 손이 팔목과 팔뚝으로 올라와 멈추었고, 장갑 낀 손가락이 피부를 문질렀다. 내 손, 손목, 팔뚝은 길고 빨간 화상자국과 오래된 흉터의 흔적이 가득했다. 간호사는 색깔이 있는 곳마다 멈춰서 살짝 문질러보고 그 모양과 크기를 기록했다. 나는 간호사가 무슨 생각을 하고 있는지 알았다. 내가 직접 팔에 상처를 낸 것인지 분석하는 것이었다. 내가 자해를 한다고, 팔에 난 자국이 자살 시도에 실패해서 생긴 흉터라고 의심하고 있었다. 간호사는 상처들을 가리키며 말했다. "여기, 여기, 여기, 그리고 여기 기록해주세요." 책상에 앉은 간호사는 인체 윤곽이 그려진 종이에 작게 x 표시를 해서, 마치 내가 몇 주 동안 빌려줄 렌터카인 것처럼 흠집과 긁힌 자국을 기록했다. 나는 그 상처들의 정체가 무엇인지 말하지 않았다. 그것들이 달궈진 프라이팬에, 오븐에서 바로 나온 빵판에, 튀김기에서 튀어 오른 기름에 덴 것이라고 말하지 않았다. 그중 일부는 내가 열두 살일 때 생겼고 또 다른 일부는 지난주에 생겼다고 말하지 않았다. 간호사가 나에 관해 알았다면, 정말 알았다면, 이런 자국들이 삶을 선택한 흔적이지 그 반대를 선택한 흔적이 아님을 알았을 것이다. 게다가 나는 자살할 것이라면 약을 먹고 죽겠다고 전부터 결심했었다. 자주 자살을 그려보았고, 약 한 병을 삼키는 것이 사려 깊은 방법이라고 결론 내렸다. 치울 것도 많지 않을 테고, 약에 잔뜩 취해 죽으면 훨씬 평화로울 것 같았다. 꽉 찬 클로노핀 한 병으로 이미 시도해본 적도 있었는데, 아직은 때가 아니라는 느낌이 들어서 잽싸게 토해냈다. 마음 깊은 곳, 아주 깊은 곳에서는 죽고 싶지 않다는 바람이 있었다. 그저 이 정신적 고통이 사라지고 나의 마음에 들어찬 구름이 걷히길 바랐다. 어떻게 해야 그렇게 될 수 있을지 모를 뿐이었다.

안경 낀 간호사의 손가락이 내 팔을 따라 올라갔다가 어깨를 넘어 등허리 왼쪽과 다리로 내려간 후 다시 오른쪽 몸을 따라 올라갔다. 그리고 오른팔에서 다시 멈춰 섰다. "여기, 여기." 또 다른 화상 흉터를 발견했고, 또 다른 잘못된 판단이 이어졌다. 간호사가 몸 앞면까지 확인하기 시작하자 나는 더 이상 버틸 수 없었다. 눈물이 볼을 타고 흘러내렸다. 몸을 떨며 흐느끼기 시작했다. 나는 팔로 내 몸을 감쌌다. 자신을 보호하기 위한 본능적인 반응이었다.

"팔 앞으로 내밀어!" 간호사가 소리 질렀다. 차마 그를 바라볼 수가 없어 눈을 감았다. 눈을 감아도 손길은 느껴졌다. 그의 손이 나의 벌거벗은 몸을 아래위로 훑는 것이, 그의 날숨이 나의 살갗과 가슴과 배 위로, 허벅지 사이로 스치는 것이 느껴졌다. 모든 것이 끝났고, 처음에는 의아했으나 지금 보니 별것 아닌 흉터만 몇 개 기록된 상태였다. 만족한 간호사는 티슈를 건네며 옷을 입으라고 했다.

몸 검사에 온 신경이 집중된 상태라, 간호사가 짐 가방을 뒤집어 안에 있던 것을 테이블 위에 쏟아놓고는 하나하나 검사해 '반입 가능'과 '반입 불가능'으로 나눠놓은 것은 눈치채지도 못했었다. 검은색 펜으로 내 이름을 적어놓은 투명한 비닐봉지에는 반입 가능한 옷과 개인용품만이 담겨 있었다. 나는 그 봉지를 건네받고 방으로 안내되었다. 조명이 어두침침하고 눈물 때문에 시야가 희뿌연 상태였으나 침대 두 개와 각각의 침대에서 잠든 사람의 형상이 보였다.

"이 침대 쓰세요." 간호사가 빈 침대를 가리키며 말했다.

나는 빳빳한 시트 밑으로 기어들어 잔뜩 긴장한 몸을 웅크린 채 눈을 감고 잠들었다.

나는 그 침대에서 32시간을 보냈다. 조금씩 자다 깨기를 반복했고, 몸을 동그랗게 웅크린 채 이곳에 있고 싶지 않다고, 이 모든 것이 꿈이었으면 좋겠다고 생각했다. 간호사들은 밤낮 가리지 않고 하루에도 몇 번씩 방에 들어와 내 이름을 부르고 나를 깨우려고 했다. 나는 자고 있지 않은데도 등을 돌린 채 자는 척하며 그들을 무시했다. 그 모든 것이 한 차례의 악몽인 것처럼 잠으로 잊어보려 했다. 그러나 문이 닫히는 소리, 여자들의 괴성, 가끔 복도 건너편 화장실에서 들려오는 폭식증 환자의 구토 소리 같은 것이 끊임없이 내가 지옥에 있다는 사실을 상기하게 했다. 그렇게 32시간 동안 음식 없이 버틴 후에는 포기하고 침대에서 몸을 일으킬 수밖에 없었다. 게다가 소변 검사 후로 화장실도 가지 않은 참이었다. 나는 탈수 상태였고, (아마도 금단 증상 때문에) 머리가 지끈거렸고, 같은 자세로 오랫동안 누워 있는 바람에 어깨와 목이 뻣뻣했다. '음식을 조금 먹으면 괜찮아질 거야.' 나는 나 자신을 다잡았다.

도착하고 48시간이 채 흐르지 않았기 때문에 나는 아직 '위험 단계'에 있었다. 전화를 걸거나 받을 수 없었고, 병실 구역을 떠나 식당에 가는 것도 금지였기 때문에 간호사 구역 건너편에 있는 작은 휴게실에서 밥을 먹었다. 시간이 지나면 위험 단계를 졸업해서 다른 사람들과 함께 식당에서 식사할 수 있겠지만, 오늘은 비좁은 부엌의 작은 테이블 앞에서 웅송그려야 했다. 점심은 비닐에 싸인 스티로폼 상자 안에 담겨 도착했다. 눅눅한 땅콩버터 샌드위치와 감자칩 한 봉지, 밀도 높은 그래니 스미스 품종 초록 사과가 있었다. 나는 작은 테이블 앞에 함께 옹송그리고 있는 다른 여자들과 눈을 맞추지 않으려고 노력했다. 지난 며칠 동안 줄곧 울었으니 얼굴이 엉망일 것이었고, 그래서 타인의 시선이 신경 쓰였다. 거울이 허용되지 않았기 때문에(재활원 직원들은 심지어 나의 콤팩트에 있는 거울까지도 교묘하게 빼갔다) 정확히 알 수는 없었지만, 눈이 부은 것이 느껴졌다. 대화가 조금씩 이루어졌지만 동참하지는 않았다. 여자들 몇몇이 간단한 말장난을 주고받았다. 아주 유치했다. "제일 좋아하는 색깔이 뭐야?" 혹은 "디즈니 캐릭터로 변할 수 있다면 무엇으로 변할래?" 같은 바보 같은 질문들이었다.

우리는 전부 새가 모이 먹듯 점심을 깨작거렸다. 나는 음식이 실망스러워서 그러는 것이었고, 다른 사람들은 다른 이유로, 그러니까 식이 장애 때문에 먹지 못했다. 어색한 대화가 계속되었다. 나는 그들의 멍청한 대화에 점점 더 신경질이 났지만, 나의 인내력이 동난 이유는 혈당이 낮고 약물을 이용한 흥분에 목마른 상태인 데다가 또 단순히 이곳에 있고 싶지 않기 때문인 것 같았다. 그런데 그들의 말장난을 듣고 있던 나는 문득 그 속에 패턴이 있음을 눈치챘다. 그들이 하는 대화는 멍청하지도, 무의미하지도 않았다. 그것은 심리 작전이었다. 그런 대화 덕에 자기 앞에 있는 음식에 정신을 빼앗기지 않을 수 있었던 것이다.

나는 내가 이곳에 있는 다른 여자들을 섣불리 판단했다는 것을 깨달았다. 이 여자는 퀴퀴한 담배 냄새가 나고 불안하게 껌을 씹고 있는 데다가 다리를 떨면서 손톱을 깨물어. 아마 중독자겠군. 저 여자는 이상할 정도로 조용하네? 눈이 때꾼하고 볼이 부었어. 손을 가만두지를 못해서 항상 뜨개질이나 십자말풀이나 스도쿠를 하는 것 같은데? 아마식이 장애가 있는 거겠지. 처음에 나는 이런 처량하고 꼴사나운 인간들이랑은 같은 부류가 아니라고 생각했다. 하지만 사실은 같은 부류였다. 나는 눈이 부은 채 손에 얼굴을 파묻고 앉은 앙상한 금발 머리 여자였다. 정신과 약과 알코올에 중독된 우울한 여자였다.

모두 식사를 마치자 간호사가 와서 점심 상자를 확인하고 결과를 기록했다. 준비된 음식을 모두 먹는 것이 원칙이었다. 그러지 않으면 '점수'를 얻지 못했다. 점수를 쌓으면 그것으로 매점에서 데오도란트나 매니큐어를 살 수 있었다.

"할 수 있어! 할 수 있어!"라고 여자 몇몇이 외치고 있었다. 자기 상자에 남은 식빵을 삼키려고 애쓰는 친구를 응원하려는 것이었다.

식사가 끝나면 우리는 이런 것을 작성했다.

"내가 먹은 음식은 _____."
"나의 기분은 _____."
"내가 고마움을 느끼는 것은 _____."

나의 대답은 다음과 같았다.

좆같았다
분노
없다

새벽 5시 45분이 되자 일과대로 간호사가 우리 방으로 들어왔다. 간호사는 아침마다 30분씩 화장실을 개방해주었고, 잠겨 있던 문을 여는 짤랑거리는 열쇠 소리는 알람 같은 것이었다. 30분은 나와 나의 룸메이트들이 각자 미지근한 물로 샤워하고 잽싸게 양치까지 마치면 꽉차는 시간이었고, 그 후에 화장실 문은 다시 잠겨 저녁에나 열렸다. 전날 밤에는 알코올 금단 증상 때문에 땀을 많이 흘려서 샤워를 먼저 하고 싶었으므로 일찍 잠자리에서 일어났다. 작은 플라스틱 샤워부스는 폐소공포증을 유발했고, 샤워기가 뿜어내는 약한 물줄기는 기껏해야 미지근한 수준이었다. 뜨거운 물을 펑펑 트는 사치스러운 샤워는 불가능했는데, 이곳의 설계 목적은 지금 지옥에 있다는 사실을 상기시키는 것이기 때문이었다. 재활원에서 주는 수건은 손 닦는 수건 크기인 데다가 면이 지나치게 빳빳했다. 그것보다 더 큰 수건은 절박한 사람이라면 묶어서 자살 도구로 쓸 수도 있기에 제공되지 않았다. 나는 그 작은 수건이 고급 섀미 가죽인 것처럼 몸을 두드려 닦은 다음, 시간을 조금 더 들여 머리의 물기도 닦았다. 드라이기는 반입 금지였다. 드라이기에는 전선이 달려 있고, 전선은 자해 도구로 쓸 수 있기 때문이었다. 아슬아슬하게 양치까지 마쳤더니 룸메이트 한 명이 자기 몫의 10분을 위해 문을 두드렸다. 나는 서둘러 옷을 입은 다음 커피나 한잔 마실 수 있을까 싶어 부엌으로 갔다.

부엌에는 긴장한 듯한 여자들이 몇 명 줄지어 있었다. 여기서 카페인은 처방 없이 섭취할 수 있는 유일한 약물이기에 첫 커피를 내리기도 전에 줄이 길게 늘어섰다. 그것보다 긴 줄이 늘어설 때는 아침에 처방 약을 받을 때였는데, 그 줄에 서면 의사가 우리의 기분을 띄우거나 가라앉히려고 처방한 약을 먹을 수 있었다. 부엌에 있는 커피메이커는 커다란 상업용으로, 아버지의 다이너에서 쓰던 것과 크게 다르지 않다. 플라스틱 손잡이가 달린 둥근 유리 주전자에 끊임없이 커피를 만들어낼 수 있을 만큼 컸다. 우리는 안달이 나서 기다렸다. 꼼지락거리며 주전자를 빤히 바라보다가 마지막 커피 방울이 떨어지자 달려들어 흰 스티로폼 컵에 한 잔씩 담았다. 그런데 내 차례가 됐을 때 커피가 동나버렸다. 나는 유리 주전자를 집어 들고 정말 한 방울도 안 남았는지 살펴보았다. 여자들이 벽에 늘어서서 데일 듯이 뜨거운 커피를 최대한 빠른 속도로 마시는 동안 정적이 내려앉았다.

"커피 빨리 안 끓일 거예요?" 내 뒤에 서 있던 여자가 물었다. 내 뒤로 또다시 길게 줄이 늘어선 것이 보였다. "저절로 생기는 거 아닌데. 잘 알면서. 이러다가 7시 30분 되면 눈 깜짝할 사이에 디카페인으로 바뀐다고요."

"네, 미안해요. 새로 와서 잘 몰라요." 나는 부끄러워서 얼굴이 붉어졌다.

"그런 것 같네. 침대에 얼마나 오래 있었어요?" 여자가 물었다.

"모르겠어요. 30시간 정도? 침대에만 있었던 건 어떻게 알았어요?"

"눈이 부었잖아요. 걱정하지 말아요, 처음 며칠이 제일 힘드니까. 나도 처음에 왔을 때 36시간 정도 잤을 거예요. 정상이에요." 그는 이야기를 멈추고 부엌에 있는 다른 여자들을 가리켰다. "신경 쓰지 말아요. 저 사람들 전부 처음에는 꼴이 말도 아니었어요."

로다 고모와 포옹한 이후로 타인의 따뜻한 마음을 느낀 것은 그때가 처음이었다.

"이곳에는 빨리 배워야 할 요령이 몇 개 있어요. 첫 번째, 커피. 여기는 스타벅스가 아니라고요. 알겠어요? 여기 커피는 영 맹탕이에요. 그래서 우리가 방법을 마련했어요." 그는 커피 필터를 고정하는 쇠 부분을 들어 올리더니 잠시 움직임을 멈추었다. "남은 찌꺼기를 버리지 마세요. 그럭저럭 괜찮은 커피, 최악까지는 아닌 커피를 마시고 싶으면 찌꺼기를 그대로 두고 위에 새 커피를 얹으면 돼요. 그럼 맛이 조금 더 강해지니까." 그는 아직 김이 피어오르는, 방금 사용한 커피 가루 위에 새로운 가루를 한 봉지 넣은 다음 시작 버튼을 눌렀다. "가진 게 이런 것밖에 없으면 어떻게든 기지를 발휘해야지요."

"왜 새 커피 가루를 두 봉지 넣지 않고요? 왜 쓴 커피 가루를 또 써요?" 나는 그 방법이 이해되지 않았다. 그는 코를 훌쩍이고는 조금 웃다가 말았다. 내가 창피해할까 봐 배려한 것이었다. 내가 새로 와서 상처받기 쉬운 상태라는 걸 알고 있었다.

"저기 커피 가루 보여요?" 그가 테이블 위의 바구니 속에 있는 커피 가루 세 봉지를 가리켰다. 나는 고개를 끄덕였다. "한 번 우릴 때 한 봉지만 넣어야 해요. 저게 하루 분량이란 말이에요. 한 번에 두 봉지를 넣으면 안 돼요! 여기 있는 여자들이 그나마 잡고 있던 정신까지 확 놔버릴 거라고요. 여기는 무한 리필 카페 같은 곳이 아니에요. 저기 있는 것 다 쓰면 내일 새벽 5시 45분까지 아무것도 없어요."

나는 잘 알았다는 의미로 고개를 끄덕였다.

"여기." 그가 재활용한 커피 가루를 이용해 만든 갓 끓인 뜨거운 커피를 내 컵에 따라주었다. "내 이름은 애나예요."

"난 에린이에요." 내가 눈동자에 진심 어린 고마움을 담아서 말했다.

"마셔둬요, 에린. 한 시간 반만 지나면 바로 디카페인으로 바뀌니까." 그는 뜨거운 커피를 입에 털어 넣고 부엌을 떠났다.

나는 애니와의 대화를 곱씹어보았다. 커피가 한 주전자 끓여지는 사이, 애나는 이곳에서는 '비정상'이 '정상'이라는 사실을 일깨워주었다. 이곳에 있는 모든 여자가 처음 왔을 때는 하루 꼬박 잠만 자고 눈이 빠져라 울었다고 했다. 그들은 자기 나름의 고통과 죄악에 맞서 싸우고 있었다. 이곳에 있는 모든 여자에게 아픔이 있었다. 내가 그렇듯이. 나는 테이블 위에 놓인 단지에서 커피용 크림을 하나 꺼내 뚜껑을 뜯고 커피에 넣었다. 크림은 커피 위에서 하얗게 덩어리져 둥둥 떠다녔다. 제기랄. 나는 망쳐진 뜨거운 커피를 싱크대에 버린 후 다시 줄 맨 뒤에 섰다. 처음부터 다시 시작이었다.

20
72시간

  재활원에서 48시간이 흘렀을 때는 평생이 흘러간 것 같은 기분이었다. 물론 나는 대부분 무기력하고 불안한 상태로 침대에 누워 있었고, 그래서 시간이 더 느리게 갔는지도 몰랐다. 하지만 곧 정신을 차리고 자리에서 일어나 다시 밥을 먹었고, 미칠 듯한 갈증 때문에 작은 플라스틱 컵에 물을 담아 마시고 또 마셨다. 도착 후로는 바깥에 있는 가족이나 친구와 한 번도 연락한 적 없었다. 새로운 환경에 적응하고 전념하기 위해 48시간 동안의 '전화 중단'에 동의했던 것이다. 48시간이 지나면 조건부의 통화 특권을 누릴 수 있었다. 하루에 20분의 통화 시간이 주어졌고, 그 시간을 자기가 원할 때 원하는 만큼 쪼개 쓸 수 있었다. 재활원에서 전화와 흡연은 가장 인기 있는 활동이었다. 아침 10시가 되면 여자들은 무리 지어 건물 뒤 테라스에 있는 울타리 두른 흡연 공간으로 가서 잠시 담배를 피우거나, 전화실에 가서 집에 전화를 걸었다. 조붓한 전화실은 따뜻한 노란색 페인트가 칠해져 있었고, 양 벽에 설치된 긴 책상 위에 전화기가 여덟 개 놓여 있었다. 각 전화기 앞에는 바퀴 달린 검은색 인조 가죽 의자와 티슈 한 상자, 소독용 젤이 한 통 있었다. 나는 벽에 걸린 화이트보드에 말라서 잘 안 나오는 매직으로 내 이름과 시간을 적었다. 그러다 문득 전화하는 것이 정말 옳은 일일지 의아해졌다. 내가 없는 동안 집에 큰일이 생겼을 것 같아 조마조마했다. 아들에게 전화할 수만 있다면, 제임의 다정한 목소리를 들으며 학교에서 무엇을 했고 점심으로 무엇을 먹었는지, 그런 단순하고 평범한 이야기를 나눌 수 있다면 얼마나 좋을까. 하지만 그런 행운은 없었다. 톰이 연락을 금지하고 있었고, 솔직히 말하면 제임에게 내가 어디에 있는지 말하기가 부끄러워 연락하기가 꺼려졌다. 거의 갇혀 있다시피 지내고 있는 엄마의 목소리를 아들이 들어서 뭐 하겠나. 나는 범죄자가 된 듯한 기분이었고, 내가 이런 어두운 나날들을 통과하고 있다는 사실을 아이에게는 알리지 않는 편이 나을지도 몰랐다.

　나는 내가 없는 동안에도 식당이 잘 굴러갈 수 있도록 미리 조치해두었다. 재활원에 오기 전 일주일 동안 봄 메뉴를 축소해 다시 짰다. 내가 일을 맡긴 직원들은 아주 노련해서 나 없이도 충분히 식당을 운영할 수 있었다. 사장이 자리를 비웠다는 것을 손님들이 눈치채지 못하게 하는 것이 목표였다. 주방 너머에서 사장의 삶이 무너지고 있다는 것은 비밀로 해야 했다. 벨파스트 주변에서 활동하는 3인조 재즈 밴드를 섭외해서 매일 밤 식당에서 연주하고 팁을 챙겨가라고 일러두기도 했다. 떠나기 전에 오리 콩피도 많이 준비했다. 오리 다리를 소금과 마늘을 비롯한 각종 양념에 재운 후 정제 오리 기름을 첨가해 낮은 온도에서 오랫동안 구워 부드럽게 익혔다. 그 상태로 기름을 차갑게 식혀 저장해두면 몇 주 동안 상하지 않을 터였다. 주문이 들어오면 저장해둔 오리고기를 뜨거운 튀김기에 넣어 껍질은 바삭하게, 살은 연하고 따뜻하게 데운 후, 프로방스 허브와 신선한 마늘을 곁들인 프랑스식 유기농 감자튀김을 곁들이면 될 것이었다. 다른 요리사들에게 나의 특제 시금치 샐러드 요리법도 알려주었다. 만들 때마다 어머니가 생각나는 샐러드였는데, 따뜻한 베이컨을 넣은 비네그레트, 프라이팬에 버터를 넣고 구운 크루통, 부드러운 수란을 올려서 완성했다. 치즈 보드도 내가 자세하게 알려준 대로, 지역산 치즈, 꿀, 잼, 견과류, 토스트를 올려 차려 내면 됐다. 그리고 우리의 대표 메뉴, 사과와 샬롯을 넣은 미뇨네트소스를 곁들인 굴과 삶은 메추리알도 준비해두었다. 저녁 식사의 마지막은 진한 초콜릿 타르트나 헤이즐넛 브리틀*이 들어간 감미로운 레몬 세미프레도**로 장식하면 될 것이었다. 내가 어떻게 만드는지 수백 번은 알려준 디저트였다. 직원들은 만반의 준비가 된 상태였고, 내가 떠나는 이유는 더 나아지기 위해서라는 것을 잘 알았으므로 나의 지시를 잘 따라줄 것이었다. 내가 몸과 마음을 치유하기 위해 물러서 있는 동안 그들이 전부 잘 해내리라고 나는 믿었다. 바라건대 한 달 후 새로운 사람으로 거듭나서 금의환향할 것이라고, 식당의 성수기를 잘 넘겨낼 것이라고 믿었다. 톰과의 험난한 결혼 생활은 결국 가정 법원으로 갈 수밖에 없을 테지만, 한 달 후의 나는 그런 결말을 직면할 준비가 되어 있을 것이라고 믿었다.

노란색 벽을 마주한 채 불안한 여자들이 빈 전화기를 속속들이 차지하는 모습을 지켜보았다. 대부분 집에 있는 가족에게 전화해 사랑하는 사람들의 안부를 확인하고 있었다. 그러나 나는 나의 인생을 망

243

치는 동시에 가족들까지 철저히 망쳐놓았고, 다른 친척들에게도 부끄러움을 안겨버렸다. 내가 꾸린 '가족' 중, 이 난장판에서도 큰 상처 없이 살아남은 몇 안 되는 사람들은 식당 식구들뿐이었다. 나는 잠시 고민했다. 직원들이 조용히 일할 수 있도록, 사장 없이도 잘 해낼 수 있다는 자신감을 유지할 수 있도록 그냥 내버려 두어야 할까? 식당에 문제가 있다고 해도, 내가 이 먼 곳에서 할 수 있는 일은 없었다. 하지만 불확실한 상태가 나를 괴롭게 했다. 나는 실제로 모든 것이 잘 돌아가고 있다는 말을 듣고 싶었고, 친숙한 목소리가 그립기도 했다. 전화기를 들고 번호를 눌렀다. 아침이었으니 주방에는 장사를 준비하는 직원들이 있을 것이었다. 그런데 삐, 하는 이상한 소리가 몇 번 들리더니 녹음된 통신사 메시지가 나왔다. 나는 내가 잘못 걸었다고 생각하며 전화를 끊었다. 그리고 다시 번호를 눌렀다. 또 삐, 하는 이상한 소리가 세 번 들리더니 녹음된 통신사 메시지가 이어졌다. 나는 한 번 더 시도했다. 이번에는 번호를 제대로 누르고 있는지 확인하려고 손가락을 천천히 움직였다. "지금 거신 전화번호는 없는 번호이거나 현재 사용할 수 없는 번호입니다. 실수로 이 녹음을 듣게 되신 경우에는 번호를 확인하고 다시 걸어주시기 바랍니다." 이 말이 나오고 또 나왔다. 씨발 무슨 일이야? 씨발 무슨 일이지? 씨발 무슨 일이냐고?! 나는 연거푸 전화기의 훅 스위치를 눌렀고, 새로 발신음이 나오자 식당 운영을 맡겼던 직원 중 한 명에게 전화를 걸었다. 신호음이 몇 번 울리고 직원이 전화를 받았다.

"여보세요…" 그의 힘없고 차가운 목소리에 경계심이 깃들어 있었다.

"나야! 대체 무슨 일이야? 방금 너네랑 이야기하려고 식당으로 전화했는데, 계속 없는 번호라는데? 무슨 일 있어?" 나는 속사포처럼 질문을 퍼부었다. 아무 일 없다는 간단한 대답을 기대하고 있었다.

"에린, 너희 어머니께 전화해봐." 그의 느릿한 목소리에서는 아무 감정도 느껴지지 않았다.

"우리 엄마한테?" 나는 식당 전화가 끊긴 것과 어머니가 무슨 상관인지 이해할 수 없었다. "우리 엄마한테 전화하라고?" 내가 반복했다. "그게 무슨 말이야?" 피가 미칠 듯이 솟구쳐 몸을 순환했다. 심장은 빨리, 더 빨리 박동하기 시작했다. 나는 무언가 잘못되었다는 것을, 굉장히 잘못되었다는 것을 직감했다.

"에린, 너희 어머니께 전화해." 그는 다시금 감정을 자제하는 목소리로 말했다. 전화가 끊겼다. 끊겠다는 인사도 없이 끊은 것이었다. 나는 가만히 있다가 훅 스위치를 누른 후 어머니에게 전화했다. 어머니는 신호음이 한 번밖에 울리지 않았는데 바로 받았다. 꼭 나를 기다리고 있었던 것처럼.

"여보세요?" 어머니의 목소리였다. 그 한마디에서, 그 목소리에서, 내가 두려워하던 소식이 기다리고 있다는 것을 알 수 있었다. 어머니가 나를 비행기에 태워 재활원으로 보낸 후 처음으로 나누는 대화였지만, 우리는 평범한 질문들을 건너뛰었다. 잘 지냈어, 비행기 타는 건 어땠니, 기분은 어떻고, 별일 없는 거지, 음식은 잘 나오니, 같은 질문들. 아직 어머니가 무슨 일이 있었는지 말해주기도 전이었지만, 벌써 눈물이 차오르기 시작했다. 나는 가장 두려워하던 일이 현실이 되었을 확률이 높다고 생각하며 머릿속에서 여러 가지 가능성을 점쳐보고 있었다.

"엄마." 나는 일그러진 얼굴로 조용히 울기 시작했고, 다가올 충격에 대비했다. 하지만 이때쯤에는 이미 무슨 일이 일어났는지 다 알았다. 그저 어머니가 순간의 침묵을 깨고 대답해주기를 기다렸다.

"다 끝났어…" 이 한 마디가 귀에 닿자 몸이 마비되어 감각이 사라지고 머리가 띵해졌다. 어머니가 톰이 무슨 짓을 했는지 설명해주는 동안 단어 몇 개가 희미하게 귓속에서 메아리치기도 했으나, 전부 초현실적이고 꿈처럼 흐릿했다. 톰이 모든 것을 가져갔다. 내가 떠나고 겨우 몇 시간 지났을 때, 톰이 삼각형 벽돌 건물로 들이닥쳐 직원들을 전부 해고하고 자물쇠를 바꾼 다음 널빤지에 검은 매직으로 '휴업'이라고 써서 문에 붙였다고 했다. 그가 자물쇠를 한 바퀴 돌리자 내가 몇 년 동안 쌓아왔던 것이 사라졌다. 나중에 알아낸 사실은 톰이 언제든 식당을 가져갈 수 있었다는 것이다. 등기권리증에는 나의 이름이 없었다. 나는 그 건물에 관한 그 어떤 권리도 없었다. 반면 주택구매용 대출은 나의 이름으로 받은 것이었다. 톰은 오래전부터 이 모든 것을 계획해둔 듯했다. 어쩌면 재활원도 아내를 낫게 해주려고 보낸 게 아닐지 몰랐다. 나는 건물 계약을 마무리했던 날을 복기했다. 신이 나서 초롱초롱해진 나의 동그란 눈이, 변호사의 책상에 쌓여 있던 산더미 같은 서류가 떠올랐다. 서명을 백 번쯤 했을 것이다…. 하지만 분명 실수는 아니었다. 대출은 나의 이름으로 되어 있었고, 등기권리증에는 나의 이름이 없었다. 분명 톰은 자기가 원할 때 손쉽게, 또 비겁하게 전부 가져갈 수 있도록 이런 방식으로 일을 진행했던 것이다. 그는 내 꿈을 쫓아내고 문을 잠가버렸고, 그렇게 내가 주방용품점에서 일하고 또 일해서 모은 거품기와 숟가락과 주걱과 칼까지 전부 다 빼앗았다. 테이블과 의자, 아연으로 만든 바도 가져갔다. 심지어 우리 할머니의 접시까지 훔쳐갔다. 그는 나의 아이를, 집을, 식당을 빼앗았고, 공동명의 통장에 있는 돈도 다 빼갔다. 전부 다 가져갔다.

"끊을게, 엄마. 끊을게요." 가슴이 아프고 증오와 분노가 치밀어 호흡하기 힘들었다. 전화를 끊은 나는 눈물로 얼룩진 얼굴을 닦기 위해 옆에 있던 티슈 상자에서 티슈를 한 움큼 뽑았다. 자리에서 일어나 노란색 방을 나왔고, 간호사들이 있는 곳으로 갔다. 유리창을 세게 두드려 안에 있는 간호사의 주의를 끌었다. 간호사가 문을 열고 무슨 일인지 물어보았다.

"72시간 시작할래요." 내가 말했다. 어금니를 세게, 더 세게 깨물었다. 나는 재활원에 자발적으로 들어온 것이었고, '72시간'은 퇴원을 위해 필요한 절차였다. 그러니까, 퇴원 서류에 서명하고 난 뒤 72시간을 기다려야 나갈 수 있었다. 나는 서류 맨 밑에 이름을 끄적인 다음, 퇴원 후의 계획을 궁리하며 복도를 지나 내 방으로 돌아갔다. 나는 재활원에서 퇴원해 비행기를 타고 집에 갈 것이고, 톰을 죽일 것이었다. 온몸에 들불처럼 번진 분노를 무기 삼아 그를 죽일 것이었다. 그가 나에게 했던 모든 거짓말을 이유로, 그가 나에게 안겼던 고통을 이유로, 그의 도둑질을 이유로 죽일 것이었다. 맨손으로 그의 목을 조르고 싶었다. 그의 숨통에서 마지막 숨까지 짜내는 것은 어떤 기분일까? 그가 공황에 빠져 헐떡이고 그 기만적인 푸른색 눈동자가 회색으로 빛을 잃은 채 머리 뒤쪽으로 넘어가는 것을 보고 있으면 어떤 기분일까. 나는 실제로 느껴보고 싶었다. 그가 나에게 안겨준 고통과 두려움을 돌려주고 싶었다.

나는 그를 죽여버리겠다고 생각하며 침대로 들어갔다. 그러나 톰을 죽인다면 경찰은 그게 나의 소행임을 단번에 알 터였다. 너무 쉬웠다. 나는 평생 교도소에 갇히게 될 것이었고, 나의 상상에 부합한다면 그곳은 재활원보다도 훨씬 끔찍한 곳이리라. 어쩌면 내가 죽어버리는 게 더 나을지도 몰랐다. 나는 그 생각을 발전시키기 시작했다. 톰이 나를 죽여줬으면 좋겠다고 생각했다. 그가 나의 내장을 도려내면, 도려내고 또 도려내면 될 것이었다. 차라리 죽는 게 나을 것 같았다. 이렇게 살아남아봤자 무일푼인 처지였고, 그는 그런 나를 보면서 의기양양해할 것이었다. 머릿속에 어두운 생각들이 들어차기 시작했다. 이제 너한테 남은 것이 뭐가 있니, 이 우습고 보잘것없는 여자야? 너는 너를 아는 모든 사람에게 수치야. 생부도 아닌 남자에게 아이를 빼앗겼어. 무슨 엄마가 그래? 집도 빼앗겼지. 직장도 빼앗겼어. 넌 약에 절어서 인생을 조졌어. 이제 너한테 살아 있을 이유가 있니, 아무짝에도 쓸모없는 쓰레기 같은 년아? 나는 벌 받아도 쌌다. 어쩌면 죽어도 쌌다.

내 안에 있던 빛이 꺼진 것 같은 느낌이었다. 지금 끝내버리자. 마음을 가다듬고 천천히 자리에서 일어나 옷장으로 갔다. 서랍 맨 밑에 있던 운동화를 꺼내 침대로 돌아왔다. 느릿느릿 양쪽 운동화에서 끈을 빼내 끝을 묶었다. 처음에 재활원에 왔을 때 운동화 끈을 뺏기지 않은 것에 새삼 놀라며 올가미를 만들려고 했는데, 아무리 애써도 잘 묶이지 않았다. 배를 자주 타는 남편과의 결혼 생활에서 후회하는 것 중 하나는, 그가 매듭 묶는 법을 알려줄 때 집중하지 않았다는 것이었다. 임기응변을 결심한 나는 두 겹으로 겹친 운동화 끈을 목에 두 번 둘렀다. 그러고는 누워서 두 손으로 끈을 꽉 잡아당기기 시작했다. 곧 목에 강한 압박이 느껴졌고, 숨길이 좁아져 숨쉬기가 버거워졌다. 끈을 더 세게 잡아당긴 후 간단하게 매듭을 묶었다. 머리가 멍해지기 시작했다. 놀라우리만치 평온했다. 나는 뿌옇고 멍한 정신 상태로 상실과 패배와 자기혐오를 더듬었다. 나의 시커먼 영혼을 다 바쳐 톰을 증오했다. 나에게는 살아갈 이유가 없다고 생각했다. 그때, 어지러운 머릿속에 불현듯 우리 아가의 모습이 떠올랐다. 제임이 시내 공원에 있는 놀이터에서 그네를 타고 있었다. 청바지와 흰 티 차림으로, 컨버스 스니커즈를 신은 작은 발을 구르고 굴러 아주 높이까지 올라갔다. 짜릿함에 소리를 지르며 나를 보챘다.

"엄마! 나 좀 봐! 나 좀 봐, 엄마! 나 보여, 엄마? 나 엄청 높이 올라왔어!"

아이가 보였다. 느껴졌다. 그 아름답고 환한 미소가, 제임이 느끼는 기쁨이 느껴졌다. 나에게 싸워야 하고 살아야 할 이유가 아직 한 가지 남아 있다는 것이 느껴졌다. 나는 조악한 매듭을 잡아당겨 목에 단단히 감긴 끈을 풀어낸 후 헐떡이며 호흡했다. 운동화 끈으로 자살하는 것은 정답이 아니었다. 나는 자살하지 않을 것이었다. 톰도 죽이지 않을 터였다. 그 대신 그와 이혼할 것이었다. 내 삶의 유일한 의미를 위해, 내 아들을 위해 바락바락 싸울 것이었다.

운동화 끈으로 목을 감았던 자리를 더듬어보니 옴폭한 자국이 만져졌다. 어떻게 끈이 있는 신발이 '반입 가능' 목록에 안착했는지 다시금 의아해하며 운동화를 다시 옷장에 넣어둔 다음, 위태로웠던 순간의 증거물을 감추기 위해 스웨터로 갈아입었다. 그러고는 침대로 돌아가 낮이 저물고 밤이 지나도록 그곳에 머물렀다. 침대에만 누워 있는 자신을 용서했고, 내 삶의 커다란 부분을 상실한 것을 애도하도록 허락했다. 내일도 일찍 일어나 미지근한 샤워를 하고 조그마한 수건으로 몸을 닦은 뒤 맛없는 커피를 마시기 위해 줄을 설 것이었다. 퇴원을 위한 72시간 서류도 찢어버리고 이곳에 머물 터였다. 삶에 다가갈 것이었다. 나에게는 작고 예쁘고 다정하고 부드러운 열 살배기 삶의 이유가 있었다. 그 이유만으로도 충분했다. 아니, 그 이상이었다.

21
떠날 시간이야

재활원에서 몇 주가 흐르자 작은 발전이 보였다. 앞으로 내 삶이 안정을 되찾을 것이라는 징후들이 어렴풋이 보이기 시작했다. 나는 일과에 매진했고, 진지한 자세로 꽉 짜인 일정을 소화했다. 매일 아침 일찍 일어나 잽싸게 미지근한 물로 샤워를 한 뒤 시트를 단정하고 예쁘게 접어 침대 정리를 하는 것도 절대 잊지 않았다. 어머니는 어지러운 방이야말로 혼란스럽고 우울한 정신을 보여주는 확실한 증거라고 항상 말하고는 했고, 혼란과 우울은 내가 벗어나려고 애쓰는 것이었으니까. 부엌으로 가서 두 번 내린 맛없는 커피를 몇 잔 마시고 나면 아침 약을 먹을 시간이었다. 그다음에는 아침 식사, 그룹 미팅, 심리 상담, 의사 진료 등으로 하루가 꽉 찼다. 이런 하루에는 리듬이 있었고, 나는 이런 생활을 적극적으로 받아들이며 평화롭게 적응해갔다. 흡수할 수 있는 것은 흡수하며, 재활원의 삶이 나를 익숙한 모습으로 되돌려주기를 바랐다. 고난에서 빠져나오는 유일한 길은 통과하는 것이었다.

하루 대부분은 그룹 미팅에 할애되었다. 재활원 버전의 오픈 마이크*였다. 우리, 재활원에 발 묶인 여자들은 그룹 미팅에서 각자의 이야기를 공유했다. 간단한 이야기도, 쉬운 이야기도, 마음이 편안해지는 서정적인 이야기도 아니었다. 우리의 분투, 고통, 나약함, 두려움에 관한 이야기였다. 우리가 상처 입은 방식, 우리가 남에게 준 상처, 그렇게 우리의 삶과 타인의 삶이 변해버리고 엉망진창이 되어버렸던 과정에 관한 이야기였다. 고통, 학대, 상실, 수치에 관한 이야기였다. 한 여자는 대학생이었을 때 건전해 보이는 파티에 갔다가 술에 취해 소파에서 잠들었는데, 눈을 떴더니 처음 보는 남자에게 삽입 당하고 있었다고 했다. 그 경험 때문에 자신을 혐오하게 되었다고, 자책하고 자해하고 자기 안에 감정 대신 음식을 채워 넣게 되었다고 했다. 다른 여자는 고등학생이었을 때 옆에서 부추기는 남자친구 때문에 마약을 시도했다고 이야기했다. 그는 중독되어버렸고, 멈출 수 없었고, 어느 날은 잔뜩 취해서 몹시 사랑했던 할머니의 장례식도 놓쳐버렸다. 그날로 약은 끊었으나 그 후로는 자신을 벌주기 위해 음식을 먹을 때마다 목구멍에 손가락을 넣어 토하기 시작했다고 했다. 또 다른 여자는 입양 가정에서 자랐기 때문에 정체성 문제로 고생했다고 이야기했다. 자기가 누구인지 어디서 왔는지 알 수 없었고, 그것이 몹시 고통스러웠다. 그런 알 수 없는 상태가 그의 내면을 갉아먹고 갉아먹은 끝에 결국 그는 자신의 피를 이해하기 위해 자해를 시작하게 되었다.

　이야기의 세부 사항은 달랐지만, 우리의 본질은 결국 똑같았다. 자해하든, 알약을 집어삼키든, 정신이 나갈 때까지 술을 마시든, 음식을

251

먹지 않든, 먹은 것을 토해내든, 우리는 전부 고통에 대처할 방법을 찾고 있던 것이었다. 나에게는 눈이 뜨이는 경험이었다. 나는 자문하게 되었다. 동생과의 관계가 망가져버렸다고 생각했는데 어쩌면 그런 생각이 틀린 것은 아닐까, 오랫동안 우리가 아주 다르다고만 생각했는데 어쩌면 우리도 본질적으로 똑같은 것 아닐까. 약물과 술과 우리를 해칠 무기가 없는 재활원에서, 우리는 사랑과 돌봄을 다시 발견했다. 우리는 여자들이었다. 타인을 돌볼 수 있는 능력을 타고난 사람들이었다. 우리는 줄곧 우리 안에 있던 힘을 통해 다시 세상과 연결되었다. 우는 사람이 있으면 티슈를 건넸고, 조용히 어깨를 감싸주었고, 마음에 가닿는 이야기를, 긴 포옹을 해주었다. 우리는 서로를 이해했다. 서로를 응원했다. 속에 담아두었던 이야기를 전부 쏟아내도, 그러고는 무너져내려도 응원해주었다. 오랫동안 우리는 혼자서, 조용히 자신을 고치려고 애썼다. 하지만 여기 와서 알게 된 사실은 우리에게 공동체가 필요하다는 것이었다. 우리 이야기를 들어줄, 우리를 사랑해줄, 우리가 혼자가 아니라는 것을 상기해줄 공동체가.

나는 이곳이 안전하다고 생각했다. 방어 태세를 늦췄다. 마음을 열고 이야기를 나눴다. 고통을 나누었고, 상실의 슬픔을 나누었고, 정말 오랜만에 마음이 가벼워진 것을 깨달았다. 몇 주 동안 마음속의 짐을 덜어내고 나니 가끔 미소를 지을 수도, 심지어 소리 내 웃을 수도 있었다. 태어나서 처음으로 내가 취약하면서도 안전하다고 느꼈다. 판단도, 배신도, 나의 실패에 기뻐할 사람도, 벌주는 사람도 없었다. 내가 울어도 아무도 조롱하지 않았다. 톰처럼 '감정적'이라며 비난하거나, 아버지처럼 '나약하다'며 혼내지 않았다. 그들은 내게 "그만 징징대"라고 말하고 또 말했었다. 나는 혼자 이곳에 와서 한 무리의 여자들을 발견했다. 우리는 함께할 때 더 강했다. 나는 내 안에서 다시 희망이 움트는 것을 느꼈고, 그 희망과 함께 더 행복하고 건강한 삶을 재건할 수 있으리라는 확신도 자라났다.

4월 말, 내가 도착하고 2주 정도 지났을 때, 재활원에서 일하는 사회복지사 두 명이 건물 뒤편의 테라스로 나를 불렀다. 나는 바깥 공기를 마실 수 있다는 것에 특권을 누리는 기분이었으나 곧 그 만남이 좋은 일이 아니라는 것을 깨닫게 되었다. 그들은 나의 보험이 중지되었다고 했다. 보험이 아무런 예고 없이 나흘 전에 끊겼다. 어머니의 보증금이 축났을 뿐만 아니라, 지난 나흘 동안 쌓인 수천 달러의 치료비는 오롯이 내가 감당해야 했다. 폭탄 같은 소식이었다. 사회복지사들은 나에게 두 가지 선택권이 있다고 했다. 돈을 내고 자비로 비싼 재활 프로그램을 계속하는 것, 아니면 짐을 챙겨서 나가는 것. 나는 끝장이었다. 나의 개인 계좌 잔액은 34달러가 전부였다. 톰이 공동명의 계좌에서 돈을 빼간 뒤 남은 것은 그게 전부였다. 계속 재활원에 머무르다가는 비용이 산더미처럼 쌓여 빚을 다 갚기까지 수십 년이 걸릴 것이었다. 그렇다고 재활원을 떠나자니 그럴듯한 미래 계획이 없었다. 당장 집으로 가는 비행기표도 없이 춥고 낯선 중서부 교외의 길거리에 나앉게 될 것이었다. 어느 쪽을 선택해도 큰일이라는 것을 깨달은 나는 분노와 공황에 빠졌다.

사회복지사들은 감정 없는 눈동자로 환자의 권리를 읊어주었고, 나는 최대한 평정심을 유지하며 항의하려 했지만 어려웠다. 2주 전에는 자살할지도 모른다며 나를 감시하던 사람들이 오늘은 보험과 현금이 없다는 이유로 나를 쫓아내려는 것이었다. 무심하고 냉정한 행동이었고, 내가 더 나아지고 강해지기 위해 쏟아부었던 모든 고생을 상쇄하는 행동이었다. 그들은 내가 흘리는 낙담의 눈물에 공감하지 못하는 것 같았다. 내가 잘 살든 죽어버리든 전혀 개의치 않는 것 같았다. 나는 소지품을 챙기려고 방으로 돌아갔는데, 병원 사람들이 다음 환자를 위해 내가 쓰던 침대 시트를 이미 벗겨낸 것을 발견하고 말았다.

물론 퇴원은 내가 원하던 것이었다. 지난 2주 동안 견뎌야 했던 이 감옥 같은 곳에서 나가는 것보다 간절한 소원은 없었다. 신선한 공기가 들어올 수 없는 꽉 닫힌 문을 활짝 열고 달아나고 싶었다. 내가 원할 때 감시하는 사람 없이 오줌을 싸고 싶었고, 내 몸을 폭 안아줄 수 있는 커다란 수건을 갖춰두고 뜨거운 물로 오랫동안 샤워하고 싶었으며 날카로운 새 면도기로 다리와 겨드랑이를 면도하고 싶었고, 적어도 평균 품질은 되는 원두로 진하게 끓인 커피를 넉넉히 마시고 싶었다. 하지만 내가 시작한 것들을 끝맺고 싶었기 때문에 재활원에 남으려던 것이었다. 약물 없이 또렷한 정신으로 살 수 있도록, 나의 분노와 자기혐오와 우울을 다스릴 수 있도록 계속 노력하고 싶었다. 그 노력이 성공한 후에 떠나고 싶었다. 지금 쫓겨난다면 지금까지 했던 모든 노력이 물거품이 되는 것이었다. 재활원에 있는 동안 나는 집과 식당과 아이를 잃었다. 모든 것이 사라졌다. 나에게 남은 것은 이 재활 프로그램뿐인데, 이제 그것마저 빼앗길 형편이었다. 내가 원한 것이라고는 이제 아무것도 남지 않은 나의 인생으로 돌아가기 위한 도움과 힘이 전부였는데.

"비행기 예약은 했어요?" 간호사가 성급하게 내 방을 기웃거렸다. 나는 눈물을 닦아내고 고개를 저었다.

"한 시간 전에는 혼자 오줌도 못 싸게 했으면서. 이제는 문을 활짝 열고 날 내보내려고 하네요. 이 병원은 원래 그래요? 자살 충동 있는 여자들을 그냥 쫓아내고 그래요?" 나는 의아해서 간호사에게 물었다. 10분 전만 해도 내가 이런 상황에 처할지 전혀 몰랐는데 벌써 비행기 표를 구했다고 생각하다니? 진심인가? 한 시간 전에는 행동 제재 대상이어서 재활원 안도 자유롭게 다닐 수 없었다. 그들의 눈에 나는 상황에 적합한 결정을 내릴 수 있는 상태가 아니었기 때문이다. 그런데 지금은 제대로 된 여행 계획도, 지침도, 인솔자도 없이 공항으로 떠나달라고 하고 있었다.

"공항까지 갈 차편이라도 구해줄래요?" 나는 울면서 간호사에게 말했다. 그는 발로 바닥을 탁탁 치며 나를 재촉하고 있었다. "택시 탈 돈이 없다고요." 내가 덧붙였다. 간호사는 차편을 알아보려고 뒤돌아 복도로 걸었다. 나는 가방 지퍼를 잠근 뒤 바퀴 달린 여행 가방을 끌고 따라갔다. 소파가 가득한 공동 공간에 앉아, 재활원에 들어올 때 압수당했던 소지품이 든 비닐봉지를 기다렸다. 그 안에 핸드폰이 있었다. 핸드폰을 켜 보니 딱 전화 한 통 할 수 있을 만큼 배터리가 조금 남아 있었다. 한 통이면, 어머니에게만 전화할 수 있으면 그것으로 충분했다. 공항으로 가는 길에 전화해서 재활원에서 쫓겨났다고, 엄청난 빚더미에 앉았다고, 대체 어떻게 집으로 가는 비행기표를 사야 할지 모르겠다고 말해줘야 했다. 한동안 공항에서 지내야 할지 모른다는 생각도 어렴풋이 하고 있었다.

갑자기 퇴원하는 여자가 생기면 항상 재활원 전체가 술렁술렁하고는 했다. 내가 그곳에 머무는 동안 매일같이 그런 일이 발생했는데도 그랬다. 급작스러운 이별이 힘들었던 이유는 여자들 사이에 우정이 싹텄기 때문이었다. 내밀한 마음 앓이에 관해 귀중한 이야기를 나누었고, 그러면서 자매 같은 신뢰를 쌓았기 때문이었다. 우리는 각자의 삶에서 최악의 시절, 나락 같은 시절 속에서 서로에게 의지했고 응원과 위안을 얻었다. 가까운 가족과도 불가능할 친밀감을 나누었다. 아무도 우리를 이해할 수 없을 때 서로를 이해해주었다. 나는 보험 문제 때문에 퇴원 당해 쫓겨나는 여자들을 수없이 보았다. 손가락만 까딱하면 영원히 안녕이었다. 나는 여기 있는 그 누구도 다시 만나지 못할 것을 알았다. 어쨌든 나는 그들의 이름만 알았지 성은 몰랐으니까. 그들의 깊고 어두운 비밀과 두려움은 알았으나 성은 몰랐다.

내가 여행 가방을 끌고 있는 것을 본 여자들 몇몇이 걱정하며 주위로 몰려들어 대체 무슨 일이냐고 물었다. 연락처, 용기와 희망의 인사를 급하게 적어 나의 외투 주머니에 넣어주었다. 다시 만날 수 없다는 것을 알았지만, 그런 행동이 부질없다고 느껴지지는 않았다. 나는 공항까지 데려다줄 차편을 기다리며 조용히 소파에 앉아 눈물을 흘렸고, 지나가는 여자들이 나를 가만히 위로해주려고 부드럽게 등을 도닥이면 그 손길을 받아들였다.

그때 스피커에서 안내 방송이 흘러나왔고, 여자들이 자기 방으로 흩어지며 공동 공간이 더욱 요란해졌다. 어딘가에서 여자 하나가 제정신을 잃었으니 상황 해결을 위해 모여달라는 지시가 들렸다. 이럴 때는 신속하고 조용히 있던 곳을 정리하고 각자의 방으로 돌아가라고 안내받은 적이 있었다. 그동안 직원들이 재활원 어딘가에서 폭발 중인 감정 폭탄을 제거할 것이었다. 당연히 그다음에는 경찰차와 구급차가 들이닥쳐 문제의 여자를 데려가는 극적인 장면이 연출될 예정이었다. 다들 어쩔 수 없이 문간에 선 채 이번에는 누가 무너져내려 병원으로 실려 가게 될 것인지 지켜보고는 했다. 곧 복도가 텅 비워졌다. 나는 이제 내 방이 없었으니, 바퀴 달린 여행 가방을 들고 어색하게 서서 간호사에게 질문했다.

"나는 어디로 가요?"

"에린은 여기 가만히 있어요." 간호사는 느릿하고 침착한 목소리로 답했다. 꼭 폭탄을 제거 중인 것처럼. 곧바로 경찰차와 구급차가 줄지어 달려오더니 재활원 현관문 앞에 섰다. 간호사가 두꺼운 유리문 옆에 보안 문자를 입력했고, 유니폼 입은 사람들이 줄줄이 밀려들었다. 경찰, 구급 요원, 옆 건물에 있던 지원 간호사까지 수십 명은 되는 사람들이 나의 가슴에 다이너마이트가 붙어 있는 것처럼 나를 둘러싸고는 천천히 움직였다. 문제의 감정 폭탄은 바로 나였다. 내가 마법의 단어를, 그러니까 '자살 충동'이라는 단어를 말해버렸던 것이다. 그들은 바로 나 때문에 이곳에 온 것이었다. 전부 혼란스러웠지만, 곧 나는 스피커에서 지시가 흘러나오던 것, 그리고 그 지시의 필연적인 결과를 인식했다. 그것은 내가 또 정신병원에 입원해 병원비를 잔뜩 내게 되었다는 뜻이었다. 의료 시스템은 그런 식으로 작동하고 있었고, 나는 그 시스템 안에 죄수처럼 갇혀 버렸다. "편하게 갈 수도, 어렵게 갈 수도 있어요. 당신이 선택하는 거예요." 그들 중 하나가 말했다. 나는 유니폼 입은 사람들과 들것에 둘러싸인 채 놀라서 옴짝달싹도 하지 못했다. 그들은 내가 저항하면 몸을 묶겠다고 협박했다. 나는 스멀스멀 엄습하는 히스테리를 막아내려고 애썼다. 내 안에 형성되기 시작한 광기와 혼란이 얼마나 강렬한지 보여줬다가는 그들이 어떻게 반응할지 두려웠다. 자극적인 드라마를 보고 잠자리에 들면 꾸고는 하는 악몽 같은 이미지가 머릿속을 스쳤다. 나는 그들이 "손들어!"라고 외치지 않을까 조마조마했다. 결국에는 두려워서 그들에게 협조했고, 하라는 대로 구급차 뒤에 탔다. 그들은 차 문을 닫은 후 사이렌도 켜지 않고 조용히 불명의 목적지로 데려갔다. 구급차 뒤편에서는 내가 어디로 가고 있는 건지 가늠이 되지 않았고, 설명해주는 사람도 없었다. 나는 범죄자이자 인질이 된 기분이었다. 죄책감과 두려움을 동시에 느꼈다. 다시 나락으로 추락하는 듯한, 다시 혼돈으로 되돌아가는 듯한 기분이었다. 지난 몇 주 동안 했던 노력은 수포가 되어버렸다.

그들은 응급실에 나를 데려다놓았다. 나는 커튼이 드리운 삭막한 침대에 앉아 거의 하루를 꼬박 기다렸다. 하염없이 기다리며 병원비만 늘렸다. 그곳에 있는 동안 나와 마찬가지로 재활원에서 옮겨진 여자들을 무려 세 명이나 보았다. 나는 이런 사람들이 얼마나 많을지 궁금해졌다. 우리는 지불 능력에 따라 마치 전당품처럼 이쪽저쪽으로 떠밀렸다. 무일푼에 보험도 없는 나는 비싼 응급실 침대로 떠넘겨졌고, 그 말은 내가 재활원에서 쓰던 침대가 공석이 되었다는 뜻이었다. 그곳에 자기 돈으로 치료비를 낼 다른 비보험 환자를 데려올 수 있었다. 나는 약해진 여자들을 이리저리 떠밀어 침대를 채우고 보험금 청구를 하는 의료 시스템에 감금된 느낌이었다. 우리 모두가 유괴된 채 망가진 정신과 의료 시스템에 운명을 맡기게 된 것 같았다. 나의 바람은 이 저주받은 세계를 빠져나오는 것, 전부 잊어버리는 것뿐이었다. 공항으로 가서 대체 어떻게 집에 갈지 궁리하고 싶었다. 하지만 나를 기다리던 것은 곧 집에 가지는 못한다는 안내였다. 나는 집에 가는 대신 한 번 더 구급차에 실려 강제로 정신과 병동에 입원해 얼마인지도 모를 시간을 보낼 운명이었다.

내가 떠밀린 정신과 병동은 의료기관이라기보다는 감옥 같았다. 나는 또다시 폐쇄된 건물에 갇혀 기본적인 권리도 박탈당한 채 형을 살아야만 했다. 며칠 동안 병실에 감금되어 덫에 빠진 기분으로 몽상에 젖었다. 그곳에서는 딱 나흘 머물렀지만, 그 부조리함 때문에 몇 주나 흐른 듯 느껴졌다. 그 텅 빈 방에 혼자 갇혀 있는 동안 나는 이성을 잃었다. 시계가 없어서 시간의 흐름을 가늠할 수 없었다. 시간은 고통스러울 정도로 천천히 흘렀다. 작은 창문 밖에는 줄곧 잿빛 구름 낀 하늘만 보여 건물이 어느 방향인지조차 구분하기 힘들었다. 온종일 할 일이 아무것도 없어서 창밖의 나뭇가지에 앉은 작은 곤충들이 꽃봉오리 사이를 뛰어다니며 봄의 도래를 축하하는 듯한 모습을 지켜보았다. 나는 집에 가서 창가의 화단에 꽃을 심고, 개나리꽃을 틔우고, 식당에 놓을 꽃꽂이를 하고, 빗자루와 호스를 들고 제임과 함께 거리를 청소하고 싶었다. 그런 나날들은 이제 끝이었다.

가끔은 차가운 타일 바닥에 엎드려 간단한 스트레칭을 했다. 눈물이 나고 과호흡이 올 때 마음을 가라앉히는 방법이라고 배운 것이었다. 식사는 불규칙적으로 나왔고, 나온다고 해도 처참해서 도저히 삼킬 수 없었다. 가끔 과일 장식이 나오면 그것을 먹었고, 작은 봉지에 담긴 짭짤한 크래커나 그레이엄 크래커가 나오면 아껴놨다가 정말 배고플 때 먹었다. 몇 시간, 며칠 동안 그 침대에 누워 있으니 내가 원하지도 않았는데 잡혀 있다는 좌절감에 열이 오르고 정신이 멍해졌다. 내가 병원에 잡혀 있어야 할 합당한 이유는 단 하나도 없었다. 나의 영혼이 이 침대 위에서 썩어갈 것 같아서, 이러다가는 정말로 미쳐버릴 것 같아서 걱정되고 조바심 났다. 이보다 불행할 수는 없다고 생각하고 있는데 설상가상으로 배가 쿡쿡 찌르는 느낌이 들며 생리통이 시작되었다. 나는 간호사를 불러 탐폰과 애드빌을 가져다 달라고 했지만, 간호사는 나를 바라보고 머리를 긁적이며 짙은 중서부 억양으로 말했다. "알았어요. 음… 알아볼게요. 그런데 여기는 생리대밖에 없는 것 같은데." 분명 몇 시간이 넘도록 기다렸으나 간호사는 돌아오지 않았다. 나는 임기응변으로 화장실 휴지를 두껍게 뭉쳐 속옷에 깐 다음, 웅크리고 누워 내 몸을 압박하며 고통도 눌러 없애보려 애썼다. 재활원에 있을 때는 그동안 먹어오던 정신과 약들을 천천히 줄여보려고 노력하던 중이었지만, 이곳에 오면서 단번에 끊을 수밖에 없었다. 그리고 금단 증상이 시작되고 있었다. 중독되는 데는 순식간이었지만 끊어내는 데는 영겁의 시간이 필요한 약들이었다. 잠들기에 성공한 밤이면 땀을 잔뜩 흘리며 깨는 바람에 옷을 갈아입어야만 했다. 낮에는 정신이 흐릿하고 멍했다. 혈관에 전류가 흐르는 것처럼 몸이 떨렸다. 내가 나락으로, 더 깊은 나락으로 떨어지는 것이 느껴졌다. 지난 몇 주 동안 열심히 노력해서 건강해졌지만, 이곳에서 다시 추락할지도 모른다는 생각이 들어 두려워졌다.

하루에 몇 번씩 어머니에게 전화하기 위해 공중전화로 갔다. 감옥이라는 말을 들으면 머릿속에 그려지는 것과 똑같은 모습이었다. 페인트칠한 콘크리트 벽 앞에 공중전화 세 대가 죽 늘어서 있고 전화 사이의 간격은 발 하나만큼도 안 되어 고통스러운 통화 내용이 다 공개될 수밖에 없었다. 전화기는 하루 중 지정된 시간에 25분 동안만 연결되었다. 만약 앞선 환자들이 25분의 통화 시간을 전부 써버리면 뒤의 환자는 다음 통화 시간까지 기다려야 했다. 환자와 통화하고 싶은 가족도 실패가 잦아 답답한 마음인 것은 마찬가지였다. 외부인과의 자유로운 의사소통은 우리가 박탈당한 수많은 권리 중 하나였다. 나를 인질로 붙잡은 이 부조리한 시스템에서 헤쳐나오기 위해서는 나를 대변해줄 사람이 필요했다. 해답이 필요했다. 약 조절 계획이 완전히 망쳐져 금단 증상을 겪고 있는 나를 관리해줄 사람이 필요했다. 제대로 된 식사가 필요했다. 적어도 진통제와 빌어먹을 탐폰 정도는 받을 권리가 있었다. 다행히 나의 절절한 도움 요청이 어머니에게 닿았고, 어머니는 바로 비행기표를 샀다. 이륙이 임박해서 산 표라 이미 무거운 카드빚에 더욱 큰 부담을 얹게 되었고, 렌터카를 빌리고 고속도로 통행료를 내야 했으니 잔돈까지 두둑이 챙겨야 했다. 나는 깊은 절망 속에서 몸과 마음이 피폐해져 더 이상 내 꼴에 부끄러움을 느끼지도 못했다. 이 난장판을 헤쳐나갈 수 있도록 도와줄 사람, 어쩌면 애정도 조금 보여줄 수 있을 정신 또렷한 사람이 필요했다. 어머니가 필요했다. 마침내 어머니의 얼굴을 마주했을 때는 안도감으로 벅차올랐다.

진료를 받기까지 나흘이 걸렸다. 의사는 나를 아래위로 쓱 훑더니 내가 자신과 타인을 해칠 만한 사람이 아니라고 했고, 어머니가 돌봐줄 수 있도록 퇴원을 허락했다. 마침내 집에 갈 자유를 얻어 렌터카를 타고 공항으로 가는데, 문득 나는 집에 갈 수 없다는 것을 깨달았다. 내겐 집이 없었으니까. 나는 정신병원에 갇혀 있는 나흘 동안 재활원에서 비축했던 힘을 전부 잃어버렸다. 약물 금단 증상에 시달리고 있었고, 새로운 삶을 시작하기 위한 계획은 하나도 없었다. 나를 기다리고 있을 광폭한 현실과 원수 같은 남편을 마주하기에는 너무 쇠약한 상태였다. 그리고 메인의 시골 동네에는 내가 회복할 수 있도록 도와줄 자원이 없었다. 나의 쑥대밭 같은 현실은 내가 준비되었든 안 되었든 나를 덮쳐올 것이었다.

공항 직원들이 내 몸을 낱낱이 검사하고 유일한 짐 가방도 샅샅이 뒤졌다. 이런 검사는 이제 익숙해진 참이었지만, 보안 검사대를 통과하자 돌연 새로운 감각이 나를 채웠다. 그것은 자유의 감각이었다. 사람들이 움직이고 밀려들고 걷고 거닐고 앉고 음식을 사기 위해 줄 서 있었다. 그들은 자기가 원하는 대로 행동했고, 가고 싶은 곳으로 갔으며, 아무도 그들의 행동을 감시하지 않았다. 그리고 그들은 커피를 마시고 있었다. 나는 스타벅스가 시야에 들어오자 바로 그쪽으로 직진했다. 주머니에는 어머니가 넣어준 25센트 동전 묶음이 있었다. 샷이 두 개 들어간 카푸치노를 두 잔 사서 양손에 하나씩 들었다. 게이트 앞에서 카푸치노가 뜨거운 물약이라도 되는 것처럼 마지막 한 방울까지 음미했다. 앞으로는 좋은 커피라면 단 한 잔이라도 당연하게 생각하지 않을 것이었다. 그리고 게이트 옆의 붐비는 화장실에 가서 변기 위에 화장지를 깔고 앉아 여유롭게 오줌을 쌌다. 오줌 싸는 것이 이렇게 즐거우리라고는 상상도 한 적 없었다. 세면대 앞에 서서 따뜻하고 기분 좋은 비누 거품을 손에 비비며 여유롭게 이 순간의 자유를 즐겼다. 길쭉한 화장실 거울에 비친 내 얼굴을 바라보았다. 몇 주 만에 처음으로 보는 것이었다. 알아보기도 힘들었다. 지난 며칠 동안 크래커만 먹었던 탓에 살이 빠져 광대뼈가 도드라졌다. 많이 울어서 부은 눈은 여전했다. 나는 양쪽 세면대 앞의 여자들을 흘긋거렸다. 손을 닦고 거울을 보며 화장하고 머리를 매만지고 있었다. 감시하는 사람 없이 공공 화장실을 사용하고 거울로 옆을 흘긋거린다는 평범하고 단순한 자유를 음미하고 있을 여자는 오직 나밖에 없을 것이었고, 그 사실을 깨달은 나는 희미하게 미소 지었다. 이 난장판에서 얻어낸 것이 이런 작은 일상에 대한 감사밖에 없을지라도, 그것은 의미 있었다. 어쩌면 삶을 다시 시작하기에는 그것만으로도 충분했다.

4부

LIBERTY

해방

22
메인에서의 어두운 하루

집으로 돌아오던 날, 하늘을 가득 채운 구름에서 절망을 읽었다. 메인의 봄날이 그렇게 어둡고 칙칙하고 비관적으로 느껴진 적은 처음이었다. 마치 세상이 나의 마음속을 비추는 것 같았다. 프리덤으로 돌아온 나의 수중에는 옷가지 몇 벌과 세면도구가 든 여행 가방뿐이었다. 그 외에 내 삶에 남은 것이라고는 무거운 상실감, 수치심, 자기 회의가 전부였다. 어머니는 나를 조수석에 태운 채 페니 로드에 있는 집을 향해 달렸고, 나는 그곳에 가까워질수록 나의 전복된 인생을 더 확연하게 절감했다. 약 때문에 생긴 몸 떨림 증상을 떨쳐내려고 애쓰고 있었는데, 그 떨림이 금단 증상 때문인지 나를 기다리고 있는 불안한 현실이 걱정되어서 그러는 것인지 알 수 없었다.

2킬로미터쯤 되는 흙길 끝에는 어린 시절을 보낸 농가가 있었다. 어머니와 아버지는 돌아온 나를 받아들여 나름의 피난처를 제공해주었다. 이혼이라는 폭풍우에 대비하는 동안 몸을 숨길 벙커였다. 나는 농장 연못가에 있는 방 하나짜리 작은 오두막에서 머물 것이었다. 농장

본채에서 조금만 걸어가면 나오는 곳이었다. 거기서 이 어지러운 지옥을 견뎌내며 삶을 되찾고 재건할 것이었다. 인생을 처음부터 다시 시작할 것이었다. 나는 집에 있었음에도 길을 잃은 기분이었다.

숲속의 널지붕 오두막에 살면 나만의 공간을 확보하면서 부모님을 방해하지 않을 수 있었다. 비좁은 본채에서 부모님과 같이 사는 것은 불가능했다. 세 사람의 고통과 분노가 공존하기에는 공간이 너무 작았다. 오두막은 소박하고 깔끔했다. 손때 묻은 에나멜 테이블, 그리고 페인트칠한 목제 의자 두 개가 있었다. 벽에 있는 창문 밖으로 연못이 보였다. 어린 시절에는 겨울이면 스케이트를 타고 봄이면 개구리를 잡던 연못이었다. 방에는 한때 증조할머니가 쓰던 커다란 오크 목제 침대가 있었고, 한쪽 구석에 장작을 넣는 주물 난로도 있어서 습한 봄날이나 추운 가을밤에도 쾌적하고 훈훈할 것이었다. 전기가 들어오지 않는 대신 기름 램프와 주물 촛대와 유리병에 담긴 작은 양초가 곳곳에 놓여 있었다. 화장실이 없어서 침대 밑 요강을 썼고, 씻을 때는 세라믹 세면대와 물 주전자를 썼다. 부모님이 사는 본채의 샤워기를 쓸 수도 있었으나 그런 일은 적었는데, 수도가 연결된 오래된 굴착우물이 깊지 않아서 물이 자주 동났기 때문이다. 나를 향한 아버지의 인내심과 마찬가지였다. 조금 힘들기는 했지만, 그래도 공짜로 머리 뉠 곳이 있다는 것, 사람의 온기가 필요한 날에는 조금만 걸어가면 가족이 있다는 든든함에 감사했다.

오두막은 겨우내 아무도 사용하지 않아 봄맞이 대청소가 필요했다. 대청소는 분명 지금 내가 처한 상황에 대한 은유였다. 나는 걸레에 물을 묻혀 공간 구석구석에 생긴 커다란 거미줄을 훔쳐냈고, 몇 개 없는 가구도 깨끗이 닦았다. 바닥에 쌓인 먼지 더께를 현관 앞쪽 테라스로 쓸어낸 후 창문을 활짝 열어 신선한 공기를 들였다. 난로에 있는 재를 비워낸 후 남아 있던 자투리 장작으로 불을 피워 봄날의 습기를 제거했다. 어린 시절 이후로 장작 난로를 두고 사는 것은 처음이라서 몇 번이나 실패한 끝에 불을 붙일 수 있었다. 마침내 불꽃이 살아나기는 했으나 연기가 방 안으로 밀려들었다. 계절이 바뀌면서 통풍 조절판을 닫아 두어 그런 것이었다. 조절판을 열었더니 불꽃이 커다랗게 살아났다. 난롯불이 활활 타기 시작하자 오두막 안이 훈훈해졌고, 타닥거리는 장작 소리가 공간에 숨결을 불어넣어 박동하는 심장을 가진 생명이 옆에 있는 듯한 기분이었다. 나는 꽃무늬 플란넬 침구 세트와 패치워크 퀼트를 꺼낸 후 어머니가 어렸을 때 알려줬던 것처럼 모서리를 접고 끼워 침대를 단장했다. 유리병 몇 개에 물을 채워 침대맡 테이블에 두었다가, 잠자기 전에 에나멜 주전자에 부어 난로 위에 올려놓으면 목욕할 물을 마련할 수 있었다. 그렇게 며칠 동안 작은 오두막을 안락한 보금자리로 만들었다. 농장에 굴러다니던 들쭉날쭉한 전선을 잔뜩 모아다가 오두막에서 헛간까지 거의 90미터나 되는 거리를 연결했다. 이렇게 연결한 전선에 콘센트 세 개를 꽂을 수 있게 되자 조명 두 개와 선풍기를 사용했다(아버지의 유머 감각이란 참 괴상해서, 종종 장난이랍시고 아무 말도 없이 헛간에 있는 플러그를 뽑는 터에 내 방은 돌연 칠흑 같은 어둠에 잠기고는 했다). 그것은 앞으로 얼마나 머무를지 모를 새로운 보금자리에서 누리는 작은 사치였다. 밖에 있는 나무와 덤불이 너무 많이 자라서 오두막을 에워싸려고 하기에 그것들을 다듬기도 했다. 창가의 화단에는 주변 숲에서 모은 양치식물과 보들보들한 이끼를 심었다.

아침과 저녁이면 오르막길을 올라 본채로 가서 부모님과 커피를 마시고 저녁을 먹었다. 식탁에서 나누는 대화는 무시무시한 병원비, 쌓이는 변호사 비용, 임박한 자동차 압류, 톰과의 고통스러운 양육권 분쟁에 대한 논쟁과 좌절로 이어지고는 했다. 우리 가족 전체가 이 악의에 찬 이혼의 피해자라는 것, 부모님 역시 그 영향으로 아파하고 있다는 것을 나는 깨달았다. 어머니와 아버지는 내 옆에 꼭 붙어 함께 이 지옥을 겪었고, 지난 몇 개월간 이어진 온갖 조롱과 상실감과 폭풍우 같은 감정에 똑같이 마음이 들끓었다. 부모님도 나처럼 분노와 상처에 허덕이며 잠을 설쳤다. 그들 역시 손자를 빼앗겨 그 상실감에 깊이 고통스러워하고 있었다. 나는 나의 이혼이 그들을 갉아먹고 있는 것은 아닌지, 말 그대로 그들의 심장에 타격을 주고 있는 것은 아닌지 걱정되었다.

옛날에 빈털터리 비혼모로서 프리덤에 돌아왔을 때도 부모님을 마음고생시킨 것은 사실이지만, 지금은 그때와 달랐다. 그때도 그들의 삶에 수치와 실망을 안겨주고 집안을 스트레스로 가득 채웠으나 마지막에는 커다란 기쁨이 있었다. 작은 남자아이가. 아버지는 나에게 낙태하라고 애걸복걸했지만, 나중에 그 아기는 아버지의 뒤틀린 마음 한쪽을 밝고 보드랍게 바꾸어놓았다. 언젠가 아버지는 눈물이 그렁그렁한 채로 나에게 제임을 지우라고 한 것이야말로 자기 인생에서 가장 큰 잘못이었다고 인정했다. 우리 모두 그 예쁜 아이 없이 살아가는 것은 상상도 할 수 없었다. 비극적인 현실은 지금 우리가 그렇게 살고 있다는 것이었다. 어머니와 아버지가 내 옆에서 산산이 부서지지 않고 얼마나 버틸 수 있을지 걱정됐다.

어머니는 항상 그랬듯 온유하고 따뜻했다. 은퇴한 초등학교 특수 교사로서 위기 상황에 능숙했는데, 이번 위기는 너무 가까운 곳에서 벌어지고 있어 그 어느 때보다 힘겨웠다. 감정을 관리하는 것이 더욱 버거웠지만 그래도 평소의 실용적이고 정리에 능한 면모를 잘 유지하며 진료를 보거나 변호사와 상담할 때면 꼼꼼히 필기하고 정보를 해석했으며, 정신적으로 쇠약해진 나도 잘 이해할 수 있도록 도와주었다. 어머니는 사람이 혼자서 위기를 돌파하기는 힘들다고 생각했다. 학교에서 학생이 혼란에 빠지면 그 아이 한 명을 진정시키기 위해 여럿이 필요한 것과 마찬가지였다. 어머니는 이 위기도 다르지 않다고, 이 위기를 해결하기 위해서도 공동체가 필요하다고 믿었다. 그래서 '위기 해결단'을 모집했다. 로다 고모, 나의 믿음직한 절친 데이브와 아이비로 이루어져 있었다. 부모님과 나이가 비슷한 데이브와 아이비는 자식 없이 은퇴 후의 삶을 즐기고 있었다. 우리는 톰을 통해서 만나 금세 친해졌다. 아이비가 꽤 미식가라서 맛있는 음식과 포도주를 좋아한다는 공통점을 통해 친해질 수 있었다. 데이브는 메인에서 나고 자란 토박이였는데, 그 누구에게도 비할 바 없는 온화하고 모성적인 성정을 가진 돌봄에 특화된 사람이었다. 부부가 갈라서면 친구들도 갈라서서 이쪽 아니면 저쪽 편을 들기 마련이다. 한동안 데이브와 아이비는 굳건하고 일관적으로 톰의 편을 들었고, 종종 톰에게 돌아가라고 나를 설득하려 들기도 했다. 교활하고 영악한 톰은 자기가 피해자라는 이야기를 그들의 메시지 수신함에 잔뜩 남겼다. 다른 사람의 마음을 조종하는 것에 자신 있던 톰은 데이브와 아이비를 구워삶으면 그들을 이용해 나를 설득할 수 있다고 확신했다. 사실 그 전략은 성공할 뻔했다. 하지만 톰이 내가 가진 모든 것과 나의 아이까지 식당 안에 가둔 채 그 문을 잠가버렸을 때, 데이브와 아이비는 그의 개수작을 간파했다. "아픈 강아지를 길바닥으로 쫓아내는 법이 어디 있냔 말이지"라고 아이비가 나에게 말했다. 식당 문을 닫음으로써, 자물쇠를 바꿈으로써, 톰은 나를 재활원에 보낸 이유가 나의 '회복'이 아니라는 것을 두 친구에게 증명했다. 나는 톰이 단 한 번도 나의 건강 같은 것을 걱정하지 않았다고 확신했다. 나를 재활원에 보낸 목적은 나를 가둬놓는 것, 통제권을 획득하는 것이었다. 한 마리 매처럼 하늘을 빙빙 돌며 상황을 파악하고 계획해 공격하기 위해서였다. 이 모든 것은 결국 통제가 목적이었다. 나를 통제하고, 제임을 통제하고, 식당을 통제하는 것. 어느 날 재활원의 횅한 전화실 화이트보드에 적혀 있던 메시지는 데이브와 아이비가 누구 편에 서기로 했는지 확실히 보여주었다. 메시지는 다음과 같았다.

> 수신 시각: 오전 10시 48분
> 수신자: 에린
> 발신자: 데이브와 아이비
> 메시지: 그 개새끼랑 이혼해.
>   전화해줘… xo*

그때부터 두 사람은 끝을 모르는 막대한 응원을 퍼부어주었다. 나락에 처박힌 내가 다시 일어설 수 있도록 내 옆에서 함께 발차기를 하고 움켜잡고 싸워주었다. 마치 가족처럼, 부드럽지만 투지 넘치는 사랑과 응원을 보내주었다. 혈육인 할아버지, 할머니와 맺었던 특별한 유대감과 크게 다르지 않았다. 할아버지와 할머니가 살아 있었다면 내가 이 부당한 전쟁을 이겨낼 수 있도록 최전선에서 싸워줬을 것이었다.

어머니는 우리 다섯 명을 데리고 주별 회의를 소집해 어떻게 해야

---

* 문자나 편지 마지막에 쓰는 인사로, 포옹과 입맞춤을 의미한다.

내 삶을 진전시킬 수 있을지 논의했다. 우리는 매주 농장 뒤편의 테라스에서 만났고, 어머니는 갓 구운 팝오버에 버터와 딸기잼을 곁들여 간식으로 내왔다. 그렇게 모여 있으면 모든 것이 평온하고 근사하게 느껴졌다. 현실은 그렇지 않다는 것을 모두가 알았지만. 그래도 다 같이 울고 뒹구는 대신 사업을 논의하듯 그 난장판을 논의했다. 눈보라처럼 몰아치는 청구서를 모아 정리하고, 감당 안 될 정도로 쌓인 빚을 탕감할 계획을 세웠다. 우리는 내 약혼반지를 들고 전당포를 다니면서 값을 가장 비싸게 쳐주겠다는 곳을 찾았다. 반지를 팔아서 곧 치러야 할 이혼 변호사 상담료를 조금이나마 해결할 생각이었다. 돈 내야 할 곳들에 10달러, 20달러씩 보내놓아 급한 불을 껐다. 소액이라도 보내놓으면 신뢰를 줄 수 있고, 의료비 때문에 재산이나 소득을 징수당할 위험도 막을 수 있었다.

이런 힘겨운 시기에 동생은 부재했다. 하지만 나는 니나가 없는 것에 슬퍼하지 않았다. 우리 사이에 끈끈함이 없다는 사실에 익숙했으니까. 나를 응원해주는 것은 그 애와 어울리지 않았다. 우리의 관계는 10년이 넘게 썩어왔고, 아무것도 나아지는 것 없이 소원한 채로 남아 있었다. 우리는 자매라고 하기도 민망한 사이였고, 친구라고 하기도 무리였다. 공통점이라고는 금발 머리카락과 핏줄뿐이었다. 사실 나는 니나가 주변에 있으면 불안해졌기 때문에 안 보이는 쪽이 더 편안했다. 동생이 어떤 가시 돋친 판단과 잘난 척하는 의견을 내놓을지, 또 어떤 말로 나를 깔아뭉개고 부끄럽게 만들지 걱정할 필요가 없었다. 이 수난 속에서 아버지가 어떻게 반응하는지 걱정하는 것만으로도 바빠서, 이미 불편한 동생과의 관계로 일상을 더 불편하게 꼬아내고 싶지 않았다.

내가 돌아온 후로 아버지는 줄곧 분노를 참지 못했다. 아버지의 극심한 분노는 상황에 아무런 도움이 되지 않았고, 나의 분투에 또 다른 긴장과 불안을 더해주기만 했다. 아버지는 톰을 향한 경멸로 속을 끓였다. 나보다 더 그를 증오했을지도 몰랐다. 그런 것이 가능하다면. 아버지의 격노는 모든 것을 집어삼키고 파괴했다. 폭언을 터뜨렸고, 톰에게 해코지하겠다고 협박했다. 나는 아버지가 톰의 자동차 바퀴에 구멍 내는 것 이상의 행동을 저지를까 봐 걱정됐다. 이성을 잃고 살인이라도 저지르면? 우리는 각자 자기만의 방식으로 상실을 슬퍼하고 아픔을 견뎌내고 있었지만, 아버지의 악랄한 방식은 우리 중 그 누구에게도 도움이 되지 않았다. 그리고 아버지는 매일 내 얼굴을 볼 때마다 우리가 지나고 있는 이 난장판을 떠올렸다. 아버지가 전보다 나를 더 못마땅해하는 것은 불가능하다고 생각했는데, 보아하니 가능한 일이었다. 실제로 아버지는 나를 전보다 더 미워했다. 하지만 나는 이제 남자 때문에 움츠리고 살면 어떻게 되는지 톡톡히 깨달은 참이었다. 이제 같은 실수는 하지 않을 것이었다.

23
누가 누구를 살렸을까?

나는 혼자 있는 법을 배우지 못했다. 아기일 때는 어머니와 아버지에게 안겨 있다가 곧 동생이 태어났다. 어머니, 아버지, 동생, 할아버지, 할머니에게 둘러싸여 살았다. 고모, 이모, 삼촌, 사촌 등 친척도 많았고, 학교 친구, 운동부 친구, 그냥 친구, 남자친구, 대학 기숙사 룸메이트, 동료, 아이, 끝으로 남편까지 있었다. 혼자 살아본 적도, 진정한 고독 속에서 시간을 보낸 적도 없었다. 그리고 서른세 살의 나이에 내가 혼자만의 삶에는 영 재능이 없다는 것을 깨달았다. 어색하고 불편하고 고통스러웠다.

곧 오거스타에 있는 동물 보호소의 문이 열릴 시간이었다. 나는 기다리고 있다가 문이 열리면 바로 들어가려고 건물 정면이 보이는 좋은 자리에 주차했다. 전날 미리 전화해서 운영 시간을 물어봤는데, 응대해준 여자 직원이 일찍 오라고 조언했다. "선착순이니까요"라고 덧붙였다. 시간이 지나자 자동차들이 속속 주차장으로 들어와 빈자리를 차지했다. 나는 차 안에 있는 사람들의 움직임을 주시했다. 이 싸늘한 봄날 아침에 제일 먼저 따뜻한 자동차에서 나와 줄을 설 사람이 누구일지 궁금했다. 드디어 첫 번째 사람이 움직이자 나도 잽싸게 그 뒤를 따랐고, 곧 유리문 안쪽에서 보라색 수술복을 입은 여자가 나타나 문을 열고 반려동물을 찾으러 온 사람들을 차례차례 들여보냈다.

보호소 안쪽에 들어서니 동물 배설물과 고양이 오줌 냄새가 진동했다. 어찌나 독하던지, 나는 구역질을 막기 위해 코와 입을 가려야 했다. 요란하고 날카로운 울음소리가 접수대를 메우고 두꺼운 콘크리트 벽에 부딪혀 울렸다. 판유리 창문 뒤에는 견종도 크기도 제각각인 강아지 수십 마리가 우리에 갇힌 채 펄쩍펄쩍 뛰어오르고 서성거리고 흐느끼며 꼬리를 흔들고 관심을 끌려고 애썼다. 지저분한 갈색 믹스견, 원래는 하얀 털이었으나 노랗게 꼬질꼬질해진 작은 강아지가 보였고, 핏불 믹스도 꽤 있었다. 보호소는 각양각색의 동물로 혼란스러웠다. 다들 자신을 집으로 데려가 돌봐줄 주인, 두 번째 기회를 줄 주인을 기다리고 있었다. 나는 그 안을 몇 번 훑어보며 성나고 흥분한 개들 앞을 스치고 또 스쳤다. 그때, 우리 한 귀퉁이에 있는 그 녀석을 보았다. 몸통은 노란색, 코와 귀는 짙은 캐러멜 색깔이고, 목에는 너덜너덜한 빨간색 목걸이가 채워진 꾀죄죄한 암컷이었다. 래브라도 혈통인 듯하고, 길쭉한 코를 보면 셰퍼드의 피가 섞인 것 같기도 했다. 다섯 살이나 여섯 살쯤 된 듯했다. 보호소의 혼란스러운 분위기에 에워싸인 채 앞발을 살짝 내밀고 조용히 앉아 있는 얼굴이 너무나도 시무룩해 그 당혹스러운 마음이 손에 만져질 것만 같았다. 꼭 사람 같았다. 나는 개의 관심을 끌어보려고 유리창을 살짝 두드렸다. 녀석은 반응 없이 무심하게 앉아 있었다. 슬픈 갈색 눈으로 줄곧 보호소를 훑어보다가 잠시 나와 시선이 마주쳤다. '내 삶이 이렇게 될 줄은 몰랐는데'라고 개의 눈동자가 말하고 있었다. 나도 내 삶이 이렇게 될 줄 몰랐어. 나 역시 시선으로 대꾸했다.

"저기요, 이 개에 대해 설명해주실 수 있나요?" 나는 접수대에 있는 여자 직원에게 물어봤다.

"페니에요. 지난주에 들어왔어요. 전 주인이 그냥 문 앞에 두고 갔더라고요."

"페니구나." 나는 조용히 되뇌며 몸을 돌려 유리 너머의 처량한 노란색 개를 바라보았다. 페니, 하고 마음속으로 반복해 불러보았다. 내가 어린 시절을 보낸 거리와 똑같은 이름이었다. 보호소 강아지 페니, 그저 지금과는 다른 삶을 바라는 페니. 나와 그다지 다르지 않은 페니. 우리 둘 다 산산이 부서진 마음으로, 피폐하고 기가 꺾인 패배자의 마음으로 혼란에 에워싸인 채 새 출발을 바라고 있었다. 금빛의 페니. 나는 금 같은 것은 없는 사람이지만. 페니는 다시금 나와 잠시 눈을 마주치고 이렇게 말했다.

난 여기 갇혀버렸어. 그저 달리고 싶을 뿐인데.

그럼 달리자.

"당장 여기서 나가자." 나는 유리 너머에서 페니에게 속삭였다. 다른 사람들을 제치려면 빨리 움직여야 했다. 다들 보호소 안을 둘러보며 좋은 반려 인연을 찾고 있었다. "저기요! 이 노란색 강아지를 입양하고 싶어요. 저기 빨간색 목걸이를 한 강아지요." 나는 페니를 가리키며 사람들을 비집고 앞으로 나아갔다.

정해진 서류를 채우는 일은 금세 끝났지만, 그 짧은 시간 동안에도 내 삶이 고독의 구렁텅이에 빠지고 말았다는 잔인한 사실을 떠올려야 했다.

질문 집에 몇 식구가 살고 있습니까?
답 외롭고 비참하고 갈가리 찢어진, 인생 조진 여자 하나.

질문 가정에 어린이가 있습니까?
답 아니오. 마음 다해 사랑하는 나의 아들, 내 하늘의 가장 밝은 별, 이 세상 그 누구보다 다정한 영혼을 가진 아이, 내가 아는 모든 사랑을 주었던 아들은 빼앗기고 없습니다.

나는 내가 적은 답변에 추가 질문이 이어질까 봐 두려워하며 접수대에 있는 여자에게 신청서를 건넸다. 그러나 그는 아무런 대꾸 없이 얇은 나일론 목줄을 주었다. 그러고는 유리 칸막이 뒤로 가더니 페니와 함께 돌아왔다. 페니의 목에 목줄 거는 것을 도와주었다.

"같이 주차장 한 바퀴 돌면서 산책하시고, 그 후에 결정하실래요?"

"아뇨. 우린 괜찮을 거예요." 나는 이 말이 사실이기를, 페니와 내가 괜찮기를 바랐다. 그 노란색 강아지와 나는 현관문을 열고 밖으로 나갔고, 바로 그 순간 함께 자유를 느꼈다. 보호소 안은 공기가 너무 안 좋아 입에 더러운 맛이 느껴질 정도였기에 나는 감사한 마음으로 바깥의 신선한 공기를 들이마셨다. 페니는 목줄을 잡아당기기 시작했다. 나를 있는 힘껏 끌어당기며 아스팔트 도로 위에서 발을 구르며 발톱을 갈았다. 달리고 싶어 안달이 난 듯 자동차 쪽으로 잽싸게 움직였다. 나는 페니를 달래 뒷좌석에 앉혔고, 우리는 프리덤으로 향했다.

페니 로드에 있는 작은 농가에 도착하자, 나는 자동차 뒷좌석을 열어 페니를 새롭고 자유로운 세상으로 풀어주었다. 페니는 꼼짝도 하지 않고 서서 주변을 관찰했다. 아직 보호소의 배설물과 고양이 오줌 냄새를 머금고 있는 상태였다. 털은 푸석푸석하고 꾀죄죄했으며, 여전히 의기소침하고 슬프고 부끄러워하는 눈빛이었다. 우리에게는 새 출발이 필요했다. 나는 페니를 헛간 구석으로 데려가 낡고 녹슨 갈고리에 페니의 목줄을 걸었다. 할아버지는 그 갈고리에 말을 매어두고 씻겨주거나 새로운 발굽을 달아주고는 했다. 나는 페니에게 물을 뿌리고 세제를 묻혀 문지른 후 비누 거품을 헹궈주었다. 옛날에 말을 빗겨줄 때 쓰던 빗을 찾아내 몸을 구석구석 빗질해주며 엉킨 털을 풀어냈다. 페니는 깨끗하고 가볍고 상쾌하고 새로워졌다. 나는 페니가 원하는 대로 움직일 수 있도록 목줄을 풀어주었다. 페니는 바로 자갈이 깔린 진입로에 몸을 뻗고 누워 뒹굴거리고, 킁킁 냄새를 맡고, 등을 긁었다. 기쁨에 젖은 듯 콩자갈 속에서 허리를 비틀다가 다시 네 발로 서서 몸을 털었다. 가만히 서서 나를 똑바로 바라보았고, 혀를 이빨 사이로 삐죽 내민 채 행복한 듯 꼬리를 흔들며 귀를 쫑긋 세웠다. 이것은 페니에게 두 번째 기회였으며 페니도 그것을 알고 있었다. 바로 그 자리에서 과거의 삶을 떨쳐내고 새로운 삶을 받아들이고 있었다. 그토록 빨리 과거를 잊을 수 있다니. 페니가 부러웠다. 페니는 자기가 겪었던 고통과 부당한 대우를 모두 잊어버렸고, 아무런 원한도 품지 않았다. 비통함과 분노에 매달리지 않았다. 다시금 마음을 열고 사랑과 신뢰를 받아들였다. 나는 페니처럼 되고 싶었다.

페니를 데려온 첫날 새벽 3시쯤 낑낑대는 소리에 잠에서 깼다. 밖에 가서 오줌을 싸려고 그러는 것 같았다. 나는 어둠 속에서 오직 희미한 달빛에 기대 휘청휘청 현관 방충망으로 갔다. 문을 열어 내보내주었더니 페니는 보이지 않는 어둠 속으로 사라졌다. 나는 페니를 기다렸다. 줄곧 기다렸다. 이름을 부르고, 휘파람을 불고, 손뼉을 쳤다. 그러나 아무엇도 보이지 않았다. 아직은 당황하기에는 이른 듯해서, 그저 페니가 새로운 영역을 탐색하며 냄새를 맡는 것으로 생각하기로 했다. 오두막 안의 어둠을 더듬어 침대 밑의 요강을 찾아내 그 위에 앉아 오줌을 누며, 내가 볼일을 다 볼 때쯤 페니도 마찬가지이기를 바랐다. 불길이 잦아든 난로에 장작을 하나 더 던져 넣으며 시간을 보냈다. 또 한 번 이름을 부르고, 손뼉을 치고, 있는 힘껏 휘파람을 불었다. 하지만 페니는 돌아오지 않았다. 페니는 어둠 속으로 달려 나갔다. 어쩌면 낯선 장소에서 길을 잃어 영영 돌아오지 못할 수도 있다는 생각이 들자 두려움이 엄습하기 시작했다.

이렇게 캄캄한데 길을 찾을 수 있을까? 이제 여기가 집이라는 것을 알고 있었을까? 여기서는 안전하다는 것을, 사랑받으리라는 것을 알고 있었을까? 나는 오두막 앞쪽 테라스에서 페니의 이름을 외치고 귀기울였으나 아무런 소리도 들리지 않았다. 결국, 어둠 속으로 발을 내디뎠다. 맨발로 더듬더듬 길을 찾아내며 페니를 부르고 또 불렀다. 만약 아까 페니가 마구잡이로 달려간 것이라면 솔직히 돌아오기 힘든 상황이었다. 나는 의아해졌다. 개를 데려온 지 24시간도 안 되어 잃어버리는 사람이 어떻게 한 아이의 어머니 노릇을 하겠는가? 어쩌면 톰이 옳았는지도 몰랐다. 정말 나는 무능하고 무력하고 저주받은 여자일지도 몰랐다. 어쩌면 톰이 나에게서 아이를 빼앗아간 것은 잘한 결정일지도 몰랐다. 해가 뜨기 전까지는 할 수 있는 일이 아무것도 없다는 사실을 깨달은 나는 오두막으로 돌아와 다시 잠자리에 들었다. 조금 더 자책하다가 간신히 풋잠이 들었다.

아침이 오자 쨍한 햇볕이 오두막의 낡은 창문을 관통했고, 나는 잠에서 깨자마자 노란색 개를 잃어버렸던 간밤의 슬픔을 기억해냈다. 난

롯불이 꺼진 후였으나 아름답고 온화한 아침이라 난로가 필요하지 않았다. 나는 이불 밑에서 다리를 빼고 햇볕에 달구어진 바닥으로 발을 내디뎠다. 다시 페니 생각을 했다. 어떻게 페니를 잃어버릴 수가 있지? 어디까지 갔을까? 페니가 무사하기를 바랐다. 일단은 오전 일과에 전념하며 기다려보기로 했다. 오전 할 일 중에는 숲에 가서 도자기 요강을 비우고 연못 물로 닦는 것도 있었다. 그래서 오줌이 반쯤 찬 요강을 조심스럽게 들고 현관으로 갔는데, 그만 요강을 쏟을 뻔했다. 그곳에 페니가 있었던 것이다. 방충망을 등진 채 테라스에 앉아 따뜻한 아침 햇살을 만끽하며 새로운 집을 지키고 있었다. 그 후로 페니는 단 한 순간도 내 옆을 떠나지 않았다. 페니에게는 내가 필요했고, 나 역시 페니가 필요했으며, 어쩐 일인지 페니 역시 그 사실을 알았다. 내가 보호소에서 페니를 구해주기는 했지만, 사실은 페니가 나를 구했다. 어쩌면 서로가 서로를 구했을지도 모르겠다. 집도 아들도 빼앗긴 나의 세상은 무너지고 있었으나, 나에게는 적어도 오줌 눌 요강이 있었고 이 복잡한 시기에 나에게 사랑을 듬뿍 쏟아줄 충심 가득한 개도 있었다. 그리고 사실 마음 깊은 곳에서는 알고 있었다. 내가 좋은 엄마라는 것을. 나는 아들을 되찾을 것이었고, 우리는 프리덤에서 더 좋은 날을 누릴 것이었다. 나는 확신했다. 왜냐하면 오늘, 정말 오랜만에 작은 희망이 반짝이는 것을 느꼈으니까.

24

배트케이브를 향해

나는 톰에게서 해방되기 위해 몸부림치면서 피곤하고 소진된 나날을 보냈다. 톰은 나를 붙잡고 놔주지 않으려고 각오한 것 같았다. 톰과의 이혼에 그렇게 많은 것을 희생하게 될 줄은 상상도 하지 못했다. 그는 몽땅 빼앗아가려고 했다. 내가 그를 떠날 것이라면 그 대가로 모든 것을 박탈당한 채 슬프고 텅 빈 삶을 살아야 한다고, 그것이 합당한 벌이라고 믿는 것 같았다. 그는 덮개 씌운 소파부터 나의 혈육까지, 나의 모든 것을 가져가려고 달려들었다. 나는 싸움이 벌어질 때마다 저 사람이 나를 묻을 무덤을 파고 있다고 느꼈다. 그것은 깊고 넓은 감정의 구덩이였다. 내가 약해진 모습을 보이면 톰은 의기양양해졌다. 그는 나를 법률 분쟁의 태풍 속으로 밀어 넣었고, 나는 그 태풍을 이겨낼 정신력도, 경제력도 없었다. 여자로서의, 어머니로서의 자질을 두고 톰이 나를 뭐라고 비방했을지 짐작만 할 뿐이었다. 사람들의 눈을 보면 그들의 머릿속에 톰의 모함이 가득하다는 것이 느껴졌다. 톰은 내가 아끼는 것을 전부 가져가기 전까지는 멈추지 않을 것 같았다. 물론 단번에 상황을 바꿀 방법이 한 가지 있기는 했다. 톰에게 돌아가는 것. 톰은 자신에게 돌아오면 가져갔던 모든 것을 돌려주겠다고 약속했다. 하지만 그러면 나는 거짓된 삶을 살게 될 것이었다. 그가 마련해준 보이지 않는 상자에 갇혀 지능이 제거되고 날개가 꺾인 채 평생을 살게 될 것이었다. 그럴 수는 없었다.

톰은 나보다 나이가 두 배는 많은 사람이었다. 나를 만나기 한참 전에 결혼해서 두 딸아이의 탄생을 지켜보았고, 가정을 이뤘고, 자기 사업을 쌓아 올렸고, 이혼했고, 가정을 잃었고, 양육권을 놓고 싸웠다. 그러면서 요령이 생겼기에 법정에서 어떻게 해야 유리한지 알았다. 그는 이미 변호사를 구했음에도 반경 8킬로미터에 있는 평판 좋은 변호사와 전부 상담을 잡았다. 이러면 이익 충돌 회피 의무 때문에 나는 그들을 선임할 수 없었고, 제대로 반격할 변호사를 구할 수가 없었다. 그는 법정에서 어떤 말을 해야 하는지 알았다. "저 여자는 감정적입니다", "불안정한 여자예요", "저 사람은 엄마 역할에 적합하지 않습니다." 톰 때문에 이 이혼은 거대한 불꽃으로 타오르게 되었고, 이 불을 쉽고 빠르게 진압할 방법은 없었다. 그러니 나는 이 불길이 잦아들 때까지, 뜨거운 재가 식어 남은 것을 그러모을 수 있을 때까지 견뎌야 했다. 아주 깊은 곳까지 파고들어 내 안에 있는 힘을 찾아야 했다. 삶을 재건하고 일을 구하고 경제적으로 독립할 수 있도록 내 안의 아주 깊은 곳까지 파고들어 잠재된 힘을 찾아야 했다. 아이가 잘 자랄 수 있는 안전하고 안정적인 가정을 만들어줘야 했다. 나를 발가벗겨 검사대에 올려놓을 변호사와 판사 앞에서 나는 아들에게 좋은 엄마였고 좋은 엄마이며 좋은 엄마일 것이라는 사실을 증명해야 했다.

톰과 함께 살지 않는다는 것에 매일 감사함을 느꼈지만, 아이와 함께 살지 못하는 현실에는 매일 매 순간 눈물이 났다. 나는 아이가 그리워 괴로워하면서도 매주 변호사 상담과 법정 출두, 후견인 면접, 심리 치료, 위기 해결단 회의를 꿋꿋이 견뎌냈다. 이혼 과정은 느리고 침해적이고 모멸적이었다. 나는 페트리접시에 담겨 현미경 밑에서 판단 당하고 있었다. 그들은 내가 짧은 결혼 생활 동안 했던 행동을 전부 평가했고, 지금 하고 있는 행동을 전부 감시했다. 저 여자는 어떤 엄마야? 아침은, 점심 도시락은 제대로 챙겨줬나? 아이를 학교에 잘 데려다주고 데려왔으며, 적당한 시간에 재웠나? 잠자리를 잘 봐줬나? 자기 전이면 책을 읽어줬고? 자장가를 불러줬나? 혹시 일을 많이 했나? 일을 너무 많이 해서 엄마로서의 책임에 소홀하지는 않았나? 일하는 여자가 어떻게 엄마 노릇을 제대로 하겠어? 제임은 훌쩍 커서 이제 열한 살이었지만, 법정에서는 아들이 자기 의견을 표현할 수 있도록 허락하지 않았다. 14세 미만 미성년자의 의견은 고려하지 않았다. 그들에게 제임의 목소리는 아무런 의미가 없었다.

그간 나는 아침마다 제임에게 식사를 차려주었고, 그 애가 나와 함께 시장에 가서 골랐던 재료를 기억해두었다가 그것으로 사려 깊은 점심 도시락을 싸주었다. 잉글리시 머핀을 이용해 따뜻한 달걀 샌드위치를 만들어 텃밭의 키 큰 관목에 열린 싱싱한 블루베리와 함께 싸주기도 했고, 갓 구운 사워도우 빵에 에어룸 토마토와 아이의 취향대로 약간의 마요네즈를 넣고 BLT 샌드위치를 만들어주기도 했다(몇 시간 동안 도시락통에 담겨 있으면 샌드위치 빵이 토마토 때문에 축축해지는 것은 싫어했지만). 아침에 날씨가 좋으면 핫초코를 마시면서 10분 정도 걸어서 등교하거나 나란히 자전거를 타기도 했다. 매일 밤 잠자리를 봐주고, 뽀뽀해주고, 책을 읽어주고, 등을 문질러준 다음, 베트 미들러 노래

중에 아이가 제일 좋아하는 〈우리 아가Baby Mine〉를 자장가로 불러주었다. 밤이 깊으면 톰과 내가 다툼을 벌이고야 말 테니, 미리 아이 방에 환풍기를 틀어두어 다투는 소리가 들리지 않도록 했다. 식당 일이 아주 많아서 때로는 하루에 18시간도 일했지만, 아침에는 어김없이 함께 등교했고 밤에는 꼭 아이 방에 들러 이미 아이가 잠든 후라도 잘 자라고 뽀뽀해주었다. 엄마라는 역할은 그 어느 것보다 어려운 만큼 내가 완벽했다고 할 수는 없겠으나, 나는 상황이 허락하는 한에서 줄 수 있는 것을 아낌없이 주었다. 그렇다고 내가 아이를 키울 자격이 없는 것일까? 엄마 노릇을 제대로 하지 못한 것일까? 인격을 침해하는 법정의 질문들 때문에 나는 나의 모든 것을 의심하게 되었다.

이혼을 겪어본 적 있다면, 그것이 정말이지 지랄 같다는 사실을 알 것이다. 그 피할 수 없는 수치와 고통은 삶을 산산이 조각내고야 만다. 나에게 이혼이란 마치 수술용 메스로 가슴을 열어 내장을 들어낸 듯한 느낌이었다. 우리 가족을 산산이 깨부수고 있는 사적인 비극이 온 세상에 드러나고 말았다. 우리가 사는 작은 마을 사람들은 톰과 나의 이혼에서 떨어진 뒷소문 부스러기를 신나게 주워 먹었다. 우울증, 정신병, 중독 같은 말을 수군거렸다. 그런 소문을 들은 사람들은 나를 잘 알지도 못하면서 거리에서 나를 마주칠 때마다 고개를 설레설레 젓고 곁눈질을 하고 손가락질을 했다. 침대에 콕 박혀 사람들의 판단에서 숨고 싶은 충동을 참기는 힘들었다. 하지만 나는 내가 자리에 눕는 순간 모든 것을 잃게 되리라는 것을 알았다. 침대에 숨어 살면 나를 의심한 사람들이 옳았다고, 나에게 안정적이고 굳건한 삶을 이어갈 능력이 없다고 증명하는 꼴이었다. 나는 침대를 박차고 일어나야 했다. 일어나기 위해 죽도록 힘을 냈다.

나는 그 벽돌 건물에서 지내는 내내 그곳에서 가장 중요한 것은 벽이라고, 내가 내 손으로 직접 쌓아 올린 식당도 무엇보다 그 튼튼한 벽이 정의하는 것이라고, 왠지는 모르겠지만 그렇게 확신했다. 식당이 사라지자 나는 막다른 길 앞에 서 있는 기분이었다. 나에게는 두 개의 선택지가 있었다. 뒤돌아서 왔던 길로 가기, 아니면 새로운 길을 뚫기. 그러나 돌아가는 것은 불가능했다. 앞으로 나아가기 위해서는 벽돌 건물은 잊어버리고 벽을 넘어야 했다. 그러니까, 바퀴 같은 것이 필요했다.

문득 그 아이디어를 떠올린 것은 생존 본능 덕분일지도 모르겠다. 몇 년 전에 잠시 고민했으나 이루지 못한 꿈을 새로운 관점에서 바라보게 되었다. 그때 나는 이 작은 꿈을 묻어둔 채 훨씬 더 큰 꿈을 꾸었고, 삼각형 벽돌 건물을 생각하며 눈을 빛냈었다. 온갖 어려움을 이겨내고 그 원대한 꿈을 이뤘었다. 하지만 지금은 원대한 꿈보다는 작고 단순한 새 출발이 필요한 시기였다. 그래서 낡은 캠핑카를 작은 푸드트럭으로 개조하겠다는 오래전의 꿈을 되살렸다. 위기 해결단은 나에게 전폭적인 지지를 보내며, '새로운 길을 개척하기 위한' 아이디어를 응원해주었다. 몇 년 전이라면 조금 무리라고 생각했을지도 모를 아이디어였다. 우리는 두 번째 기회를 누릴 만한, 개조하기에 적합한 낡고 값싼 캠핑카를 찾기 시작했다. "바로 바퀴야, 여러분. 바퀴가 있어야 이여자 인생이 다시 굴러가게 될 거야." 아이비는 전자담배를 피우며 침착하고 자신 있게 말했다. 그러고는 미리 찾아뒀던 광고 하나를 나에게 내밀었다.

매물 1965년형 에어스트림

<u>위치</u> 배트케이브, 노스캐롤라이나
<u>가격</u> 최저가

한때는 벽이 나를 정의한다고 생각했으나 사실은 그렇지 않았다. 내가 나의 마음, 두 손, 영혼으로 그 안에서 창조해낸 것이 나를 정의했다. 직접 만든 리넨 냅킨, 하나씩 모은 빈티지 도자기, 테이블 위의 커다란 제철 꽃다발이나 꽃봉오리가 꽂힌 화병 같은, 내 취향이 묻어나는 것들이 중요했다. 은은한 촛불과 배경으로 흐르는 좋은 음악이 중요했다. 내가 매일 저녁 애정과 관심을 쏟아 만드는 요리와 꽃장식이 중요했다. 내가 테이블 위에 올리는 것들이 나를 정의했다. 톰에게 빼앗긴 벽은 굳이 되찾을 필요가 없었다. 그것을 되찾기 위해 이를 악물고 싸우겠다는 각오와 절박함 같은 것을 흘려보내고 나니 놀랄 만큼 마음이 진정되었다. 이제 할 일은 하나밖에 없었다. "배트케이브로 가자!"

광고에 나왔던 낡은 에어스트림은 오랫동안 캠프장에 주차되었던 탓에 동네 쥐와 뱀의 소굴로 전락한 상태였다. 한때는 반짝반짝 빛났을 알루미늄 외관은 뿌옇고 탁한 색으로 변했고, 소나무에서 떨어진 끈끈한 송진이 군데군데 묻어 있었다. 내부는 처음 디자인 그대로 고스란히 낡아서 합판의 칠이 여기저기 벗겨져 있었다. 작은 간이 부엌은 얕은 에나멜 싱크대와 작동하지 않는 화구 네 개짜리 가스레인지, 그리고 '우리의 캠핑카에 신의 축복을'이라고 쓰인 나무판자가 있었다. 끌어당기면 평범한 침대만큼 커지는 간이침대가 있었고, 뒤쪽의 무너져가는 화장실에는 이상할 정도로 커다란 플라스틱 욕조가 있었다. 내부에 진동하는 좀약과 흰곰팡이 냄새는 싸구려 꽃무늬 커튼에도

285

스며든 상태였다. 유리창은 수리가 필요했는데, 아직 붙어 있는 덧창 몇 개는 낡았거나 구멍이 숭숭 뚫려 있었다. 갈색 합판 바닥은 여기저기 썩고 짐승이 갉아먹은 모습이었다. 바닥 곳곳에 남아 있는 배설물은 짐승이 드나든 흔적이 확실했다. 물탱크는 고장 났고 보일러도 완전히 박살 난 상황에 전기는 들어오다가 말기를 반복하는 수준이었고, 범퍼는 군데군데 흠집과 녹슨 자국이 있었다. 정말이지 고물덩어리라서, 이런 것을 살 생각을 하다니 나는 진정 미친 것이 아닐까 의아해졌다. 데이비와 아이비도 미치지 않았나 싶었다. 이 늙은 괴물 같은 것을 사라고 부추기다니. 자기들이 직접 배달하겠다고 나서다니. 이 낡은 만신창이로 작은 기적이나마 이뤄낼 수 있을 것으로 믿다니. 이 캠핑카는 그 어떤 축복도 받지 못한 것이 분명했는데, 그 생각을 하다 보니 옛날에 하나님이 새끼 고양이들의 죽음을 방치했던 것이 기억났다. 역시 하나님을 믿지 않겠다고 다짐했던 내가 옳았다는 생각이 들었다. 이 캠핑카는 신의 축복이 아니라 한 사람의 기적이 필요했다. 결함 때문에 사랑받지 못하는 것이 어떤 느낌인지 아는 여자, 그리고 그 여자가 사는 메인까지 이동하기 위한 새 타이어가 필요했다. 캠핑카는 상태가 나빴기에 흥정이 수월했고, 나는 헐값에 차를 살 수 있었다. 말끔하게 개조하려면 많은 작업이 필요할 것이고 나는 더 많은 빚이 생길 터였지만, 원대한 꿈을 향한 중요한 첫걸음이었다.

낡은 고물덩어리는 어느 6월 오후에 부모님의 농장 앞에 도착했다. 내가 법적 분쟁과 심리 치료에 발이 묶여 집에 남아 있는 동안, 데이브와 아이비가 가서 캠핑카를 끌고 오겠다고 자원했다. 남쪽으로 가서 푸드 트럭으로 개조할 낡은 에어스트림 캠핑카를 가져와야 한다고 법정에 말했다가는 미친 사람 취급받았을 테고, 톰은 그것을 빌미 삼아 내가 이상한 여자라고 맹공을 퍼부을 것이었다. 데이브와 아이비가 나를 위해서 무엇이든 해주겠다고 나섰다. 그렇게 먼 거리를 다녀오게 하다니, 나는 평생 그들에게 빚진 심정일 터였다. 가끔은 그들이 왜 나를 위해 이렇게까지 해주는 것인지, 왜 생사를 함께할 것처럼 내 옆을 지키며 폭풍우를 견디고 모험을 감행하는 것인지 궁금했다. 죄책감 때문일까? 톰의 술수에 넘어가서 그에게 돌아가라고 나를 설득했던 과거를 만회하려고? 아니면 정직하고 충실하고 좋은 친구란 원래 그러는 법이니까? 그렇다. 친구란 힘들 때나 기쁠 때나 가족처럼 옆을 지키는 존재였다. 사랑하는 사람은 나서서 지켜줘야 하는 법이었다. 개를 풀어 못된 수탉을 혼내주는 것처럼. 우리 사이는 가족처럼 끈끈했다.

추레한 캠핑카가 도착하자 우리는 오랜만에 마음이 들떴다. 정말 오랜만에 축하할 만한 일이 생긴 것이었으니, 나는 여독에 지쳐 있을 두 친구와 나눌 특별식을 준비하기로 했다. 위기 해결단의 새로운 일원에 걸맞은 추억의 메뉴였다. 나는 우리 닭장에서 갓 낳은 달걀을 가져와 데블드 에그를 만들었다. 달걀을 삶아 분리한 노른자에 마요네즈를 넣고 부드럽게 섞은 다음, 어렸을 때 어머니에게 받았던 짤주머니에 담아 흰자를 채웠다. 그러고는 달걀 위에 파프리카와 굵은 소금을 섬세하게 뿌린 다음 앤티크 달걀 접시에 담았다. 피그 인 어 블랭킷도 만들었다. 소시지를 페이스트리에 싸서 오븐에 넣고 노릇노릇 먹음직스럽게 부풀어 오를 때까지 구운 다음 뜨거운 상태 그대로 내갔고, 작은 그릇에 질 좋은 머스터드를 담아 곁들였다. 어머니가 텃밭에서 기르는 양상추도 몇 움큼 따왔다. 케첩을 넣어 주홍빛을 띠는, 딱 알맞게 촌스러운 프렌치드레싱을 만들어 신선하고 보드라운 초록 잎 위에 뿌렸다.

우리는 헛간에서 발견한 알록달록한 나무 의자에 앉아 작은 유리컵에 펀치를 담아 마셨다. 그러고는 디저트로 부드러운 타피오카를 만들어 자그마한 그릇에 담은 후, 아직 온기가 남아 있는 타피오카 위에 크림을 얹고 싱싱한 복숭아 몇 조각, 블루베리 몇 개를 흩뿌려 먹었다. 평범한 일상의 감각은 정말이지 감미로웠다. 나는 어쩌면 이 칙칙하고 초라한 캠핑카가 나에게 꼭 맞는 반짝반짝한 선물일지도 모르겠다고 생각했다.

데이브와 아이비가 떠난 후, 나는 한순간도 지체하지 않고 개조 작업에 돌입했다. 창문을 전부 열고 환기하는 것으로 시작한 후 곳곳에 유리 세정제를 뿌려 닦아냈다. 벽, 조리대, 찬장을 닦고 오랫동안 침대 위에 내려앉은 먼지를 털어냈다. 그러고는 청소기를 가져와 설치류들이 남긴 배설물과 뼈다귀를 치웠다. 해가 질 때까지, 너무 어두워서 아무것도 보이지 않을 때까지 일했다. 고된 육체노동만이 줄 수 있는 특유의 기쁨을 느끼며 피로한 몸을 침대에 던졌다. 내 몸이 그리워하던 감각이었다.

햇볕이 환한 다음 날 아침에 확인한 캠핑카 내부는 처음 농장 진입로로 굴러왔을 때보다 나아진 것이 없었다. 나는 낙담했다. 어제 몇 시간 동안 청소했으나 큰 소용이 없었다. 여전히 칙칙하고 지저분하고 황폐했다. 냄새도 여전히 심했다. 나는 맑은 공기를 마시려고 밖으로 나와 헛간에 있는 아버지의 공구 창고로 갔다. 일자 스크루드라이버를 찾아 어지러운 창고 안을 뒤졌다. 각종 도구가 있었고, 빈 맥주병도 종종 등장했다. 그렇게 몇 분 동안 탐색한 끝에 드라이버 한 개를 찾아내서 뒤돌아 나가려던 그때, 벽에 기대어 있는 커다란 망치가 눈에 들어왔다. 나는 잠시 멈춰 섰다. 며칠, 심지어 몇 주 동안 청소해서 캠핑카를 다시 살리려고 애써볼 수도 있을 것이다. 그러나 그 낡은 차 내부는 변함없이 어두침침하고 우울할 것이다. 나는 망치를 집어 들고 캠핑카로 돌아갔다. 그 안에 서서 불쾌한 냄새를 들이마시며 한 손에 묵직한 망치를 든 채 참혹한 내부를 둘러보았고, 이것이 피차 옳은 선택임을 깨달았다. 우리는 다른 사람이 대신 내려준 결정을 떨쳐내고 해방을 맞을 준비가 되어있었다. 낡은 이야기에 갇히는 것은 이제 지긋지긋했다. 이미 벌어진 일들에 전전긍긍할 수도 있었다. 아니면 다 버리고 새로 시작할 수도 있고. 후자가 확실히 나았다.

나는 오른쪽 어깨 위로 망치를 들어 올리고 크게 휘둘러 얇은 합판 벽을 부수기 시작했다. 한 번 휘두를 때마다 톰이 나에게 줬던 상처를 떠올렸다.

그는 나를 하찮게 봤다. 그가 나를 바보 취급할 때마다, 나는 멍청하고 감정적이고 둔한 애송이가 된 기분이었다. 그는 내가 나 자신으로 살지 못하도록 훼방했다.

쾅!

그는 나를 협박하고 괴롭혔으며, 나의 마음을 굶주리게 했다. 그 사람 때문에 나는 그가 인정하는 것만이 나의 장점이라고 생각했다. 그는 내가 자신을 떠나면 나를 망쳐놓겠다고 했다. 내가 자기보다 밝게 빛나는 것이 두려워 나를 성장하지 못하게 막았다.

쾅!

그는 주정뱅이였다. 술에 떡이 되어 수없이 정신을 잃었다. 나를 떠밀었고 집어던졌고 무너뜨렸다.

쾅!

다른 여자와 바람피웠다.

쾅!

거짓말했다.

쾅!

나의 아이를 빼앗았다.

쾅!

쾅! 하고 내려칠 때마다 나는 얼굴을 찌푸리고 흐느꼈다. 소리를 내지르고 울부짖었다. 우리에 갇힌 채 해방만을 바라며 분노에 끓어오르던 짐승은 이제 직접 쇠창살을 부숴 탈출구를 만들어내고 있었다. 나는 내 안에 깊이 묻어두었던 응어리를 놔주었다. 내 머릿속에서 들리는 목소리, 내가 부족하다고 말하는 톰과 나의 목소리를 떨쳐냈다. 의심하고 탓하는 것도, 수치스러워하는 것도 그만두었다. 전부 놔주었다.

내가 망치질을 멈추었을 때 남은 것은 겉껍데기와 땅 위의 잔해 더미뿐이었다. 다시 태어나기 위한 찰나의 죽음이었다. 톰은 식당의 튼튼한 벽을 빼앗았지만, 나의 혈관을 타고 흐르는, 요리를 향한 사랑까지 훔쳐가지는 못했다. 나는 이 에어스트림을 겉껍데기만 남겨둔 채 내부를 전부 재건하고 꾸며 바퀴 달린 주방으로 개조할 것이었다. 이제 벽은 필요 없었다. 바퀴가 있으니까.

정찬 클럽을 부활시킬 생각이었다. 이동식 주방은 제약이 많았지만, 어떤 음식을 만들어낼 수 있을지 고민하기 시작했다. 하룻밤 동안 활기찬 식당으로 탈바꿈할 수 있는 장소를 아는 농부와 친구들의 이메일과 연락처를 수집하기 시작했다. 그 주변에서 머물 수 있다면 더욱 좋을 것이었다. 탁 트인 들판에 긴 테이블을 놓고 팝업 식당을 열 계획이었다. 식탁은 리넨 테이블 러너와 미역취로 장식하고 빈티지 접시를 올려놓을 것이었다. 장작불을 피워놓고, 방금 수확한 채소와 그곳에서 방목해 기른 고기를 연기와 재로 익힐 수도 있었다. 과수원의 사과나무 그늘 밑에 테이블을 모아놓고 나뭇가지에 조명을 설치한 후, 사과로 만들 수 있는 모든 요리를 선보여도 좋을 것이다. 짭짤한 소르베, 수프, 샐러드, 타르트까지. 풀잎 내음이 코를 간질이는 저녁 온실의 토마토 덩굴 사이에 테이블을 놓고, 잘 익어 수분이 가득한 에어룸 토마토를 잘라 질 좋은 올리브유와 소금을 뿌려 저녁으로 먹을 수도 있다. 아니면 낡은 헛간을 찾아내, 그곳을 웃음소리 가득한 다이닝 룸으로 탈바꿈하고 갓 건조한 건초 향기와 맛있는 음식 냄새를 조합해볼 수도 있지 않을까? 나는 야생화로 꾸민 식탁을, 내가 그날 그곳에서 찾아내고 수확한 재료로 만든 음식을 즐기는 손님들을 상상했다. 불 앞에 서는 생각만으로도 마음이 편안해졌다. 내가 세상에 무엇을 제공할 수 있을지 다시금 떠올릴 기회였다. 나는 마치 콘센트에 전선을 연결한 것처럼 이 상상에서 힘을 얻어 자신을 구해내는 일에 착수했다.

25

달콤 쌉싸름한 이별의 브라우니

지난 몇 년 동안 불안은 일상의 일부였다. 일은 힘들고 결혼 생활은 무너져가고 그로 인해 우울증까지 생겼으니, 불안증이 자라날 환경이 조성된 상태였다. 오래전 땅속 깊은 곳에 심어놓은 씨앗이 움트듯 불안은 시작되었다. 시간이 지나며 무럭무럭 자라났고, 뿌리는 나의 영혼 곳곳으로 파고들었다. 한때 신경성 통증과 호흡 곤란을 완화해주었던 정신과 약은 이제 먹을 수 없었다. 그러나 나는 약을 끊어도 불안은 나를 끊지 않았다. 불안이 여전히 나를 움켜쥐고 있다는 것이 느껴졌다. 증상은 폐가 뒤틀리고 기도가 막히는 것으로 시작되어, 어김없이 가슴 안에 보이지 않는 벽돌이 쌓이는 듯한 느낌으로 이어졌다. 그 후에는 두렵고 불길한 기분이 들었다. 손가락이 따끔거리고 어지럽고 귓속이 윙윙거렸다. 이제 그런 불안증을 막아줄 흰색, 주황색, 파란색 알약이 없으니 혼자서 해결할 방법을 찾아야 했다. 알약이 그리웠지만, 알약에 중독되어 분노가 치밀고 기분이 급작스럽게 변하고 술이 고프고 정신이 멍해졌던 것은 그립지 않았다. 그런 부작용이 나를 낯선 괴물로 바꾸어놓았던 것, 내 삶을 산산이 부숴버렸던 것은 그립지 않았다. 나는 불안을 포용하며 사는 법을, 정신과 약 없이 살아가는 법을 배워야 했다.

나는 요가와 새로운 호흡법을 시도했다. 침도 맞아보고, 아로마와 스프레이, 미스트, 물약 등의 동종요법도 사용했다. 하지만 약만큼 효과가 좋은 것은 없었다. 약물의 감미로운 마수에 내가 얼마나 빨리 사로잡혔었는지 떠올랐다. 내 안 깊숙이 파고들어 똬리를 튼 강력한 불안에서 벗어나기까지 참으로 오랜 시간이 걸릴 것이었다.

어느 날, 내가 힘들어하는 것을 알고 있던 고모가 작은 지퍼 백에 마리화나를 담아주었다. 마리화나가 정신과 약물보다 덜 중독적인 방식으로 나의 '긴장을 풀어줄' 것이라고 했다.

"한번 시도는 해봐. 기껏해야 풀잎 요만큼인데 누구한테 피해가 되겠어. 게다가, 잠도 아기처럼 쿨쿨 자게 될 거야."

나는 꽤 보수적인 사람이었다(적어도 약물과의 연애가 시작되기 전까지는). 서른세 살의 나이까지 한 번도 마리화나를 피워본 적 없었다. 열네 살 때부터 온갖 약물을 맛보기 시작한 동생과는 완전 딴판이었다. 메인주 시골에서 대마초 구하기는 쉬운 편이었다. 많이들 여기저기서 은밀하게 재배하곤 했으니까. 하지만 나는 흥미가 동하지 않았다. 어쩌면 자유분방한 동생과 똑같은 행동을 하는 것이 내키지 않았는지도 모르겠다. 고모의 사려 깊은 선물은 흥미롭다기보다는 위협적이었다. 첫 경험이었으니 그것을 어떻게 마는지, 어떻게 잡아야 하는 건지도 몰랐고, 흡입하는 방법은 더더욱 몰랐다. 고모가 준 봉지를 들고 어쩔 줄 몰라 하는 나를 동생이 보면 어떻게 반응할까? 머릿속에서 동생의 웃음소리가 들렸다. 나의 바보 같은 모습이 즐거워서 키득거리는,

전에도 몇 번이나 들었던 웃음이었다. 마리화나를 어떻게 다뤄야 할지 속속들이 알고 있는 동생을 상상했다. 상상 속의 동생은 전문가의 손길로 커다랗고 통통하게 한 개비를 말아서 불을 붙인 뒤 몇 번 깊이 빨아들이고 내 얼굴로 동그란 연기를 내뿜었다. 그러면서 줄곧 웃음을 터뜨렸다. 동생은 종종 나를 초라하게 만들었고, 자신에게 그런 능력이 있다는 사실에서 기이한 기쁨을 느꼈다. 아마 그러면서 나와 동등하다고 느꼈던 것일지도 모르겠다. 언니보다 똑똑한 동생, 그런 것을 상상하며 위안을 얻었을 수도 있고. 또다시 머릿속에 동생의 웃음소리가 들렸다. 얼굴이 빨개지고 속이 답답해졌다. 그래서 봉지를 반창고 상자에 넣고 침대 옆 테이블 안에 숨겨두었다.

부모님의 농장에 있는 150년 된 헛간은 까마득한 옛날에는 낙농장이었다. 헛간에는 정사각형 모양의 우유 저장고가 붙어 있었는데, 얼마 전에 여름용 부엌*으로 개조한 상태였다. 테이블과 덜거덕대는 의자 두어 개가 전부인 최소한의 공간이었다. 의자는 하나둘 수집한 것으로(개중에는 공짜로 얻어온 것도 있었다), 불안정해서 오랫동안 앉을 수 없었다. 전선을 연장해 천장에 알루미늄 펜던트 조명 몇 개를 설치해놓기는 했으나, 다람쥐들이 전선을 갉아 먹은 탓에 불이 들어오는 것은 그중 일부뿐이었다. 식당에서 가져온 옛날식 유리문 냉장고와 2단 스테인리스 싱크대도 있었다. 덮개 없는 선반이 달린 소나무 조리대는 어머니가 근처에서 사포질해 폴리우레탄을 칠한 저렴한 목재를 구해다가 직접 만든 것이었다. 또, 벼룩시장에서 산 짝 안 맞는 다양

---

* 농가에서 여름 동안 본채를 시원하게 유지하고 화재를 방지하기 위해 별채에 만든 부엌.

한 크기의 접시와 그릇, 어디서 주워왔거나 얻어온 은 식기류, 빈티지 믹서기, 옛날식 거품기, 손때 묻은 나무 숟가락이 가득 담긴 항아리, 통에 담긴 밀가루와 설탕이 있었다. 별것 아닌 것도 능숙하게 대단한 것으로 변신시키는 어머니는 차가운 콘크리트 바닥에 페인트를 칠하고 한쪽에 러그를 깔아 부엌의 분위기를 온화하게 만들었는데, 러그는 언젠가 강아지가 오줌을 싸놓은 탓에 버리기에는 아깝고 헛간에나 쓰면 적당한 애물단지가 되어버렸다. 마지막으로, 옛 아파트에 있었던 화구 네 개짜리 GE 전기레인지가 있었다. 몇 년 전 정찬 클럽에서 사용하던 것이었다. 식당 개업을 준비할 때, 톰은 이 오래된 전기레인지를 치워버리고 훨씬 근사한 인덕션을 들여놓을 생각에 신이 났었다. 나는 이 전기레인지에 애착을 느낀다고 말했으나 그는 전혀 개의치 않았다. 하지만 어머니는 전기레인지가 이 낡은 부엌에서 새로운 몫을 하게 될 것이라고 반가워했다.

나에게 우유 저장고를 개조해 만든 부엌은 행복한 곳, 일종의 놀이방이었다. 텃밭의 신선한 채소와 닭장의 달걀을 가져다가 간단한 식사를 만들어 먹을 수도 있었고, 가끔 페니를 위해 상자형 냉동고에서 굴러다니던 고기를 소테로 익힌 후 오트밀과 당근, 요거트 한 숟가락을 곁들여 특식을 차려주기도 했다. 방충망을 통해 여름의 산들바람이 밀려드는 가운데서 그 누구의 방해도 없이 맨발로 음악을 들었다. 어머니와 아버지가 모아놓은, '아름다웠던 그때 그 시절'을 상기하는 오래된 레코드 중에서 고른 것이었다. 나는 혼자 있다고 해서 두려워할 필요는 없다는 것을 깨닫기 시작했다. 그 부엌에서, 정겨운 전기레인지와 정겨운 강아지 옆에서 스티비 닉스의 허스키한 목소리를 들으면서 시험 삼아 딱총나무꽃을 넣고 프리터 같은 것을 만들어 그 달콤하고 바삭한 것을 삼키고 있으면 더 바랄 것이 없었다. 딱총나무꽃은 연못가 가장자리에서 딴 것으로, 프리터는 꽃에 밀가루와 설탕과 소다수를 섞은 반죽을 묻혀 노릇노릇하게 튀긴 후 설탕을 조금 뿌려 만들었다. 어느 날은 이웃이 버려놓은 대리석 판을 발견했다. 금이 가고 얼룩덜룩해서 근사하지는 않았지만, 페이스트리와 스콘을 만들기에는 더할 나위 없었기에 스콘 레시피를 개발할 때 사용했다. 설탕에 절인 생강과 버터를 가득 넣은 반죽 가장자리에 크림을 묻힌 후 백설탕에 굴려 구워내면, 위에 설탕이 아작아작하고 결마다 바삭바삭한 과자가 탄생했다. 근처 레이븐 로드에 있는 체험 농장에서 따온 달콤한 딸기와 생크림 한 숟갈을 올리면 더할 나위 없었다.

과자를 구우면 마음이 안정되었다. 무언가에 집중하면서도 마음의 여유를 즐길 수 있었다. 직접 손을 움직이며 지금 이 순간에 몰두할 수 있었고, 마지막에는 만질 수 있고 먹을 수 있는 것이 생겼다. 어느 오후, 나는 과자 굽기에 대해 생각하기 시작했다. 그리고 마음의 여유에 대해 생각했다. 과자 굽기와 마음의 여유를 함께 생각하기 시작했다. 그리고 반창고 상자에 넣어 침대맡 테이블에 숨겨두었던 지퍼 백을 떠올렸다. 나는 무언가를 흡입하는 일에는 서툴러도, 과자 굽는 것은 정말이지 잘했다.

나는 부엌에서 과자 굽기에 필요한 재료를 모으기 시작했다. 무염 버터 두 덩이, 달콤하고 쌉싸름한 초콜릿 조각 250그램, 백설탕 한 컵, 흑설탕 한 컵. 그러고는 닭장에 가서 낳은 지 얼마 안 되는 달걀을 네 개 가져왔다. 다목적 밀가루를 한 컵, 더치 프로세스 코코아*도 4분의

---

* 초콜릿의 산성을 중화해서 쓴맛을 줄인 코코아.

1컵 개량해두었다. 바닐라 두 작은술, 코셔 소금도 한두 자밤 넣었다. 마지막으로 지퍼 백에 담긴 마리화나를 꺼냈다. 나는 잠시 가만히 서서 재료를, 냄비를 바라보았다. 이따금 마리화나를 이용해 고민거리를 날려버렸던 니나가 현명했던 것일까. 나는 알고 싶었다. 니나의 웃음소리가 들릴 것만 같았다.

"나 아무것도 안 넣는다." 나는 페니 쪽에 대고 말했다. 페니는 마리화나의 도움 없이도 여유로운 자세로 부엌 바닥에 퍼질러져 있었다.

약한 불 위에 소스용 냄비를 올려놓고 버터를 이쪽저쪽으로 둥글게 굴려 녹인 후, 버터가 노란 크림 같은 액체가 되자 냄비를 치워두었다. 테이블에 작은 초록 잎들을 쏟아 그 톡 쏘는 향을 들이마시다가 채소용 칼을 들고 잘게 다졌다. 다진 잎사귀를 반 컵 정도 계량해 버터를 녹인 냄비에 넣고 잘 섞은 후, 그 냄비를 작게 줄인 불에 가열해 버터에 향이 스며들게 했다. 로스트 키친에서 수백만 번쯤 반복했던 기술과 다르지 않았다. 크림 같은 커스터드에 캐모마일 찻잎을 넣어 향을 우린다든지, 설탕 시럽에 바질이나 로즈메리를 넣어 맛이 스며들게 해 허브 소르베를 만드는 것과 비슷했다.

달콤하고 쌉싸름한 초콜릿 조각은 중탕으로 녹인 다음 실온에서 식게 두었다. 한 움큼 정도는 녹이지 않고 두었는데, 그대로 브라우니 반죽에 넣으면 오븐에 구울 때 반죽 안에서 녹아 나중에 달콤하고 진득하게 흐를 것이었다.

달걀을 깨서 작은 그릇에 담았다. 노른자가 진한 주황색이라는 것은 암탉이 행복하고 건강하다는 뜻이었다. 잎을 우리던 버터 냄비를 불 위에서 내려 촘촘한 체에 걸러낸 후, 걸러진 잎을 나무 숟가락 뒤쪽으로 꾹꾹 눌러 잎이 머금고 있던 액체 버터를 마지막 한 방울까지 다 짜냈다. 그리고 향이 우러난 액체 버터를 달걀에 넣고 젓다가 바닐라와 소금 한 자밤을 추가한 후, 녹여서 식힌 초콜릿에 섞어 아주 부드러운 반죽을 만들었다. 그러고는 커다란 그릇을 꺼내 밀가루와 코코아 가루를 곱게 체에 친 후 조심스럽게 액체 반죽에 넣었다. 완성된 반죽은 유산지가 깔린 제과용 그릇에 부어 조심조심 오븐에 넣었는데, 굽기 전에 벨벳 같은 반죽에 손가락을 찔러 한 입 맛보았다. 진한 초콜릿 풍미, 달콤한 버터 내음, 은은한 바닐라와 소금의 맛, 마리화나의 식물적인 향까지. 나는 또 반죽에 손가락을 찔러 한 번 더 맛보았다. 나쁘지 않은걸. 다음에는 소금을 더 넣어도 좋겠다는 생각이 들었으나 첫 번째 시도치고는 나쁘지 않았다. 나는 반죽을 고르게 펴고 주걱을 싹싹 핥아먹은 다음 오븐에 넣었다. 타이머를 25분에 맞춰놓고 뒷정리를 시작했다. 그릇 안쪽에 얇게 반죽이 묻어 있었다. 고무 주걱을 사용해 그릇에 묻은 반죽까지 싹싹 긁어 먹었다. 어렸을 때 어머니와 과자를 구우면 꼭 그러고는 했었다. 긁어 먹은 후에는 어린아이처럼 오븐 앞에 서서 브라우니가 구워지는 모습을 바라보며 완성될 때까지 안달복달 기다렸다.

곧 가장자리가 부풀어 오르고 겉면이 갈라지기 시작하더니 타이머가 울렸다. 나는 오븐에서 그릇을 꺼내 테이블 위에 쿵쿵 쳐서 브라우니를 더 고르게, 더 녹진하게 만들었다. 브라우니는 완전히 식히고 나서 잘라야 했다. 그래도 괜찮았다. 갑자기 바닐라 아이스크림이 당겼기 때문이다. 완벽해! 브라우니가 식기를 기다리는 동안 녹스 리지에 있는, 아버지가 운영하던 다이너에서 콘 아이스크림을 하나 사 오면 딱 좋을 것 같았다. 나는 자동차에 올라타 꼬마였을 때, 청소년이었을 때, 어린 비혼모였을 때 버거 패티를 뒤집고 소프트아이스크림을 빙글

빙글 돌리며 그토록 오랜 시간을 보냈던 5분 거리의 식당으로 갔다. 아버지가 다이너를 팔고 몇 년이 흘렀으나 바뀐 것이 거의 없는 상태였다. 나는 디저트 코너의 나무 발판으로 올라가 창구 옆에 있는 종을 울렸다. 변함없이 익숙한 종소리가 울렸다. 나는 작은 바닐라 콘 하나를 주문하고 잔돈으로 계산했다. 계산대 너머의 여자 직원이 아이스크림을 건넸을 때, 나는 그 완벽한 소용돌이 모양에 감탄하지 않을 수 없었다. 오래전에 아버지가 이렇게 만들라며 닦달하던 바로 그 모양이었다.

"하나, 둘, 세 바퀴, 잘 돌렸네요. 완벽한데요!" 나도 모르게 말했다. "저기요, 잠시만요." 내가 덧붙였다. "스프링클이 있었으면 좋겠는데. 혹시 이 위에 조금 뿌려주실 수 있을까요?"

다시 나타난 아이스크림 위에는 색채의 향연이 펼쳐져 있었다. 빨간색, 분홍색, 초록색, 노란색, 심지어 파란색과 주황색까지! 정말 생동감 넘치는, 미칠 듯이 아름다운 아이스크림이었다.

"우와!" 나도 모르게 감탄했다. "진짜 예쁘다."

다시 차에 올라탄 나는 손에 들린 오색찬란한 아이스크림에 이상할 정도로 매료된 상태였다. 어서 이 예쁜 것을 입 속으로 마구마구 넣고 싶었다. 일단 혀로 아이스크림 둘레를 핥았다. 부드럽고 차가운 아이스크림이 어찌나 달콤하던지. 정말이지 말도 안 될 정도로, 믿을 수 없을 정도로, 혼이 쏙 빠질 정도로 달콤했다. 그렇게 눈 뒤집힐 정도로 맛있는 아이스크림은 태어나서 처음 먹어보는 것이었다. 입 안에 느껴지는 달콤한 맛은 맛있는 것을 넘어 관능적이라는 생각이 들 정도였고, 입술에 닿는 미칠 듯한 감미로움에 나도 모르게 입에서 음, 하고 소리가 새어 나왔다. 우와! 나는 생각했다. 우와, 존나 맛있잖아!

굽잇길을 천천히 운전해 다시 페니 로드로 향하는데, 열어놓은 창문 사이로 들이치는 바람이 상쾌하게 피부를 스쳤고, 스피커에서 흘러나오는 음악은 또렷하고 청량했다. 바람이 좋았고, 노래가 좋았고, 아이스크림은, 아이스크림은 또 얼마나 맛있던지! 마지막 완만한 내리막길을 내려와 우회전한 다음 익숙한 흙길에 접어들었을 때, 나는 꼭 회전목마에 탄 꼬마가 된 기분이었다.

"야호오오!" 내가 소리쳤다.

바로 그때, 굳이 지금 돌아가서 브라우니가 식었는지 확인할 필요가 없다는 것을 깨달았다. 왜냐하면 이미 무척이나 취해 있었으니까. 태어나서 처음으로, 서른세 살의 나이에 마리화나에 취했다. 그것도 그릇에 묻은 브라우니 반죽을 먹고. 그리고 여기서 1.5킬로미터 더 이동한 후에는 더, 더, 더 취한 채로 부모님의 집에 도착할 것이었다. 갑자기 강박적인 생각이 들면서 심장이 쿵쾅거리기 시작했다. 부모님이 화내려나? 부모님이 화낼 수도 있을까? 나 외출 금지 당하는 것 아니야?

1.5킬로미터를 이동하는 데에 몇 시간이 걸리는 느낌이었다. 나의 현실은 기이하게 뒤틀린 듯 느릿느릿 진행되었다. 어찌어찌 주차는 했다. 차에서 내리는 것도 성공했다. 하지만 더는 제대로 움직일 수 없었다. 달콤하고 감미로운 도취가 이상하게 변하고 있었기 때문이다. 손가락과 발가락이 따끔거리다가 먹먹해졌고, 운동 신경이 평소답지 않았다. 몸 밖에 있는 듯, 현실 밖에 있는 듯 느껴졌다. 그저 눕고 싶었다. 해가 지고 어둠이 내린 후라 이렇게 취한 상태로 내리막길 아래에 있는 오두막까지 갈 수 있을지 확신이 서지 않았다. 본채 앞 진입로를 지나가며 이마 위에 걸쳤던 선글라스를 내려 썼다. 어두운 렌즈가 나의 멍하고 풀린 눈동자를 가려줄 테니 눈에 안 띄게 소파로 가서 앉아 있으면 된다고 생각하는 중이었다. 그런데 잠깐, 나 선글라스 쓰고 있던

것 맞지?

어쨌든 소파까지 가는 데는 성공했는데, 부엌에 있던 어머니 눈에 띄고 말았다. 무슨 일이 있다고 직감한 어머니는 거실로 와서 나를 살펴보았다. 평소답지 않은 나의 모습에 걱정이 되었던 것이다. 어머니는 나만큼이나 강박적이었는데, 내가 자살하려고 무언가를 먹었다는 생각에 사로잡혀 있었다. 어쩌면 약을 병째로 털어 넣었을지도 모른다고 생각했다. 나는 자살할 생각 없다고, 그저 독한 브라우니 반죽에 취해 있다고 어머니를 안심시켰다.

"엄마, 나 대마초에 취한 거야." 내가 말했다. "이제 취기가 좀 없어졌으면 좋겠는데. 어떻게 해야 해?"

"딱히 방법 없어. 그냥 기다려라." 어머니는 못마땅한 목소리로 말하고는 뒤돌아 부엌으로 갔다. 앞으로 한두 시간 정도 나를 무시할 것이었다.

나는 그대로 소파에 앉아 이 엄청난 취기가 사라지기를 기다렸다. 눈을 감으면 더 심해지는 것 같기도 했다. 속이 메슥거렸고, 현실감각이 없었다. 정신을 차린 후에 나는 똑바로 앉아 내 손을 바라보면서 혹시 정신을 잃고 톰을 죽인 것 아닌지 의심했다. 나중에 아이비에게 이 이야기를 했는데, 그는 마리화나에 취해 사람을 죽이는 경우는 거의 없다고 대답했다. 그 말을 듣고 났더니 마음이 놓였다. "마리화나는 평화로운 마약이야." 아이비가 장담했다.

두어 시간쯤 지나자 취기는 사라졌다. 효과가 조금 남아 있는 것 같기는 했는데, 단것이 엄청나게 먹고 싶어졌기 때문이다. 정신을 차려보니 어머니가 부엌 조리대에서 혼자 저녁을 먹고 있었다. 나를 못마땅해하고 있다는 것은 굳이 말하지 않아도 알 수 있었다. 어머니의 수

동적인 언짢음은 어렸을 때 교회학교에서 쫓겨나던 날과 다르지 않았다. 나는 어린이처럼 부엌 찬장을 뒤져 마시멜로 한 봉지, 나비스코 그레이엄 크래커 한 상자, 밀크 초콜릿 한 개를 찾아냈다. 뾰족한 꼬치 끝에 마시멜로를 끼운 후, 가스레인지 불을 작게 켜놓고 꼬치를 천천히 돌리며 구웠다. 등 뒤로 말 없는 어머니의 낙담한 시선이 느껴지는 와중에 아버지가 현관문을 열고 들어왔다. 9시가 넘은 시간이었다. 아버지가 맥주를 몇 개나 마시고 저렇게 취했는지는 신만이 알 것이었는데, 오늘 밤에는 마리화나까지 한 듯했다. 충혈된 눈과 느긋하고 평온하게 비틀거리는 걸음걸이에서 보드카를 잔뜩 마신 날과는 달리 행복한 분위기가 풍겼다. 아버지는 라디오를 켜더니 나와 함께 가스레인지 앞에 섰고, 내가 마시멜로를 굽고 있는 옆 화구에 소스용 냄비를 올렸다. 그다음에는 올리브유를 몇 큰술 두르고 팝콘을 쏟았다. 그러고는 냄비 뚜껑을 덮고 천천히 빙글빙글 돌리며, 라디오를 따라 유쾌한 고음의 선율을 휘파람으로 불었다. 어린 시절에 다이너에서 보냈던 하루가 떠올랐다. 아버지는 할아버지 옆에 서서 즐겁게 휘파람을 불며 함께 불판 위의 팬케이크를 뒤집고 있었다. 그리고 지금, 아버지는 팝콘을 튀기고 딸은 마시멜로를 굽고 있었고, 둘 다 조금은 취한 상태였으나 오랜만에 평화롭게 공존하고 있었다. 나는 휘파람으로 아버지의 선율에 화음을 넣었다. 우리는 막역한 사이는 아니었고 앞으로도 그렇게 될 일은 없을지 몰랐다. 시선도 마주치지 않았으니까. 하지만 나는 이 기이한 순간이 아버지와 딸로서 공존하는 법을 알려줄지도 모르겠다고, 어쩌면 그럴지도 모르겠다고 생각했다.

다음 날 아침에 잠에서 깬 나는 여름용 부엌에서 난장판을 마주했다. 전날 미처 치우지 못한 탓이었다. 손도 안 댄 브라우니는 통째로 버렸고, 앞으로 마리화나는 절대 하지 않겠다고 맹세했다. 아버지와 내가 전날 밤 같은 순간을 더 즐길 수 있기를 바랐지만, 다음에는 조금 덜 취한 상태면 좋을 것이다.

26

구덩이와 도로

아버지의 포드 트럭은 꼭 괴수 같았다. 거대하고 우락부락한 데다가 서스펜션이 너무 뻣뻣하고 육중해서, 트럭을 운전하다 보면 페니 로드 곳곳의 움푹 파인 구덩이를 지날 때마다 스프링 달린 인형처럼 튀어 오르고는 했다. 좌석으로 올라가는 것부터 힘겨웠고, 끄트머리에 걸쳐 앉아야 발이 페달에 닿을락 말락 했다. 그런 트럭을 운전하는 일은 고난이었다. 내가 약하고 작은 사람이라는, 나의 운명이 나보다 더 크고 강한 존재의 자비에 맡겨져 있다는 기분이 들어 싫었다.

트럭 뒤에 트레일러를 매달고 운전해본 경험도, 차를 견인해본 경험도 없는 나에게 7미터 길이 에어스트림을 달고 도로를 달리기란 결코 쉽지 않을 것이었다. 반면 아버지는 트레일러를 달고도 운전을 굉장히 잘했다. 수년에 걸친 경험이 있었고, 나에게 그 지식을 물려주고 공유할 시간도 충분했다. 하지만 운전법을 가르쳐달라고 부탁했을 때 깨달 았던 것은, 아버지에게 그럴 의향이 없다는 사실이었다. 아버지는 "네가 알아서 해라"라고 단순하고 단호하게 대꾸했다. 익숙한 답변이었다. "네가 알아서 해라"는 아버지가 나를 무시하고 싶을 때 항상 하는 말이었다. 아버지는 나에게 무언가를 가르쳐주고 설명해주고 나와 함께 시간을 보내는 일에 쏟을 인내력도, 마음도 없었다.

나의 첫 자동차, 1984년형 폭스바겐 래빗 컨버터블의 운전법을 익히려고 했을 때도 상황은 비슷했다. 아버지가 어느 날 오후에 그 낡은 자동차를 집에 가져왔을 때, 나는 열여섯 살이었고 5단 기어 수동 자동차를 다루는 법은 전혀 몰랐다.

"어떻게 운전하는지 보여줄 수 있어요?" 내가 물었다.

"네가 알아서 해라." 아버지가 말하고 자기 트럭에 올라탔다. "한번 드라이브 다녀와. 무슨 대단한 일이 일어나겠어? 기껏해야 클러치를 태워먹는 정도겠지. 그러면 네 돈으로 새로 사면 되고." 대수롭지 않다는 듯 이렇게 덧붙이더니 버드와이저가 있는 잡화점을 향해 액셀을 꾹 밟았고, 뒤에는 먼지바람 한 줄기만 남았다. 나는 클러치를 살 돈이 없었다. 그러나 아버지가 기적적으로 마음을 돌려 나에게 운전법을 가르쳐주기만을 기다릴 여유도 없었다. 심약한 어머니는 사고뭉치 청소년이었던 니나를 걱정하느라 몸과 마음이 바빴다. 니나가 망가지지 않도록 챙기는 것만으로도 일과가 꽉 찼고, 아버지는 그런 어머니를 도와줄 능력도, 마음도 없었다. 아버지에게 감정을 내보인다는 것은 나약함의 상징이었고, 그에게 나약함이란 남자답지 못한 것이었다. 감정은 마음 깊은 곳에 묻어두고 무시하라고, 남자라면 응당 그래야 한다고 배우며 자랐다. 그러니 마음이 부서진 둘째 딸이 감정의 소용돌이 그 자체로 변하자 그는 배운 대로 행동했다. 무시했고, 외면했다. 대신 어머니의 어깨가 무거워졌다. 나는 동생이 잘 살아갈 수 있도록 분투하는 어머니가 안타까웠기에, 어머니에게 이것저것 해달라고 조르는 일을 삼갔다. 이제 새 자동차가 생겼으니 우리 집안의 흐린 분위기에서 잠시나마 벗어날 수 있겠다고, 절실히 바라던 자유를 즐길 수 있겠다고 생각했다. 하지만 혼자서 운전하는 법을 배워야 했다. 할 수 있는 일은 혼자서 연습하면서 빨리 운전에 숙달할 수 있기를 바라는 것뿐이었다. 어쩌면 자동차 때문에 나 역시 감정과 불안을 마음속에 묻어두고 무시하는 법만 배우게 될지도 몰랐다. 하지만 어쩔 수 없었다. 다들 각자 자기만의 방식으로 대처하며 사는 법이니까.

차를 운전해 마당 밖으로 나가기까지 20분이 걸렸는데, 느낌상으로는 몇 시간이 지난 것 같았다. 1단 기어 상태에서 클러치를 밟다가 발을 떼어내면 자동차가 털털거리면서 멈춰 섰다. 몇 번을 시도해도 마찬가지였다. 줄곧 시동부터 다시 걸어야 했다. 마침내 출발에 성공한 후 속도를 높여 진입로 밖으로 나갔을 때는, 일단 바퀴를 굴리고 나니 모든 것이 훨씬 쉬워졌다는 것을 깨달았다. 기어를 1단에서 2단으로 올렸고, 2단에서 3단은 조금 더 힘겹게 올렸고, 속도가 줄어들거나 시동이 꺼질까 봐 두려운 마음에 4단까지 올려 여기저기 구덩이가 움푹 팬 도로 위를 질주했다. 1.5킬로미터 길이의 페니 로드를 처음부터 끝까지 운전하다가 앞쪽의 정지 표지판을 포착했다. 머지않아 시동이 꺼지리라는, 피할 수 없는 미래를 예감했다. 실제로 차를 멈추자 시동이 완전히 꺼졌고, 클러치 타는 냄새와 연기가 퍼지기 시작했다. 통행량이 많은 도로는 아니었으나 혹시나 뒤에 차가 있는지 룸미러를 확인한 후 1단 기어부터 다시 시작하다가 실패하기를 반복했다. 심장이 덩달아 털털거렸고 클러치 타는 냄새가 더욱 진해졌다. 마침내 출발에 성공해 속도를 올렸을 때는 그저 멈추지 않고 계속 달리는 것을 목표로 잡았다. 그래서 몇 시간 동안 계속 운전했다. 대로로 진입하지 않고 집 주변의 흙길만 빙빙 돌면서 운전하고 또 운전했다. 나무가 우거진 적막한 굽잇길을 돌고, 졸졸 흐르는 시냇물 옆을 지나고, 언덕을 올라 넘고, 탁 트인 들판과 인적 드문 묘지를 가로질렀다. 그러는 동안 몇 번이나 실수를 저질렀다. 기어를 갉아 먹고 또, 또, 또다시 시동을 꺼트렸다. 실수를 저지를 때마다 여름 내내 일해서 자동차 부품을 갈아줘야 할 확률이 올라가고 있다는 것을 의식했다. 흙길 여기저기에 날카로운 타이어 자국과 쭉 미끄러진 흔적을 남겼으나, 실수 장면들을 목격한 사람은 단 하나도 없었다. 나는 작은 자동차 속에서 자유와 자신감을 느끼기 시작했고, 남자가 된 것 같은 기분도 조금 느꼈다. 타는 냄새가 옅어졌다. 회전을 거듭할 때마다, 2단 기어로 내렸다가 다시 속도를 내며 기어를 올릴 때마다 운전 실력이 좋아졌다. 때때로 정지 표지판이 등장하면 마음을 느긋하게 먹고 부드럽게 클러치와 기어를 번갈아 밟았다. 달리면 달릴수록 운전이 부드러워지고 있었다. 후에 실력이 갖춰지고 마음의 준비도 끝나면 대로로 나갈 것이었다. 일단 포장도로에 진입하고 나면 아무도 나를 막을 수 없다는 것을 알고 있었다.

그로부터 몇 년이 흐른 후, 나는 더 이상 아버지의 가르침을 기다리면서 시간을 허비하지 않았다. 아버지의 관심을 갈구하면서 낭비할 에너지도 없었다. 게다가 이제는 내가 사고뭉치 딸이 되어 어머니의 몸과 마음을 소진하고 있었다. 어머니가 트레일러를 매달고 운전하는 법을 안다고 해도(실제로는 몰랐지만) 어머니에게는 가르쳐달라고 부탁하지 않을 것이었다. 나는 이 에어스트림을 매단 채 운전하는 방법을 혼자 배우겠다고, 내가 만들어낸 난장판에서 스스로 빠져나오겠다고 결심했다. 며칠 동안 오후 내내 에어스트림과 견인 장치를 구성하는 쇠붙이들을 연구하며 어떤 부품이 어떤 역할을 하는지 알아내려 노력했다. 막힐 때는 데이브에게 연락했다. 애초에 노스캐롤라이나에서 그 고물덩어리를 끌고 온 사람이 데이브였기 때문이다. 데이브는 조작법을 잘 알고 있었고, 내가 그 거대한 트레일러를 자동차에 제대로 연결할 수 있도록 인내심과 다정함을 발휘해 확실히 가르쳐주었다. 나는 견인 장치의 볼과 소켓이 헐거워지지 않도록 최소한의 조작으로 후진하는 법을 익혔다. 기어를 후진에 놓고 직감에 의존해 트럭을 조금씩 뒤로 움직였다. 한 번 움직일 때마다 기어를 주차로 바꾼 다음 트럭에서 내려 조작이 어땠는지 확인했다. 확인 결과를 기록하고 다시 운전석에 타서 기어를 후진으로 바꾼 후, 조작을 조절해 조금 더 뒤로 움직여보고 확인하기를 반복했다. 반복하고 반복하고 또 반복했다. 배우는 속도는 느렸지만, 나중에는 연결부 조작에 능숙해져서 소켓과 볼의 접촉을 단단히 유지한 채 몇 번의 움직임만으로 차를 옮길 수 있었다. 그다음에는 육중한 손잡이를 돌려 트레일러를 볼 쪽으로 내리고 소켓을 제자리에 잘 잠근 뒤 전선을 연결해 에어스트림의 후미등을 밝혔다. 그 무거운 트레일러의 움직임이 나의 양손에 달렸다는 것을 깨달았을 때 느낀 강력함, 그것이 배짱 두둑한 사내가 된 느낌이 아니라면 대체 무엇일까.

다음 할 일은 그 거대한 알루미늄 차체를 끌고 실제로 도로 위를 달리는 것이었다. 트레일러의 제동 방식과 가속 지점을 이해하고 깔끔하게 회전하는 법과 가장 힘든 후진법에 완벽하게 숙달해 도로 위에서도 능숙하게 운전할 수 있어야 했다. 그것은 과거 폭스바겐 래빗을 운전했을 때와 마찬가지로, 연습과 인내와 자기 신뢰를 통해 가능해졌다. 내가 실수하는 모습, 나의 노력이 실패하는 모습을 지켜보는 사람은 아무도 없었다. 나와 날카로운 타이어 자국과 미끄러진 흔적만이 목격자였다. 머지않아 나는 낡은 알루미늄 트레일러를 끌고 프리덤의 안전한 뒷길을 벗어나 포장도로로 진입할 수 있었다. 이제 나의 요리사 시절이 남긴 유산을, 유산 같은 것이 정말 있다면, 살려낼 수 있을지 확인할 차례였다. 나는 바퀴가 달린 주방을 끌고 도로를 달려 들판으로, 농장으로, 온실로, 헛간으로, 별이 빛나는 과수원으로, 나의 모험에 함께할 사람이 있는 곳이면 어디든 갈 것이었다. 나에게는 식탁과 의자가 있었고, 짝 안 맞는 도자기와 은 식기, 오래된 가스레인지, 빈티지 냉장고, 웨버 그릴 두 개가 있었다. 나에게 없는 것은 딱 하나뿐이었다. 아들의 양육권을 되찾아오기까지, 내가 강하고 진실하고 유능한 어머니라는 사실을 법정에 증명하기까지 긴 여정이 이어질 것이었다. 여정이 결말을 맞이하기까지 오랜 시간이 걸릴 것이었고, 그 초반부가 룸미러에 반사되어 보였다. 다행스럽게도 나는 흔들림 없이 나아가고 있었다.

그날은 수요일이었다. 나는 아침 일찍 괴수 같은 포드 트럭의 조수석에 페니를 앉힌 채 에어스트림 트레일러를 끌고 울퉁불퉁한 흙길을 달리기 시작했다. 너무 빨리 가지 않으려고 조심했다. 트럭 화물칸에 실린, 내가 직접 제작한 식탁이 혹여 굴러떨어질까 봐, 트레일러 안쪽 벽에 볼트로 고정해놓은 무거운 냉장고가 떨어져 나갈까 봐 겁이 났다. 도로를 달리는 것은 처음이었고, 떨리면서도 기대되었다. 산등성이 위에 있는 번쩍이는 정지 신호 앞에 도착했을 때는 우회전 방향 표시등을 켰다. 트랙터 가게와 편의점을 지날 때는, 물론 다이너 앞에서도, 손을 흔들어 보였다. 동쪽 해안을 향해 내리막길을 달리며 잉그러햄 낙농장을 지났고, 샌번 연못 주변의 숲이 우거진 좁은 길과 급격한 굽잇길을 통과했다. 짭짤한 바닷바람이 불어오기도 전에 벨파스트에 가까워지고 있다는 것을 느낄 수 있었다. 호흡이 가빠지고 속이 울렁거리기 시작했기 때문이다. 내 고통의 중심지에 접근하는 나는 파블로프의 개처럼 무의식적으로 반응하고 있었다. 식당은 아직 그 자리에 있었는데, 톰이 남부 캘리포니아 스타일의 '쿨한 척하는' 후진 비건 식당으로 바꿔놓고 퀴노아 볼, 아보카도 토스트, '마사지한 케일'* 따위를 팔았다(퀴노아, 아보카도, 케일에는 악감정 없음). 그리고 내 하늘의 빛나는 별, 나의 아이, 나의 혈육, 나의 모든 것은 식당 위층에서 모자 사이를 찢어놓은 괴물 같은 놈과 살고 있었다. 나는 치를 떨며 소리 지르고 울부짖고 싶었지만, 그러지 않았다. 그런 감정은 마음속 깊은 곳에 묻어놓고 계속 운전했다.

1번 도로를 타고 북쪽으로 이동했다. 30킬로미터를 더 달려 벅스포트에 있는 다리에 도착한 후에야 가쁜 호흡과 울렁거리는 속이 진정되기 시작했다. 조금 더 달린 다음에는 참지 못하고 벅스포트 맥도날드 주차장으로 진입했다. 그 거대한 트레일러를 끌고 드라이브스루를 통과할 만한 운전 실력은 없었다. 그래서 주차장 끄트머리에 있는 자리, 후진할 필요가 없어 가장 쉽게 주차할 수 있는 자리에 차를 댔다. 잔돈으로 4달러를 모아 맥도날드 안으로 들어갔다. 치킨너깃, 새콤달콤한 소스, 초콜릿 우유로 구성된 해피밀을 주문했다. 내가 먹고 싶었던 초콜릿 셰이크나 성인용 메뉴보다 저렴했다. 제임은 치킨너깃을 좋아했다. 새콤달콤한 소스와 초콜릿 우유도 좋아했다. 우주선 같은 이 알루미늄 트레일러를 끌고 함께 도로를 누볐다면 아이가 얼마나 좋아했을

---

*   잘게 찢은 케일에 올리브유, 레몬즙, 소금 등을 넣고 버무려 먹는 샐러드.

까, 자꾸만 그런 생각이 들었다. 무릎 위에 치킨너깃 상자를 올려놓은 채 페니 옆에 앉아 있는 아이의 모습이 그려졌다. 트럭 조수석 창문에는 제임이 몇 년 전에 붙여놓은 토성 모양 스티커가 아직도 붙어 있었다. 그 스티커를 보고 있으면 가끔은 미소가 지어졌고 가끔은 눈물이 나왔다. 아무리 깊이 묻어놓으려고 노력해도 아이를 향한 그리움에 끝도 없이 마음이 아팠다. 제임이 톰하고만 지낸 지도 벌써 몇 달째였다. 판사의 허락으로 감독을 두고 만난 적이 몇 번 있기는 했다. 하지만 그 찰나 같은 만남은 주먹으로 명치를 한 대 맞은 듯이 느껴졌지, 톰이 묘사하는 것처럼 '너그럽게' 느껴지지는 않았다. 톰은 말하고는 했다. "내 덕에 아들 얼굴이라도 보니 행운인 줄 알라고." 짧은 만남이 끝나면 제임은 당연히 엄마에게 들러붙어 끌어안고 놔주지를 않았고, 톰은 그것을 기분 나쁘게 받아들였다. 나의 머릿속에서는 줄곧 아이의 애원하는 목소리가 윙윙거렸고, 톰이 나에게 들러붙은 아이를 떼어내는 모습도 도무지 지워지지 않았다. 무한한 상실감 외에 다른 감정을 느끼기가 힘들었다. 페니와 함께 트럭에 앉아 너 한 입, 나 한 입 너깃을 나눠 먹는 나의 머릿속에는 잃어버린 아이, 나에게서 그 아이를 빼앗아 간 혐오스러운 남자, 상황이 이렇게 되도록 일조한 바보 같은 나 자신에 관한 상념이 가득했다.

맥도날드에서 그다지 멀지 않은 지점까지 1번 도로를 따라가다가 우회전해서 블루힐 쪽으로 향했다. 블루베리가 자라는 황무지를 지나자 길이 좁아지기 시작해서 트럭을 더 세심하게 회전했다. 편의점이 보일 때 온실을 옆에 끼고 우회전했고, '배거두스 런치'라는 식당을 지나쳐 감조 하천을 건넜다. 그러고는 한 번 더 우회전한 후, 2층에 플라스틱 거위 모양 조명이 있는 커다란 헛간을 낀 채 바로 좌회전했다. 거

311

의 도착이었다. 브룩스빌에 진입하자 노란색 차선이 사라졌고, 우리는 좁고 급격한 굽잇길을 따라 앞으로 나아갔다. 코스탈 로드와 만나는 지점에서 길이 끊기며 눈앞에 목적지가 나타났다. 바로 '데이비즈 폴리 팜'. 커다란 하얀색 농가와 3층짜리 거대한 빨간색 헛간이 보였다. 이곳에서 나의 첫 번째 이동식 정찬을 대접할 것이었다.

이 시골 정취가 물씬 느껴지는 아름다운 농장은 전에도 본 적 있었다. 근처에 있는 작은 빵집으로 가는 길에 이 앞을 지나게 됐고, 자동차의 속도를 줄이고 농가를 바라보다가 빵집에 가서 장작불에 구운 따끈하고 바삭한 빵을 한 덩이 사 먹었었다. 그 빵은 몇 시간을 운전할 만한 가치가 있었고, 이 농장의 잠재력도 확연했다. 성대한 팝업 정찬을 열기에 안성맞춤이었다. 아파트에서 열었던 비밀 정찬 클럽과 비슷하게, 다만 이 너른 공간에서 더 많은 사람과 함께하는 것이다! 전에 수십 번은 열었던 저녁 식사와 마찬가지로 값은 손님이 원하는 만큼 내고, 포도주는 각자 가져오면 될 것이었다. 손님이 내가 적어놓은 적정 가격만 내주면 재료를 구하는 데 들어간 돈과 음식 준비를 도와준 친구들에게 줄 돈을 충당할 수 있을 터였다. 나는 꿈꾸던 멋진 저녁 식사가 현실이 되리라는 기대에 부풀어 올랐다. 곧 농장에 도착해 식사 준비를 시작할 생각에 가슴이 두근거렸다.

농장의 진입로에 들어서자, 프리덤을 떠난 후로 처음 만난 흙길의 구덩이 위로 트럭과 트레일러가 천천히 덜컹거리며 움직였다. 이 농장에 사는 가족은 사실상 처음 보는 사람들이었으나 이상하게도 집에 온 것만 같은 기분이었다. 올트먼 씨네 가족과는 친구를 통해 소개받을 때 딱 한 번 만났는데, 나는 그 자리에서 바로 그들의 아름답고 예스러운 헛간에서 멋진 저녁 식사를 하면 어떻겠냐며 그들에게는 난데없었을 아이디어를 들이밀었다. 내 말에 동의하듯 고개를 끄덕이는 그들의 눈동자에는 기대감이 내비쳤고, 농장에 와서 마음을 다해 요리해보라며 긍정적인 답변을 주었다. 신이 난 얼굴로 흔쾌히 응해주었다. 나는 내 꿈을 현실로 이뤄낼 기회를 얻은 것에 달나라까지 날아갈 정도로 기뻤다.

집 앞의 잔디밭에 아이들의 장난감이 흩뿌려져 있는 모습을 보니 행복해졌다. 양동이와 삽, 야구 배트와 공, 뒤집힌 세발자전거, 단풍나무 고목에 매달아 놓은 그네까지. 나는 조심스럽게 트레일러를 돌려 천천히 주차 자리로 후진했다. 초보 운전답게 바퀴를 조금씩 앞뒤로 움직이며 에어스트림을 높은 헛간 문 안쪽에 안착했다. 바로 그때 나는 트레일러 후진 운전과 배의 조타기 조종이 상당히 비슷하다는 것을, 핸들과 조타기를 가고 싶은 방향의 반대쪽으로 돌려야 한다는 것을 깨달았다. 배 생각을 하니까 톰이 떠올랐고, 톰 생각을 하니까 피가 끓었다. 심장이 가슴속에 쌓인 잿더미처럼 느껴졌다. 하지만 이번에는 금세 행복한 현실로 돌아올 수 있었다. 두 살배기 작은 남자아이가 바지도 입지 않은 채 세발자전거를 몰고 모퉁이를 돌아 내 쪽으로 달려왔다. 금발 곱슬머리가 풍성했고 눈동자가 파랗게 빛났으며 함박웃음을 짓고 있었다. 그 뒤에는 남자아이의 네 살배기 누나가 선드레스 차림으로 신이 나서 맨발로 뛰어왔다. 여자아이 뒤에는 얼룩무늬 고양이들이 몇 마리 줄지었다. 아이들은 나의 트레일러가 굉장한 퍼레이드라도 되는 것처럼 신이 나서 소리를 지르며 반겨주었다. 그 애들의 엄마인 에마도 헛간 문간에 등장했다. 짧은 갈색 단발머리에 키가 훌쩍한 에마에게서 다부진 매력과 부드럽고 따뜻한 분위기가 느껴졌다. 에마는 밝은 미소를 띤 채 활기차게 팔을 흔들었다. 에마의 남편 존이 주황색 쿠보타 트랙터를 타고 천천히 아이들과 고양이를 뒤따랐다. 막내가 누구에게 곱슬머리를 물려받은 것인지 바로 알아볼 수 있었다. 나는 트럭을 주차 기어에 놓고 운전석에서 폴짝 내렸다. 나에게 다가온 에마는 우리가 오랜 친구인 것처럼 나를 꼭 붙들더니 오랫동안 안아주었다. 나는 이 포옹이 영원히 계속되겠다고, 갈비뼈가 부러질지도 모르겠다고 생각했다. 나를 그토록 오랫동안 꼭 안아준 사람은 아무도 없었고, 나를 그렇게 반가워해준 사람 역시 아무리 기억을 더듬어봐도 없었다. 그들의 다정함에 놀라워하다가, 문득 그들은 내가 어떤 삶을 살고 있는지 모른다는 것을 깨달았다. 그들은 내 삶이 얼마나 엉망진창인지 몰랐다. 그들은 나를 판단하지 않는다고, 멋쩍어하거나 수치스러워할 필요 없다고 생각하니 기분이 어찌나 상쾌하던지. 그들이 나의 난장판 인생을 모른다는 사실이 선물처럼 느껴졌다. 나는 변호사라든지 후견인 면접이라든지 내 삶을 집어삼키고 있는 갈등 같은 것은 잠시나마 잊어버릴 수 있었다. 정말 오랜만에 내 눈앞에 있는 좋은 것들에 집중할 수 있었고, 제대로 된 삶이 어떤 느낌인지 다시 알게 된 것만 같았다.

그날 밤 올트먼 가족은 나를 마치 잃어버렸던 자매처럼 맞아주었다. 사실 나는 불쑥 나타난 객식구에 가까웠는데 말이다. 그들은 채소밭 가장자리에 있는 작은 오두막에 나의 잠자리를 마련해주었다. 가끔 농장 일을 배우러 오는 학생들을 재워주는 곳이었다. 그리고 배거두스 런치에서 사 온 해산물 튀김과 감자튀김, 코울슬로로 저녁까지 먹여주었다. 침대에 눕자 프리덤에서 몇 킬로미터나 떨어져 있다는 사실과 깨끗한 시트 덕분에 잠시나마 천국에 온 것 같았다. 페니는 침대 옆쪽

바닥에 누웠고, 나는 솜털 이불을 덮고 웅크린 채 밤을 맞이하는 귀뚜라미와 염소의 울음소리를 들으며 잠들었다.

다음 날 아침에 일어났을 때는 해야 할 일이 산더미인 급박한 현실이 떠올랐다. 60인분의 저녁 식사를 준비하기까지 이틀밖에 남지 않은 상황이었다. 여기서 멀지 않은 벨파스트의 식당을 잃어버린 후로 처음으로 준비하는 저녁이었다. 두려워할 이유가 충분히 많았지만, 어서 좋아하는 일로 복귀하고 싶은 마음이 더 컸다. 나는 정신을 사생활이 아닌 요리에 집중할 수 있는 날을 고대하고 있었다. 에마가 오두막으로 나를 데리러 왔고, 우리는 올트먼네 암탉들이 초원 위에서 노니는 들판 아래쪽으로 갔다. 아이들과 고양이들과 페니까지 행렬에 합류했다. 존은 사륜 오토바이를 타고 행렬의 마지막을 장식했다. 오늘 우리는 주말 저녁 식사를 위해 닭 32마리를 잡을 것이었다. 나는 철조망을 뛰어넘어 암탉들을 한쪽으로 몰았고, 있는 힘껏 달려 한 마리씩 잡기 시작했다. 문득 동생과 함께 부모님의 닭장에서 놀던 기억이 떠올랐다. 어렸을 때 우리는 헛간에서 몇 시간이고 놀고는 했는데, 무더운 날에는 더위를 식힐 방법을 찾다가 닭들을 괴롭히며 장난쳤다. 닭의 꼬리 깃털을 꽉 쥐면 깜짝 놀란 닭이 미친 듯이 날개를 퍼덕거리면서 우리 얼굴에 부채질을 해줬다. 나는 계속 에마와 함께 암탉들을 몰아세우며 한 마리씩 붙들고 날개를 꽉 잡은 뒤, 존이 오토바이 뒤에 싣고 온 우리에 조심스럽게 넣었다. 우리가 가득 찬 후에는 다시 오르막을 올라 올트먼 가족이 도살장으로 개조한 작은 알루미늄 트레일러로 갔다. 안에는 별다른 장식 없이 도살용 금속 깔때기 세 개, 펄펄 끓는 물한 냄비, 플라스틱으로 된 커다란 털 뽑는 기구가 있었다. 존과 에마가 닭을 죽이면 농장 건너편에 사는 이웃과 내가 내장을 빼고 후처리를 할 생각이었다. 아이들과 고양이들은 시끌벅적한 분위기에 들떠서 우리 발치를 서성거렸다.

존이 첫 번째 닭을 잡고 부리가 아래로 향하게 깔때기에 고정한 다음, 머리를 붙들고 구멍 밑으로 닭 목을 잡아 뺀 후 날카로운 칼로 동맥과 정맥과 기도까지 한 번에 잘라냈다. 밑에 받쳐놓은 양동이로 따뜻한 피가 흘러내렸다. 존은 닭을 한 마리 더 잡아 똑같이 작업하고는 그것을 한 번 더 반복했다. 목이 잘린 닭 세 마리를 그대로 둔 채 잠시 기다렸고, 검붉은 피는 주르르 흐르다가 천천히 멎었다. 이제 깃털을 더 쉽게 뽑기 위해 닭 한 마리를 깔때기에서 빼내어 닭발을 잡은 채로 뜨거운 물에 담가 빙빙 돌렸다. 그 후에는 축축하게 늘어진 닭을 물에서 꺼냈고, 김이 모락모락 피어오르는 몸통에서 깃털을 손으로 한 움큼씩 뽑아내 살만 남겼다. 커다란 가위를 꺼내 닭의 머리와 발을 잘라내자 선명한 빨간색 볏과 짙은 노란색 발톱이 바닥으로 떨어졌다. 작업이 진행되며 볏과 발톱이 수북이 쌓이기 시작했다. 고양이들, 그리고 아이들의 흥분이 눈에 띄게 짙어졌다.

"뭐 하는 거예요, 아빠?" 아이 하나가 말했다.

"닭고기 만드는 거지." 존이 아무렇지 않게 대답했다. 손으로는 쉼 없이 닭 목을 그으며 할 일을 계속하고 있었다.

"음! 나 닭고기 좋아하는데!" 여자아이는 기쁨에 소리 질렀다. 아이는 존의 손에서 대롱거리는 닭으로 우리가 함께 만들어낼 식사를 잔뜩 기대하며, 자신이 좋아하는 닭고기 요리법을 줄줄이 설명했다.

나는 잠시 움직임을 멈추고 이 순간을 곱씹었다. 사방에 피가 흥건했고 바닥에는 닭 머리와 발이 수북했지만, 죽음에 대한 아이의 진실한 관점은 충격적이리만치 아름다웠다. 아이는 자기가 먹는 음식이 어디서 오는 것인지, 얼마나 고귀하고 존엄한지 똑똑히 인식하며 자라고 있었다. 비닐에 싸인 채 마트에 몇 주나 방치되곤 하는 항생제 가득한 닭고기와 들판에서 벌레를 쪼아 먹고 햇볕을 즐기며 자유로운 삶을 살았던 닭고기가 똑같다고 생각하는 실수는 절대 저지르지 않을 것이었다. 닭에서 따뜻한 피가 흘러내리고, 축 늘어진 닭을 뜨거운 물에 담갔다가 살에서 깃털을 한 움큼씩 뽑아내고, 얽히고설킨 내장을 빼내는 광경에도 놀라지 않을 것이었다. 왜냐하면 닭고기는 그렇게 만드는 거니까. 어머니가 어린 시절에 닭고기 요리법을 배웠던 것처럼 아이도 배울 것이었다. 염지하고, 굽고, 튀기고, 버터를 넣어 소테하는 방법을. 나는 제임이 옆에 있어 이 모든 것을 보고 이해하기를 바랐다. 만약 그랬다가는 톰이 변호사에게 뭐라고 할까? 피가 튀고 바닥에 닭 볏과 발이 쌓여 있는 곳에 데려갔다고? 어떤 엄마가 그런 짓을 하지?! 그들은 따질 것이다. 그러면 나는 이렇게 답해야지. "좋은 엄마가."

에마가 손질을 마친 축축하고 신선한 닭고기를 건넸고, 나는 잽싸게 헛간의 부엌으로 이동해 생산 라인에서 내가 맡은 임무를 다했다. 미리 스테인리스 테이블에 플라스틱 도마와 날카로운 칼 몇 개를 준비해두고 커다란 플라스틱 통에 얼음물을 채워놓은 참이었다. 첫 번째 닭을 도마 위에 올려놓고, 창자를 찌르지 않도록 조심하며 닭고기의 항문 주변에 V자 모양의 칼집을 냈다. 닭 안으로 손을 넣어 만져보니 내장에 온기가 남아 있었다. 장기의 위치를 가늠한 다음 손을 오므리고 동그랗게 돌려 내벽에서 조직을 떼어냈다. 오리 농장을 운영하는 친구 지나가 몇 년 전에 알려준 기술이었다. 어느 청량한 오후, 지나와 나는 단둘이서 오리 68마리를 잡아 내장을 제거했다. 뜨거운 내장에서 풍기는 강렬한 냄새에 질리거나 기술을 점검하기 위해 잠시 멈춰야 할 때면, 탄산이 든 차가운 사과주스를 홀짝이며 쉬는 시간을 가지기도 했다. 내 손으로 살아 있는 생명을 죽인 것, 그 따뜻한 피가 나의 팔을 따라 흐르고 눈동자에서 빛이 사라지는 모습을 바라본 것은 그때가 처음이었다. 솟아나는 힘과 밀려오는 슬픔에 압도되었던 그날의 감각을 나는 잊을 수 없었고, 새를 손질하는 방법 역시 똑똑히 기억하게 되었다. 손끝으로 닭의 흉통 속 내장을 긁어내고, 양쪽 허파의 위치를 가늠해 떼어냈다. 그다음 기도 윗부분을 잡고 부드러우면서 단호하게 뜯어내자 툭, 하고 뜯겨 나가는 것이 느껴졌다. 그다음에는 플라스틱 도마 위에 내장을 늘어놓고 깨끗한 물로 부드럽게 헹궈준 뒤 쓸모 있는 부위만 세심하게 잘라냈다. 간은 부드러운 무스로 만들어 구운 빵과 함께 먹을 수 있었다. 모래주머니로는 젤리처럼 진한 육수를 만들 수 있었다. 심장은 양념해서 로즈메리와 함께 꼬치에 끼운 다음 뜨거운 석탄 위에서 구우면 맛있었다. 굽기 전에 날것 그대로 페니의 간식이 될 확률이 높았지만.

텅 빈 속을 물로 헹군 후 깨끗해진 닭을 얼음물에 넣어 식히는 동안, 존이 깃털을 뽑고 쌓아놓은 닭들을 계속 손질했다. 그날 오후 우리는 닭 32마리를 죽이고 씻기고 포장했고, 다음 날 나는 그 닭들을 손질해 가슴, 다리, 허벅지, 날개를 발라낸 뒤 설탕, 소금, 통후추, 주니퍼베리, 월계수잎을 넣은 물에 담가 안팎에 맛이 배도록 재워두었다. 그대로 하룻밤 두었다가 살짝 삶아내 버터밀크, 밀가루, 콘플레이크 가루 반죽에 굴린 후, 식물성 기름이 뜨겁게 끓고 있는 냄비에 넣어 튀길 계획이었다. 그 노릇노릇 맛깔난 닭고기 튀김 위에 말돈 소금을 뿌려 따끈하고 바삭바삭한 채로 금요일 저녁의 손님 60명에게 제공할 것이었다. 내가 마음을 담아 요리한 닭고기 중 가장 신선하고 맛있을 터였다.

그리고 최고의 요리 재료가 사랑이라면, 이번 저녁 식사는 정말이지 굉장할 것이었다.

　저녁 식사 전날 밤, 어머니는 프리덤에서 올트먼네 농장까지 굽잇길을 달려와 내가 있는 오두막으로 왔다. 정찬 파티를 성공적으로 이뤄내기 위해서라면 무엇이든 도와줄 준비가 된 상태였다. 식탁을 준비하는 것부터 허브를 다지고 토마토를 써는 것까지, 무엇이든 기꺼이 해낼 것이었다. 이 식사는 나를 위해서도, 어머니를 위해서도 잘되어야만 했다. 그날 저녁에 많은 것이 달려 있었다. 그날 저녁 식사는 그냥 한 끼 식사가 아니었다. 하나의 상징이었다. 내가 능력 있는 사람이라는 증명이자, 계속 요리하고 돈을 벌어 자기 삶을 꾸려갈 줄 아는 어엿한 성인임을 증명하는 첫걸음이었다. 이것을 증명해내야만 나는 나의 아들에게, 어머니는 어머니의 손자에게 가까이 갈 수 있었다. 그날 밤에는 도무지 잠이 오지 않았다. 마음이 두근거려 줄곧 뒤척였다. 그러다가 아침 일찍 나무 사이로 태양이 빼꼼 고개를 들자마자 잠에서 깼다. 어머니는 벌써 일어나서 헛간을 쓸고 만들던 삼베 테이블 러너를 마무리하고 있었다. 6시에 손님들이 자동차마다 그득그득하게 탄 채 농장으로 밀려들기 전에 해치워야 하는 수많은 일이 내 머릿속에 떠오르고 있었다. 나는 옷을 갈아입고 장화를 신은 후 손에 나무를 엮어 만든 바구니를 든 채 만찬에 사용할 여름 과일을 채집하기 위해 오두막을 나섰다. 그 전에 우선 오두막 문 앞에서 싱싱한 야생 라즈베리를 몇 움큼 따서 아침으로 먹었다. 따스한 여름 태양에 잘 익은 라즈베리는 그 달콤하고 산뜻한 맛으로 잠에 취한 미각을 깨워주었다. 그런 완벽한 맛의 라즈베리는 드물고 귀해서, 나는 과일이 입에 머무는 짧은 순간 동안 그것을 한껏 음미했다.

트랙터가 터놓은 길을 따라 농장 뒤편에 광활하게 펼쳐진 들판을 가로질렀다. 페니는 앞서 달리며 냄새를 맡고 꼬리를 흔들다가 이따금 뒤돌아서 내가 잘 따라오고 있는지 확인했다. 나는 잘 따라가고 있었다. 잠시 멈춰 서서 작고 하얀 야생 딸기꽃을 땄고, 잘 익은 야생 블루베리를 따 입에 넣었다. 들숨에서 아니스와 따스한 건초 내음이 느껴졌는데, 어렸을 때 우리 집 뒤에 있는 들판에서도 이런 향이 났던 것이 떠올라 추억에 젖었다. 동생과 함께 맨발로 미역취 풀밭을 뛰어다니던 시절이었다. 수없이 많은 오후를 건초 저장고에서 고양이들과 놀며 보내던 시절이었다. 니나와 나는 작게 야옹거리는 소리에 귀를 기울여, 건초 속 따뜻한 보금자리에 옹기종기 모여 있는 새끼 고양이들을 찾아내고는 했다. 달걀, 어머니가 텃밭에서 기른 채소, 파스텔 색조의 흰색과 분홍색 코스모스가 잔뜩 꽂힌 유리병을 길가에 두고 팔기도 했다. 순수하고 행복하고 자유롭던 시절이었다. 문득 맨발로 흙의 감촉을 느끼고 싶어졌다. 나는 고무장화를 벗었다. 발가락 사이에서 바스락거리는 여름 풀잎의 따스하고 건조한 감각이 그리웠다. 잠시 멈춰 서서 들꽃을 꺾으며 옛날 생각에 잠겼다. 텅 빈 바구니를 들고 어머니의 텃밭에 가서 한련과 차이브와 오레가노꽃을 수북이 담아 부엌으로 돌아오던 것, 오븐에서 무엇을 굽고 있든 그것이 완성되면 그 위에 꺾어 온 꽃을 잔뜩 뿌리던 것이 생각났다. 그런 삶은 톰을 만났을 때 놓아버렸다. 톰은 그런 여자를 좋아하지 않는 것 같았기 때문이다. 그는 자유분방한 여자를 좋아하지 않았다. 꿈 많은 여자도 좋아하지 않았다. 아버지가 그랬듯이 톰도 나를 밀어낼지 모른다고, 버릴지도 모른다고 생각했던 나는 결국 나의 한 자아를 놓아버리고 말았다. 발에 닭똥이 묻거나 옷에 진흙이 묻어도 개의치 않는 나, 그런 나를 놓아버렸다. 다른 사람에게 만족을 주기 위해 내가 아닌 다른 여자를 연기하는 삶을, 그런 안전하고 서글픈 삶을 나는 너무나도 오랫동안 살았다.

장화를 그대로 남겨둔 채 맨발로 줄곧 걸어나갔고, 농장이 보이지 않는 곳까지 도달했다. 들판은 적막해서 페니와 나 말고 움직이는 것은 오직 산들바람뿐이었다. 바람은 키가 훌쩍한 풀잎들 위를 스치며 이쪽저쪽으로 초록을 밀어내고 있었다. 나는 천천히 빙글빙글 돌며 아름다운 들판의 풍광을 만끽했다. 숨을 깊이 들이마셨다. 한 발자국 앞으로 내디딜 때마다, 놓아버렸던 과거의 나에게 손을 뻗는 느낌이었다. 나는 과거의 나와 시선을 맞추며 아무도 해주지 않은 말을 해주었다. 너는 완전하다고, 안전하다고, 다 괜찮을 것이라고. 과거의 나는 내 손을 잡고 이렇게만 말했다. "용서해줄게."

길을 따라 조금 더 걸었다. 모퉁이를 돌았더니 올트먼 가족의 땅 뒤편에 숨겨진 작은 만이 보였다. 나는 마법에 걸린 듯 경이로운 마음으로 이 아름답고 비밀스러운 장소를 감상했다. 사위에 소나무와 모래 해변이 펼쳐져 있고, 연못 같은 바다에 에워싸인 풍경이었다. 썰물이 한창인 바다로 다가가 떠밀려온 나무 위에 걸터앉았다. 발가락 주변에 닿는 굵은 모래 입자와 조약돌을 밀어내며 그 시원한 감촉을 만끽했다. 페니는 물속으로 들어가더니 가만히 섰다. 더운 배를 식히며 만족스러운 듯 줄곧 꼬리를 흔들고 있었다. 나는 일어서서 속옷만 남기고 옷을 벗은 후 얼음장 같은 바닷물로 들어갔다. 팔짱을 껴서 가슴을 꼭 감싼 채 물살을 헤치다가 물이 배꼽까지 차오르자 멈춰 서서 크게 숨을 들이쉬었다. 지금부터는 눈과 귀를, 무엇보다도 마음을 열 것이다. 진정성을 품고 진실하게 살아가겠다고 약속했다. 오늘 밤의 저녁 식사는 새롭게 태어난 나를 기념하는 전야제가 될 것이다.

데이비즈 폴리 팜에서의 저녁 식사
브룩스빌, 메인
◦
메뉴

- 오이 미뇨네트를 곁들인 리틀 아일랜드산 굴
- 폴리 팜 닭고기로 만든 프라이드치킨
- 에어룸 토마토와 바질 샐러드
- 머스터드와 마저럼 비네그레트소스를 뿌린 햇감자
- 저지 버터와 꿀을 발라 먹는 버터밀크 비스킷
- 블루힐 블루베리를 곁들인 메이플 커스터드

그날 우리는 솔직담백한 삶을 찬미할 것이다. 손님들은 내가 직접 헛간의 목제 벽을 재활용해 만든 테이블에서 식사할 것이다. 직접 만들었다는 것은 뾰족한 나무에 찔린 상처로 증명할 수 있었다(게다가 오른팔 팔뚝에는 테이블 톱에서 나뭇조각이 튀는 바람에 생긴 작은 상처도 있었다). 내가 여름 동안 중고 시장을 돌아다니며 모은 짝 안 맞는 빈티지 접시와 은 식기에 요리를 내고, 어머니와 내가 할머니의 재봉틀을 이용해 만들어낸 단정한 네모 모양의 자투리 헝겊 냅킨을 제공할 것이다. 그날 아침 농장 뒤쪽에서 꺾은 들꽃을 꽃병에 채워 식탁을 장식해야지. 가까운 배거두스강에서 잡은 싱싱한 굴을 잔뜩 차려놓고, 채소밭에서 따온 싱싱한 딜과 오이와 샬롯을 잘게 다져 곁들여 먹을 계획이었다. 바로 이 농장에서 기르고 잡은 닭고기로 만든 치킨도 있었고,

몇 시간 전에 온실에서 수확한 토마토와 채소밭에서 따온 온갖 종류의 바질에, 질 좋은 올리브유와 굵은 소금을 뿌려 만든 샐러드도 있었다. 막 캐온 햇감자는 머스터드를 넣은 비네그레트소스를 얹고 향긋한 마저럼을 뿌려 먹을 계획이었다. 그리고 결마다 바삭하게 구워진 커다란 버터밀크 비스킷은 지역 농산물 직판장에서 구한 발효 버터와 길 건너편에 사는 이웃이 양봉한 꿀을 곁들여 먹을 것이었다. 식사의 마무리는 농장의 질 좋은 달걀과 크림으로 만든 달콤한 메이플 커스터드였다. 그 위에 이 지역에서 기른 블루베리와 풍성한 크림을 얹고 그날 아침에 딴 작은 야생 딸기꽃으로 장식할 것이었다. 그날 밤, 식탁을 차리고 토마토를 자르고 식사가 잘 진행될 수 있도록 도와준 소중한 어머니, 그리고 의리 넘치는 친구 몇몇을 포함한 60명의 손님 옆에서, 나는 다시 태어난 나를 비밀스럽게 축하했다. 그날 밤 낡은 헛간은 웃음소리와 술잔이 부딪치는 소리로 활기가 넘쳤다. 탁 트인 공간을 통과하는 여름 산들바람에, 식탁에 반향 되는 쾌활한 대화 소리에 촛불이 파닥거렸다. 나는 손님들이 새로운 요리가 나올 때마다 깊이 그 맛을 음미하는 모습, 닭고기를 뼈만 남기고 깨끗하게 먹어치운 후 손가락까지 핥는 모습, 마지막 한 입의 디저트를 남기고 포도주를 더 따르는 모습을 바라보았다. 공간을 가득 메운 순수한 기쁨은 손으로 만져질 듯 강렬했다. 내가 이곳에 기쁨을 불어넣어 손님들에게 따뜻한 추억을 안겨준 것이다. 자랑스러운 마음을 안고 건너편으로 시선을 던지자 헛간 반대편에서 술잔을 들고 서 있는 존과 에마가 흘끗 보였다. 식사하는 사람들을 바라보는 그들의 눈에서 자부심이 빛났다. 지금 이 순간 그들의 헛간, 그들의 보금자리가 이토록 많은 사람에게 이토록 큰 기쁨을 주고 있었으니까. 그 밤은 내가 정말 오랜만에 거둬낸 성공이자, 나

를 질식시키려고 발악하던 폭풍우를 이겨내고 있다는 증거였다. 나는
머릿속으로 계속 되뇌었다.

각오해. 내가 돌아왔으니까. 그리고 난 그 어느 때보다 강해질 거야.

5부

FREEDOM

자유

27

잎이 세 개씩 난 풀

나는 포기하지 않고 계속 앞으로 나아갔다. 이혼 소송이 퍼붓는 맹렬한 비바람을 견뎌내며 차근차근 은밀한 저녁 파티를 열었다. 다시 힘을 비축하며 천천히 삶을 재건하고 있었다. 이제 열두 살이 된 아들의 양육권을 돌려받을 자격이 있다는 것을 법정에 증명하기 위해 애썼다. 이제 정신과 약물은 완전히 끊었지만, 약물이 남긴 흔적은 평생 지워지지 않을 낙인이었다. 어쩔 수 없이 약해지고 말았던 찰나의 과거 때문에 나는 나의 유일한 존재 이유를, 엄마로서의 삶을 빼앗겼다. 식사를 준비하고 요리하고 에어스트림에 짐을 싣는 일을 몇 번이나 반복하면서 자꾸만 피할 수 없는 질문으로 돌아오고 있었다. 이렇게 영영 아들을 잃어버리는 것일까? 그럴지도 모른다고 생각하면 감당하기 버거운 두려움이 밀려왔다. 가슴에 뚫린 구멍이 너무나도 거대해서 나는 그저 아들을 되찾기 위해 노력할 수밖에 없었다. 여기서 그만두면 평생 이 허한 가슴을 안고 살 수밖에 없을 것이었다.

그렇게 여름이 지나갔다. 나는 헛간에서, 농장에서, 탁 트인 들판에서, 과수원의 사과나무 그림자 속에서 손님들에게 공들인 저녁을 대접하며 여름을 통과했다. 트레일러의 바퀴가 나를 앞으로 밀어주었다. 잠시 요리에서 손을 뗄 때는 심리 치료와 변호사 상담과 법정 출두로 바빴다. 약을 다 끊었다고, 일할 능력이 있다고, 더 건강한 삶을 위해 노력하고 있다고 증명하느라 여념이 없었다. 마침내 나의 증명이 충분해지자 법정에서는 톰의 요청을 거부하고, 어지러운 이혼 절차가 마무리될 때까지 일주일에 이틀 동안 감독 없이 아들을 만날 수 있도록 허락했다.

아이 역시 상실감을 느끼고 있었다. 포옹에서 그것이 느껴졌다. 나를 붙드는 힘이 전보다 더 강했고, 손을 잡고 있는 시간도 더 길었으며, 내 곁에 더 가까이 붙어 있었다. 함께하지 못한 시간은 제임에게 상처를 남겼다. 박탈당한 시간은 영영 되찾지 못할 것이었다. 톰을, 그가 빼앗은 모든 것을 생각하면 내 안에 쓰디쓴 비통함이 자라났다. 내 마음속의 상처가 얼마나 깊은지 알았기에 아이의 마음에 난 상처가 걱정스러웠고, 이 고약한 이혼 소송이 아이의 다정하고 친절한 영혼을 완전히 망쳐버리지 않았기를 바랐다. 아들은 이런 일을 당할 이유가 없었다. 그런데도 싸움의 희생자가 되었다. 하지만 여전히 좋은 것들은 있었다. 우리는 다시 만날 수 있는 미래를 간절히 바랐고 기회가 주어질 때마다 최선을 다해 서로에게 애정을 표현해야 한다는 것을 알게 되었다. 함께하는 소중한 순간을 절대 허투루 흘려보내지 않았다. 바다로 헤엄치러 가고, 콘 아이스크림을 음미하고, 튀김 맛집을 찾아다녔다. 페니와 함께 셋이서 흙길로 산책을 다녀오고, 페리를 타고 물을 가로지르는 느낌을 즐기며 바이널헤이븐에 놀러 갔다. 로클랜드에 있는 화강암 방파제를 거닐고, 교통 박물관을 구경하기 위해 (그리고 그곳의 오래된 잡화점에서 파는 '세븐 냅킨 버거'를 먹기 위해) 아울스헤드에 다녀왔다.

하지만 함께 보낸 좋은 시간은 끝나기 마련이었다. 아들과 나는 마음 아픈 이별과 일상으로의 복귀를 오롯이 감당할 수밖에 없었다. 제임은 나에게 달라붙어 생사라도 달린 듯 꽉 붙들었고, 가능하다면 절대 놔주지 않겠다는 듯 내 몸을 끌어안았다. 나는 아이가 톰에게 돌아가도 괜찮은 척 자연스럽게 행동했다. 아이가 엉엉 울 때도 눈물을 삼키고 버텨야 했다. 점점 더 강해지는 포옹을 느끼며 도저히 울음을 삼킬 수 없었던 이별의 순간도 있었다. 그러면 톰은 가늘게 뜬 눈에 혐오를 가득 담다가 나를 노려보며 내가 너무 감정적이라고, 심지어 불안정하다고 말했다. 톰은 앙심으로 가득 찬 채 내가 감정을 드러내는 순간들을 즐기고 있는 것 같았다. 그의 감정에 대한 관점은 나의 아버지와 다르지 않아서, 감정을 드러내는 것은 곧 나약함을 드러내는 거라고 생각했기 때문이었다. 내가 만약 계속해서 흔들리는 모습을 보인다면, 그는 자기 변호사에게 부리나케 달려가서 내가 울었다고 말하고 나의 눈물을 불안정한 정신 상태의 증거로 삼아 법정에서 나를 공격하고 자신이 단독 양육권을 유지할 가능성을 높이려 할지도 몰랐다. 가끔은 톰이 나에게서 아이를 말 그대로 떼어내야 했다. 엄마 옆에 있으려는 아이의 절박한 포옹을 강제로 풀어냈다. 톰은 아이를 데려갈 장소로 주차장이라든지 주유소 같은 공개된 장소를 지정했다. 몹시도 그릇된 처사였다. 나는 아이의 정신에 미칠 부정적인 영향이 두려웠고, 그 영향이 평생 지속될까 봐 걱정됐다. 제임은 마인크래프트 게임을 도피처로 삼고 있는 것 같았다. 가상 세계는 아이가 잠시 현실을 잊어버린 채 방황할 수 있는 곳이자 자기 손으로 직접 새로운 현실을 만들어갈 수 있는 곳, 녹음된 단순한 멜로디에 위로받을 수 있는 곳이었다.

하지만 아무리 깊이 땅을 파고 아무리 높이 건물을 짓는다 한들 게임은 끝나기 마련이었고, 아이는 톰과 내가 만들어놓은 흠집 난 현실로 돌아올 수밖에 없었다. 우리가 저지른 짓이었다. 우리의 잘못이었다. 나의 무력감은 자기 탓과 자기혐오로 이어지곤 했는데, 나는 다시 나락으로 떨어져 아들을 완전히 잃게 될지도 모른다는 두려움에 필사적으로 그런 감정을 떨쳐버렸다. 톰이 제임을 빼앗아갈 때 느끼는 고통은 매주 받는 심리 치료 시간에 털어놓았다. 아들과의 작별을 받아들이는 방식을 바꾸지 않으면 또 미쳐버리고 말 것이라는 사실을 깨우치고 있었다.

제임과 같이 있지 않을 때는 다음 일을 도모하면서 현명하게 시간을 보내야만 했다. 평생 떠돌기만 할 수는 없었다. 제임과 나를 위해서 좋은 장소를 찾아 뿌리내리고 바닥에서부터 새 삶을 쌓아가야 했다. 우리가 환영받고 이해받을 수 있는 곳, 우리 자신으로서 잘 지낼 수 있는 곳을 찾아야 했다. 집이라고 부를 장소가 필요했다. 우리의 행복을 위해서는 많은 것이 필요하지 않았다. 간단한 것으로 충분했다. 눈을 감으면 그려졌다. 목재의 페인트가 벗겨진 오래된 농가. 여름이면 현관의 방충망을 열 때마다 끼익 소리가 나는 곳. 넓은 펌킨 파인 마루를 이어 붙인 마룻바닥. 그 마룻바닥은 내가 거친 표면을 갈아내고 반짝반짝한 우레탄 코팅을 입혀 새로 단장해준 후에도 삐걱거리는 신음으로 자신이 백 살도 더 먹은 노장이라는 것을 알려줄 것이었다. 닭을 몇 마리 사서 마당에 풀어놓을 수도 있었다. 닭들은 원하는 대로 자유롭게 뛰어다니며 풀밭의 지렁이와 벌레로 배를 채울 것이었다. 그래, 이거야. 마음 깊은 곳에서 이런 미래가 그려지고 느껴졌다. 그리고 이것이 언젠가 현실이 되리라는 것도 알고 있었다.

아버지의 투박한 트럭 위에 올라탄 제임과 나는 페니를 사이에 두고 뒤에 에어스트림을 매단 채 길을 떠났다. 하버사이드에 있는 포시즌 농장은 엘리엇 콜먼과 바버라 댐로시라는 대단한 농부들의 집이었다. 8월 주말에 그들의 농장에서 팝업 식당을 열어보겠다고 제안하자 그들이 승낙해주어 나는 매우 기뻤는데, 아들도 데려갈 수 있어서 더욱 행복했다. 우리는 소나무가 늘어선 도로를 따라 미역취가 너울거리는 풀밭을 지났고, 바위가 우락부락한 해변의 만을 빙 돌아 블루베리가 자라는 황무지를 가로질렀으며, 마침내 좁은 흙길을 통과해 그 이름난 농장에 당도했다. 너른 투스칸 케일밭 옆에 주차한 후 견인 장치를 풀고 저녁을 맞을 준비를 했다. 내일 아침에 일어나면 긴 하루가 이어질 것이었다. 알루미늄 트레일러 속 각자의 아늑한 침낭 안에 자리 잡은 제임과 나는 둘만의 오붓한 모험에서 안락함을 느끼며 아기처럼 잤다.

다음 날 아침, 자리에서 일어나 저녁 만찬을 준비하기 시작했다. 사위의 너른 대지에서 손님을 맞을 생각에 벅차올랐다. 디어아일에 있는 '44 노스'라는 카페에 가서 갓 볶은 커피를 샀고(제임은 직접 커피콩을 볶아보기도 했다), 배거두스강에서 굴을 큰 봉지에 가득 담아 몇 봉이나 샀다. 농장으로 돌아오는 길에는 전날 지나쳤던 말발굽 모양의 아름다운 만에 가까워졌을 때쯤 속도를 늦췄다. 해안가를 따라 피어 있는 진분홍 바다 장미가 보였고, 들꽃을 꺾어다가 요리를 장식해야겠다는 생각이 떠올랐다. 주차하고 바다를 향해 걸어가는 동안 아이가 내 손을 꼭 붙들었다. 우리 앞에서 껑충거리던 페니는 신이 나서 차가운 물속으로 첨벙첨벙 뛰어들었다. 우리는 운이 좋으면 조개를 잡을 수도 있겠다는 생각에 진흙을 파보았고(운은 없었다), 납작한 조약돌을 찾아 잔잔한 아침 수면에 물수제비떴다. 에게모긴 리치에서 출발한 파도가 부드럽게 밀려와 우리 쪽의 모래와 자갈이 섞인 해변에서 부서졌고, 옅은 안개 사이로 작은 배가 바닷물 물마루를 타고 오르내리는 모습이 보였다. 엽서에 나오는 것 같은 풍경이었다. 종종 잠자리에 든 제임에게 읽어주는 로버트 매클러스키의 책 『어느 날 아침』에 나오는 한 장면처럼 완벽한 이 고장만의 풍경이었다. 꿈결 같았다. 나는 숨을 깊게 들이쉬며 그 순간을 만끽하고 기억 속에 새겨두었다. 제임이 신이 나서 모래를 파헤치고 페니가 파도 속에서 물을 튀기는 장면을 바라보면서 지금 느껴지는 자유와 행복을 절대 잊고 싶지 않다고 생각했다. 우리는 행복했다. 우리의 머리 위를 감돌던 지옥 같은 연무가 그저 찰나의 안개처럼 사라진 듯, 위기감 없는 일상을 회복해 기쁨까지 맛보고 있었다. 우리의 싸움은 아직 끝나지 않았지만, 함께하는 짧은 모험 덕분에 그렇게 믿을 수 있었다. 나는 만조에는 물이 꽉 차는 지점으로 가서 샐러드에 쓸 야생 겨자잎을 땄고, 칵테일에 쓸 수도 있을 헤더, 폭찹에 곁들일 짭짤한 잼을 만들 들장미 열매를 채집하며 순간의 환희를 만끽했다. 수확한 것들을 바구니에 넣는 그때, 문득 길가에 핀 보라색 엉겅퀴가 시야에 들어왔다. 커다란 화병에 꽂으면 완벽하겠다는 생각이 들었다. 그러다가 시야 가장자리에 라임 같은 초록색 방울이 달린 키가 훌쩍한 나뭇가지가 들어왔다. 아름다운 독특함이 느껴지는 낯선 식물로, 나의 엉겅퀴 꽃꽂이를 완성해줄 듯했다. 잡초가 자란 산울타리를 넘어 덤불 사이를 헤치고 나간 나는 뒷주머니에서 전지가위를 꺼내 금빛 녹색 가지를 여섯 개쯤 잘랐다. 기다란 줄기를 어깨에 걸쳐 메고 다시금 숨을 깊이 들이쉰 후 애틋한 마음으로 식물을 끌어안았고, 그 반짝이는 잎이 목을 간질이는 것을 느끼면서 제임과 페니가 물가에서 공을 던지고 노는 다정한 장면을 바라보았다. 천국이었다.

다시 농장으로 돌아온 다음에는 해변에서 따온 것들을 손질했고, 엉겅퀴와 의문의 식물을 커다란 유리 화병에 꽂았다. 아들이 옆에서 책을 읽는 동안 꽃들을 조심스럽게 다듬으면서 족히 10분을 꽃꽂이에 매진했다. 우리가 함께 보낸 하루처럼 꽃도 완벽하기를 바랐다. 꽃꽂이를 마무리했을 때쯤에는 비가 내리기 시작했다. 처음에는 대수롭지 않게 여겼다. 저녁 식사는 사유지 안에 있는 토마토 온실에 준비할 계획이었다. 신선한 식물 내음이 풍부한 가운데 토마토 덩굴과 어우러지게 식탁을 꾸미면 낭만적일 것 같았다. 그러나 온실의 구조 때문에 소리가 증폭되어, 투명한 플라스틱 벽을 강타하는 빗방울은 잔잔한 배경 음악이 아니라 따발총 소리처럼 들렸다. 비는 온종일 내렸고, 비가 내리면 내릴수록 주방과 온실 사이의 길은 더 축축해져 진창이 되었다. 도와주러 온 어머니는 두 공간 사이를 왕복하느라 쫄딱 젖어버렸다. 아이는 식사 준비에만 몰두하는 나를 보채기 시작했고, 나는 잘해내야 한다는 압박감에 스트레스를 잔뜩 받고 있었다. 우리의 그림 같은 완벽한 하루가 축축하고 시끄러운 진흙투성이 난장판으로 돌변해버렸다.

나는 심통 난 제임과 쫄딱 젖은 어머니를 가만히 바라보았고, 두 사람을 프리덤에 있는 집으로 보내는 것이 옳다고 판단했다. 같이 보낼 수 있는 시간이 많지 않았기에 아들과 작별하는 게 마음 아팠지만, 이런 밤에 어린이에게 어울리는 것은 뜨끈한 목욕과 재미있는 영화와 달콤한 팝콘이었다. 나는 제임과 포옹하며 작별 인사했고, 때마침 친구들이 도착했다. 각자의 실력을 발휘해 나를 도와줄 성실한 친구들이었다. 그들은 내가 식사 준비를 마무리하고 식탁을 차리고 세세한 것까지 손볼 수 있도록 거들었다. 하나둘 도착하는 손님들을 맞이했고, 천둥이 치는 듯한 온실 안의 빗소리에도 의연하게 대응했다. 다들 지역 낙농장에서 만든 치즈와 빵을 야금거리며 이 농장에서 기른 싱싱한 오이와 내가 해변에서 따온 장미 꽃잎을 넣은 진토닉을 홀짝였다. 그리고 나의 굉장한 꽃꽂이를 매료된 듯 바라보았다.

"꽃이 대단한데!" 나의 친구 앤이 작은 카나페가 담긴 은쟁반을 들고 지나가다가 말했다. "장난으로 한 거야?"

"장난이라니, 무슨 말이야?"

"에린, 이거 옻나무잖아!"

뭐? 그럴 리가! 그럴 리 없었다. 이 꽃은 어렸을 때 어머니와 할머니가 절대 만지면 안 된다고 신신당부했던 반짝반짝한 풀과는 생김새가 달랐다. 숲을 뒤덮고 있던, '건드리면 안 되는, 잎이 세 개씩 난 풀'과는 달랐다. 이것이 어린 시절에 맨발로 숲을 뛰어다니던 나의 다리와 발목에 빨간 물집과 발진을 일으킨 그 사악한 풀일 리가 없었다. 이것이 선드레스를 입고 들판에서 넘어진 나의 다리와 엉덩이 피부를 휩쓸었던 바로 그 풀이라니! 그럴 리가?

"이 지방에서 자라는 옻은 생김새가 달라." 앤이 설명했다. 그러고는 페놉스콧 카운티의 암석해안으로 가족과 함께 캠핑을 다녀왔던 이야기를 해주었다. 텐트를 치고 장작불을 피운 다음 불가에 모여 앉아 밤의 휴식을 즐기던 중이었다. 앤은 완벽한 나뭇가지를 찾아내겠다고, 가지를 잘 깎아서 올여름 최고의 마시멜로 꼬치를 구워내겠다고 생각하며 자리에서 일어나 숲 가장자리를 어슬렁거렸다. 마침내 딱 맞는 두께의 완벽한 나뭇가지를 찾은 앤은 주머니칼로 끝을 날카롭게 다듬었다. 그러고는 폭신폭신하고 하얀 마시멜로를 날카로운 끄트머리로 끼우고 새빨갛게 타고 있는 장작 위에 적당한 자리를 찾아 올려놓았다. 이 달콤한 간식이 겉은 노릇노릇하고 바삭하게, 안은 촉촉하고 부드럽고 달콤하게 구워질 때까지 앤은 마치 꼬치구이 기계처럼 장작불 위에서 천천히 마시멜로를 돌렸다. 다 구워지자 부드럽게 부풀어 오른 마시멜로와 밀크 초콜릿 한 조각을 그레이엄 크래커 사이에 끼우며, 이것이 올여름에 먹은 것 중 가장 맛있는 마시멜로일거라고 생각했다. 한 입, 한 입 음미하고 삼키는 동안 불에 탄 나무의 향내를 느꼈다. 그리고 다음 날 아침 앤은 얼굴과 목구멍이 빨갛게 부은 채 잠에서 깼다. 예상했다시피 앤이 마시멜로를 꽂아 먹었던 나뭇가지는 옻나무였다.

나는 빌어먹을 옻나무를 가지고 그 커다랗고 성대하고 탐스러운 꽃다발을 만들었던 것이다. 옻나무를 차로 옮길 때 나뭇가지가 목에 닿았던 것이 기억났다. 맨손으로 다듬었던 것이 기억났다. 손에 유독한 성분이 잔뜩 묻어 내일 아침에는 붉게 발진이 올라올 것이었다. 생각만으로도 벌써 가렵기 시작했다. 그러나 지금 와서 어쩔 수 없는 일이었고, 내가 할 수 있는 일은 그저 요리를 계속하는 것, 손님들에게 차분한 목소리로 식물 장식에 다가가지 말라고 안내하는 것뿐이었다. 피로를 씻어내기 위해 트레일러에 몸을 뉠 때는 꼭 혼자여야 할 터였다. 목과 팔의 가려움증이 심해지면서 정착을 향한 갈망, '내 집'이라고 부를 수 있는 나만의 보금자리와 요리 실력을 갈고닦을 수 있는 나만의 부엌을 향한 갈망이 덩달아 강해졌다. 옻나무 발진은 나의 싸움이 아직 끝나지 않았음을, 아직 갈 길이 멀다는 것을 상기시켜주었다.

하지만 그날의 저녁 식사는 그런 큰 실수를 저질렀음에도 불구하고, 내가 상상했던 것보다 훨씬 성공적이었다. 가려운 피부에서 주의를 돌리고 싶었던 나는 알루미늄 천장을 두드리는 빗방울 소리를 음악 삼아 지금껏 내가 성취한 것들을 하나하나 곱씹어보았다.

올여름 나는,

메인의 쌀쌀한 아침에도 아늑하게 지낼 수 있도록 난롯불을 피우고 잘 타오르게 하는 법을 익혔다.

처음으로 테이블 톱을 사용해보았고, 재활용 목재를 사용해 식탁 여덟 개를 만들었다. 몸 곳곳의 긁힌 자국으로 증명할 수 있다. 손가락은 전부 무사하니 천만다행.

맨손으로 1965년식 에어스트림을 뜯어내 이동식 주방으로 개조했다. 집채만 한 큰 트럭으로 7미터 길이 트레일러를 견인하는 법을 익혔다. 헛간에서, 사과나무 과수원에서, 폭우가 퍼붓는 온실에서 나의 마음을 담아 요리했다. 사람들에게 미소와 기쁨을 주었다.

중독되었던 정신과 약물을 끊었다. 이제 자낙스나 클로노핀, 각성제나 진정제 중 어느 것에도 손대지 않겠다고 맹세한다(태어나서 처음으로 마리화나 넣은 브라우니를 먹고 취해보기도 했는데, 앞으로는 그럴 일 없음).

유기견을 입양했다. 누가 누구를 구했는지는 아직도 모르겠다.

맨발로 들판을 걸었고, 바다에서 헤엄쳤고, 내가 어떤 사람인지 알아냈다.

아들을 되찾았다.

28

나를 다시 받아줘

작은 마을에서 두 번째 기회를 누리는 경우는 몹시 드물다. 뭐, 첫 번째 기회도 흔히 있는 일은 아니었다. 하지만 프리덤은 나를 받아주고 또 받아주었다. 어린 시절에는 맨발의 꼬마로서 성장할 수 있게 해주었고, 그 후에는 배우고 일하고 깨우칠 공간을 주었다. 내가 아이를 낳을 수 있도록 보금자리를 제공했고, 우리 가족이 힘든 시기를 이겨낼 수 있도록 안전하고 단순한 삶을 허락해주었다. 그리고 또다시, 내가 안팎으로 삶을 회복하고 재건할 공간을 선물했다. 나의 고향 프리덤은 필요할 때면 언제든 내 옆에 있어주었다. 이제는 똑똑히 알게 되었다. 나의 마음은 언제나 이곳에 있었다는 것을, 이 궁벽한 작은 마을에도 좋은 인생의 가능성은 풍부하다는 것을. 프리덤은 수없이 나에게 기회를 주었다. 나야말로 프리덤에게 기회를 주지 않고 있었을 뿐이었다.

프리덤에 망가지고 외로운 영혼을 가진 존재는 나뿐만이 아니었다. 쓰러져가는 물레방아도 있었다. 어렸을 때 동생과 나는 7월 4일 독립기념일마다 그 전해에 입었던 댄스 공연 의상을 입고 그 앞을 행진하고는 했다. 방치당한 처량한 물레방아는 본체가 위태롭게 한쪽으로 기울었고, 금속제 지붕도 오랜 세월 동안 망각 속에서 녹슬고 굽은 상태였다. 거센 바람이 한번 불면 폭삭 쓰러져 그 옆을 흐르는 샌디천으로 휩쓸려버릴 것 같았다. 두 번째 기회가 주어지기 전까지는.

그 폐허 같은 건물은 아주 오랫동안 방치되어 수리조차 불가능한 상태였기에, 그것을 되살린다는 생각은 누구라도 얼굴을 찌푸릴 만한 일이었다. 물레방아를 재건하겠다니. 그런 버거운 프로젝트는 완성까지 적어도 몇 년이 걸릴 터였고, 미친 생각이라고 할 사람도 있을 것이었다. 그 무너져가는 낡은 목제 건물은 심지가 굳건하지 못한 사람, 손쉽고 빠른 투자처를 찾는 사람을 위한 것이 아니었다. 다른 사람은 보지못하는 것을 볼 수 있는 사람, 이해타산보다 더 중요한 것을 아는 사람을 위한 것이었다. 세상을 더 좋은 곳으로 만들고자 하는, 세상에 긍정적인 족적을 남기려는 사람을 위한 것이었다. 두 번째 기회는 값지다고 믿는 사람을 위한 것이었다. 그리고 토니 그라시가 바로 그런 사람이었다.

낡은 물레방아가 재건될 것이라는 소문이 마을에 조용히 퍼지기 시작했다. 나에 대한 뒷소문이 돌던 방식과 비슷했다. 내가 그 엄청난 소식을 알게 된 것은 벨파스트에서 식당을 하던 시절이었다. 그날 아침 농장을 운영하는 친구 폴리가 채소를 배달하러 왔다가, 시부모님이 물레방아를 개조하려고 계획 중이라는 이야기를 흘렸다. 폴리가 남편 프렌티스와 함께 운영하는 빌리지사이드 농장은 샌디 연못 뒤, 무너져내리는 낡은 물레방아 근처에 있었다. 폴리는 연한 양상추와 어린잎 채소가 가득한 봉지를 건넸고, 내가 채소를 냉장고에 넣는 사이에 말했다. "세입자를 찾고 있다니까, 혹시 관심 있는 사람이 있다면 알려줘."

고향의 중심에 있는 낡은 건물이 드디어 관심을 받게 되었다니 반가운 뉴스였다. 밀 스트리트 끄트머리, 너른 화강암 지반 위에 서 있는 물레방아는 조금 섬뜩하기는 했으나 항상 나의 호기심을 자극했다. 당장이라도 무너질 듯했기 때문에 어렸을 때는 가까이 가는 것조차 금지였다. 그러나 낙하하는 프리덤 폭포 옆에 선 물레방아의 풍경에 어딘가 낭만적인 구석이 있다고 나는 생각했다. 폴리는 물레방아를 개조할 계획에 관해 더 이야기했다. 폴리의 시부모님은 사람들이 모일 수 있는 공간을 만들고 싶었고, 역사가와 건축가와 현장 작업자를 모아 팀을 꾸릴 계획이었다. 폴리는 그곳에 식당을 하나 더 차리면 어떻겠냐고 제안했다. 나는 후보자로 고려되었다는 것에 기분이 좋았다. 꿈같은 이야기였다. 하지만 괜찮다고, 내 손으로 차곡차곡 쌓아 올린 이 식당 하나로 만족한다고 말했다. 딱히 거짓말은 아니었다. 그러나 결혼 생활이 무너져가고 있다는 이야기는 털어놓지 않았다. 하루에 18시간씩 일하고 있다고, 이 일상을 지속하기 위해 몸에 약물과 술을 쏟아붓고 있다는 이야기도 하지 않았다. 나는 지금 간신히 버티는 형편이라 두 번째 식당은 당치도 않다는 이야기 역시.

이제 그때로부터 1년이 흘렀다. 그동안 나의 인생은 급격하게 달라졌다. 식당은 사라졌고 결혼 생활도 끝났다. 나는 다시 페니 로드로 돌아와 재산이라고는 1페니도 없이 살고 있었다. 모든 것을 잃어버린 상태였으나 그 말은 더 이상 잃을 것이 없다는 뜻이기도 했다.

지난 1년 동안 물레방아에도 많은 변화가 생긴 참이었다. 자기만의 재활원에 다녀온 모습이었다. 전부 철거되어 기둥만 남아 있었다. 망가진 지붕널도 사라지고 없었고, 썩은 나무도 다 떼어진 후였다. 목공,

석공, 공학, 건축 등 각 분야의 전문가들이 달라붙어 물레방아를 원래 모습으로 돌려놓았다. 물레방아는 마침내 자신의 뼈대가 세워진 것에 안도의 한숨을 내쉬는 듯했다. 원래 건물은 화강암 지반이 단단하게 받치고 있기 때문에 거뜬히 홀로 설 수 있었다. 토니는 그 힘과 가능성을 포착한 것이었다. 그는 물레방아가 이 지루한 작은 마을에 새로운 생명을 불어넣어주고 그들의 생업인 농업에도 도움이 되리라는 것을 알았다. 아내 샐리는 남편의 그런 담대한 계획에 한 번도 의문을 표하지 않고 그의 옆을 지켰다.

여름날 늦저녁의 물레방아는 적막하고 평화로웠다. 해가 져서 인부들은 집으로 떠나고 없었다. 흐르는 물소리가 잔잔한 백색소음이 되어 배경을 채웠고, 새로 설치한 지붕널에서 풍기는 삼나무와 소나무 내음이 사위에 가득했다. 아직 작업할 거리가 남아 있었으나 대부분은 마무리된 후였다. 현관문이 잠기지 않은 채 살짝 열려 있었다. 내가 들어갈 때 불어든 산들바람에 톱밥이 두둥실 떠올랐을 뿐, 안에는 아무것도 없었다. 오랫동안 들어갈 수조차 없었던 곳에 발을 들인 내 마음속에 온화한 기운이 퍼졌다. 부서져 들쭉날쭉한 유리창과 여기저기 뿌려진 스프레이 자국, 오줌과 미지근한 맥주 냄새는 사라지고 없었다. 텅 빈 곳의 벽을 따라 늘어선 창문 여섯 개의 새로 끼운 유리를 통해 부드러운 저녁 빛이 드리웠다. 벽과 바닥은 헛간의 벽을 이루던 목재를 재활용한 것이었다. 새로 켠 나무 향기가 공간을 가득 채웠다. 물레방아는 다시 태어난 모습이었다. 그 순간, 나는 바로 이곳이라는 것을 깨달았다. 이곳이 로스트 키친의 새 보금자리였다.

여기저기 세워둔 식탁이 머릿속에 그려졌다. 식탁을 창문 앞에 하나씩 두면 따뜻한 여름 저녁의 산들바람을 느끼기에도, 주홍빛 황혼을 배경으로 파닥거리는 따뜻한 촛불을 바라보기에도 완벽했다. 주방도 그려졌다. 주방을 공간 한가운데에 두면 집에서 손님을 대접하듯 요리할 수 있을 터였다. 친구들은 조리대 앞의 스툴에 앉아 요리하는 나를 지켜볼 수 있을 것이었다. 오븐에 넣어둔 애피타이저가 완성되면 바로 빼 들고 테이블 사이를 돌아다니며 직접 서빙할 수도 있었다. 부드러운 음악 소리는 바깥에서 흐르는 물소리와 섞여, 제재소 시절의 모습이 그대로 남아 있는 천장의 낡은 도르래에 반향 될 터였다. 그리고 당연히 꽃도 꽂아놓아야 했다. 그것도 아주 많이! 식탁에는 작은 꽃송이를 꽂은 화병을 두고, 조리대에는 커다란 들꽃을 공간이 허락하는 만큼 늘어놓을 것이다. 내가 그간 모은 요리책을 장식처럼 쌓아두고, 공간 곳곳에 작은 조명을 두어 달빛이 부족할 때 사용하면 좋을 것이다. 농장에서 발견한 커다란 주물 에나멜 싱크대, 그리고 빈티지 냉장고를 어디에 놓을지 그려보았다. 싱크대와 냉장고는 단 한 순간도 버려지거나 잊힌 적 없는 듯, 항상 그 자리에 있었던 듯 잘 어울릴 것이었다. 이제 나는 온 마음을 다해서 꿈꾸고 있었다. 태어나서 처음으로 프리덤이 내가 있어야 할 곳처럼 느껴졌다.

사실 정신 나간 아이디어였다. 이런 외딴곳에, 인구가 800명도 안되는 시골에 식당을 열겠다니. 다른 동네 사람들이 겨우 저녁 한 끼 먹으려고 프리덤까지 차를 타고 올 것 같지도 않았다. 도무지 확신이 서지 않았는데, 곰곰이 생각하기 시작하면 아무래도 자기 회의에 빠져버릴 것만 같았다. 그냥 밀어붙여, 이 여자야. 나는 나에게 말했다. 온 정신을, 마음을 다 쏟아붓다 보면 어떻게 해야 할지 알게 될 거야. 직감으로 알게 될 거야. 내가 자신에게 이렇게 다정한 말을 해준 것은, 그러면서 그 말을 진심으로 믿은 것은 정말 오랜만이었다.

　하지만 나 자신을 설득하는 것보다 더 많은 일이 남아 있었다. 꿈이 이뤄질 확률이 높지 않다는 것을 나는 알았다. 나에 대한 뒷소문이 아직도 잔혹한 흑파리 떼처럼 들끓고 있었다. 그 여자 완전히 정신병자라던데! 식당도, 애도 내팽개치고 도망갔다지! 남편 눈을 파냈대! 자기 목을 칼로 그었다잖아! 어느 오후, 우리는 재건 작업이 거의 끝난 물레방아 한구석에 접이식 의자를 두고 앉았다. 토니와 샐리와 내가 있었고, 데이브와 아이비는 나를 응원해주고 또 토니와 샐리에게 내가 소문 속의 여자와는 다른 사람이라는 것을 보여주기 위해 옆을 지켰다. 유능하고 빈틈없는 친구들 가운데에 있으면 나조차도, 내가 늘어놓을 황당무계한 아이디어조차도 분명 진지하게 받아들여질 수 있을 것 같았다. 그래서 이야기를 시작했다. 내가 마음속으로 그리고 있던 그림을 그들에게도 보여주었다. 내 입에서 나오는 이야기를 들으며 혹시 내가 미친 것 아닐까 의아해하던 순간도 있었다. 하지만 두근거리는 심장은 이 원대하고 대담한 아이디어를 펼쳐보라고 다그치고 있었다. 나는 이야기를 마쳤다. 잠시 기다렸다. 다소 긴장 섞인 미소를 지었다. 그들은 고개를 끄덕이고 빙긋 웃더니 생각할 시간을 달라고 했다. 일주일 후에 다시 만나자고, 그때 답을 주겠다고 했다. 그들이 무슨 생각을 하고 있는지 전혀 알 수가 없었다. 내가 꿈에 대해 주절거리는 동안 둘 다 지극히 예의 바른 태도로 진득하게 들어주었다. 된다면 되고 안 되면 안 될 일이었다. 결과가 어찌 되든 얼른 일주일이 지나기를 손꼽아 기다렸다.

이해타산을 따지고 들면 꿈은 좌절되고 만다. 알고 보니 토니와 샐리가 선호하는 것은 이해타산보다는 꿈, 그리고 두 번째 기회였다. 우리는 합의의 의미로 악수했다. 그들은 재활원에서 나온 지 얼마 안 된 무일푼의 여자, 양육권 분쟁에 여념이 없는 여자에게 기회를 주는 것이었고, 나는 상식에 따르자면 절대 식당을 열어서는 안 되는 곳에서 새로운 일을 도모하고 있는 셈이었다. 우리는 이해타산 따위 다 치워버리고 꿈과 두 번째 기회에 판돈을 몽땅 걸었다. 로스트 키친에, 낡은 물레방아와 그 안에 선 나에게 프리덤에서의 새 삶을 걸기로 했다.

29
처음부터 다시 시작

인생을 처음부터 다시 시작하는 것도, 식당을 처음부터 다시 시작하는 것도 버거운 일이었다. 그것도 이렇게 외진 동네에서 말이다. 나는 요리와 관련된 학위 하나 없이 남자들이 장악한 산업에 뛰어든 여자였고, 여전히 너덜너덜한 과거를 극복하려고 애쓰는 중이었다. 1년이 지났는데도 이혼 분쟁은 뚜렷한 돌파구 없이 고통스럽게 이어지며 이미 힘든 삶을 더 힘들게 만들고 있었다. 식당 개업은 전에도 해본 만큼 이번에는 집중하기가 조금 더 수월했지만, 그렇다고 하더라도 주방에 필요한 것들을 하나부터 열까지 다 구비하기는 쉽지만은 않았다. 식탁을 만들고, 의자를 골라 색칠하고, 면허와 허가를 따내고, 각종 설비를 들여놓고, 그러면서 비용을 어떻게 충당할지 생각해내는 일은 매우 복잡했다. 직원을 뽑고, 메뉴를 짜고, 살 돈은 없지만 꼭 필요한 것들을 목록으로 정리해야 했다. 대형 냉장고를 설치해야 했고, 비싼 업소용 식기세척기, 3단 싱크대, 튼튼한 레인지, 환기가 잘 되는 후드, 의무적으로 갖춰야 하는 고가의 화재 진압 장비까지 다 구비해야 했다. 다른 작은 도구들도 복잡하기가 이루 말할 수 없었다. 하나하나 목록으로 만들어보면 더 이상 작아 보이지 않았다. 톰이 자물쇠를 바꾸고 훔쳐 간 냄비, 프라이팬, 거품기, 숟가락을 전부 채워놓아야 했다. 하지만 나에게 식당을 여는 데 필요한 돈은 없을지라도 꿈이 현실에 뭉개지도록 놔둘 수는 없었다. 나는 메인주 토박이였고, 그 말은 나의 유전자에 북부 출신 특유의 억척스러운 근검절약 정신이 새겨져 있다는 뜻이었다. 싸게 살 수 있는 것들은 싸게 살 방법을 찾았고, 돈을 아낄 수 없는 것들은 손을 벌려서 샀다. 나에게서 일말의 가능성이라도 엿본 친구들과 가족들에게 나중에 맛있는 음식과 함께 보답하겠다고 애원해서 조금씩 돈을 빌렸다. 사람들이 더는 필요 없고 안 쓴다며 냄비나 프라이팬이나 믹서기를 주면 기꺼이 받았다. 아버지는 얼룩덜룩 울퉁불퉁한 푸드 프로세서를 줬는데, 한 번 꾹 눌러줘야만 작동했을뿐더러 돌아갈 때는 절대 칼날 주변에 손을 두어서는 안 되는 고물이었다. 나는 그것도 고맙게 받았다. 또, 80킬로미터 반경에 있는 모든 벼룩시장과 앤티크 상점에 가서 오래된 컵, 컵 받침, 크고 작은 접시, 튼튼한 주스 기계, 구리로 된 체 세트 등을 사 모았고, 그러면서 톰이 몇 푼 벌어보겠다고 우리 할머니의 접시를 팔았기를, 그래서 내가 되살 수 있기를 내심 바라고는 했다. 할머니의 접시를 발견하지는 못했지만, 조금만 힘써서 닦아주면 반짝반짝 빛날 빈티지 은 식기를 하나당 1달러씩 주고 샀다. 발 받침대가 붙은 농장용 대형 도자기 싱크대를 판다는 광고를 찾아냈고, 50년대에 쓰던 오래된 프리지데어 냉장고도 여전히 잘 돌아가는 것으로 구할 수 있었다. 그러는 동안 빳빳한 지폐를 몇 장 들고 다니면 판매자와 흥정해서 가격을 내릴 확률이 높아진다는 것을 알게 되었다. 오래된 호시어 제과제빵용 찬장도 발견했는데, 낡은 데다가 수리

345

도 필요해서 가격을 협상할 만했다. 본체를 다 뜯어내고 사포질한 후 에나멜 상판과 도자기 손잡이를 전부 짙은 회색으로 페인트칠하면 될 것이었다. 선반마다 반짝반짝한 유리병들이 늘어선 모습이 벌써 눈에 보이는 것만 같았다.

프리덤의 흙길을 따라 흘러드는 소문에 따르면, 내가 다녔던 고등학교 수학 선생님이 헛간을 철거 중이라고 했다. 선생님은 우리 동네에서 겨우 5킬로미터 떨어진 곳에 살았다. 나는 그 말이 사실인지 확인하기 위해 곧장 운전해서 그 집으로 갔고, 앞뜰에 주차하면서 소문이 진짜라는 것을 알게 되었다. 돈을 잔뜩 써서 오래된 건물을 살리기보다는 없애는 쪽을 선택한 것이다. 그리고 헛간을 없앤다는 것은 그곳의 나무 벽을 하나씩 뜯어내 재활용해도 된다는 뜻이었다. 4미터에 육박하는 두꺼운 나무 바닥재는 식당 홀 한가운데에 놓을 긴 테이블을 만들기에 안성맞춤이었다. 가까이 다가가니 목재에 남은 말발굽 자국까지도 보였다. 손님들이 재활용한 목재로 만든 시골풍 테이블에 앉아 촛불을 앞에 둔 채 웃고 포도주를 마시고 나오는 코스마다 깔끔하게 해치우며 함께 어울리는 모습이 그려졌다. 이 테이블에서는 낯선 이들도 친구가 될 것이었다.

더 얇고 낡은 합판은 가정집에서 쓰는 것 같은 아일랜드 식탁을 만들 때 쓰려고 계획 중이었다. 콘크리트를 부어 상판을 제작하면 접시를 쌓아두거나 손님을 앉힐 수도 있는, 실용적이면서도 아늑한 공간이 될 것이었다. 재미있는 파티에서는 시간이 지날수록 사람들이 부엌으로 모이게 된다. 부엌은 어느 집이든 박동하는 심장처럼 중심 역할을 한다. 나는 내 식당의 주방이 그런 느낌이기를 바랐다. 가정집 부엌 같은 느낌. 식당 한복판에 요리하는 공간이 있어 모두가 볼 수 있고 느낄 수 있기를 바랐다. 접시에 요리를 담고 수프와 샐러드를 가져다주는 동안 손님들 속에 섞이고 그들과 함께하고 싶었다. 홀 안에 지글지글 굽는 소리가 들리고, 화구의 불길이 보이고, 재료가 익어가며 맛있는 냄새가 풍기기를 바랐다. 음식을 먹는 손님들의 얼굴에 떠오른 기쁨을 보고 싶었다. 그 기쁨을 보고 있으면 나의 마음이, 마음에 있는 공허가 채워졌으니까. 직접 공간의 에너지를 느끼고 싶었고, 적절한 시기에 음악 소리를 높인다거나 노을이 지면 내부의 조명을 낮춘다거나 더운 저녁에 선풍기를 한두 대쯤 트는 등 그 순간을 완성해줄 작은 변화를 가미하고 싶었다. 나는 요리 그 이상을 해주고 싶었다. 대접하고 싶었다. 좋은 공간의 주인으로서 손님들을 즐겁게 해주고 싶었다. 낯선 이들을 불러들여 사랑이 담긴 요리를 먹여주고 싶었다. 어쩌면 나는 다른 사람을 챙기면서 기쁨을 느끼도록 타고난 여자인 것 같았다. 나에게는 이 일이 너무나도 자연스럽게 느껴졌다. 자꾸만 갈망하게 되었다.

전에도 내 손으로 직접 작업해 식당을 개업한 경험은 있었으나 이번에는 증명해야 할 것이 더 많아진 느낌이었다. 내가 제공한 뒷소문을 게걸스럽게 먹어치우며 즐겁게 나의 실패를 구경하던 사람들이 있기 때문이었다. 내가 또 실패하면 그들이 얼마나 좋아할까? 톰은 더 깊은 구덩이를 파서 나를 묻어버리려고 기세등등했다. 나의 단점을 확대해서 동네방네 퍼뜨리고 다니며, 나의 새 출발을 응원하고 믿어주는 사람들의 귀에 그 모함이 닿기를 바라는 것 같았다. 하지만 내가 불가능에 가까운 일을 실제로 해 보인다면, 바로 이곳 프리덤에서 제대로 된 가게를 내고 좋은 삶을 이뤄낸다면, 그 어느 판사나 법정도, 곧 전남편이 될 개자식도 나에게 아이를 기를 능력이 없다고 주장할 수는 없을 것이었다. 좋든 싫든 내 인생은 전부 이번 일에 달려 있었다. 그러니 나는 싸우고 다시 일어설 것이었다. 톰에게, 세상에, 무엇보다도 나 자신에게 내가 어떤 사람인지 똑똑히 보여줄 것이었다. 톰에게 당신이 없는 지금 나의 인생은 그 어느 때보다 낫다고, 나는 행복하고 건강하고 강하다고 증명할 것이었다.

나는 셰프가 아니었다. 그저 소박하고 야무진 요리사였다. 나는 우리 할아버지처럼 신선한 생선 한 토막을 잘 구워 감자와 곁들일 줄 알았다. 할머니가 떠오르는 전통적인 루바브 버터케이크와 진한 커스터드소스도 만들 수 있었다. 나의 칼질은 기껏해야 평균 이상 수준이었고, 미 장 플라스*라든지 가르드 망제** 같은 전문 용어는 쥐똥만큼도 몰랐다. 나는 버터 쓰는 법, 소금 쓰는 법을 알 뿐이었다. 딱 적당한 양의 비네그레트소스를 뿌려 샐러드를 만들 수 있었고, 부드러운 푸딩이나 파이 위에 광택이 도는 완벽한 크림을 허물어지지 않도록 몽글몽글하게 올릴 수 있었다. 나는 어머니가 생각나는 음식, 아버지가 생각나는 음식을 만들었다. 할아버지와 할머니가 돌아가신 지도 오래였지만, 한 입 떠 넣으면 그들이 옆에 있는 듯 느껴지는 음식을 만들었다. 한련의 톡 쏘는 맛, 식초를 뿌린 비트 잎, 버터와 소금과 후추를 넣은 매시트포테이토, 설탕 한 숟가락과 진한 생크림을 뿌린 잘 익은 싱싱한 딸기. 이런 것들은 한 입만 맛보아도 할아버지와 할머니를 느낄 수 있었

---

* 프랑스어 전문 용어로, 식기를 놓는 등 손님을 맞기 전 식당 홀에서 하는 준비를 뜻한다.
** 역시 프랑스어 전문 용어로, 찬 음식을 저장하는 냉동실이나 저장실, 혹은 찬 음식을 담당하는 요리사를 뜻한다.

다. 할머니의 포옹이, 할아버지의 휘파람이 어땠는지 아직도 생생하게 기억났다. 입에 넣을 때마다 그들에 관한 기억이 재생되었다. 할아버지가 부르던 노래도, 할머니의 웃음소리와 전염성 강한 미소도, 그들의 눈가에 자글자글하던 잔주름도 전부 떠올랐다. 그 애틋하고 편안한 요리에 담긴 그들의 온기와 사랑과 감정과 추억들도 전부 떠올랐다. 그것은 소박하고 좋은 음식의 힘이었다. 나는 그런 음식을 만들고 싶었고, 손님들이 그런 기분을, 향수와 사랑을 느끼기를 바랐다. 수비드나 무스 같은 음식, 거품 낸 음식은 싫었다. 수상에 빛나는 세계 최고의 요리를 만들겠다고 전전긍긍하는 것도 싫었다. 나의 요리는 최신식은 아니었고, 금가루 같은 것이 뿌려지거나 핀셋을 이용해 장식한 화려한 음식도 아니었다. 나의 목표는 한 입 먹는 순간 누군가가 꼭 안아주는 느낌이 드는 음식, 어린 시절과 사랑했던 사람이 떠오르는 음식, 그와 함께했던 순간이 하나, 둘, 수도 없이 떠오르는 음식이었다. 무더운 7월 초에 캔 햇감자처럼 수수한 음식이었다. 껍질은 부드럽고 속살은 포슬포슬 달콤해서 질 좋은 굵은 소금 한 자밤과 사르르 녹을 버터 한 덩이를 더하면 충분하고, 특별히 근사한 것이 끌리는 날에는 싱싱한 딜 정도만 곁들여도 더할 나위 없는 햇감자 같은 음식. 또, 부드럽게 잘 익어 과일다운 달콤함이 있는, 막 덩굴에서 꺾어낸 토마토 같은 음식이기도 했다. 여름 오전의 햇살을 머금어 아직 따뜻한 과육에 올리브유와 소금을 뿌리고 싱싱한 바질잎을 몇 개 얹으면 충분한 음식. 그리고 갓 구운 바삭바삭한 빵과 그 위에 올린 감칠맛 나는 치즈, 쫀득한 꿀 한 숟가락과 달콤한 과일잼 같은 음식이었다. 왜냐하면, 일단 음식을 먹어치우고 나면 며칠 뒤, 몇 달 뒤, 몇 년 뒤 남는 것은 음식을 먹는 동안 느꼈던 감정이기 때문이다. 나에게 요리는 누가 가장 멋진 음식을 만드는지 대결하는 행위가 아니었다. 요리의 가장 강력한 힘은 음식의 맛을 오래가는 추억으로 바꿔준다는 것이었다. 어렸을 때 나는 아버지에게서 배웠다. 좋은 음식이란, 사랑을 표현할 말이 없을 때 사랑을 맛볼 수 있게 해주는 수단이었다. 지금의 내가 할 일이 바로 그런 것이라는 사실을 나는 직감했다. 하지만 여전히 해결되지 않은 질문이 있었다. 내가 그런 식당을 만들면, 손님들이 와줄까?

우리는 7월 4일에 개업했다. 날짜는 독립기념일, 장소는 자유의 마을 프리덤. 잘 맞아떨어지는 것 같았다. 25년 전 오늘, 나는 동생과 함께 캉캉 의상을 입고 매년 열리는 프리덤 필드 데이 퍼레이드에 참여했고, 바로 이 앞을 지나며 쓰러져가는 물레방아를 쳐다보았다. 이 유서 깊은 건물, 이제는 새롭게 재탄생한 건물 안에서 사장으로서 식당을 운영하게 되리라고, 참으로 용감무쌍한 계획을 품은 선장으로서 미지의 바다로 나아가게 되리라고는 꿈에도 몰랐다. 이 식당이 성공할지 실패할지는 알 수 없었다. 그렇기에 나는 마음을 다 바쳐 요리하고 어떤 결과가 나올지 기다릴 수밖에 없었다. 요리마다 사랑을 듬뿍 담고 부드러운 식용 꽃잎 몇 개로 장식할 것이었다. 남자들이 장악한 업계에서 여자로서, 소박하고 정직하며 나다운 음식을 해보일 것이었다. 개업일에 식당은 꽉 찼다. 첫 식당에서, 정찬 클럽에서 알게 된 익숙한 얼굴들이 가득했다. 나의 요리를 한 번 더 맛보려고 이 외딴곳까지 선뜻 와준 사람들이었다. 그중에는 160킬로미터를 달려온 사람도 있었다. 식당은 내가 꿈꾸던 모습 그대로였는데, 사실 그것보다 더욱 아름다웠다. 즐거운 대화 소리가 밖에서 흐르는 물소리와 어우러졌고, 열어둔 창문으로 산들바람이 밀려들어 촛불이 파닥거렸다. 잘 익은 딸기 향기가 공기에 가득 배어 있었다. 그날 아침, 7월의 태양이 너무 강렬해지기 전에 직접 따다가 커다란 앤티크 그릇에 담아 조리대 한끝에 놓아둔 딸기였다. 내 손은 아직도 딸기 특유의 분홍빛 과즙으로 물들어 있었다. 그리고 수프 코스가 시작되기 전, 행복해하는 손님들 앞에 서서 낡은 버터나이프로 손에 든 술잔을 짤랑거려 이목을 집중시켰을 때, 미소를 머금고 나를 응시하는 사람들의 시선을 맞받는 나의 심장은 긴장과 자부심으로 터질 듯 쿵쾅거렸다. 나는 그날 저녁에 준비한 메뉴에 얽힌 이야기를 해주었고, 평소에 수프는 어려워하는 메뉴지만 오늘만큼은 정말이지 맛깔나게 만들었다고 덧붙였다. 깊고 다채로운 맛의 수프를 만들기 위해서는 재료를 좋은 것으로 세심하게 골라 복합적으로 사용해야 했으며, 육수를 만드는 것만으로도 몇 시간이나 걸려서 언제나 조금은 까다롭게 느껴졌다고 설명했다(내가 숙달해낼 수 있을 만한 요리라는 생각이 들지 않아 항상 평정심을 잃고 말았다는 이야기는 하지 않았다). 또, 오늘 저녁에 먹을 유기농 닭고기는 서빙 직원 중 한 명인 빅토리아가 여기서 얼마 떨어지지 않은 그의 농장에서 직접 기른 닭으로 만들었다는 이야기도 했다. 월계수잎과 주니퍼베리에 하룻밤 재워놓은 고기라고 덧붙였다. 마무리는 향긋한 딸기가 들어간 딸기 쇼트케이크였다. 나는 잔을 높이 들어 올리고 건배를 제안했다. 손님들은 나를 따라 포도주가 담긴 잔을 천장으로, 낡고 해진 목재와 도르래를 향해 들어 올렸다. 우리는 프리덤이라는 외딴곳에서 함께하게 된 것에 건배했다. 프리덤은 조금씩, 조금씩 내 우주의 중심이 되고 있었다.

30
월도의 여자들

　식당 운영은 한 번 해봤다고 다음번에는 더 수월해지는 작업이 아니라는 사실을 나는 빠른 속도로 깨우쳤다. 체계를 세우고, 시행착오를 거듭하고, 직원들을 훈련해야 했다. 설거지 담당 직원들이 종종 병가를 냈고, 설비가 고장 났고, 재료 배달이 늦어졌다. 식당은 움직이는 배, 항해 중인 선박 같은 것이라 나는 바람의 상태를 파악하고 돛을 조정하는 등 적절히 대응해 배가 순항할 수 있도록 조종해야 했다. 며칠 동안 잔잔하던 바다가 며칠 동안은 나를 집어삼키고 영영 놔주지 않을 듯 휘몰아쳤다. 계속 바뀌는 메뉴 각각에 사랑과 정성을 쏟아붓고 때로는 며칠 동안 요리에 필요한 재료 준비를 해내는 등 신경 써야 할 것이 너무나도 많았다. 저녁 내내 촛불이 타야 했고, 분위기에 맞는 음악이 흘러야 했으며, 싱그럽고 생기 넘치는 꽃이 있어야 했고, 영업을 시작할 때 화장실의 화장지가 끝이 완벽한 세모 모양으로 접힌 상태여야 했다. 세세하고 세세하고 세세한 일들, 해야 할 일은 끝이 없었다. 수요일부터 토요일까지, 저녁 5시가 되면 현관문이 열리고 커튼이 올라가며 쇼가 시작되었다. 준비됐든 안 됐든 상관없었다. 4시만 되면 한 시간 후에 손님이 물밀 듯이 들이닥치리라는 것을 아는 내 심장이 쿵쿵거리기 시작했다. 우리가 식당을 만들었고, 실제로 손님들이 와주었다. 그것도 몇 트럭씩. 식탁이 여덟 개밖에 없는 작은 식당은 매일 저녁 예약이 꽉 찼다. 수많은 사람이 잘될 리가 없다고 했던 식당은 잘되는 것 이상이었다. 대성공이었다.

* * *

하룻밤 만에 나는 다시 이전의 일과로 돌아가 하루에 16시간에서 18시간을 일하느라 잠이 부족하고 식사는 더욱 부족한 상태가 되었다. 설상가상으로 사람들의 평가까지 견뎌야 했다. 저녁을 먹으러 왔다 간 사람들은 온라인 리뷰에 나에 대해 어떻게 생각했는지 솔직하게 밝혔다. 나는 그 글들을 읽으며 때로는 눈물을 한두 방울 흘렸다(침대에 널브러져 나는 이렇게나 엉망이라며 자기혐오에 빠지는 일이 더 자주 일어나기는 했다). 나는 주방을 개방함으로써 모든 사람이 관찰할 수 있는 대상이 되기를 자처한 것이었다. 음식이란 정서가 느껴지는 것이었으니, 만드는 사람이나 먹는 사람이나 으레 특별한 감정과 생각을 경험하기 마련이었다. 음식을 대접하는 것은 지극히 개인적이고 내밀한 행위라고 생각하는 나였기에, 그런 평가를 읽으면 내가 누군가에게 잘못을 저지른 것 같았고, 식사하려고 내 집에 찾아온 사람에게 실망을 준 듯한 기분에 휩싸였다. 더군다나 인터넷에 비판이 올라오면 아주 내밀하고 사적인 상처가 세상에 공개되어버린 것 같아 마음이 아팠다. 수치심까지 느껴질 때도 있었다. 소진되지 않으려면 그런 비판에 지나치게 상처받지 않으려고 애써야 했다. 직접 대응했다가는 이미 나를 싫어하기로 작정한 사람들이 더욱 흥분할 것이므로, 모두가 볼 수 있는 곳에서 비판에 반응하는 일은 삼가야 할 것이었다. 나는 아무 말도 하지 않으려고 애썼으나 마음속에서는 온갖 생각과 감정이 들끓었다. 그런 피할 수 없는 부정적인 의견, 나를 겨냥한 공격에서 배움을 얻어야 했고, 그것들을 나의 깊은 곳까지 성찰할 수 있는 도구로 삼아야 했다. 나는 자문해야 했다. 그들의 의견에서 배울 수 있는 게 있을까? 그 의견을 이용해 더 강해지고 성장할 수 있을까? 그런 비판에서 일말의 진실이나 교훈이라도 얻어낼 수 있다면, 나는 배우고 새기고 활용해서 내가 망친 것을 바로잡을 작정이었다. 하지만 그들이 별다른 이유도 없이 나를 괴롭히는 것이라면? 미워하기로 작정한 사람들에게는 미끼를 주지 말지어다, 그들은 미끼를 물 테니까. 잊어버리고 무시해버리고 뚝심 있게 나아가는 거야, 에린.

이번 식당은 지난번과 어떻게 다를 수 있을까? 전에 겪었던 스트레스가 전부 되돌아오고 있는데, 과연 내가 약물과 술로 불안을 달래려 했던 과거를 반복하지 않을 수 있을까? 절대 그래서는 안 된다. 이번에는 달라야 한다. 나는 전과 다른 사람이었고, 이제 해로운 전남편도 나의 인생에서 사라지고 없었다. 지금의 나는 인생의 균형을 유지하는 것이 얼마나 중요한지 알고 있으며, 더 낫고 행복하고 건강한 삶을 재건하기 위해 집중한 상태였다. 그리고 이번에는 옆에서 나를 지켜보고 응원해줄 공동체가 있었다.

이 공동체의 여자들은 자연스럽게 다가와 나와 함께했다. 피를 나눈 것은 아니지만 자매나 다름없었다. 각자 자기만의 이유를 품은 채 자기만의 삶을 살다가 이 시골 벽지의 식당이라는 황당무계한 프로젝트에 합류하게 되었다. 우연히 서로를 찾아냈으나 결코 우연만은 아니었다고나 할까. 몇몇은 오랜 친구로서, 몇몇은 낯선 이로서, 몇몇은 친구의 친구로서, 또 몇몇은 월도 카운티라는 시골 마을의 이웃으로서 만났다. 내가 누군지 아는 사람들, 나를 믿어주었고 믿어주는 사람들이었다. 이제 막 나를 알아가는 중이었으나 과거에 대한 뒷소문으로 나를 판단하지는 않는 사람들도 있었다. 우리의 공통점은, 가끔은 그저 천구석처럼 느껴지는 이 작은 마을에서 삶을 꾸려가고 하루하루를 쌓아가고 있다는 것이었다. 우리가 혼자는 아니라는 사실은 서로에게 위로와 힘을 주었다. 어머니이자 자매, 아내, 농부, 생산자, 교사인 우리는 다들 무언가에 소속되어 함께 만들고 열정을 느끼고 나누고 기뻐하기를 바랐다. 서빙 전문가도, 소믈리에도, 유명한 요리학교를 졸업한 사람도 없었지만, 그래도 각자 자기가 가진 장점을 식탁에 펼쳐 보였다. 메인에서의 삶은 고된 노동과 혹독한 날씨 때문에 힘겹고 외롭기 쉬웠다. 가만히 있다가는 소진되고 잡아먹히게 될 것이었다. 우리에게는 기댈 공동체가 필요했고, 의식했든 못했든, 모두가 속으로 그것을 갈망하고 있었다. 직업적으로도, 사적으로도 뿌리내릴 중심지가 필요했다. 로스트 키친을 개업하고 금세 깨달은 점은 이곳이 단순히 직장이 아니라는 것이었다. 이곳은 좋은 삶이 있는 공간이었다. 우리는 다 같이 만들어낸 공간에서 자매애를 발견했다. 우리가 더 밝게 빛날 수 있도록 힘을 주는 애정을 발견했다.

앤은 웃자란 채소와 고수를 양동이째 들고 와 요리에 강렬한 장식을 더했고, 가끔 우스갯소리로 나의 옻나무 꽃꽂이를 언급하기도 했다. 그의 잽싸고 재치 넘치는 농담에 다들 포복절도하며 너무 진지하기만 한 것도 바람직하지 않다는 점을 상기하게 되었다. 진저는 온종일 농장에서 일하다가 오후에 식당에 나타나고는 했는데, 그가 등장하면 항상 그의 잔잔한 에너지 덕에 분주한 주방에도 약간의 여유가 흘렀다. 진저가 만드는 샐러드는 참으로 가볍고 우아해서 꼭 구름에서 낙하한 잎사귀 같았다.

지나는 낮 동안 오리 농장에서 고기를 가공하고 밤이 되면 식당에서 오리 다리 콩피를 바삭하게 튀겨냈다. 헌신적이고 주도적인 성격이었고, 타투가 가득한 외모는 터프해 보였으나 마음은 넓고 따뜻해 그의 옆에 있으면 보호받는 기분이 들었다. 플린 자매는 확연한 아름다움과 우아함으로 홀을 휩쓸었다. 메인에서 나고 자란 그들은 서빙의 대가였다. 당연했다. 나처럼 어렸을 때부터 서빙을 했으니까. 오래전 우리는 같이 일을 하며 만났다. 그리고 비밀 정찬 클럽을 운영하던 때부터 나를 도와준 애슐리도 있었다. 애슐리는 전보다 바빠진 지금도 변함없이 좋은 친구다. 낮 동안 농장에서 꽃을 돌보다가 밤이 되면 식당에 와서 음식을 날랐다. 식당 테이블 위의 꽃병에는 애슐리가 직접 씨앗을 심어 기른 꽃이 가득 꽂혀 있었다. 그 꽃을 보고 있으면 우리 두 사람 모두 자부심으로 가슴이 벅차오르고는 했다.

크리스타는 처음에는 서빙 직원으로 지원했는데, 농산물에 대한 지식이 풍부하고 무엇이든 배우려는 태도를 갖추고 있어서 주방에 배치하지 않을 수 없었다. 그는 자기 농장에서 기른 식용 꽃을 잔뜩 가져왔다. 저녁 근무에 맞춰 식당에 올 때마다 꽃이 가득 담긴 유리병을 나무 상자에 담아서 들고 왔고, 우리는 함께 만든 요리를 그 아름다운 꽃잎으로 장식했다. 그리고 헤더도 있었다. 처음 식당에 왔을 때 헤더에게는 어마어마한 음식공포증이 있었다. 음식은 말 그대로 싸워야 할 적군이었다. 글루텐을 만지면 피부에 엄청난 발진이 생겼고, 유제품을 먹으면 위장이 비비 꼬인 듯 고통스러워했다. 그가 주방에 일자리를 구한 것은 매일 음식을 만지며 자신의 공포증을 직면하기로 한 결과였다. 식당에서 일하기 전에는 굴을 한 번도 까본 적 없었으나 이제 헤더는 굴 까기 전문가가 되었다. 어떤 형태의 굴이든, 얼마나 단단한 껍질 뒤에 숨어 있든 다 해치울 수 있었다. 이제 헤더는 음식을 두려워하지 않았다.

낸시는 어느 날 아침 자기 마당의 높은 덤불에서 자란 커다란 블루베리와 통통한 구스베리를 양동이에 담아 들고 왔다. 더할 나위 없는 타이밍이었다. 블루베리와 구스베리는 디저트에 쓰면 완벽할 테고, 나는 날마다 생겨나는 온갖 작업을 도와줄 직원이 절실했으니까. 낸시는 주저하지 않고 뛰어들어 우리의 작은 주방에 해야 할 일이 생기면 무엇이든 열심히 도왔다. 앞치마 다림질부터 허브를 다지고 쿠키 반죽을 만드는 일, 심지어 식당에 도착한 손님들을 친절한 미소로 맞아주고 메뉴판을 건네는 것까지 해냈다. 그리고 다정한 캐서린도 있었다. 낮에는 주방에서 나와 함께 재료를 준비하며 찬찬한 솜씨를 발휘했고, 저녁에는 낸시처럼 식당에 도착한 손님들을 맞이하고 포도주 저장고로 안내해 메뉴와 어울리는 포도주를 한두 병 고를 수 있게 도와주었다.

헬렌이 기르는 에어룸 토마토는 상상도 할 수 없을 만큼 탐스러웠다. 분홍색, 노란색, 초록색, 그리고 색이 깊고 풍부해 거의 초콜릿 같은 느낌의 빨간 토마토까지. 헬렌은 매일 아침 재료 준비를 하러 식당에 올 때마다 그날 대접할 제철 과일을 상자 가득 가져왔다. 가끔은 빵이나 따뜻한 달걀 샌드위치를 챙겨주어 내가 긴 하루를 위한 에너지를 비축할 수 있게 도와주었다. 항상 공감해주며 내 이야기를 들어주어, 가끔은 재료를 준비하는 오전이 공짜 심리 치료 시간처럼 느껴지기도 했다. 칼질하며 서로의 이야기에 귀 기울이고, 현명한 조언을 건네고, 가끔 울고 싶으면 양파를 썰면서 엉엉 울었다.

빅토리아는 유기농 닭고기, 토마토, 피망, 그리고 지상에 존재하는 모든 품종의 바질을 생산했다. 사랑이 넘쳐흐르는 사람이라 항상 식당 식구들을 살피고 별일 없는지 챙기곤 했다. 목마른 사람이 없도록 물병을 채워두었고, 필요할 때는 포도주 잔도 채워주었다. 그래서 저녁 근무하는 직원들 사이에서는 비키 비노*로 통했다. 그리고 로런도 있었다. 나의 첫 식당에서 일할 때는 재료 준비를 맡다가 손님 안내를 했는데, 이번에는 포도주 저장고를 담당하고 서빙을 도우며 자신의 진정한 적성을 찾았다. 로런은 소고기 안심이나 양갈비가 나오는 날이면 침을 줄줄 흘리며 근무 끝에 한 조각이라도 얻어먹으려고 했는데, 나는 그 대가로 유머를 요구했다. 로런의 농담은 정말이지 웃겨서 우리를 저녁 내내 깔깔거리게 했다. 마이아도 유쾌했다. 우리는 영업 전에 유리잔을 닦으며 마이아가 전해주는 이야기와 소문을 잔뜩 들었다. 서빙 경력은 하나도 없었지만, 그게 뭐 어때서? 홀에서 가볍게 걷는 법, 가만히 식기를 놓는 법, 왼쪽에서 요리를 내주고 오른쪽에서 다 먹은 접시를 치우는 법 따위는, 다른 사람들과 마찬가지로 마이아도 배우면 그만이었다. 그리고 8월이 되자, 마이아는 이웃 동네인 몬트빌 황무지에서 기른 잘 익은 블루베리를 커다란 상자에 꽉 채워 들고 왔다. 속이 깊고 몹시도 친절한 데다가 성정은 어찌나 따뜻한지, 마이아가 손님들의 고향이나 공통점 같은 것을 물어보며 대화를 이어갈 때면 그런 성품이 고스란히 느껴졌다. 마이아 옆에서 손님들은 누군가의 집에 놀러

---

* '비키Vicky'는 빅토리아의 애칭이고, '비노Vino'는 이탈리아어로 '포도주'라는 뜻.

가 저녁을 먹고 새 친구를 사귀는 것처럼 편안함을 느꼈다.

알렉스는 우리 중 그 누구보다 파인 다이닝 경험이 많았다. 해변에 늘어선 고급 식당들에서 일하며 쌓은 실력이었는데, 그것보다는 타고난 듯 자연스러운 우아함이 홀에 있는 그를 돋보이게 했다. 알렉스는 식당 식구들에게 근사한 서빙 기술을 알려주고는 했다. 언제든 흥분하는 법 없이 찬찬한 태도를 보여주었다. 따뜻한 미소를 머금은 채 홀을 활보하며 깨끗한 은 식기를 놓고 물병을 바꿔주는 그의 발걸음은 발레리나처럼 가벼웠다. 어찌나 가벼운지 식탁 위의 촛불조차 흔들리는 법이 없었다. 그리고 캐리는 아주 세련된 요리 기술을 전파해주었다. 유명한 식당에서 일한 경험이 있어서 나머지 직원을 다 합한 것보다 칼을 잘 다루었다. 근사한 셰프들의 언어와 주방의 공식적인 프로토콜도 알려주었다.

로다 고모는 사무를 맡아 청구서와 직원 급여를 챙기고 면허 갱신과 보험 등을 처리했다. 나의 친구 데이브가 로다 고모 옆에 붙어서 엑셀을 다루는 것부터 세금 체계까지 설명해주며 줄곧 도와주었다. 데이브는 IBM에서 일한 경력이 있는 컴퓨터 천재라서 우리가 사무 체계를 닦아 식당을 잘 운영할 수 있도록 도와주었고, 기술적인 질문에 답해주고는 했다.

그리고 이런 대단한 여자들 뒤에는 단 한 명의 남자, TJ가 있었다. 우리가 밴드라면 그는 드러머로서 박자를 맞춰주었다. TJ가 용감하게 설거지를 맡아주어 우리는 한시름 놓을 수 있었다. TJ는 물레방아 건너편에서 학교 교사인 아내, 딸 둘과 살았다. 낮 동안 여자들에게 둘러싸여 살았는데, 저녁에도 다르지 않았다. 그래서인지 참 굉장한 남자였고, 여자들만 있는 환경에서도 전혀 주눅 들지 않았다.

그리고 니나가 있었다. 예약과 전화 응대 담당자로서, 꾸밈없는 쾌활함과 훌륭한 사회성을 발휘해 손님들을 대했다. 우리는 같은 피를 나눈 언니와 동생이었으나 오랫동안 데면데면했다. 만약 자매가 될 사람을 선택할 수 있었다면 우리 둘 다 서로를 고르지 않았을 것이었다. 우리는 태어날 때부터 낮과 밤처럼 달랐다. 어머니는 내가 까다로운 아기였다고 이야기하고는 했다. 나는 심하게 보챘고, 착 달라붙어 애정을 갈구했다. 젖은 잔뜩 먹고 잠은 적게 잤다(어머니는 더 적게 잘 수밖에 없었겠지). 안아주고, 얼러주고, 둥개질을 하고, 이야기를 들려주는 등 어떤 방식으로든 끊임없이 접촉을 요구했다. 어떤 책이든 읽어주기만 하면 된다는 것을 깨달은 어머니는 나를 품에 안고 부엌에서 요리책의 레시피를 읽어주었다. 그래서인지 나는 아장아장 걷기 시작하면서부터 자꾸만 냉장고를 열고 안으로 들어가려 했고, 결국 어머니는 냉장고에 테이프를 붙여놓을 수밖에 없었다.

니나는 내가 태어나고 21개월 뒤에 태어났다. 어찌나 키우기 수월한지 완벽한 아기라고 할 수 있었는데, 이는 10대 시절의 니나와는 완전히 정반대의 면모였다. 니나는 병원에서 집에 돌아온 밤부터 해가 지면 한 번도 깨지 않고 잤다. 보채지도 않았고 우는 일도 거의 없었다. 어머니는 네 시간 간격으로 자는 아기를 깨워서 젖을 먹이고 기저귀를 갈아주어야 했는데, 그러면 또 바로 곯아떨어졌다. 고무젖꼭지도 필요 없었다. 그 대신 자기 엄지손가락을 빨았고, 그런 습관은 여덟 살이 될 때까지 이어졌다(그래서 앞니 사이가 벌어졌다).

우리는 다르게 태어났으나 평등하게 자랐다. 어머니는 최선을 다했

다. 자매를 똑같이 대하겠다는 결심으로 기회도 똑같이, 사랑도 똑같
이 주었고, 때로는 옷까지 똑같이 입혔다. 똑같은 옷을 사주었기 때문
에 누가 어떤 옷을 입겠다고 싸울 일이 없었다. 심지어 어머니는 크리
스마스트리 밑에 놓는 선물의 개수를 계산해두어 누가 더 받고 덜 받
는 일이 없도록 했다. 같은 날 미용실에 갔고, 치아 교정도 둘 다 했다.
나는 교정할 필요가 없었지만, 둘 다 해야 평등하니까 했다. 니나는 키
가 크고 날씬했고, 나보다 두 살이 어린데도 대부분의 어린 시절 동안
나와 키가 비슷했다. 같이 있으면 둘 다 금발 단발머리에 똑같은 옷을
입고 있어서 사람들은 쌍둥이라고 오해하기도 했다. 하지만 성격은 완
전히 달랐다. 우리가 평화롭게 공존하는 순간은 드물었고, 극명한 차
이점 때문에 자주 충돌하고 다투고 때로는 머리채까지 잡았다. 꼭 땅
콩버터와 참치를 넣은 샌드위치처럼, 결코 어울리는 조합이 아니었다.
그래도 꼬마 시절에는 별다른 악의 없이 투덕거리는 수준이었다. 하지
만 우리가 자라나면서 우리의 관계는 더욱 쉬어버리고 차이점은 더욱
극명해져서, 자매를 평등하게 기르려는 어머니의 노력도 소용없었다.
내향인인 나는 진지하고, 독립적이고, 안정적이었으며, 호기심과 걱정
과 생각과 성취욕이 풍부했다. 반면 외향인인 니나는 관심을 좋아하
고, 똑똑하고, 변화에 능동적이었고, 유머와 감정과 열정이 넘쳤다.

어렸을 때 니나는 관심을 받는 것을 즐겼다. 하루에도 옷을 네다섯
번씩 갈아입으며 집 안을 활보했고, 〈사운드 오브 뮤직〉의 주제가나
휘트니 휴스턴의 노래를 목이 터져라 불렀다. 동생은 목소리가 좋았
다. 정말 좋았다. 한동안은 속으로 니나가 저 목소리를 이용해 이 시골
을 뜨겠다고, 저런 목소리를 가졌다니 운이 좋다고 생각하기도 했다.
그 뒤로 일어난 사건들, 우리의 무너져버린 관계를 곱씹으면, 그런 칭

찬과 속으로만 생각했던 긍정적인 의견을 더 많이 입 밖으로 표현해야 했음을 깨닫게 된다. 시간이 지나고 보니, 동생은 나의 관심을 갈구했고 나는 언니의 임무를 다하지 못했다는 것이 분명했다.

동생과 아버지의 관계는 나와 아버지의 관계와 달랐다. 그들의 관계는 더 굳건하고 따뜻하고 수월해 보였다. 어쩌면 니나가 아버지와 닮은 점이 더 많아서 그랬을까. 동생은 아버지와 비슷하게 '거친 운명을 타고난' 듯한 분위기가 있었다. 아버지는 나보다 동생에게 기대가 적기도 했다. 니나에 대한, 니나의 미래에 대한 의견을 솔직하게 공유했다. 심지어 그러면서 재미있어했다.

"니나는 아마 스트리퍼가 되겠지." 아버지는 몇 번이나 이런 말을 했다. 동생은 태연하게 받아들였다. 부끄러움을 잘 타는 나와는 달리 니나는 자기 몸에 거리낌이 없었다. 무대 위에 올라가는 것을, 관심의 대상이 되는 것을 좋아하는 아이였다.

"밀리노켓에 있는 싸구려 스트립 클럽은 안 돼. 스트리퍼가 될 거면 스테인리스 소변기가 있는 클럽에서 일해. 내가 할 수 있는 말은 이게 다다." 수준 높은 스트립 클럽에는 스테인리스 소변기가 있다는 것을 아버지가 어떻게 알고 있는 것인지 궁금해졌으나, 머릿속에 떠오르는 이미지를 잽싸게 지워버린 후 아버지의 삶에는 내가 모르는 부분이 많을 거라는 사실을 받아들였다. 아마 나로서는 모르는 쪽이 편하겠지.

동생은 멋진 목소리로 스타가 되지는 못했지만, 세상이 어떤 곳인지 충분히 파악할 수 있을 정도로 오랫동안 프리덤을 떠나 살았다. 하지만 어떻게 된 일인지 니나 역시 메인의 시골 동네로 돌아왔고, 프리덤에서 멀지 않은 동네 식당 몇 군데에서 바텐더와 서빙 일을 하게 되었다. 우리 자매는 왜인지 둘 다 고향을 벗어나지 못했다. 마치 어렸을 때 그 다이너에 발을 들이는 순간 우리의 미래가 정해져버린 것 같았다. 그곳이 우리를 꽉 움켜쥔 채 우리의 몸 안으로, 혈관으로 침투했다. 우리는 금발 머리카락 외에 닮은 점이라고는 하나도 없는 것처럼 굴었지만, 그 다이너를 향한 사랑, 음식을 대접하는 일을 향한 사랑은 우리의 유전자에 새겨진 공통점이었다. 내가 물레방아에 식당을 열기 전까지 우리는 같은 일을 하면서도 떨어져 있었고, 왜인지 함께할 방법을 찾아내지 못했다. 그런데 동생이 로스트 키친에 왔다. 동생의 합류는 바로 이곳, 우리가 태어난 고향에서 부서진 관계를 회복할 좋은 기회처럼 느껴졌다. 이런 화합이 얼마나 지속할지, 지속하기는 할지 모르겠지만, 우리가 지금 느끼는 단란함과 자부심과 자매애는 새로운 잎이 싹 틀 수 있다는 희망을 넉넉히 제공했다.

우리 공동체의 여자들은 완벽하지 않았고, 기술이 부족했다. 하지만 부족한 것이 무엇이든 사랑의 힘으로 보완해냈다. 매일 식당의 문을 열고 들어올 때 마음도 활짝 열었다. 우리는 동료가 아니었다. 이웃도 아니었다. 가족이었다. 함께 있으면 서로를 응원하고 안아 일으키며 더 강해졌다. 다 함께 부드럽고 자연스러운 흐름을 만들어냈다. 일주일에 나흘, 사랑을 대접했다.

31

각성한 여자

　로스트 키친의 여자들 중에는 내가 상상도 하지 못한 방식으로 새 삶을 찾아낸 사람이 있었다. 나는 그가 길고 혹독한 메인의 겨울을 견뎌낸 봄꽃처럼 찬란하게 피어나는 것을 지켜볼 수 있었다.

　그 여자는 어렸을 때부터 자신의 여섯 형제자매와 달랐다. 그들 대부분은 금발이라 그의 붉은빛 도는 짙은 갈색 머리카락은 눈에 띌 수밖에 없었다. 여자는 자신이 조금 다르다는 것을 항상 인식하고 있었다. 학교에서 인기가 많은 편도 아니었고, 무리에 끼지도 못했다. 한때는 셸비라는 친구와 절친하게 지냈다. 두 사람은 다정하고 순수한 우정을 나눴는데, 셸비는 겨우 열한 살의 나이에 백혈병으로 죽었다. 그때 이후로는 다른 사람들과 깊은 관계를 맺지 못했다. 두루두루 잘 지내기는 했다. 여자에게 얄미운 점이라고는 하나도 없었으니까. 부드럽고 친절하고 정직한 사람이었다. 이런 성격 때문에 여자는 자신만큼 다정하고 친절하고 정직하지 않은 사람들에게 쉽사리 목표물이 되어 짓밟혔다. 그런 식으로 이따금 괴롭힘을 당하면 조용히 견뎠다. 그 누구에게도 정면으로 맞서지 않았고 상대의 잘못을 지적하지도 않았다. 누군가가 자신을 이용하려고 해도 자신은 그런 일을 겪어 마땅하다는 원인 불명의 감정과 함께 그저 묵묵히 받아들였다. 여자의 아버지는 한 번도 딸을 안아주거나 사랑한다고 말한 적 없었는데, 그런 것을 바란다면 이기적일 것 같았다. 아이는 많고 하루는 짧았으니, 모든 아이에게 사랑을 퍼주기는 힘들 것이라고 생각했다.

여자는 자기만의 방식으로 사랑을 찾았다. 1978년 여름, 주말을 맞아 메인으로 여행을 갔다가 후에 남편이 될 남자를 만난 것이다. 남자는 매력적이었고, 여자에게 선뜻 접근해왔다. 여자는 그런 관심이 익숙하지 않았으나 마음에 들었다. 긴 금발 머리의 남자는 콧수염으로 가려지지 않을 만큼 환한 미소를 머금고 있었다. 사실 여자는 그전에도 친구들을 보러 메인에 온 적이 있었다. 베이사이드의 한적한 휴가지에 있는 시골풍 여름 별장에 머물렀다. 메인의 거친 풍광과 우락부락한 암석해안은 볼 때마다 낭만적이었다. 여자는 메인을 갈망하기 시작했다. 여자가 어린 시절을 보낸 보스턴 남쪽에 있는 특징 없는 마을과는 극명하게 달랐다. 여자는 시원한 곳에서 주말을 보낼 생각으로 메인에 왔다가 마음속에서 활활 타오르는 불꽃을 발견했다. 이 카리스마 넘치는 남자와 해변에서 맥주를 마셨고, 남자의 구애는 여자를 안락하게 감싸주었다.

여자의 북부 여행이 더욱 빈번해졌다. 여자는 남자의 가족이, 남자가 여자를 칭찬해주는 방식이 마음에 들었다. 남자가 자기 부모의 농장에 낡고 텅 빈 셔틀버스를 두고 그 안에서 산다는 사실에는 개의치 않았다. 남자에게 여자는 색다른 존재였다. 외지에서 온 여자는 지금까지 만났던 동네 여자들과 몹시 달랐다. 다른 남자가 그 여자를 채가기 전에 얼른 자기 것으로 만들고 싶었다. 괜찮은 여자였다.

　그들은 1979년 여름, 처음 만나고 딱 1년 후에 해변에서 결혼했다. 두 사람이 처음 만났던 그날처럼 따뜻하고 햇살이 밝은 8월이었다. 디애나의 꿈이 이뤄졌다. 그는 사랑을 찾았고, 무엇보다도 이제는 메인을 떠날 필요가 없었다. 얼른 땅을 파서 뿌리내리고 싶은 마음이었다. 작은 농가를 사고, 아이들을 낳고, 정원을 가꾸고, 어쩌면 양도 몇 마리 기를 수 있을 것이었다. 부부가 가족을 꾸리기 시작한 낡은 농가는 해변에서 내륙 방향으로 25킬로미터를 달리면 등장하는, 여기저기 구덩이가 움푹 팬 길가에 있었다. 그들은 거기서 남편처럼 밝은 금발 머리인 자매를 낳았다. 디애나는 근처에 있는 초등학교에서 특수반 학생들을 가르쳤고, 여름 방학이 되어 시간이 나면 꽃과 채소를 심어 가꾸었다. 남편도 오롯이 자기만의 것이라고 부를 수 있는 작은 공간을 일구었다. 집에서 몇 킬로미터 떨어진 곳에 있는 다이너였다. 남편은 항상 자기 사업을 하고 싶어 했지만, 그 일이 얼마나 많은 기력을 요구할지, 어떤 식으로 자신을 바꿔놓고 갉아먹을지는 전혀 예상하지 못했다.

　다정했던 남편이 변해버렸다. 하루 16시간을 일해서 그런 것인지, 어린 시절의 상처가 되살아나서 그런 것인지 알 수 없었다. 이유가 무엇이든 남편은 불행하고 고약하게 바뀌었다. 메인 토박이답게 고집쟁이로 자란 탓에 심리 치료는 나약한 사람이나 받는 것이라 믿었고, 그래서 자신의 고통을 제대로 소화해내는 법을 배우지 못했다. 남편은 알코올에 의존했다. 갑자기 분통을 터뜨리는 일이 잦아졌다. 목의 혈관이 불거졌고, 얼굴이 비트처럼 붉어졌다. 디애나는 또다시 짓밟혔고, 또다시 견뎌냈다. 남편은 디애나에게 옷을 이렇게 입고 머리를 저렇게 다듬으라며 명령했다. '우리' 침대가 아닌 '나의' 침대를 정리하라고 시켰고, 본인은 거들지조차 않았다. 시트는 자주 세탁해서 건조기가 아닌 빨랫줄에 널어 말리라고 했다. 친구, 가족, 낯선 사람, 사실상 모든 사람 앞에서 아내를 무시하고 깔보았던 탓에 디애나는 상처받았다. 남편은 아내가 친구들과 놀러 나가는 것조차 허락하지 않았으며 집을 비우면 어디 갔었느냐고 다그쳤다. 디애나는 오래전부터 양을 키우는 것이 꿈이었으나 남편은 절대 안 된다며 못 박았다. 왜 안 되는지 이해할 수 없었다. 어쩌면 아내에게 권력을 과시하려는 단순한 이유인지도 몰랐다. 디애나는 불평해서는 안 될 것 같다고 느꼈다. 남편은 일도 많이 했고 자신보다 돈도 많이 벌었으니까. 그렇다고 남편이 수입을 나눠 쓰지는 않았다. 원칙상 남편의 돈은 남편 것, 아내의 돈은 아내 것이었고, 매달 지출의 절반은 항상 아내 월급에서 충당했다. 마음이 날 때마다 아내에게 새 자동차를 사주기는 했다. 아내는 퇴근하려고 주차장에 갔다가 자기 주차 자리에 새로운 차가 버티고 있어 놀라고는 했다. 하지만 그 자동차들은 디애나에게 선택권이 있다면 절대 고르지 않을 유형이었다. 남편은 항상 누구의 눈길도 끌지 않을 밋밋한 디자인의 자동차만 사주었다. 가끔 디애나는 어쩌다가 이렇게 자신과 정반대인 남자와 살게 되었는지 의아해졌다. 하지만 마음속으로 불평하는 것조차 이기적이라는 생각이 들어 묵묵히 참고 살았다.

로스트 키친이 개업하고 5년이 지났을 때, 디애나, 나의 어머니는 35년 넘게 이어졌던 아버지와의 결혼 생활을 정리하고 이혼했다. 아버지를 떠나면서 그 오랜 세월 동안 자신을 가둬두었던 껍데기를 찢고 다시 태어났다. 새로 태어난 어머니는 어린아이 같은 모습이었다. 입구가 숨겨져 있는 지하 벙커에 갇혀 있다가 세상으로 나온 것 같았다.

새롭게 얻어낸 자유를 통해 자신이 어떤 사람인지 알아가고 있었고, 나 역시 어머니를 다시 알아갈 수 있었다. 내가 나를 재발견하는 동안 어머니 역시 자기만의 변화를 경험하고 있었다. 어머니는 내가 싸우고 쓰러지고 일어나는 모습에서, 그 모든 것을 통과하고도 잘 살아가는 모습에서 무언가를 발견했고 영감을 받았다. 언젠가 어머니가 나에게 그런 이야기를 털어놓았을 때 나는 기분이 묘해졌다. 어머니의 이야기에는 슬픔이 있었지만, 가능성도 있었다. 우리는 조금씩 힘과 영감을 그러모아 그 어느 때보다 강한 여자로 변해가고 있었다. 우리는 서로에게 기댔고, 로스트 키친을 동력 삼았고, 주변의 여자들에게 응원받았다. 우리는 직접 우리만의 공동체를 건설했다.

로스트 키친을 개업했을 때, 그 고루한 옛 시대의 금주법*이 아직도 존재하리라고는 상상도 못 했다(자유를 뜻하는 프리덤에서 금주법이라니, 분명 아이러니했다). 법을 바꿀 필요가 없었다는 점은 수긍이 갔다. 그동안 마을에서 주류 상점이나 술집, 식당을 개업하려는 사람은 아무도 없었으니까. 우리는 식당에서 술을 팔 수는 없었지만, 부지에 다른 소규모 사업체를 등록하면 술을 팔며 식사에 술잔을 제공할 수 있었다. 우리는 이 문제를 모든 각도에서 고민했고, 사용하지 않는 지하실이 적격이라는 결론을 내렸다. 작고 투박한 돌투성이 형태인 지하실은 화강암 지반이 깎이며 자연스레 형성된 곳이었다. 벽에 직접 고른 포도주와 맥주를 진열하기에 알맞은 크기였다. 온도가 낮아서 증류주를

---

* 주류의 생산, 유통, 판매, 소비 등을 금하는 법으로, 1920년에 수정헌법 18조로 발효되어 1933년에 폐지되었다. 그러나 관할 구역에 따라 주류 유통을 제한하는 법이 잔존하는 경우가 있다.

저장하기에 적당했고, 식당 현관에서 모퉁이만 돌면 지하실 입구였으니 손님들을 그쪽으로 보내 원하는 술을 고르고 따개를 받은 후 테이블에 앉을 수 있도록 안내하면 될 것이었다. 이 아이디어가 마음에 든 이유는 손님들이 더 편안해할 것 같았기 때문이었다. 비싼 포도주를 시켜야 한다거나 웨이터가 비어가는 잔을 지켜보고 있는 듯한 압박을 느끼는 대신, 파티에 초대받은 것 같은 기분을 느낄 수 있을 것이었다. 옆구리에 술을 한 병 낀 채 현관문을 열고 들어와, 식사를 즐기는 중간중간 친구의 잔을 직접 채워줄 수 있으니까. 하지만 공간과 계획은 있더라도 이것을 어떻게 실현해야 할지는 막막했다. 술을 골라 진열대를 채우고 지하실을 관리하는 일뿐만 아니라, 손님들이 무슨 술을 고를지 고민할 때 안내해줄 사람이 필요했다. 이 일을 담당할 사람은 딱 한 명뿐이었다. 어머니.

어머니가 포도주에 대해 아는 것이라고는 자신이 좋아하는 술이라는 것뿐이었다. 피노 누아 품종과 메를로 품종이 어떤 것인지, 아펠라시옹*이나 테루아**가 무엇인지, 타닌***은 또 무엇인지 설명해줄 지식이 없었다. 그래서 어머니는 자신에게 그럴 만한 능력이 없다는 생각에 이 일을 두려워했다. 실패할까 봐, 사람들에게 실망을 줄까 봐 걱정스러웠던 것이다. 하지만 어머니는 인내심이 많았고 체계적이었다. 지난 35년 동안 교사 생활을 천직 삼아 잘해낼 수 있었던 것은 그 두 가지 자질 덕분이었다. 그리고 배우고자 하는 열망도 가득했다. 내가 어렸을 때 지켜본 어머니는 무엇이든 배우고 해내고 고쳐낼 수 있는

---

* 프랑스의 포도주 품질 등급 중 최고 등급을 뜻한다.
** 포도의 특성에 영향을 주는 요소를 총칭하는 단어로 품종, 토양, 기후 등이 포함된다.
*** 포도 껍질에 들어 있는 물질로, 포도주의 맛에 큰 영향을 미친다.

사람이었다. 헛간의 부서진 창문을 수리하고, 공구 가게에서 산 소나무 목재로 나의 방문을 만들어냈다. 어느 크리스마스에는 아버지 선물로 테이블 톱을 사줬는데, 자신도 사용하며 헛간에서 쓰고 남은 목재를 모아다가 식탁 같은 것을 만들고 싶었기 때문이었다. 독학으로 지붕널 얹는 법을 배웠고, 직접 땅을 갈아서 만든 정원 주변에 잔디가 쑥쑥 자라면 수동 잔디깎이를 들고 처치했다. 자기 손으로 선반을 설치했고, 소파 덮개 만드는 법도 깨우쳤다. 간단한 전기 기술도 익혀서 직접 집에 조명도 설치했다. 어머니는 스스로 생각하는 것보다 더 유능했고, 나는 이 임무가 그 사실을 증명해내리라는 것을 확신했다. 이제 내가 어머니 앞에 서서 이렇게 말해줄 차례였다. "엄마, 엄마는 할 수 있어요."

어머니는 포도주와 관련된 책을 미친 듯이 읽었다. 배울 수 있는 모든 것을 배웠고, 전에는 들어본 적도 없는 다양한 포도주 품종을 익숙해질 때까지 공부했으며, 오랜 세월 세상에 적포도주는 메를로 아니면 카베르네 소비뇽밖에 없다고 생각했던 자신을 생각하며 실실 웃기도 했다. 샤블리는 포도가 아니라 지역 이름이라는 것을 알게 되었고, 부르고뉴에서 생산된 적포도주는 피노 누아, 백포도주는 샤르도네일 확률이 높다는 것을 깨달았을 때는 눈이 번쩍 뜨이는 기분이었다. 무르베드르부터 팔랑기나까지, 네비올로부터 페코리노까지, 가메부터 생소까지, 다양한 종류의 포도주에 관한 지식을 차곡차곡 쌓아갔다. 유통업자와 생산자를 만나 포도주를 홀짝이고 맛보며 미각과 후각을 시험했다. 잔에 담긴 포도주를 돌돌 굴리는 법을, 굴리는 이유를 배웠다(맛만 보고 뱉는 일은 거의, 어쩌면 전혀 없었다). 어머니는 소믈리에도, 잘난척쟁이도 아니었다. 가게에 들어온 손님에게 자신의 지식을 과시하며 은근히 압박하는 숱한 점원과는 달랐다. 소믈리에보다는 엄마처럼 포근한 태도로 손님들에게 좋은 포도주를 골라주었다. 처음에는 손님들과 소통할 때 약간 소심한 태도가 엿보이기도 했다. 어머니가 자기 자신을, 자신의 능력을 신뢰하기까지 시간이 걸렸다. 어머니는 학교의 꼬마들과, 딸들과, 아내의 사회생활을 제한하려 드는 남편과 인생의 절반을 보냈다. 자기가 흥미로운 대화를 이끌어갈 수 있을지 확신하지 못했기에 손님과 대화할 때마다 불안해했다. 그럼에도 자기 본능을 믿는 법을 배웠고, 그저 자신이 좋아하는 것을 추천했다. 굴에는 뮈스카데 백포도주를, 넙치에는 베르멘티노 백포도주를, 적포도주를 좋아하는 사람에게는 오리건 피노 누아를 추천했다. 양고기에는 북부 지역 론의 포도주, 샤토뇌프 뒤 파프나 지공다스도 괜찮고, 바롤로도 나쁘지 않을 것이었다. 당연한 말이지만 로제는 언제든 좋았다.

어머니는 포도주를 배움으로써 자기 목소리를 발견하고 더 넓은 세상을 마주하게 되었다. 여전히 소박한 삶을 지향하면서 온전히 자기 자신으로 살 수 있었다. 원하는 자동차를 몰고, 마음에 드는 옷을 입고, 머리도 옛날 스타일로 낮게 쪽질 수도 있었다. 남편이 싫어하던 스타일이었다. 밖에서 친구들과 점심을 먹었고, 용기를 내서 혼자 식당에서 저녁을 먹기도 했다. 여행을 다녔으며, 항상 꿈꿨던 프랑스도 마침내 다녀왔다. 이혼 후에는 이웃 마을인 몬트빌에 있는 작은 오두막으로 이사했다. 작은 정원을 만들었고, 산울타리를 직접 만들어 정원 주변에 둘렀다. 양도 몇 마리 길렀다.

32

딸기 빛깔 우리 집

어느 7월의 아침, 나는 프리덤의 한적한 도로를 따라 딸기 체험 농장으로 가고 있었다. 저녁 영업에 쓸 햇딸기를 켜켜이 쌓아 자동차 뒷좌석에 싣고 와야 했다. 새벽 6시 30분이었는데 벌써 햇볕이 지독히 뜨거웠다. 그러나 나는 개의치 않았다. 자연 속에서 보내는 아침은 앞으로 이어질 분주한 재료 준비와 저녁 장사 전에 즐길 수 있는 간절한 적막의 시간이었다. 나는 그 찰나의 휴식을 즐기며 아무 걱정 없이 초록색 상자를 따뜻한 딸기로 채웠고, 저녁에 이것으로 어떤 디저트를 만들지 몽상에 빠져 있었다. 얼린 커스터드에 딸기를 썰어 올리고 크림을 한 숟가락 얹어도 좋겠다고 생각했다. 한여름의 열기에 지친 사람들에게 시원한 휴식을 제공해줄 것이었다. 흠집이 난 과일을 입에 넣으며, 온종일 이것 외에 아무것도 먹지 못할 수도 있다는 사실을 인식했다. 주변 여기저기에 퍼져서 과일을 따고 있는 동네 사람들의 잔잔한 대화 소리에 귀를 기울였다.

"올해는 딸기가 많이 열렸네, 그렇지 않아?"

"꽤 괜찮은 편이지. 그런데 딸기는 작년 것이 더 달았어."

"그래, 봄에 저놈의 해가 더 자주 나왔다면 훨씬 더 달았을 텐데 말이야."

나는 값을 치른 후 달콤하고 빨간 과일을 자동차 뒷좌석에 실은 다음, 몇 킬로미터 떨어진 식당으로 갔다. 좁은 시골길치고는 차가 많았다. 어쩌면 딸기가 제철이라 그런지도 몰랐다. 이 길은 10대 시절에 혼자 폭스바겐 래빗을 끌고 운전법을 익히다가 클러치를 태울 뻔했던 때 이후로는 처음이었다. 조용한 교차로에 있는 정지 표지판 앞에 차를 세웠더니 몇 년 전에 같은 표지판 앞에 섰던 순간이 기억났다. 클러치를 푸는 방법을 깨우치지 못해서 족히 6미터는 후진했던 것을 떠올리며 혼자 깔깔 웃었다. 그때 느꼈던 긴장감이 다시 떠올랐다. 물론 이제는 그렇게 긴장할 일이 없었지만. 그렇게 옛날 생각에 잠겨 있는데 문득 무언가가 시야에 들어왔다. 조용한 교차로 끝, 언덕 꼭대기에 낡은 농가가 있었다.

세월의 풍파에 해진 농가의 나무 벽은 짙은 딸기 빛깔 페인트가 여기저기 벗겨져 너덜거렸다. 잡초가 빽빽하고 정원이 지저분했으며 텅 비어 허름한 모습이었다. 을씨년스럽다고 생각할 사람도 있었겠으나 나는 묘한 끌림을 느꼈다. 그해 초반에 심리 치료사에게 했던 꿈 이야기가 떠올랐는데, 그 꿈은 나 자신을 쏟아부어 내 것으로 만들어낼 낡은 집을 발견하는 내용이었다. 다만 꿈속의 집은 흰색이었다.

그 농가의 외관은 낡고 너덜너덜했다. 어쩌면 지난 세월 동안 무단 침입자도 있었을 것이다. 하지만 언덕 위에 굳건하고 당당히 서 있는 모습을 보면 내부 구조는 튼튼하다는 것이 느껴졌다. 창문을 통해 엿본 기둥은 굵고 꼿꼿했다. 거의 200년 동안 이 농가는 수많은 북동부 사람들을 견뎌냈고 그들에 맞섰을 것이다. 그러므로 이 쓰러져가는 건물이 가진 것이라고는 뒤틀린 문과 삐걱거리는 바닥밖에는 없을지언정, 수리되어 사랑받을 기회를 주어야 마땅했다.

마당에는 플라스틱 양동이가 있었고, 보조 바퀴가 달리고 핸들에는 리본이 반짝거리는 작은 자전거를 비롯한 아동용 장난감도 흩어져 있었다. 분명 누군가가 살았던 흔적이었다. 그것을 깨닫고 나니 한없이 슬퍼졌고, 나는 커다란 슬픔에 놀랐다. 그 집을 바라본 순간부터 이 집을 단장해 내 것으로 삼기 위해 해야 할 일들이 머릿속에 줄곧 떠오르고 있었다. 상상 속의 나는 이미 잔디를 깎고 정원을 치우고 창문을 닦고 새로 페인트칠까지 하고 있었다. 삼나무 지붕널도 설치했다. 왜냐하면, 글쎄, 그게 좋으니까. 항상 꿈꾸던 것을 구체적으로 그려보니 기분이 좋았다.

그로부터 1년 뒤에도 나는 여전히 부모님의 농장에 살고 있었다. 다시 딸기 철이 돌아와 그곳을 방문해보니 이번에는 딸기 빛깔 집 앞뜰에 '매매 문의' 표지판이 붙어 있었다. 마치 내가 프리덤을 받아들이자 프리덤의 사랑이 나에게 흘러들고 모든 일이 제자리를 찾아가는 듯한 느낌이었다. 처음에 나는 선뜻 제임에게 그 집을 보여줄 수가 없었다. 쓰러져가는 판잣집이라고 생각할까 봐 겁이 났다. 수리할 것이 정말 많은 주택이었고, 집 옆에 있는 낡은 헛간은 본채보다 더 심각했다. 하지만 그런 것은 나중에 생각하기로 했다. 벌써 그 건물들을 재건하기 위해 얼마나 큰 노력이 들지 걱정하며 막막해하고 싶지는 않았다.

"여기 마음에 들어, 엄마." 제임이 진심 어린 미소를 머금고 말했다. 우리는 딸기 빛깔 집의 낡은 계단 위에 서 있었다. 나는 아이의 반응에 마음이 놓였고 편안해졌다. 급격한 변화를 잘 받아들이지 못하는 아이에게 곧 무너질 듯한 낡은 건물을 집으로 삼겠다고 말했던 참이었다. 방마다 안을 들여다보고 자기 방을 고르는 아들을 보니 그 말이 진심이라는 것을 알 수 있었다. 식당에서 2킬로미터 정도 떨어진 이 주택을 집 삼겠다고 생각하니 마지막 퍼즐 조각이 맞춰지는 기분이었다. 우리는 이 집을 우리 것으로 삼아, 그 누구도, 그 무엇도 빼앗아 갈 수 없는 우리만의 땅으로 만들 것이었다. 워낙 수리가 절실한 건물이라 가격도 헐값이었다. 이곳을 사람이 살 수 있는 공간으로 만들겠다고, 필요한 일은 뭐든지 하겠다고 자처할 정신 나간 사람이 거의 없었던 것이다. 하지만 나는 두렵지 않았다. 힘이 넘쳤다. 그리고 이번에는 '내 집'에 나의 이름을 올릴 것이었다. 과거의 실수에서 뼈저린 교훈을 얻었으니까.

우리는 11월의 어느 추운 날 낡은 농가로 이사했다. 바로 전날 눈이 30센티미터쯤 내려 이사는 더욱 힘들었다. 처음으로 나에게 가구가 몇 개 없다는 사실이 행운으로 느껴졌다. 빌린 가구나 부서진 가구밖에 없었고, 그 말은 흩날려 쌓인 퇴설을 뚫고 운반해야 할 짐이 적다는 뜻이었다. 집 안은 추웠고 기름 탱크는 텅 비어 있었다. 나는 창고에 남아 있던 장작을 한 아름 가져와 거실 한복판의 낡고 커다란 주물 난로에 불을 피웠다. 장작은 잘 타올랐으나 건물의 차가운 뼈대를 데우기까지는 오랜 시간이 걸렸다. 잠시 나는 자문했다. 대체 내가 무슨 짓을 저지른 거지? 어머니는 내 볼 위로 하염없이 흐르는 눈물을 보고 나의 불안한 마음을 눈치챘고, 고개를 돌리며 말했다. "다들 뭐해! 어서 청소기 돌리자." 나는 어머니가 신이 난 듯 기다란 청소기를 휘두르며 식탁의 긴 의자 위에 쌓인 쥐똥을 청소하는 모습을 바라보았다. 그 모습이 너무 우스워서 깔깔 웃지 않을 수 없었다. 어쨌든 나는 앞으로 나아가고 있었다. 가는 길목에 똥이 좀 있기는 했지만.

계절이 오고 가는 내내 낡은 농가에 정성을 쏟아부어 조금씩 보금 자리로 만들어갔다. 어머니는 종종 들러서 겹겹이 발라져 있는 벽지를 뜯어내고 밑칠 페인트를 바르고 사포질하는 것을 도와주었다. 벽은 전부 흰색으로 새로 칠했는데, 흰색은 새로운 시작, 깨끗한 캔버스를 상징하기 때문이었다. 바닥은 사포질해서 원래의 반짝반짝한 결을 되찾아주었다. 어머니가 이 일을 즐거워했던 이유는, 아마도 35년 전에 어머니가 프리덤에 있는 낡은 농가로 이사해 그곳을 우리 자매를 위한 집으로 탈바꿈했던 기억이 되살아나서 그런 것 같았다. 사랑이 넘치는 어머니는 나와 나의 영혼을 위해, 벼랑 끝에 선 나를 구해내기 위해 똑같이 노력했다.

흰색 페인트를 새로 바를 때마다 나의 마음이 이곳에서의 삶에 안도하고 적응하고 정착하려는 것이 느껴졌다. 톰과의 이혼은 2월의 어느 춥디추운 오후에 마무리되었다. 1년 반 동안 이어졌으나 체감상 10년은 된 듯한 분쟁이었다. 평생 이어질 듯했던 싸움도 그것으로 끝이었다. 마지막 재판에서 나는 내가 양육권을 가질 자격이 있는 좋은 어머니라는 것을 증명하기 위해 몇 시간 동안 증인석에 앉아, 나는 결점이 있는 사람이지만 분명 좋은 점도 있다고 모두를 설득했다. 그날 법정에서 톰은 마지막 공격을 감행했다. 나는 그날만 지나면 톰의 손아귀에서 벗어나 앞으로 나아갈 수 있다는 것을, 그 공격이 마지막이라는 것을 알았기에 기꺼이 견뎠다. 재판이 끝나고 며칠이, 몇 달이 지나자 더는 피가 끓어오르지 않았고 긴장한 근육도 힘을 풀기 시작했다. 이제 나는 톰의 소유물이 아니었다. 하지만 아이와 함께하기 위한 싸움은 끝이 아니었다. 법원은 일주일씩 번갈아가며 제임을 양육하라고 명령했다. 이 결혼을 시작했을 때 제임은 오롯이 나의 아이였으나, 결혼이 끝난 자리에는 반쪽짜리 양육권, 반쪽짜리 아이가 남아 있었다. 아이와 일주일은 함께하고 일주일은 떨어져 있는 생활에 익숙해져야 했다. 이런 비극을 통해 얻어낸 것도 있었다. 함께 있는 시간이 얼마나 소중한지 깨달은 우리는 서로와의 나날을 소중히 여기고 단 하루도 당연하게 생각하지 않았다. 나는 법원의 명령이 더는 효력을 발휘하지 못할 날을, 격주 월요일 아침마다 제임을 전남편에게 데려다주지 않아도 되는 미래를 기다렸다. 제임과 톰의 관계는 강요된 것이었다. 아이는 나와 마찬가지로 오랫동안 톰의 소유물 신세였으나 부자 사이에는 이혼이 불가능할 뿐이었다. 이혼 절차가 완료된 후에도 톰은 자신이 아이를 데리고 있는 동안에는 나와 통화를 하지 못하게, 그 어떤 소통도 하지 못하게 막았다.

제임이 자라면서 나는 아들의 목소리가 중요해질 날이 기필코 오리라는 것을, 그저 시간문제라는 사실을 알았다. 시간이 지나고 아이가 더 성숙해지면 아이의 의사가 무시당하지 못할 날이 올 것이었다. 그리고 정말로 그날이 왔다. 7월의 어느 따뜻한 아침, 나보다도, 톰보다도 키가 큰 열여섯 살의 제임은 더는 앳된 티가 느껴지지 않는 목소리로 말했다. "엄마. 나, 돌아가고 싶지 않아." 나는 제임을 막지 않았고, 톰은 그 애를 막을 수 없었다. 이런 결말이 오기까지 필요한 것은 오직 시간이었다. 이토록 고군분투해서 바라던 것을 마침내 얻어냈다고, 필요한 것은 그저 시간뿐이었다고 안도하면서도 이제는 훌쩍 자라버린 아이와 함께하지 못했던 시간은 절대 되찾을 수 없다는 것을 인식했다. 그것을 평생 원통해하리라는 것도.

우리가 벌인 끔찍한 전쟁에서 회복하는 여정은 길고 굴곡져서, 우리는 몇 년이나 허비하고 말았다. 회복의 레시피에서 가장 중요한 재료는 시간, 그리고 인내심이었다. 맛있는 수프를 만들 때와 마찬가지였다. 나날이, 조금씩, 한 걸음씩 우리는 앞으로 나아갔다. 보금자리를 꾸렸고, 우리에게 두 번째 삶의 기회를 선물한 그곳에 깊이, 더 깊이 뿌리내렸다.

나는 사랑에도 두 번째 기회가 있다고 믿고 싶었다. 그를 만났을 때, 나는 그의 눈동자에서 나와 같은 고통을 보았다. 그 사람과 그의 여덟 살배기 아들 역시 상처 입고 피폐한 상태였다. 그 사람도 메인의 매력에, 자석처럼 그를 끌어당기는 고향의 힘에 속수무책이었다. 메인의 거친 암석해안, 너른 농지, 빽빽한 소나무와 단풍나무 숲은 도시로 이사했던 그를 유혹했다. 이 땅에는 어딘가 거친, 개척지 같은 매력이 있었고, 마치 과거의 인연처럼 그를 끌어당겼다.

그는 나를 바라보았고, 나의 모든 상처를 간파했다. 그때 나는 스트레스 때문에 피부가 여드름으로 지저분했다. 앞머리는 언젠가 불에 너무 가까이 갔다가 타버린 바람에 들쭉날쭉했다. 마음에는 피멍이 들어 있었다. 영혼은 만신창이였다. 하지만 뼈대만큼은 굳건했고, 그는 나의 결함 속에서 아름다움과 힘을 발견했다. 우리는 서로에게 어떤 돌봄과 배려가 필요한지 잘 알았기에 조심스럽게, 부드럽게 다가갔다.

그에게 우리의 낡은 농가는 자부심과 사랑의 등대였고, 마침내 집이 되었다. 그곳에서 우리의 두 아들은 친구가 되고 형제가 되었다. 우리는 본채 옆 쓰러져가는 텅 빈 헛간에서 우리 자신을, 우리의 과거를 보았고, 힘을 합쳐 그 폐허에 새 생명을 불어넣었다. 목재와 지붕널을 하나씩 차례차례 이어 붙이며 건물에 힘을 되찾아주었다. 그리고 어느 8월 저녁, 화강암 지반만큼 튼튼하게 우리를 지지해주는 친구들과 가족들에 둘러싸여 바로 그 헛간에서 결혼을 맹세했다. 정직하고, 간단하고, 진실한 결혼식이었다. 다리 사이로 닭이 돌아다니는 뒷마당에서 페니와 두 아들을 옆에 데리고 조개 튀김으로 배를 채우면서 우리는 서로를 축하했다. 선량하고 진솔한 사랑을 찾았으니까.

33

집보다 더 나은 곳은 없음을

나와 로스트 키친의 여자들은 일주일에 네 번 우리가 직접 만들어낸 공간의 문을 열었고, 입소문의 실체를 맛보고 싶어 하는 낯선 사람들을 한가득 받아들였다. 나는 매일 새로운 메뉴를 개발했다. 제철 수프와 샐러드와 애피타이저를 매일 새로 만들고, 앙트레 네 개를 고정 메뉴로 정해 손님이 고를 수 있게 했다. 하지만 토요일 저녁에는 내가 먹고 싶은 제철 재료들을 전부 선보이는 코스 메뉴 한 가지만 팔았다. 과거의 정찬 클럽을 향한 헌사였다. 식당의 즉각적인 성공은 조금 얼떨떨했다. 예약만으로 연일 만석이고 심지어 토요일 저녁은 몇 주 전에 예약이 끝나버렸다. 개업하고 2년 차에는 주중의 식사도 몇 달 전부터 예약이 끝났다. 3년 차에는 고정 메뉴 없이 코스 메뉴로만 운영하기로 했다. 새로운 운영 방식으로 식사를 예약받기 시작한 날은 4월 1일이었다. 그날, 자정이 막 지나고부터 조금씩 전화가 들어오기 시작했다. 아침 7시에 사무실에 도착했을 때는 이미 메시지가 26개 도착한 상태였다. 우와! 나는 마음속으로 감탄했다. 전화가 온종일 울렸고, 하루 만에 예약이 다 끝나버렸다. 해가 바뀌어 다시 4월 1일 자정에는 식당 전화 세 대에 거의 만 통에 가까운 통화가 쏟아졌다. 메시지를 지우는 속도보다 문의 전화가 걸려오는 속도가 훨씬 빨랐다. 전화선은 먹통이 되었고, 결국 몇 시간이나 식당 전화가 안 되는 것을 주시하던 보안 회사에서 알람을 작동해 소방서에 연락하고 말았다. 곧 로스트 키친에서 일어난 사건이 마을에 전해졌는데, 이웃과 충성스러운 단골들은 갓 구운 빵(과 심지어 샴페인)을 들고 와서, 식당에 휘몰아친 예약 전화의 폭풍우를 처리하느라 애쓰고 있는 직원들의 굶주린 배를 채워주었다. 그날 식당에 모인 사람들은 다들 굉장한 자부심을 느꼈다. 직원뿐만 아니라 우리가 잘 지내고 있는지 보러 온 다정한 지지자들도 마찬가지였다. 그날 밤 나는 몇 번이나 울음을 터뜨렸다. 밀려드는 전화가 놀랍고 벅차서 울었고, 다들 잘될 리가 없다고 했던 작은 식당이 상상 이상의 성공을 거두고 있다는 생각에 경이로워서 울었다. 수용할 수 있는 인원 이상으로 예약을 받았음에도, 공간이 워낙 협소한 탓에 예약에 실패한 사람들의 문의 전화가 수천 통에 이르렀다. 직원들이 오고 가는 사이, 나는 36시간 연속으로 깨어 전화 문의를 받았다. 피곤해서 무너져내릴 듯한 심정이었고, 내년에는 이 짓을 반복할 수 없다는 것을 금방 깨달았다. 손님들에게도 못 할 짓이었다. 번호를 누르고 또 눌러도 통화 중이라는 신호만 들리고, 운이 좋아서 연결에 성공해봤자 예약은 이미 다 찼으니 허탈할 것이었다. 연필을 들고 통화하면서 정보를 받아적는 간단한 예약 시스템은 이제 먹히지 않았다. 예약 시스템은 바뀌어야 했다. 우리도 바뀌어야 했다.

물론 다른 식당들처럼 인터넷에 의지할 수도 있었다. 하지만 문제는 해결되지 않았다. 예약은 한순간에 다 차버릴 테고, 실패해서 낙담하

는 사람들이 생길 것이었다. 가게를 확장하는 것이 답일까? 그랬다가
는 우리가 열심히 노력해 만들어놓은 분위기를 망쳐버릴 수도 있다는
것을 나는 똑똑히 알고 있었다. 이렇게 수요가 폭발하는 상황에서 내
가 할 일은 어쩌면 식당을 보호하는 것, 식당을 원래 목표했던 분위기
대로 작고 소박하게 유지하는 것일 터였다. 나는 식당을 확장하지도,
2호점을 내지도 않을 것이었다.

해결책은 아주 단순했다. 펜을 들고 엽서를 쓴 뒤 우표를 바르거나
4월 1일 자 소인을 찍어 프리덤이라는 외딴 마을로 부친다는 간단한
방식이었다. 우리는 새로운 예약 시스템을 선포했고, 엽서와 편지를
커다란 상자에 넣고 추첨한 다음 당첨된 손님들에게 전화해 예약에 성
공했다고 알려주기로 했다. 끝없이 전화를 걸 일도, 녹초가 될 일도, 서
두를 일도 없었다. 친밀하고 진솔한 면이 있는 방식이었고, 지루한 프
리덤 우체국에 일거리를 만들어준다는 장점도 있었다. 우체국은 항상
폐쇄 위기에 처해 있었기 때문이다.

새로운 식당의 예약 절차가 시행된 4월의 아침, 우체국으로 향하
는 나는 무슨 일이 일어났는지 꿈에도 몰랐다. 접수대 앞에 서 있는 나
를 보고 우체부 조가 흘린 웃음은 범상치 않은 일이 일어났다는 신호
였다. "에린, 차에 공간 넉넉해요?" 그는 또다시 웃음을 터뜨렸다. 그날
우체국에는 편지와 엽서가 수천 통씩 든 커다란 상자가 여러 개나 쌓
여 있었다. 세상에. 평소 조가 프리덤과 몬트빌에 하루 동안 배달하는
우편을 다 합쳐도 반 상자 정도밖에는 차지 않았다. 그가 근무 중에 누
리는 가장 큰 즐거움은, 금요일에 배달 나갈 때마다 우리 아버지가 그
를 위해 우편함에 넣어두는 일회용 컵 속의 위스키가 전부였다.

우편은 그날 이후에도 계속해서 쏟아졌다. 이곳이 산타 마을이라도

되는 것처럼. 전 세계 22개국에서, 미국 각 주에서 시골구석에 있는 작은 마을로 2만 통의 우편을 보내왔다. 그저 한 끼 저녁 식사를 위해.

당신이 저녁 한 끼를 위해 프리덤까지 찾아오겠다면, 나는 나의 음식이, 이곳에서 보낸 시간이 아주 오랫동안 기억에 새겨질 수 있기를 바라겠다. 나의 어머니가 말했던 것처럼, 인생은 결국 추억으로 이루어지니까. 여기저기 구덩이가 움푹 팬 주차장에 도착하면 빽빽한 숲 사이로 난 자갈길을 따라 부드러운 조명이 안내하는 쪽으로, 프리덤 폭포의 물줄기를 가로지르는 다리로 걸어오면 된다. 숲을 지나면 힘차게 흐르는 물 위로 널찍한 화강암 지반 위에 자리 잡은 물레방아가 보일 것이다. 건물 옆으로 빙 돌아 오솔길을 따라오면 그 끝에는 포도주 저장고로 통하는 문이 있다. 문 안쪽의 돌계단을 내려오면 화강암에 둘러싸인 작은 동굴이 등장할 것이다. 각자 자기만의 이야기를 품은 미지의 소규모 농가에서 만들어낸 포도주들, 어머니가 하나하나 고른 포도주들이 천장부터 바닥까지 가득한 모습이 보일 것이다. 어머니는 따뜻한 미소와 대화로 당신을 맞아줄 테고, 메뉴판을 건네주며 저녁 내내 홀짝이기에 안성맞춤인 포도주를 골라준 후 고른 술을 손으로 짠 바구니에 넣어 위층의 홀로 가져가도록 안내할 것이다.

위로 올라오면, 진득하게 기다리고 있는 애슐리를 만날 수 있다. 여느 직원들과 마찬가지로 가장 좋아하는 검은색 원피스를 입고 허리에는 어머니가 손바느질한 앞치마를 두른 차림이다. 애슐리는 벽에 재활용 목재가 둘러진 홀을 가로질러 오직 당신만을 위해 준비된 식탁으로 데려갈 것이다. 손바느질한 리넨 냅킨, 빈티지 블루 윌로 빵 접시, 짝 안 맞는 중고 은 식기, 프랑스풍 물컵, 시원한 물이 담긴 우유병, 촛불,

애슐리가 자기 농장에서 직접 기른 꽃이 가득한 꽃병이 보일 것이다. 알렉스가 우아하게 다가와 어울리는 포도주 잔을 준비해주는 동안, 당신은 어머니와 내가 직접 진회색으로 페인트칠한 윈저 의자에 앉아 포도주 병의 코르크를 따면 된다. 오늘 밤을 기념하며 잔을 부딪치고, 술을 홀짝이고, 느긋하게 의자에 기대고 앉아 옆쪽의 창문 너머로 흐르는 폭포수 소리를 감상해도 좋겠다. 플래터를 시켜 일행과 함께 야금야금 나눠 먹으면 더할 나위 없을 것 같다. 지역에서 생산한 치즈, 거품 낸 버터, 토스트, 피클, 매콤한 무를 대리석 위에 가득 올려줄 테니까. 그것은 당신이 우리 집에 놀러 온다면 대접하고 싶은 음식이기도 하다. 당신이 정말로 우리 집에 놀러 온 듯한 기분이었으면 좋겠다. 나는 당신에게 맛깔난 음식을 대접하며 대화를 나누고 싶다. 당신이 음식과 촛불과 좋은 친구와 웃음으로 가득한 따뜻한 저녁을 즐기도록 해주고 싶다.

다음에는 굴 요리를 내갈 생각이다. 가까운 벨파스트 해변에서 모은 차가운 돌 위에 굴을 놓고 싱싱한 이끼로 장식할 것이다. 은은한 갈색 꽃무늬가 그려진 빈티지 플래터 접시 위에 있는 굴은 캐리가 공들여 정성스럽게 장식한 결과 바다를 그대로 옮겨놓은 듯한 모습일 테다. 깔끔하게 껍데기에서 떼어낸 굴에는 그날 들어온 싱싱한 허브라면 어떤 것이든 다져 넣은, 새콤달콤한 샬롯소스를 곁들일 것이다. 굴을 다 먹어 텅 빈 껍데기만 남고 달콤한 즙도 사라진 후에는, 내가 조붓한 공개형 주방에서 만들어낸 또 다른 진미가 전달될 것이다. 우유병처럼 투명한 유리 케이크 진열대 위에 디저트여야 할 것 같은 너무나 귀여운 모양새의 작은 햄버거가 기다리고 있을 테다. 다이너 시절을 향한 헌사와도 같은 메뉴로, 나의 친구인 존과 에마가 지역 농장에서 기른 돼지고기, 내가 직접 기르는 닭들의 달걀로 만든 마요네즈, 헬렌이 그날 아침에 담근 오이 피클, 지역 낙농장에서 생산한 질 좋은 치즈 한 장을 양귀비 씨가 박힌 작고 둥근 빵에 끼워 만든 것이다. 익숙한 음식, 이름이 어렵지 않은 음식이며 편하게 (내가 내 손으로 직접 만든) 식탁에 팔꿈치를 올리고 먹을 수 있는 음식이다. 그사이에 크리스타가 직접 기른, 싱싱한 라벤더와 장미를 넣은 시원한 물이 나올 텐데, 그 안에는 낸시가 꼬아 묶은 수건이 담겨 있을 것이다. 촉촉한 물수건을 편 다음 홀에 가득 퍼진 시원하고 상쾌한 장미 향기를 들이마시면 된다.

그 후에는 직접 만든 소르베를 한 숟가락 먹을 차례다. 부활절에 할머니가 파스텔 색조의 달콤한 달걀 모양 간식들을 넣어주던 것 같은 작은 유리그릇에 담겨 있을 것이다. 그날 아침 마이아가 집 뒤뜰에서 따온 블루베리로 만든 차갑고 싱그러운 소르베 한 입이면 달콤한 차가 생각날 것이다. 하지만 차는 아직이다. 싱싱한 셀러리에 게살과 브라운 버터*를 넣고 끓여내, 작은 고수와 노란 겨자꽃으로 장식한 수프가 나올 테니까. 샐러드도 먹어야 한다. 오늘 아침만 해도 이웃 폴리와 프렌티스네 텃밭에 있었으나 저녁에는 당신의 접시에 놓이게 된 어린잎 버터헤드 양상추, 지역 낙농장에서 만든 블루치즈 몇 조각, 향긋한 펜넬을 넣고 잎사귀 사이사이에 베이컨 조각을 섞은 다음, 샬롯 비네그레트소스와 수제 버터밀크 드레싱을 얹고 제비꽃을 흩뿌려 마무리한 샐러드다. 그다음에는 바삭하게 익힌, 이 지역에서 잡힌 메를루사 요리가 나간다. 껍질을 밑으로 해서 주물 프라이팬에 노릇노릇하게 구워

---

* 버터를 살짝 갈색을 띠는 액체로 변할 때까지 뭉근하게 가열한 것.

내 녹은 버터에 담가 오븐에서 마저 익힌 후 부드러운 폴렌타* 위에 얹고, 그 옆에는 한 번도 본 적 없을 작은 생선들과 아삭아삭한 유기농 양배추, 짭조름한 올리브, 싱싱한 허브를 듬뿍 얹은 감자 샐러드를 담아 나갈 것이다. 레몬즙과 톡 쏘는 한련 꽃잎을 뿌려 마무리한 채로. 한련을 보면 나는 언제나 할머니와 할머니의 미소가 떠오른다.

식사의 끝은 시원하게 얼린 부드러운 커스터드에 직접 만든 아몬드 브리틀, 크림 한 숟가락, 싱싱한 블랙베리를 곁들인 디저트가 장식할 것이다. 그리고 마지막으로 오늘 밤의 끝에 당신이 내려야 할 단 하나의 결정이 남았다. 커피와 차 중에 무엇을 마실까? 맷돌에 간 옥수숫가루와 체리로 만든 쿠키가 오븐에서 갓 구워져 따뜻한 채로 플래터 접시에 담겨 현관의 앤티크 옷장 앞에 놓여 있으니, 마지막으로 그 따뜻한 과자를 즐기며 다리를 건너가면 된다. 발밑에는 물이 졸졸 흐르고, 당신은 저녁 하늘에 폭 안겨, 배와 마음이 충만한 채로.

이 식당이 어떻게 개업하고 성공할 수 있었는지 생각하면 나는 아직도 얼떨떨해지고는 한다. 어떻게 이런 외딴곳에 있는, 제대로 된 훈련도 받지 않은 여자들(과 남자 한 명)이 운영하는 식당이 살아남았을 뿐만 아니라 대성공을 거두고 있는 것일까? 이 성공을 설명할 수 있는 것은 단 하나, 바로 사랑이다. 우리는 이 일을 사랑한다. 이곳에서 일하는 것이 기쁘다. 우리는 주방과 홀을 가만하고 우아한 발걸음으로 활보한다. 윽박지르지도, 목소리를 높이지도, 다른 직원을 망신 주지도 않는다. 우리 여자들은 자기가 가장 잘하는 일을 하고 있다. 다른 사람에게

---

* 죽과 비슷한 이탈리아 요리로, 옥수수나 다른 곡물가루를 넣고 오랫동안 끓인다.

마음 쓰기. 따뜻한 태도와 음식으로 타인을 돌보기. 영업이 시작되면, 나는 레인지와 조리대를 왕복하며 푸른 불꽃 위에 작은 주물 프라이팬을 올려놓는다. 스피커에서 음악이 흘러나오는 가운데, 굵은 소금을 몇 자밤 묵직하게 집어 도톰한 생선 토막 위에 알맞게 뿌린 후 각 프라이팬에 껍질이 아래로 향하도록 한 개씩 올린다. 그리고 리듬에 맞춰 레인지 사이를 이동하며 연기가 피어오르는 광택 좋은 올리브유를 뿌려 굽는다. 한 프라이팬에서 다음 프라이팬으로 움직여 연한 생선 토막을 부드럽지만 단호하게 뒤집어낸다. 그러면 바삭하고 노릇노릇한 면이 드러나는데, 그때 각 팬에 버터를 잔뜩 넣어 촉촉하게 익혀낸다. 그리고 버터가 지글지글 끓어오르면 부드럽게 팬을 돌려주다가 통째로 뜨거운 오븐에 넣어 마저 익힌다. 나는 춤추듯이 박자에 맞춰 움직이고, 박자로 오븐 속 생선의 익힘 시간을 잰다. 번잡하지도, 힘겹지도 않다. 왜냐하면 이 작은 주방에서, 웃음과 대화와 꽃과 촛불과 열린 창문을 통해 밀려드는 산들바람 속에서 요리하는 것은 나의 기쁨이니까. 나는 내가 진심으로 사랑하는 일을 통해 내 인생의 가장 어려운 시기에 빛과 삶의 이유를 찾았다. 내가 집에서 엄마들이 만들어주는 것 같은 음식을 만드는 이유는 실제로 내가 엄마이기 때문이고, 어렸을 때 아버지에게서 좋은 음식을 통해서 말 한마디 없이도 "사랑해"라고 전할 수 있다는 것을 배웠기 때문이다.

가끔은 나에게 일어났던 일을 전부 돌이켜보면서 내가 어떤 사람이 되었는지, 어떤 사람이 될 수 있었는지 생각할 때도 있다. 주방에 있는 널찍한 도자기 개수대에 손과 팔을 씻을 때면 인생이 다르게 흘러갈 수도 있었다고 잠시 생각해보기도 한다. 그곳에서 팔을 씻고 있으면 의사가 되고 싶었던, 다른 삶을 추구하고 싶었던 한때의 꿈이 떠오른다. 하지만 키친타월로 손의 물기를 닦을 때쯤에는 이미 탁 트인 홀을 흘깃하고 내가 누구인지, 내가 실제로 추구한 꿈이 어떤 것인지 다시금 인식한다. 이것은 우리 집 뒷마당에서 발견한 나만의 꿈이다. 평화와 만족감이 밀려든다.

나는 혼자가 아니다. 우리는 함께 삶의 이유를 찾았다. 이곳에서, 외딴 시골 마을에 있는 작은 식당에서 우리는 함께 성장했다. 작은 공동체를 형성해 서로를 안아 일으키고, 응원하고, 사랑했다. 함께 이혼, 화해, 이별, 불륜, 사랑하는 사람의 죽음, 임신, 유산을 견뎌냈다. 함께 출산, 결혼, 중요한 순간들, 심지어 새로운 사랑도 축하했다. 선량하고 진솔하고 건강한, 끝도 조건도 없는 사랑을. 우리는 깊이 사랑하는 일을 다 같이 해내며 이 넓은 세상에서 우리만의 자리를 찾았다. 이곳에서 당신은 우리의 기쁨을 맛볼 수 있을 것이다. 여기까지 오는 길은 굽이졌으나, 결국 나는 집에 도착했다. 좋은 삶과 나만의 천국을 바로 이곳 프리덤에서, 아무것도 이룰 수 없는 곳이라고들 말했던 바로 이곳에서 찾았다.

드물지만 가끔 아버지가 식당에 들를 때도 있었다. 재료 준비를 하는 한낮에 친구 한두 명을 데려와서는 냉장고에 쳐들어가 맥주를 몇 개 훔친 다음, 나는 보이지도 않는다는 듯 캔을 따 들고 친구들에게 식당 여기저기를 구경시켜주었다. 내가 자랑스럽다고 직접 말하는 것은 여전히 힘든 듯했지만, 친구들에게 으스대는 아버지의 짓다 만 미소와 흐릿한 눈동자 너머로 아버지가 지금 최선을 다해 자부심을 표현하고 있다는 것을 느낄 수 있었다. 말도 없이 영업 중에 들이닥칠 때도 있었다. 아버지의 아버지처럼, 장례식이나 경마장에 갈 때처럼 특별한 날에만 입는 정장 재킷 차림이었다. 그 정장 재킷을 입고 취한 모습을 보여주는 것, 그것이 아버지가 표현할 수 있는 최선의 "네가 자랑스럽다"
일지도 모르겠다. 그리고 나는 괜찮았다. 나는 여자들의 공동체만으로
도 차고 넘쳤으니까. 나는 더 이상 인정에 굶주리지 않았다. 자부심으
로 배불렀다. 나는 괜찮았다.

감사의 말

이 책을 쓰는 작업은 지금껏 했던 일 중 가장 힘들었다. 글쓰기는 나를 고통스러웠던 시절로 데려가 그때를 다시 경험하게 했고, 세세한 정보와 찰나의 순간들까지 종이 위에 쏟아놓게 했다. 그때의 기억을 떠올리느라 괴로웠지만, 나의 글이 다른 사람들에게 희망과 힘을 불어넣어 주었으면 좋겠다는 마음으로 글을 써내려 갔다.

나의 용감한 편집자 뎁 퍼터, 나에게 기회를 주고 나의 이야기를 믿어주었던 그가 없었다면 한 장도 쓸 수 없었을 것이다. 나를 책을 출판하는 과정으로 이끌어주고 그 끝까지 안내해준 뎁과 셀러돈에 있는 모든 분에게 무한한 감사의 인사를 전하고자 한다. 어서 여러분에게 나의 깊은 고마움이 담긴 아름다운 식사를 차려주고 싶다.

나의 에이전트, 이 업계에서 가장 끈질긴 여자 재니스 도나우드에게도 고맙다. 오래전 우리가 처음 만났을 때부터 나는 알았다. 앞으로 재니스가 온갖 긍정적인 방식으로 나를 채찍질하고 내가 더 발전하고 강해질 수 있도록 자극해줄 것임을. 예상은 적중했고, 나는 마음 깊은 곳에서 감사를 보낸다. 앞으로도 나를 자극해주기를.

책을 쓰는 과정에서 내 손을 잡아주고 무한한 응원을 보내준 레이철 홀츠먼에게 사랑과 감사를 전한다. 내가 나의 글을 의심할 때조차 안정감과 자신감을 느낄 수 있도록 위로해주었다. 레이철이 나를 더 강한 사람으로 만들었다. 이 프로젝트에 쏟아준 노력과 그렇게 이어진 우리의 우정에 깊은 고마움을 느낀다.

표지 사진은 시그 하비의 마법 같은 능력이 탄생시킨 것이다. 우리가 함께 작업할 수 있었던 것에 얼마나 감사한지 이루 말할 수 없다. 이 사진은 언제나 집보다 좋은 곳은 없다는 사실을 일깨워줄 것이다. 그리고 우리를 만나게 해준 메리를 상기하게 하겠지. 우리가 함께 만들어낸 사진으로 사랑하는 메리의 기억을 기리고 싶다. 메리는 이 사진을 정말 좋아했을 것이다.

나의 이야기를 쓰는 동안 사랑과 응원과 이해를 베풀어준 우리 가족에게 깊은 고마움을 전한다. 마이클, 언제나 나를 보듬어주는 다정한 남편에게. 이 책에 털어놓았던 과거 때문에 지금도 나의 기분과 감정이 들쑥날쑥할 때도 있다는 것을 알아. 그래도 당신은 사랑과 이해심으로 나를 안아 일으켜주곤 하지. 마음을 다해 사랑해. 그리고 그렇게 진실하고 신실한 마음으로 나를 사랑해줘서 고마워. 우리가 서로를 찾아낸 것에 매일 고마운 마음이야. 우리가 함께 쌓아 올리는 이 아름다운 삶에 매일 감사하고 있어.

나의 아들, 제임에게. 네 엄마로 살 수 있다는 것은 내 인생 최고의 선물이야. 이제 너는 너만의 길을 찾고 있지. 네가 어른으로 성장해가는 모습에 정말 뿌듯하단다. 사랑해.

그리고 우리 엄마. 옛날이야기를 들려주고 오래된 사진을 꺼내 보여주며 이 긴 여정에서 나의 옆자리를 지켜준 엄마. 프리덤의 먼지 날리는 동네에서 나를 잘 길러준 것, 나의 무모한 꿈을 믿어준 것에 정말 고마워요.

아빠에게. 이 글을 읽을지는 모르겠지만, 아빠가 없었다면 지금의 나는 없었을지도 모르겠어요. 나를 요리의 세계로 안내해줘서 고마워요. 나는 불 앞에서 내 삶의 열정을 찾았어요. 전부 아빠 덕분이에요.

지은이 에린 프렌치 Erin French

에린 프렌치는 '로스트 키친'의 오너 셰프다. 로스트 키친은 미국 메인주 프리덤에 위치한 좌석 40개짜리 음식점으로, 최근 《타임》에서 '세상에서 가장 멋진 공간들' 중 하나로 꼽혔고, 《블룸버그》에서는 '바다를 건너갈 만한 가치가 있는 음식점 12곳' 중 하나로 꼽았다. 메인에서 나고 자란 토박이인 에린 프렌치는 어렸을 때부터 마음이 담긴 음식이 줄 수 있는 소박한 기쁨에 대해, 함께 나누는 식사의 중요성에 대해 깨달았다. 그는 자신의 식당을 찾는 손님들과 함께 메인의 이야기와 그곳의 맛깔난 유산을 나누는 일을 사랑하고, 그런 그의 열정은 《뉴욕타임스》(에린 프렌치의 글은 그해 '음식' 카테고리에서 발간된 기사 중 조회수 10순위 안에 들었다), 《마사 스튜어트 리빙》, 《월스트리트저널》, 《보스턴글로브》, 《푸드 앤 와인》 같은 유수 언론의 관심을 끌었다. 또한 에린 프렌치는 〈NPR〉, 〈CBS〉, 〈NBC〉에 출연해 자신과 로스트 키친에 관한 이야기를 공유했고, 방송국 〈테이스트메이드〉에서 L.L.빈과 협력해 그에 관한 단편영화를 제작했다. 후에 그 영화는 제임스 비어드 어워드에서 수상의 영광에 오르기도 했다. 그의 다른 저서 『로스트 키친의 요리법 The Lost Kitchen Cookbook』은 《워싱턴포스트》, 인터넷 《보그》, 《리모델리스타 Remodelista》에서 최고의 요리책으로 꼽혔으며, 요식업계의 아카데미상이라 불리는 제임스 비어드 파운데이션 어워드에서 수상 후보로 올랐다. 매그놀리아 네트워크에서는 로스트 키친이 요식업계에 타격이 컸던 2020년을 어떻게 극복했는지 탐구해 TV 시리즈를 제작하기도 했다.

옮긴이 임슬애

고려대학교에서 불어불문학을, 이화여자대학교 통역번역대학원에서 한영번역을 공부하고 현재 번역가로 일하고 있다. 리디아 유크나비치의 『숨을 참던 나날』, 엘리너 데이비스의 『오늘도 아무 생각 없이 페달을 밟습니다』, 니나 라쿠르의 『우리가 있던 자리에』 등을 옮겼다.

어떤 마음은 부서지지 않는다

더 로스트 키친

펴낸날 초판 1쇄 2021년 11월 22일
지은이 에린 프렌치
옮긴이 임슬애
펴낸이 이주애, 홍영완
편집1팀 문주영, 양혜영
편집 박효주, 최혜리, 유승재, 장종철, 김애리, 홍은비
디자인 박아형, 김주연, 기조숙, 윤신혜
마케팅 박진희, 김태윤, 김송이, 김슬기, 김미소, 김예인, 장유정
해외기획 정미현
경영지원 박소현
펴낸곳 (주)윌북 **출판등록** 제2006-000017호
주소 10881 경기도 파주시 회동길 337-20
전자우편 willbooks@naver.com **전화** 031-955-3777 **팩스** 031-955-3778
블로그 blog.naver.com/willbooks **포스트** post.naver.com/willbooks
페이스북 @willbooks **트위터** @onwillbooks **인스타그램** @willbooks_pub
ISBN 979-11-5581-421-5 03840

*Finding Freedom
in the Lost Kitchen*